山河无尘

- II -
风云碧血

李昊鲁 著

人民东方出版传媒
People's Oriental Publishing & Media
东方出版社
The Oriental Press

目录

楔子 / 001

第一部　天命共和

第一章　侯门事 / 007

第一回　蒙恩荫诗书千载传　逢巨变少子应劫生 / 009

第二回　新纪元雉羽祭先圣　除夕夜"团民"霸孟府 / 021

第三回　黄雀计武卫擒神勇　珍珠泉血宴试新枪 / 040

第四回　逢圣旨孟府再遭难　妄宣战神州险陆沉 / 056

第五回　老管家三缄吐真言　杨士琦处心筹巨款 / 073

第六回　真狂生一语道天机　佳公子临别窥易数 / 088

第二章　少年游 / 101

第七回　武昌府除暴试牛刀　安庆城生死两迷情 / 104

第八回　痴情女无悔入侯门　少年郎福深不知福 / 128

第九回　俏佳人剑舞动四方　伶歌女唱尽悲欢曲 / 155

第十回　瓜洲渡离别遭暗算　飞雪天白马诛群凶 /186

第十一回　伤离别孤勇屠恶龙　喜相逢纵酒贺良辰 /221

第三章　兵戈行 /265

第十二回　终身误英雄归离恨　血雨惊官场起腥风 /267

第十三回　两相负赌命生死情　初进京文武冠群英 /315

第十四回　闹饷银北苑逢兵变　夺出路血战定死生 /362

第二部　风云碧血

第四章　天命革 /413

第十五回　草木悲赤子陷囹圄　风云变绝境有生天 /415

第十六回　孟庆霖结庐守纯孝　太夫人病榻述前因 /449

第十七回　逢灾年购粮救饥馑　生变故难料故人心 /460

第十八回　祭芳魂漫天悲秋雨　遇洪流聚散两依依 /466

第五章　建共和 /475

第十九回　风雨夕袁世凯出山　大势趋摄政王退位 /479

第二十回　幸得救战地治创伤　追血债炮轰楚豫舰 /489

第二十一回　逢大赦虎臣出牢狱　失亲眷赤子赴征程 /497

第二十二回　醇王府宪平结宗社　武昌城庆霖承重托 /505

第二十三回　开夜宴少子作悲音　驻团城兄弟起兵锋 /521

第二十四回　孙中山归国建共和　袁世凯设局谋大位 /537

第二十五回　金孟争兄弟阋于墙　冯段斗水火不相容 /551

第二十六回　硝烟散燃尽黄龙旗　新篇章高唱共和歌 /560

第六章　洒热血 / 573

第二十七回　孟庆霖伤病寄闺情　袁世凯就职引风波 / 575

第二十八回　迎专使祸起第三镇　宣誓礼总统逢三难 / 587

第二十九回　李若雪琴声诉衷情　李虎臣不期会亲朋 / 603

第三十回　矮屋檐金碧云含恨　空对月姜齐玉伤情 / 615

第三十一回　临组阁宋党魁殉道　闻噩耗赵总理心惊 / 630

第三十二回　明心迹生死赴戎机　巧设计撞破凶杀案 / 645

第三十三回　战"锦军"夜审武士英　猎"白狼"杀罚肃军纪 / 663

第三十四回　举洋债病榻巧献计　雷雨夜突袭唐州城 / 683

第三十五回　轻生死醉心复国梦　起兵锋誓夺天保城 / 704

第三十六回　苍天裂碧血染淞沪　大厦倾风云荡九州（上）/ 732

第三十七回　苍天裂碧血染淞沪　大厦倾风云荡九州（下）/ 758

第三十八回　复帝制袁总统祭天　讨洪宪我血荐轩辕 / 792

后记 / 826

第二部 风云碧血

第四章　天命革

喧嚣落尽，终归沉寂。

百年匆匆，不过尘土。

即便是有如孟庆霖，虽屡经挫折，却愈挫愈勇，年少轻狂之时便已老成练达；偏又不落俗套，不失良知，身边亦常有佳人、好友相伴，却又如何？

命运，岂是他能一手掌控的？

他也不过是寂寥过客，沧海一粟，恰如你我……

愿奴胁下生双翼，随花飞落天尽头。

天尽头，何处有香丘？

……

天尽头，何处有香丘……

第十五回　草木悲赤子陷图圄　风云变绝境有生天

这儿，是位于京城西交民巷的一处历史古迹。但与其说是古迹，不如说是曾经的人间炼狱更为恰当。

自打明成祖迁都之后，这里就兴建起直属中央的刑部监狱，专门负责羁押地方上报的死刑待决犯和京畿一带笞刑以上罪犯。到了清末官制改革，这里重又被划归新成立的京师高等审判厅管辖；功能上，由羁押变作看守，即拘束庭前未决之人。

这就是日后臭名昭著的"京师看守所"！

十六年后，李大钊同志和其战友将于此地献出宝贵的生命，却是后话了。

如今，在看守所内狭窄且逼仄的牢房过道上，狱卒两人一组，分作三队，前后簇拥着重枷重镣的年轻囚徒，任由他伤痕累累，半步一停地缓慢行进着。囚徒身上披戴的镣铐相互碰撞，发生叮当的脆响，好似他内心痛苦的呻吟与不屈的怒吼。

这一行人的终点被称作"老监"，位于看守所内极幽深处。

顾名思义，老监即老监房之意，大约始建于明代。几百年来，不知关押过多少忠臣义士、江洋大盗，更不知隐匿了多少冤假错案、厉鬼冤魂。

总之，这里偏僻且古怪。

尽管偶有几缕残阳洒入，却又马上被无尽的黑夜所吞噬，难以在老监残破的泥墙上泛起一丝波澜。最后，只留下无尽的虚空与幽暗，成为这里永恒的主色调。

遍体鳞伤的年轻囚徒，被狱卒连打带踢地丢了进来。

他一声不吭，也顾不上躲避，只沉重地翻转身子，却恍惚觉得这里浑浊的空

第十五回

气中好似能氤氲出水汽来。但仔细一嗅,竟发现这里到处充斥着腐败,甚至是腐尸的味道,让人作呕。

老监外,狱卒那沉闷的声音传来:"李虎臣!因冲动杀人,被步军统领衙门当场擒获,现因于京师看守所,听候发落!宣统三年二月初七日。"

狱卒照本宣科,念完了拘令,就骂骂咧咧地往回走。

然而,李虎臣却好似已被判了死刑,绝望地流下了一滴不甘的泪水,挣扎着站起身来,冲着远去的狱卒喊道:"求求你们!再让我见一眼姐姐、姐夫!告诉他们,我在这里!我在这里!喂!喂!……"

狱卒早就走远了,根本没人理会他的哭诉与号叫。

李虎臣无奈地跌坐地上,却无意中摸到滑滑的,类似人骨的东西。他低头一看,不由得惊出一身冷汗。

原来,一副完整的人体骨架赫然平躺于此。那人手脚处,还套着泛黄生锈的镣铐锁链,周围依稀散落着不知是人还是其他动物的尸骨,仿佛在告诉新来的:自己是如何熬过这里的漫长岁月,直到最后惨死狱中的……

那么,李虎臣究竟遇到什么事了?他又怎会无端杀人,以至于此?

记得前一日,也就是二月初六。他刚和孟庆霖、金碧云一道为平定北苑兵变立下奇功,就连贝勒载涛都对其赞不绝口,准备厚加赏赐。

这才第二天,又怎会无端沦落到此等境地?

这一切,还要从孟庆霖和李虎臣回到京城三不老胡同的小家开始说起……

那日临近中午,兄弟二人刚要进门,就发现齐玉掉落在门口的一只绣鞋,却偏偏寻不见人影。

李虎臣找了一圈儿,可始终一无所获,询问邻居也无人知晓,他便急了,断言道:"肯定是盖半城一伙!"

"何以见得?"孟庆霖有些疑虑。

"还能是谁?京城里面,除了他,我们哪里还有仇家?玉姐姐素来懂事,又怎会不留音讯,四处乱跑?还有这只鞋!你看!"

草木悲赤子陷囹圄　风云变绝境有生天

说着，李虎臣将绣鞋揣进胸口，一个箭步就冲出大门，也顾不得昨晚大战时落下的刀伤，开始四下里打听齐玉的消息。

事实证明：李虎臣的判断是正确的！

齐玉，的确是被盖半城带人掳走的。

目的也很简单，就是意图劫色，外加出口恶气。

盖半城，倚仗自己在官府，特别是在步军统领衙门里有人照应，竟全然不将寻常百姓的生命当回事，更加不会将一个外地来的小丫鬟当人看。

当天凌晨，这厮听手下说"孟家刚好没男人在"，他便心思活泛起来，决定先下手为强。

"小的们，咱去把那小娘们抢过来，也好伺候兄弟们快活！"

众手下亦齐声呼应：

"好嘞！"

"再让她给大哥生一堆小崽子！"

"那可就热闹啦！哈哈！"

……

于是乎，他们一伙借着天亮前的夜色掩护，异常兴奋地溜门撬锁，又熟练地迷晕齐玉，将她利落地套进麻袋……

却不料掉落一只绣鞋，这才留下线索。

幸好，这一切被同样租住在附近的孟庆霖战友——张毅融全程目击了。

张毅融，就是那个与孟庆霖一同考入禁卫军，祖籍福建省延平府的苏州人。记得考核当天，二人初次相识，孟庆霖还不忘和他悄悄开个"反清复明"的政治玩笑，也可想见这俩人一见如故，或许天生搭对。

彼时，张毅融因即将开启自己的军旅生涯而感到无比兴奋。故而，翻来覆去地睡不着。于是，他早早起来，盥洗完毕后就准备晨跑一圈，再去禁卫军训练处报到。

不料，竟遇上这事儿！

第十五回

情急之下，他本欲上前搭救，却感慨势单力孤，只好沿途做下标记，并悄悄跟踪……

此刻，李虎臣茫然走到大街上，逢人就打听，却无人知晓齐玉的行踪。正当一筹莫展之际，他遇到了似曾相识的张毅融，又见这人跌跌撞撞，血流满地，情况不容乐观。

"兄弟，你是我姐夫的……"

张毅融默然点头，仿佛拼尽了全身力气，抬手指向东北方，喃喃说道："帽儿胡同，步……步军……衙门……"

"什么？"

"那女人……"

李虎臣万没想到，齐玉竟会被掳到官衙！

几乎是同时，孟庆霖也已赶到。见此景象，不由得心惊肉跳："融哥，天哪！我先送你去医馆！"

李虎臣怒目圆睁，一把就夺过来孟庆霖随身的金令箭，说道："姐夫，你别跟来！这件事儿，我一个人扛！"

显然，他已怒火中烧，正不顾一切地往步军统领衙门奔去……

可话又说回来，盖半城为何偏要将齐玉掳到官衙呢？

这的确是那厮的精明之处！

在盖半城看来，这小丫鬟虽说不算个人，但当家的孟庆霖却已然官府中人，不能轻易招惹。既然做下这等"好事"，便要先拉官家下水，一同"享用"，方可安然无恙。

想那孟庆霖就算日后知道了，也不敢把自己怎么样！

盖半城心里如是盘算。

但他却忽略了李虎臣的存在，更加忽略了这个混世魔王暴怒时的惊人破坏力！

只见，李虎臣风风火火地追到步军统领衙门，手执金令箭，一路"过关斩将"，又连蒙带吓地套出了盖半城藏匿之处。

李虎臣一脚踹门。

果然，昏迷的齐玉，脑满肠肥的步军把总，还有盖半城及其手下全在这里。

"玉姐姐！"

这一刻，李虎臣的脑袋就像被闪电击中似的，而心里则更像被野火灼烧一般——那叫一个五雷轰顶，五内俱焚！

"我操你大爷！"

他索性拼了，只一脚就踢裂了盖半城的膀胱，又一拳一个解决掉那厮手下。

大腹便便的步军把总，总算睁开了迷离的双眼，竟敢抽刀来战，反被李虎臣夺下兵刃，砍翻在地。

眨眼间，小小的屋内鲜血四溅，哀号声不绝于耳。

李虎臣用袖子擦去脸上血迹，多少恢复了些神志。于是，拖着刀，扛起齐玉就往外走。

一路上，多少兵卒围拢过来，却任谁都不敢第一个上前阻挡，生怕这杀红了眼的黑脸猛虎将自己碎尸万段，生吞活剥！

就这样，李虎臣吊睛怒目，单枪匹马，于万军丛中突出重围，杀到步军统领衙门之外。

这时，齐玉醒了，孟庆霖也赶到了。

至于张毅融，也一瘸一拐地倔强跟来了。

"虎子，人救回来就行了！快跟我回去！"孟庆霖知道此刻凶险异常，必须阻止李虎臣大开杀戒，更要提防步军随时反扑。

孰料，当李虎臣将齐玉、绣鞋和金令箭一并交还到孟庆霖手上时，他却独自狰狞地笑了："姐夫，你说他们还算是个人吗？"

"虎子，别！"

孟庆霖从来没有见过李虎臣这般模样。这还是从小陪伴自己长大的表弟吗？在孟庆霖印象中，表弟虽说顽劣，却总是粗中有细，秉性善良，更从不作奸犯科，

第十五回

仗势欺人。

这回，他是怎么了？恍若恶魔附身一般！

"姐夫，好好照顾我姐！虎子去了……"

说着，李虎臣眼白上翻，笑容可怖，提起钢刀，返身再战。

饶是步军人数众多，但奈何训练松弛，兵器老旧，在武艺日臻佳境的李虎臣看来，完全不够打的。更何况，昨晚一场大战下来，虽说精疲力竭，却也积攒下不少战阵厮杀技巧。这会子，正好派上用场！

所谓"哀兵必胜"！

李虎臣手起刀落，左冲右突，将一众步军砍得人仰马翻，但好歹未伤其性命。

然而，意外再次出现！

盖半城捂着下阴，带着手下，踉踉跄跄地跑出衙门，发誓要与李虎臣决一死战。

"你个挨千刀的王八犊子！今儿个，我要你断子绝孙！"盖半城气势汹汹，不依不饶。

李虎臣正愁没个发泄。偏巧你这该死的又主动送上门来，便彻底没了顾忌，一心要取那厮性命！

毫无悬念！

盖半城根本不是对手，只交战一个回合，就被李虎臣制服在地。

钢刀架在脖子上，李虎臣咬紧了牙关，质问道："说！你都做什么了？快说！"

"哈哈哈哈！那小娘们……可真水灵啊！"

说着，盖半城假模假样地嗦着舌头，似感意犹未尽。

这是压垮骆驼的最后一根稻草，也是盖半城自取灭亡的临终信号！

李虎臣再也忍不住了。他望向孟庆霖，仿佛重又恢复了往日的青涩笑容，依旧是那个尚武子弟、翩翩少年。

所谓"季子正年少，匹马黑貂裘"。

420

李虎臣的模样，似乎永远定格在了淮河岸边、淮阴渡口。

那年，秋风萧瑟，为南下寻找孟庆霖，李虎臣身披貂裘大氅，独自上路，立于淮水岸边，驻马沉思……

"据说这件黑貂裘啊，可化雪于三尺之外呢。"姐姐李若雪的声音犹在耳前，但李虎臣知道：自己可能永远也见不到她了。

"虎子，不要！虎子……"孟庆霖伸手阻止，却是为时已晚。

此刻，孟庆霖的眼泪早就止不住了。他意识到自己即将失去李虎臣——这个一起长大的兄弟，却又对一切无可奈何，无能为力。他再一次深切感受到，自己在命运面前是多么卑微与弱小。

事实上，李虎臣的内心，也曾有过那么一丝犹豫或是挣扎，但一想到玉姐姐似已受辱，他内心复仇的怒火就肆意蔓延，完全无法遏制。

这或许，就是潜藏于李虎臣心底多年的爱吧！

最终，他下定决心与盖半城这厮同归于尽。

一声惨叫之后，锋利的刀刃轻易划进了盖半城的脖子。

转瞬间，一道血柱向上喷涌，浇灌在李虎臣的脸上、身上，犹如一场鲜血的洗礼。

他异常镇定地抹了把脸，又拔刀继续追杀盖半城的残余手下。

除恶务尽！

绝不能为姐姐、姐夫留下任何后患……

这些歹徒，平日里欺压良善尚可。如今，见到嗜血魔王一般的李虎臣，早就吓得屁滚尿流，连连跪地求饶，却得不到丝毫同情，抑或怜悯。

就这样，李虎臣麻木地处决着一个又一个，一个又一个……

算上盖半城，他已连杀了十二人。

步军都看傻了，却根本没人敢上前阻止，直到九门提督亲自率队赶到。

一柄钢枪，重重地砸在失去神志的李虎臣头上。

这才草草结束了一场血腥的杀戮……

第十五回

时空的另一端，李若雪也即将改变既定的命运轨迹。

暮春之初，远在亚圣府的家里早已是莺飞草长，春意盎然。

然而，当齐衰守孝的李若雪兴冲冲地拆开丈夫的来信一阅时，她整个人是错愕的，更是震惊的。继而，是无比的心痛。

那是一种难以言说的——悲伤从心底蔓延的感觉。

那一刻，她仿佛再也支撑不住了，身子径直瘫软下去。

"四奶奶！"房里的丫鬟绯云，连忙将其搀住。

李若雪的眼角噙住泪水，对绯云说："收拾东西，咱们上京！"

"是不是先问过太夫人再说，还有三爷那儿，总要多支些银子才是……"

"这是我姐弟的事情！不能……再连累夫家……对了，千万别让我娘家知道，我担心父母上了年纪……"

"记下了！不过，奶奶咱都是一家人了，又何必再分彼此？表少爷出事，大家伙儿心里也都跟着着急呢！"

李若雪悲痛之余，又有些恨铁不成钢："出事？他这也算自作自受！记得在娘家时，那武当山来的师父就曾说过，他是天生的猛虎之相，务必要以道心匡正。否则，就会为祸乡邻，自己也将因此死无葬身之地。如今，竟然——应验了……"

说着，李若雪又暗自抽泣起来。

"奶奶！表少爷也是为了救人呢，您就别责怪他了！我听了，这心里也怪不落忍的……"

李若雪好歹止了哭泣，开始认真思索起应对之法："我这身上的金银首饰连带嫁妆，大约还能换个千把两银子。待会儿，你去送到当铺，或是直接找人卖了。只要能换成钱的……你就……看着处置吧……"

李若雪希望为弟弟争取一个较好的结果，但这头一条，就是妥善安抚死者家属。

可要办成此事，没个大把银子又岂能做到？

"奶奶！我听来人说，死的那些可都是欺男霸女、恶贯满盈的人渣败类。如今，京城都快传遍了，说是上天派下表少爷这样的猛士，来拯救百姓出水火。大家可再也不用担惊受怕了！"

说到这里，绯云反倒有些心驰神往，想入非非。

"那也是滥杀无辜！这世上，哪里用得着他来替天行道？"李若雪良久叹息，一边归拢自己的金银细软，一边又询问绯云："来的，是个什么人？"

"不认得！好像之前是个当兵的，口口声声说咱四爷刚救过他的命！"

"这倒是奇了！爷到京城才几天呢！"

正当这主仆二人一番忙活之际，孟庆棠带着管家老吴风风火火地赶来了。

"弟妹！弟妹！你在吗？十万火急，我可要进来了！"

未待绯云开门，老吴已然将门一把推开。

如此不顾礼数，看来孟庆棠是真的急了。

"三哥哥！"

"免了！免了！这会儿，庆霖他们最缺的就是银子。我已让吴叔从账上先支了一千两。你拿着，亲自送过去，一来你们夫妻团聚，二来也好交给庆霖，让他上下打点。"孟庆棠殷殷叮嘱。

老吴递上一个锦盒，打开一看，里面盛满了百两一张的山西银票。

"三哥哥！这……"

"快拿着吧！依我看，死者烧埋银，外加各处关节，这点儿银子恐怕还不够呢……"

老吴亦进言道："四奶奶！如今兵荒马乱的，这府里开支也大，各项照应都有定例。这……"

他低头看了一眼锦盒，又说："这原本也是超支的，可谁教您就那么一位兄弟呢？因此，老爷这才特别关照，您就承了这份盛情吧！"

孟庆棠回身瞥了老吴一眼，心想：你这样一说，若雪如何肯收？这不是存心不给嘛！

"吴叔，你先回了！这儿有我呢！"孟庆棠一把接过锦盒，让老吴暂且退下。

第十五回

老吴不便多言,悻悻地走了。

李若雪是何等灵巧之人,怎会听不出这弦外之音?

可叹自己无依无靠,丈夫又不在身边,公婆也常驻庄上管事。如今,遇上此等变故,除了自相变卖首饰,就是伸手朝府里要钱。此外,我这一介女流,又能怎样呢?

她不禁生出寄人篱下之感,心中正无限惆怅。

见李若雪委屈,孟庆棠也不再勉强,只将锦盒放下,又说道:"弟妹啊!虎子出了事,你和四弟少不了前去探望。但你们人生地不熟的,不能没个亲人照应。我这写了一封亲笔信,是给咱们家一位同族长辈的,你到了京城之后……"

"哦?"

李若雪听了,反倒有些诧异……

却说,千里之外的京城。

这几日,孟庆霖一人被当作三个人来用。那真是左支右绌,横竖为难。他既要每日前往步队第二协司令部坐班,又要抽身照顾中毒较深,且神志有些恍惚的齐玉,更要为李虎臣的事情上下奔走,四处找人帮忙。

其实,若非出了这档子事,孟庆霖原本是可以痛痛快快地乐上好几天的!这是因为,机缘巧合之下,他凭借北苑一役的出色表现,甫一入伍就收获了贝勒载涛的青睐,被破格晋升一级录用,并由军佐转作军官,授下等第二级——副军校衔。

只不过,仓促之间哪有更多位置可供安排?

所以,他这才继续顶着"司书生"的差事,却领着二十五两的"排长"月俸。多少显得鹤立鸡群,故没少招人嫉恨!

毕竟,年少入局就能勇立大功,升官晋爵,这在大清朝的历史上,可谓百年一遇。更何况,孟庆霖还是个不折不扣的汉人!于是,这一任命立刻就引发了禁卫军系统内一片哗然。甚至,有人叫嚣找个借口,半年之内必将其挤出军队,赶回老家……

草木悲赤子陷囹圄　风云变绝境有生天

　　至于步军统领衙门，那更是眼红得紧！

　　他们亲见自家"摇钱树"被人连根拔起，其中的仇恨可就大了去了。于是，他们更加不肯放过这千载难逢的机会，揪住李虎臣不放，一定要逼其说出"连杀十二人"全是出自孟庆霖之授意，誓要将此二人置于死地不可！

　　幸好，孟庆霖既有载涛明面上的保举，又有暗地里袁世凯北洋一系的维护，总算是有惊无险，侥幸过关。

　　但李虎臣可就没这么走运了。连日来，牢中一应水饭供给全部断绝，又被狱卒反复刑讯折磨，早就苦不堪言。只是碍着孟庆霖的多方打点，和金碧云等人的不时关照，这才将将保住性命。

　　值得一提的是，那天若非孟庆霖手持金令箭在场，让九门提督多少有些顾忌，恐怕李虎臣早就被当场处决了。毕竟，这"连杀十二人"完全超出了一般治安范畴，足以认定为一场暴乱。就是先杀再问，事后也不见得真有人敢站出来挑刺儿！

　　再者，又经过金碧云等人的紧急斡旋，步军统领衙门总算勉强同意将李虎臣交由京师高等审判厅裁判定罪。他这才有机会，被押到京师看守所老监候审，权且记下项上人头。

　　为了报答金碧云对自家兄弟的救命之恩，也为了三人惺惺相惜的同袍情谊，孟庆霖决定亲往肃亲王府拜会。

　　他依稀记得，彼时的肃亲王府位于北新桥南船板胡同甲十八号。虽有房屋二百余间，却并未达到王府规制，只能算作亲王别院而已。这是因为，肃亲王一家世代居住的老王府，在庚子国难中惨遭战火蹂躏，沦为一片瓦砾废墟。其原址，又在战后被划入东交民巷使馆区，成为日本大使馆和日、意两国兵营。

　　于是，金碧云之父——肃亲王善耆，自打回了京城就发现自己无家可归了。万般无奈之下，他领着一大家子住进了位于京西妙峰山陇驾庄的显亲王丹臻墓园。这里是他们家的祖坟所在，也算是落叶归根。

　　善耆本是个伶俐人，在太后西狩时又表现出了极大的忠诚。后来很得重用，

第十五回

并使自己逐渐跻身于权力核心层。眼见得一颗政治新星冉冉升起,朝里的达官显贵再也坐不住了,军机大臣荣禄更是将自己新得的一座宅邸或卖或送地给了善耆。善耆却之不恭,遂命人好生修葺,便成就了如今位于南船板胡同的肃亲王新府。

这日响午,孟庆霖身着瓦灰呢军服,开襟紫铜六扣,又戴同款军帽,肩章缀星一颗,溜了个空儿就赶到肃亲王新府,口称:"老管事吉祥!在下孟庆霖,特来拜访平贝子!"

言毕,即双手奉还金令箭,呈上瑞蚨祥绸缎若干,又悄悄塞给来人礼金一两,以示诚意。

这已是困窘之下的孟庆霖刮地三尺,方才勉强凑来之数,几乎就是他的全部家当。甚至,就连那瑞蚨祥的绸缎都还是赊欠的。为此,他没少受人白眼。

可之所以如此,只是因为这几日他不停地为李虎臣的事情东奔西走。同时,又要为齐玉延医诊治,调理精神。这里外里,都是白花花的银子,饶是一池水也要熬干了。至于那二十五两的月俸,还没到发饷之日,自然也指望不上。

"等着!"

老管事见了金令箭便知大概,又将银两径自揣进袖管,步履蹒跚而去。

不多时,有一侍女携仆人出迎。甫一见面,即殷切叮嘱道:"不要乱看!不要出声!不要掉队!跟我来便是!"

"好家伙!这规矩真大!难怪老金宁愿醉卧沙场,也不愿常回王府居住!"孟庆霖一边想,一边忍不住到处乱瞧。

只见偌大的王府中,四处雕梁画栋,鸱吻脊兽,繁花似锦,绿草如茵。三座大殿,端坐于须弥高台之上,自南及北,依次排开,甚是巍峨壮观。又有单檐歇山顶,其上覆盖着碧绿的琉璃瓦,在阳光下闪动着耀眼的光芒,让人看了不禁眩晕。

进入内宅,风格突变。

原先,还是传统的宫殿样式。可转眼间,就流变成时髦的西洋做派。内宅主楼被设计成巴洛克式风格，迎面一圈联拱柱廊，甚显美观大方。

主楼背倚太湖石堆砌的假山，前有流觞曲水，环抱有情。

楼体形似椭圆，似在张开双臂，吞吐八荒。

楼前空地，一片芳草萋萋。又有喷水池，不时喷涌水花。

人入其中，如坠诗画，不觉乐而忘忧。

一进大楼，孟庆霖这才发现其内部装饰更为用心，诚可谓大开眼界。

楼内，不仅遍凿砖雕花饰，就连门窗、地板、天花板等也均以实木精工细作。宅院主人，又在其中添置了诸多稀奇昂贵的法式家具、中外珍玩，以及名人字画、珠宝玉石等等，让人眼花缭乱。

孟庆霖曾如是感慨曰："近观之，则无比富丽堂皇。远视之，则不啻欧洲宫廷！"

正当他目不暇接之际，侍女巧笑倩兮，莺莺婉转："这儿，就是贝子爷起居楼层。请贵客稍候……"

"不用了！小孟又不是外人，让他小子滚进来吧！"

这熟悉且戏谑的言语，只能是自己的好兄弟金碧云。

"哟！贝子爷万福金安！"孟庆霖有样学样，打千儿行礼，但语气上，却甚显玩乐不恭。

"扯淡！净来这虚的！"金碧云又转而对侍女盼咐道，"噢！我这里无事，你且退下吧。"

"嗻！"

"来，你过来搭把手！"金碧云赤裸上身，沐浴在客厅的阳光下，古铜色的肌肤闪动着熠熠光泽。他肩膀处缠绕着雪白的绷带，左肋下涂满了紫红色的药膏，却仍止不住向外渗血，让人见了好一阵唏嘘。

孟庆霖一边帮金碧云更衣，一边留意着他的胸口、脊背。

只见，金碧云身姿挺拔，肌肉壮硕，线条硬朗，孔武有力，却依然难掩其精神倦怠、身心俱疲之状，更无法回避这通身的伤痕累累、疮疤遍布……

第十五回

"你这儿都是哪受的伤啊?这么些个!"孟庆霖一声惊叹。

"胸口及脖颈两处,是少时学艺伤的。腹部三处,是随军剿灭会道门、白莲教时落下的。后背,是被革命党人炸伤的。至于肋下,那不是前几日平叛时,被人拿刺刀冷不丁捅伤了嘛!没什么大碍,都是皮外伤……"

"那肩膀呢?"孟庆霖一阵狐疑。

"嗨!你别问了,问了伤心!"

"你说就是!"

金碧云穿好衣裳,斜看了一眼孟庆霖,只说道:"都过去了,不是吗?"

"难不成……是……是我?!"孟庆霖支支吾吾。

"对!"金碧云索性不再隐瞒。

"你就是,那天刺杀李连英之人?"

"对!"

"天哪!我早该想到。要知道是你,我怎么可能会对你开枪?我想起来了,那天你三番五次地对我手下留情。若非如此,我哪有机会伤你分毫?"

想到这儿,孟庆霖已是懊悔不迭。

"都过去了,不是吗?"金碧云依然面色冷峻,语气悠然,仿佛从未将此事放在心上。

孟庆霖平复心情,遂与金碧云对坐于西洋沙发之上。

温暖和煦的阳光透过虚掩的窗棂,洒落在欧式客厅的实木地板之上。

一缕微风袭来,吹动半透明的窗帘,惹得后者愈发摇曳多情。

这时,侍女袅袅婷婷,依次传来数碟蜜饯果子、一盘牛奶沙琪玛,又奉上两盏清茶,而后轻掩门扉,只留二人叙话。

金碧云率先开口:"别客气!咱俩不论虚礼儿。看你样子,就知道你小子还没吃饭。先垫上一口吧,别饿得跟我那海东青似的……"

"咕咕……"孟庆霖的肚子,果然不争气地乱叫。

看来他早已饥肠辘辘,只因心事繁重,而无暇饮食。

孟庆霖抓起沙琪玛，囫囵吞下："哥！你那是熬鹰，但我这是一天只吃一顿饭。因为晚上那顿，我得留给齐玉……"

"齐玉……那丫头还好吧？"

"身体倒没什么大碍！就是迷药中毒，外加精神上受了些惊吓。"

"看着你们相濡以沫，我也高兴啊！只是，我就纳闷儿了，这样一个好人儿，你怎么就不给她个名分呢？我可听说，人家自打十六岁起，就跟定你了！你小子可不许赖账！"

"赖什么账啊？她到现在还是姑娘家……"

金碧云一口清茶差点喷出来，不禁摇头笑道："看来，多亏了你家虎臣啊！"

孟庆霖心中亦颇多感慨，却忽闻外面锣鼓喧天，鞭炮齐鸣，好不热闹！

刚才那名侍女，又兴冲冲地跑进来，对金碧云欢喜言道："三爷！三爷！快出来看啊！朝廷派人传旨了！"

"知道了！你先去招待来人。"

"嗻！"

"小孟啊，猜猜这敕谕上会说些什么？"

"这我哪里知道？不过，皇帝尚未亲政，目前能下旨的，依然是摄政王。想必，是摄政王对你有所期许吧。"

"猜对了五六分。其实，这旨意我一早就知道了——晋封我为贝勒！"

"喜事啊！贝勒爷！"

"哪有什么喜事？你记住：雷霆雨露俱是天恩。是恩就是威，有威就有恩。封我个贝勒，一是嘉奖平叛之功，二是必定有新差事给我，让我以命相报啊！你等着，我去去就来……"

孟庆霖目送金碧云更换朝服下楼，又在窗台上远远地眺望肃亲王府一大家子，无论男女老少，皆顶礼膜拜，跪地聆听旨意的盛大场面。

那景象，他再熟悉不过了。

孟庆霖不由得陷入沉思。

第十五回

但他无论如何也想不到，接下来将会是他与金碧云难得的一次会面；而再度重逢之时，昔日至交又是否会再续手足之情？

抑或，只能是兵戎相见，拼个你死我活？

须臾，金碧云已然归来，笑容满面对孟庆霖言道："果然！和我说的分毫不差。明儿个，我就要去广州。有线报称，那儿的革命党正在酝酿起事。听说，这次将规模空前！"

"老金，我有句话不知是否当讲？"

"你说虎臣吗？放心，他一时半会儿还死不了。只不过，要吃些苦头。对了，阿玛在那牢里也安置了一位贵客，说不定他能帮上忙。"

"你是说典狱？"

"不！那人也是个囚犯，而且本无生路，却被阿玛舍命保了下来。"

"一个囚犯？他能帮上忙？老金，你什么时候学会打哑谜了？"

"哈哈！到时候你就知道了！"

孟庆霖虽不明就里，却也愿意相信金碧云的承诺。又转而言道："其实，我要说的不是这事儿！"

金碧云疑惑地望向孟庆霖，仿佛第一次与他相识，不明白他这吞吞吐吐的到底想说什么。

"我突然有种预感，就是你千万不要去广州！无论如何，千万别去！"

"苟利国家生死以，岂因祸福避趋之？国家有难，我怎能不去？"对于孟庆霖的劝告，金碧云很是不解，甚至有些气愤。

"老金，这就是我不愿多言之处。你保的不是国，只是家！"

"小孟！出了这个门，你这话可千万别再讲起！不然，我可保不住你！别忘了，你现在端的是哪碗饭！"

孟庆霖无奈："好！好！那你万事小心，预祝你荣归！"

金碧云也感觉自己话说过了，有些后悔。

他本想挽留孟庆霖，却终究开不了口。

草木悲赤子陷囹圄　风云变绝境有生天

或许，金碧云不是不明白此去广州的凶险，也不是不明白孟庆霖是一心为他着想。可是，金碧云本就是骑虎难下。作为爱新觉罗的宗室子弟，他年纪轻轻的就晋封贝子。如今，又从贝子晋封贝勒。下一步，就是赏加郡王衔，直到成为郡王、亲王，甚至世袭罔替，重现始祖豪格的丰功伟绩，扶保大清"江山万年"……

这是他的抱负，也是他的使命，更是他奋不顾身，拼搏进取的不竭动力！他并非没有意识到大清统治已是摇摇欲坠，而革命的星星之火，早已现出燎原之势。但他却始终相信——事在人为！只要精诚团结各阶层有识之士，并将各地的起义、暴动扼杀于萌芽状态，大清的铁桶江山依然是牢不可破的……

然而，现实往往事与愿违！

金碧云太过执着，又太过赤诚。若是生在太平时节，他必定是一位好臣子、真勇士、伟丈夫！

可这是清末啊！是大清国祚的最后一年！

距离皇帝退位，民国肇建已不足十个月……

当然，说话的这一刻，金碧云和孟庆霖都对此一无所知，一如芸芸众生，只活在自己当下的世界中，亦步亦趋地跟着历史的车轮，步履蹒跚地向前迈进……

那天，孟庆霖作别金碧云，留下了爷爷送给自己的鎏金怀表，算作纪念，又在临出门时，偶遇被乳母怀抱，一心闹着要与三哥嬉闹的十四小格格。

"格格"是满清皇族少女的通称，并非正式封号。十四格格亦即十四小姐，是肃亲王善耆的第十四女，名曰"显玗"。

"玗"者，音"于"，石之似玉者也，却终非美玉。

这一年，显玗六岁（虚岁），仍是一个玲珑剔透的小姑娘，甚得家人喜爱。

只不过，仅仅一年之后，她就将被自己的亲生父亲送给一个人面兽心、豺狼成性的日本浪人——川岛浪速。而其所图，只是为了一个虚幻的、不切实际的"复国之梦"，却因此白白葬送了少女的一生。

从那时起，这个名叫显玗的皇族少女，将被改名"川岛芳子"，并将在民族的历史上，留下耻辱的一笔……

第十五回

书归正传。

孟庆霖回到王府大门，老管事见了他，立马变得亲切熟络起来。

"孟爷，您留步！这是我们家三贝勒爷给您的回礼。贝勒爷还说了，您送他的鎏金怀表，他很喜欢。"

说着，一队仆人手捧着各式糕点、各样绫罗，甚至各种枪械，以及二百两银票进至跟前。

孟庆霖一惊，这回礼也太丰厚了！

"不！不了！在下实在不敢收，但好意心领了。"

"欸？这话小老儿可不敢递！您不收下，我们可就难做了。"

言毕，又将孟庆霖先前塞给他的一两银子，妥妥地放回原主手中，恭敬地答道："孟爷和我家少主子有缘。日后，还要多加关照才是啊！"

孟庆霖好不尴尬，只得应承道："这个自然！这个自然！这沓糕点，我就收下了。其余的，还请完璧归赵！您只说，小孟执意如此。老金……哦，不！平贝勒必然不会迁怒于您！"

事实上，这时的孟庆霖绝不会想到：他赠表的行为，竟无意中宣告了自己与清廷的早晚决裂。毕竟，那表曾是数十年前慈安太后的御赐之物，象征着"时刻"效忠大清。

如今，就连大清自己都即将走到王朝的最后"时刻"，走下历史的舞台，并终被时代的车轮隆隆碾过，又何谈效忠呢？

细思之，总觉冥冥之中，似有天意……

这时，李若雪已在小九、绯云和数名老仆的陪伴下动身上京了。

临别之际，太夫人异常担忧，生怕路上再出个闪失，"可别屈了我这好孙媳妇……"于是，她不顾家人的劝告，强撑病体，将李若雪一路送到运河码头，并痴痴地望着孤帆远去，却久久不归。

"老祖宗勿忧！咱们有这么多家人陪着若雪呢！"孟庆棠搀扶着日渐衰老的太夫人，一步一顿地走下码头。

"怎么能不担心呢？若雪这孩子心眼儿太实，到了京城那鱼龙混杂的地方，万一再受了气，连个说话的人都没有……"

"老祖宗，您多虑了。弟妹这是去投奔庆霖，是回到自己丈夫身边。谁又会给她气受？"

"还不就是我那好孙子、你那好弟弟孟庆霖！"

"这……"

"唉！他们小两口，到现在也没给我生个重孙子……你们可别当我耳聋眼花，我这心里啊……可透亮着呢！庆霖这是不中意他媳妇，别看这混小子嘴上不说，心里正别着劲儿呢！"

"四弟年幼，但总有回心转意的一天。"

"二叔走后，宪济他们两口子就常在祀田庄子上忙活，也没空照顾家里。你这支撑门户的，可要多帮衬着些，别让人家说了不是……"

"是！老祖宗放心！"

片刻之后，太夫人忽然自言自语，脸上亦浮现出诡异的笑容。

"老爷啊！你可曾见到咱家宪泗了？这小子又跑到哪儿去了？到时辰了，也不回家吃饭……"

孟庆棠吓了一跳，但马上回转过来。

他惊恐地意识到：太夫人这是已近弥留，脑子里所思所忆尽是数十年前的旧事，而口中声声呼唤的，也都是她的丈夫和儿子——自己的祖父和父亲……

这一刻，孟庆棠搀着太夫人，回首望去，但见运河汤汤，心中亦感五味杂陈，良久不能发一言……

良久不能发一言的，除了孟庆棠，还有李若雪。

她自别了家里，便沿运河溯流北上，常独自一人立于船头。虽不知太夫人此情此景，却心心念念自己那可怜的丈夫孟庆霖，以及莽撞的弟弟李虎臣。

这两个男人，一个是她的主心骨，一个是她的心头肉。任凭少了谁，她感觉自己都活不了。她必须想个办法，先去见上弟弟一面，亲自问清前因后果，方能

第十五回

有所决断。

"幸好，三哥哥早有安排……"

李若雪从怀中取出信笺，拆开一阅：一个名字，便赫然跃于纸上——孟洛川。

正当她若有所思之际，天空突然飘起小雨，而且越下越大，须臾已是风雨如晦。

此刻，船舱内堆放行李的篮筐里也莫名有了响动，并不时传来仿佛小儿啼哭之声。

在此看守的小九，着实吓了一跳。

因他刚听了几段运河水怪的故事，眼下正惊魂未定呢。更何况，外面阴霾蔽日，风雨交加，小小的渡船仿佛化身一片窄窄的桑叶，在茫茫的"大海"里孤零零地漂泊，让人不由得胆战心惊。

可回头又一想：这大白天的，哪儿就这么巧？

于是，在强烈的好奇心驱使下，他壮着胆子，半眯着眼睛，双手颤巍巍地掀开了篮筐盖子……

正当他本能地要喊"救命"之时，一个粉妆玉砌、娇俏可爱，又梳着一对羊角辫的小姑娘，酣畅地伸了把懒腰，从里面"嗖"地钻了出来。

这时，李若雪也走进船舱避雨。

小姑娘望见李若雪来了，马上扑上前去，一把搂住她纤细的腰肢，嘤嘤撒娇道："嫂子！"

"晚晴！你怎么来了？"李若雪半蹲下身子，轻柔地抚着小姑娘的额头。

原来，她正是孟庆霖的同胞妹妹孟晚晴。

那年，芳龄十二岁。

不知不觉间，已届豆蔻年华。

正所谓："娉娉袅袅十三余，豆蔻梢头二月初。"

仿佛一眨眼，孟晚晴就从一个盈盈幼女，出落成北方佳人。昨日里，还是为哥哥迎娶嫂子的"出轿小娘"。今日看，就已是"清水出芙蓉，天然去雕饰"。只不过，由于环绕在全家老少的疼爱里，她的脸上依然稚气未脱，一如当年。

"哥哥走了，虎子哥也走了，你也要走了，家里就没人陪我玩了……"

孟晚晴一脸委屈。

"都是大姑娘了，心里只想着玩！你这乱躲乱藏的，万一出了事，可怎么是好？公婆回家找不到你，还不得急死啊！"李若雪嘴上训斥两句，却又心疼地将她紧紧抱住，转身对小九说："幸好还没走远，等到了下一站码头，你亲自送晚晴回家。"

"是！四奶奶！"小九几乎喜不自胜，心想这回又可以回家，又可以陪着小美人，可真是桩美差……

"不！我不要！我也想去京城，我要去看哥哥！"

"这趟不行啊！"

李若雪心知此去前途凶险，生怕自己难以分身。可转念又一想，长嫂如母。这些年来，自己早已将晚晴视作亲生闺女一般抚养。既然她已来了，又怎么忍心再将其交付外人？

见孟晚晴委屈地噘着嘴，李若雪的心肠终于柔软下来："好吧！一路上可要听话！"又对小九说："烦劳你知会一声！派个人回府里报信儿，就说晚晴在我这儿，勿忧！"

"是！"小九满腹失落，却是不敢表现出来。

孟晚晴喜笑颜开，而外面亦雨过天晴。

李若雪拉着她的手，一齐走出船舱。

迎面是凉爽的春风，脚下是滔滔的流水，放眼望去，千帆阅尽……

同一时空下，孟庆霖即将开启自己的集训生活，而这也是清末禁卫军的第六期，亦即最后一期成军受训。

金碧云则南下广州，探查革命党人活动，但身边却已换成清一色的陌生面孔。这是一拨临时调集来的侍卫，彼此素未谋面，且跟金碧云无甚交情，只是奉命而为罢了。至于阿玉锡等旧人，只因平叛之时受伤过重，尚在治疗，无法陪同成行。

第十五回

这些日子以来，齐玉因得到孟庆霖的精心照料，中毒症状渐轻，精神也愈发明朗起来。赵晨曦则在金碧云的多重保护下，暂时销声匿迹——但不久即将重新登场，延续自己的使命。

摄政王载沣正忙于制定第一届责任内阁名单，以便让宗室勋贵能在未来的立宪政治中掌握绝对权力。袁世凯则在暗中积蓄力量，一边联络并资助革命党人，一边想方设法地插手北洋人事任命。没人知道他到底用了什么手段，但结果却是让人大跌眼镜！

平叛不力的"近畿陆军第一镇步队第二协"原统领何宗莲，非但没有受罚，反倒被晋升为全镇统制，仍驻北苑仰山洼，北上协防京畿。

至于那个暗中挑唆，趁机煽动叛军作乱，又残忍嗜杀的"步队第一协"原统领曹锟，则更是结局好到离谱——竟然得以接替段祺瑞，被委任为近畿陆军第三镇统制，驻保定，南下拱卫京师。

这二人一北一南，共同扼守住京城门户；又双双从旅一级军事主官，晋升为师一级统帅。

诚可谓：青云直上，升官发财！

于是，二人无不感念袁大帅曲线助力之功，纷纷派遣使者南下，至养寿园内再表忠心，云云。

然而，硕果仅存的一百零一名归队叛军可就没这么幸运了。

何宗莲既觉得他们碍眼，又担心他们再度闹事，便将其全部打散，混入自己新招募的士兵当中。后来，又觉此举仍不稳妥，便自作主张，索性一一遣散，打回原籍。可惜，这退伍安置费又没个着落，以至于这些昔日叛军留也留不住，走又走不了，便三五成群，三三两两地游荡在京城的大街小巷，靠在天桥、前门大栅栏等人流密集之地出卖苦力为生。更有甚者，干脆光着膀子干起拉洋车的行当，几乎都要忘记自己也曾是名军人……

至于李虎臣，他已在京师看守所被羁押近一个月之久，却迟迟等不来开庭审判。每日睁开眼，他不仅要随时承受狱卒的百般羞辱与折磨，更要面对衣食无着，且与一具无名尸骨同席共枕的严酷生活。

他闹不明白,为什么就是没人将这尸骨收殓,而是不管不顾,任其腐败?直到若干年以后,他才恍然大悟:这本身,不就是酷刑之一嘛!

记得那时候,他曾多少次想过自杀,可是又不甘心就此不明不白地死去。

生既无明,死亦糊涂!

自己有何面目见先人于泉下?又将置姐姐、姐夫于何地?更加让人不舍的是:他真的好想再见一眼梦里的"玉姐姐"!可是,却终究盼不来任何人……

这一刻,他当真体会到何谓"上天无路,入地无门"。他对现实失望透顶,只好白天也睡,晚上也睡;睡了又醒,醒来再睡。因为,他太渴望活在梦里!也只有在梦里,他才可以依稀寻觅到"玉姐姐"往昔的容颜,他才稍感宽慰,他才勉强撑得下去……

不知不觉间,李虎臣的头发已愈见散乱,并渐渐地从四面八方遮挡住原本青涩的脸庞。至于胡须和指甲,那更是无法修剪,早已是藏污纳垢,惨不忍睹。仿佛一夜之间,他就老了三十岁,从一介翩翩少年变成个又脏又臭的半大老头儿。

可奇怪的是:这几日官差来提审他的次数,眼见得越来越少。或许,是因为对方也累了。又或许,是因为自己每次都咬紧了牙关,拒不招认。这才迫使对方失去兴趣。

事实上,我们很难想象李虎臣究竟是怎样熬过来的?

但他身上一道道血疤,一片片伤痕,以及因伤口发炎溃烂且长期身处阴暗潮湿环境中,而染上的皮肤病、风湿病,直到他去世那年也未曾痊愈,更不可能痊愈!后来,每逢雷雨天,李虎臣必定全身剧痛,生不如死,皆是起因于此。

即便如此,李虎臣在狱中也并非没有意外收获。

那是四月的一天,他因实在感觉这牢里的尸骨骇人,又因迟迟无人收殓,便只好自己动手,希望将其稍加挪弄位置。至少,可以用多余的茅草加以遮盖,也算是简易安葬,盼其安息。

结果,意想不到的一幕出现了!

第十五回

李虎臣莫名地发现这具尸骨身下,有一小块泥土似与其他地方不同。这里颜色更深,就像是被人刻意挖开,又仔细回填的模样。但若非如此近距离地观察,常人几乎无法发觉。

李虎臣闲着也是闲着,顿时来了兴致。

他小心翼翼地用手指扒开那一小块泥土,却在挖了几寸后,发现一只木匣。打开一看,里面有数本小册子。

李虎臣抖落书皮上的尘土,又用袖子仔细擦拭封面,方才一一看清书的名字——《警世钟》《猛回头》《革命军》!

这些……好像似曾相识啊!

印象中,李虎臣年少之时曾在孟庆霖的书房里,瞧见过几本类似的小册子,但每次要去翻阅,都被孟庆霖以各种理由搪塞。

也难怪,这些都是杀头的"物件",又岂能轻易让人抓到现行?

于是,李虎臣只闻革命"其声",未见革命"其人"。却不承想,竟在这暗无天日的京师牢房里一窥"革命"真容!

尽管此时,他完全闹不明白究竟何谓"革命"?只当是"排满运动",或是"反清复明"。但他却分明意识到:眼前这个人,费尽心力地埋藏几本小册子。就算是最后死了,也要以自己的腐坏身躯对此加以遮挡,不让官府发现。那么,这几本革命之书对那人来说,是否就意味着希望,或是"宝藏"?其中,又到底隐藏着怎样的秘密呢?

这次意外的发现,无疑激发了李虎臣强烈的好奇心。他开始借着每日正午时分方才折射进来的些许阳光,认真钻研起这几本革命启蒙书籍。

直到晚年,他依然可以背诵其中若干章节:

> 长梦千年何日醒,睡乡谁遣警钟鸣?
> 腥风血雨难为我,好个江山忍送人!
> 万丈风潮大逼人,腥膻满地血如糜;

一腔无限同舟痛，献与同胞侧耳听。

……

这满洲，灭我国，就是此策；吴三桂，孔有德，为虎作伥。

那清初，所杀的，何止千万；那一个，不是我，自倒门墙！

……

伟大绝伦之一目的，曰革命。

巍巍哉！革命也。

皇皇哉！革命也。

……

何谓革命？

变革天命是也。

《周易·革卦·彖传》载："天地革而四时成，汤武革命，顺乎天而应乎人。"

到了晚清，"革命"这一概念，已从单纯的改朝换代引申为以共和制推翻君主制的波澜壮阔的历史进程，而这一进程，又是与王朝盛衰分不开的。

若论王朝盛衰，那方兴未艾时的朝气蓬勃往往似曾相识，庙堂内无不英才济济，朝野上下无不万众一心，就恍若一轮红日，在云蒸霞蔚中喷薄欲出，直上九天！

转眼到了王朝末年，则各有各的不幸。至于毁天灭地般的灾祸异象，那更是接踵而至，让人应接不暇。

远的不说，只看明清鼎革之际先有"梃击""红丸""移宫"之"三大案"惊世，又有天启六年"京城王恭厂爆炸"发生。据载，此次爆炸，起因成谜，而死者数以万计；且"死、伤者皆裸体"，让人大呼不解，悬案至今未破。

到了崇祯年间，社会动荡加剧，以至于那些真真假假的所谓"异象"故事就更加广泛地流传开来。有些，已经上升到"怪力乱神"的程度，诸如"晴空鸣金鼓""孝陵恸哭"等事，简直骇人听闻。

第十五回

然则，透过现象看本质。

这些故事，无论信史所载，抑或口耳相传，都或多或少地反映出一条颠扑不破的朴素真理，那就是：一个王朝的灭亡，注定是统治者与被统治者，乃至统治者之间矛盾日趋尖锐且不可调和的最终结果。在这一过程中，要么是天灾人祸，要么是外敌入侵，要么是内战不止，凡此种种，抑或兼而有之，必将成为掀翻王座的临门一脚和最后一击！

只是或早或晚，各有因果罢了。

历史上，王朝倾覆的例子数不胜数。若论外敌入侵，则有如蒙元攻灭南宋。若论内战不止，则有如晚唐藩镇割据，诸如此类，何其多矣！他们或是土崩，或是瓦解，至于天灾人祸，那更是穿插其中，不胜枚举，难以尽书。但归结起来，却始终离不开社会的两极分化，矛盾的急剧尖锐，乃至于不可调和。

大清的最后一年亦是如此，概莫能外……

宣统三年，这注定是一个不平凡的年份。

这一年发生了许多事，但眼下最让全国离心离德，并加剧统治者之间分化瓦解，乃至于矛盾急剧尖锐的，还要数摄政王载沣刚刚颁布的第一届责任内阁名单了。

这份内阁名单，拟得可真"好"啊！

好就好在，足以将一切中间力量，驱赶到革命的一方。

因其放眼望去，几乎是清一色的宗室勋贵，人称"皇族内阁"。

若是仔细观瞧，自内阁总理大臣庆亲王奕劻以降，凡十六位阁员，宗室黄带子占九人，且全部把持诸如民政、外交、工商、司法、海陆军等要害部门。汉人看似七人，却只有徐世昌一人手握实权。其余的，只能在都察院、弼德院、典礼院等清闲衙门打发日子，不值一提。

这摆明了是集权，不是分权；是专制，不是宪政！

原本，社会各阶层仍对大清施行"立宪政治"抱有期待，对革命一事尚存疑虑，如今竟一朝破灭了。其中大失所望之人，除了张謇、杨度等大人物，还有像孟庆霖一样，懂得一些时势的小人物。

事实上，孟庆霖原本是个立宪派。

这是因为，他虽然研读革命启蒙书籍，却本能地偏爱和平，不喜暴力。然而，多年的见闻与学识，又让他对君主专制厌恶已极。

终于，在政治学和宪法学书籍中，他发现了一条似乎可以救亡图存的"爱国之路"。那就是：施行宪政。当然，以今人视角观之，这一观点尚需完善。并非政体一变，就会立刻实现国富民强。这是一个循序渐进的改良过程，亦是历时百年的苦难辉煌。

尽管如此，他的思想却已然悄悄跟上时代。只不过，对于立宪之后，是否保留"皇帝"，他当时尚在两可之间。但如今，他对满清宗室愈感失望了，一如时人所想，爱新觉罗家是不可能主动放权，施行宪政的。

除非……

"除非革命！可若是如此，老金又当如何自处？还有我这重身份……老金……广州……"

"相公，相公，你说梦话了！"

夜色深沉，李若雪却不得不叫醒正在睡梦中惊慌失措，大呼小叫的孟庆霖。

齐玉也披了衣服，手执烛台，从房内一侧的小榻上赶来观瞧。

"哟！这怕是被梦魇着了！四爷！四爷！快醒醒……"

孟庆霖仿佛察觉到了异样，从床上腾地一下坐起来，气喘吁吁……

他睁开双眼，蓦然发现二美在此，便知自己方才做了噩梦。

这才略带惊恐地回忆道："我梦到老金……他浑身是血，正向我求救。我还从没见过他这样……"

李若雪和姜齐玉对望一眼，却尽皆默然。

孟庆霖见她们欲言又止，便问："怎么了？"

齐玉掩面垂泣："昨儿，阿玉锡来了，说金大人在广州遇袭，身负重伤。眼下，生死不明……他是特意过来告辞的。那会子你不在。等你回来，夜已深了。

第十五回

孰料……"

"竟都是真的!"

孟庆霖再难抑制自己的感情,豆大的泪珠儿好端端地从脸颊滑落。

李若雪也长叹一声,却转而好声劝慰道:"明儿,我们再去差人打听。你先睡下,养好身子才是要紧!"

孟庆霖擦干眼泪,下床穿戴起来。

此时的他,眼神中再度充满坚毅。

"不了!后天就要集训,上面有令:禁卫军务必于七月十五日前编练成军!我在外的时间不多了……"

李若雪坐在床上,有些好奇:"七月十五?可真会挑日子!"

"人家才不忌讳这个,主要是七月二十四日阅兵。"

见丈夫已然起身,李若雪也索性不再睡了。

趁着齐玉外出打水的工夫,她尝试从身后抱住孟庆霖,却被他巧妙地避开。

孟庆霖略有些慌张地说:"见过瑞蚨祥的孟掌柜了?"

李若雪不免有些失落,但又强打起精神:"见过了!到底是同族长辈,又是一代儒商,在京城的地面上吃得开。如今,人家已关照过了,说这几日我们可随意挑个时辰前往探监。对了,你欠店里的银子,我也一并结了。人家本来说不要,但我知道,若是不给,你又要给我脸色看!"

正巧齐玉回来。

孟庆霖一拍脑袋:"走!"

"现在?"

"现在?"

二美异口同声。

"对!就是现在,到了京师看守所刚好天亮。这事儿,绝不能拖!"

之所以如此急切,是因为孟庆霖心里正犯嘀咕。

一方面,李虎臣和金碧云二人相继出事,他心中早已是五内俱焚。如今,他所为有限，帮不了老金；可既已获准探监，就必须早些前去，以免夜长梦多。另一方面，他也在想，既然金碧云先前可以动用肃亲王府的力量，勉强保住李虎臣的性命，却又为何不再争取一个探监的机会呢？

九十九拜都拜了，还差这一哆嗦？

尽管孟庆霖不愿猜疑，更不相信金碧云会在走前对自己有所隐瞒，但直觉告诉他：务必尽快见到李虎臣，迟则生变！

果然！

李虎臣这里确实起了一些变化，颇多耐人寻味。

首先，他不再像以往那样焦躁不安，反倒是心思愈加沉静。过去的李虎臣，让他闻鸡起舞，演练十八般武艺，他绝无二话；但若是让他静下心来，哪怕认真读一会儿书，他可就要跳脚骂人了！

如今，李虎臣的双眸中，除了勇气，更多了份澄澈。他不再将读书视作受刑，反倒是愈发爱上了这种内心寂静的感觉。后来，他曾直言道："每逢独自一人，我常手不释卷，而在字里行间，我仿佛真切地感受到有一株参天大树正在身旁荫蔽着我，守护着我。我读得越多，学得越深，这株大树就生长得越是高大雄壮，直到将周围的一切全部包裹进自己的浓荫当中……"

其次，李虎臣的思想有了些许转变。过去的他，心里装的只有家人，以及让他魂牵梦萦的"玉姐姐"，而他也只愿为家人效力。对于政治，那是从来漠不关心的。反正姐夫说站哪边，自己就跟着站哪边就是了。

就说上次平定北苑兵变，那全是因为自己赶上了，而偏巧姐夫又与金碧云，二人惺惺相惜。不然，他才懒得蹚这浑水。可是，如今他的心里仿佛被播下了一颗种子……一颗革命的，心向共和的种子……

另外，还有一变，却是眼前正在发生的。

那就是，居然有人赶在孟庆霖夫妇之前，提早一步探监。

会是谁呢？

……

第十五回

只见这昏暗阴冷的牢房过道尽头,破例地安置了一方桌椅,又燃上了数支烛台。

烛影摇红,映衬着一位佳人灿若桃李的俏丽容颜。

或许是为了掩人耳目,她披了一顶深蓝色的无袖斗篷,将自己深深隐藏起来,形若覆钟。只在尽兴谈笑时偶尔探出半个身子,若隐若现。

"别说笑了!你到底干吗来的?"牢房内的李虎臣,猛地站起身来。他身上披戴的镣铐相互碰撞,好一阵叮当脆响。

"自然……是来看你笑话的呀!"

"那你看够了,可以走了。"

"还没呢!你平常不是最讨厌我吗?今儿个呀,我可得让你讨厌个够!"

"你是真够烦的!若不是这几个月来,一直没人跟我说话,我早就……"

佳人不依不饶:"早就怎么样?"

"早就喊狱卒赶人了!"

"哈哈!就那几只老狗,才不敢多事呢!"

旋即,她又郑重承诺:"你放心,今天的谈话——天知!地知!你知!我知!"

李虎臣纳闷了:"我之前是真看走了眼啊!你这小蹄子,究竟有多大本事?"

"本事不大,倒能救你出去!"

李虎臣顿时瞪大了眼睛,双手紧握住铁栅栏,惊奇地问:"当真?"

她只淡然一笑:"只需应我一事!"

"嗯?"

她不免左右张望一番,而后悄悄凑近身子,将声音压到最低,对李虎臣如是耳语。

"什么?不!绝对不行!"李虎臣居然被这几句轻声细语,吓得踉跄倒退。

牢房内,又是一阵叮当乱响。

"你可要想清楚了!这是你活下去的唯一机会!不然,就冲你连杀十二人这条,你能活到今天,就已是他格外施恩!"

"胡说！大丈夫立身处世，安有不死？岂待他人垂怜？再说，你们哪里是想救我，分明就是利用！"

"你这人说话真是……真是越来越像你那姐夫……"

李虎臣听了，气不打一处来："像又怎样？你别忘了，当初可是我姐夫救的你！"

她沉吟片刻，眼中似含泪光，却是一闪而逝，只轻声应道："我怎么会忘？"

"你走吧！我只当你没来过，自然也不记得你说过什么！就让我死在牢里算了……"李虎臣说着，竟倒下身去，四仰八叉地躺在牢房的草垛上。

她不怒反笑，仿佛是被李虎臣的自暴自弃给逗乐了。

于是，她依旧明眸皓齿地劝解道："死谁不会呀？可是，活着可比死更难呢！昔日，有霸王项羽，四面楚歌，兵败垓下；待其一路突围，终至乌江。此时，乌江亭长也已摇船而至，对霸王说：'江东虽小，地方千里，众数十万人，亦足王也。愿大王急渡。'你猜，那项羽怎么说？"

"《史记·项羽本纪》的故事，我好歹上过几年私塾，你难不倒我！"李虎臣索性转过身去，背对来人。

"如今的你，不就是四面楚歌吗？空有一腔抱负，空怀一身武艺，却被埋没在这暗无天日的牢房里面，天天与冢中枯骨相伴，求生不得，求死不能！"

"所以，你是来劝我自杀的吗？"李虎臣翻过身来，刚要发火，却又生生忍住了。

"非也！还是那句话，死谁不会呀？可活着，比死更难呢！要我说呀，项羽做得不对！若是他能听人劝，先过江留住性命，还怕没个东山再起的机会？"

李虎臣默然。

见事情有了转机，她又拾起随身带来的琵琶，任意撩拨两下，对李虎臣说："一出此笼，便是鸟上青天，鱼入大海……你才有机会，再见到你那'玉姐姐'啊！"

"玉姐姐……"

第十五回

李虎臣愣住了，他无暇顾及此人何以深知其心。但这句话，却无疑击中了他内心最敏感、最脆弱的部位，让他从长久以来的麻木不仁，迅速回复到往昔的有血有肉。

李虎臣甚至感觉自己的心脏都重新跳动起来。

有时，少男的心思就是这样单纯，会为了一个心爱的姑娘而罔顾自己的人生！

那佳人又说："过几日，自有人为你修剪、打理一番。"

"送我出狱？"

"不，先送到板房。"

"板房？"

"对，就是高级监室，比这儿可舒服多了，去了便知。那儿，有个大人物在等你。"

李虎臣察觉事有蹊跷，便急切地说："你把话说清楚！这也是你们的计划之一？"

她不愿多言，只一边撩拨琵琶，徐徐奏出铿锵之音；一边如是答复李虎臣："让我为你弹一曲《十面埋伏》吧。想当年，多少王孙公子想听我弹奏此曲，还听不到呢！我却……不收你的银子。只是，待这一曲终了，你可要告诉我答案。你究竟是选择'霸王别姬'，还是选择'东山再起'？"

正所谓"转轴拨弦三两声，未成曲调先有情"。未待李虎臣发言，那一曲铿锵已然悠悠传来。

刹那间，小小的牢房好似化身垓下古战场，千军万马正迎面而来。

纤纤玉指，音符飞扬。

随着节奏越来越快，那漫天飞舞的音符已如急风骤雨一般，交织出一曲慷慨悲歌，恍若楚汉两军在此决一死战。

两军将士杀声震天，浴血奋战。

顷刻间，天昏地暗，地动山摇，凡所过处，俱成齑粉。

草木悲赤子陷囹圄　风云变绝境有生天

刀枪剑戟激烈碰撞，奏出金玉之声；人喊马嘶剑拔弩张，演绎鼓角争鸣。

然而，高潮已至，却是悄然无声。

久而久之，只有一片哀怨的楚歌唱起。

继而，是更加悲痛的决绝之声，那是虞姬自刎，永别项王……

终于，又来到乌江岸边，李虎臣仿佛看到了自己。他面朝滔滔江水，扪心自问："吾终欲何往？过江抑或死去？是背负恶名，痛快赴死？引刀成一快，不负少年头？还是苟全性命，徐图再起？卧薪尝胆，三千越甲可吞吴！"

偏当此时，天色渐晓，琵琶弦崩。

这一曲《十面埋伏》终究未能奏完，却等来了孟庆霖夫妇和姜齐玉。

这一瞬间，五个人目瞪口呆。

"赵晨曦？！"

"姐姐！姐夫！玉姐姐！玉姐姐！我在这儿！"

"孟公子！齐玉姑娘！这位……想必就是孟太太吧！"

当然，从这一身装束，从这俏丽的容颜，从这一曲琵琶，不难推断出此女就是赵晨曦！

只不过，她这一曲尚未终了，却无端崩了琴弦，让其心中无限惆怅——"怎会如此？"

但久经交际的她，马上就调整好状态，也顾不得指尖伤口流出的汩汩鲜血，早就仪态大方地与孟庆霖三人叙话。

然而，李若雪却顾不得旁人。

她只身扑到牢房铁栅栏处，与弟弟手握着手，头抵着头，已是痛哭流涕，情不能自已。

齐玉也跪坐于旁，暗自抽泣："表少爷！这全都是因为我……"

孟庆霖自然也没有心思寒暄客套。

他来到栅栏外，看着李虎臣如今的凄惨模样，心中悲痛难忍。

反倒是李虎臣乐了。

447

第十五回

这些日子以来,他难得嬉皮笑脸一回:"姐姐,我在这儿好着呢!你放心,过几天我就出去了!真的!"

听了他的话,李若雪非但没有丝毫欣喜,反倒是愈加悲痛。她知道,这不过就是弟弟不忍看到自己哭泣,故作哄劝罢了。

然则,时间宝贵,她绝不能将这来之不易的机会尽数付诸眼泪。

于是,她和齐玉相互搀扶着,将带来的一笼糕点,一应小菜,一一为李虎臣呈上。

李虎臣和着泪水,激动地品尝着"家"的味道。

他动情地看着姐姐,又深情地望着齐玉……

旋即,他释然了。

他一边大吃大嚼,一边对赵晨曦喊话道:"赵姑娘!咱们说好的,可不许变卦!"

继而,没人知道李虎臣是哭是笑,是悲是喜;抑或是哭笑不止,悲喜交加。

"哎!绝无食言!"

赵晨曦收了琵琶,悄悄擦干眼泪,将自己重又裹进那顶深蓝色的无袖斗篷之中,也不再知会任何人,独自轻轻地走了,一如她轻轻地来……

第十六回　孟庆霖结庐守纯孝　太夫人病榻述前因

话说，自赵晨曦走后。

不出旬日，李虎臣果然被人录了"海底"。不仅谳明自出生以来诸般情状；更要一一指认其家人亲戚所在；又不辞辛苦，简派亲信到当地逐项复核，确保供述真实可信，方才作罢。

又过了一月，另一拨人前来为李虎臣修剪、打理一番。而后，为其摘去镣铐，并将之送到高级监室——板房。

板房，并非现代意义上的活动板屋。只因其内部平坦宽敞，采光良好，又通风透气，故有此称。当然，这也只是相对"老监"而言。

一般情况下，这里只羁押银子给够的高官显宦、豪门望族。但这回情况特殊，临时幽禁了一位受到特殊关照的"贵客"，而这位"贵客"原本是要被"斩立决"，并株连九族的，却偏偏被肃亲王善耆舍命保了下来。

在善耆看来，这人是位大才，理应延揽入幕。至少，也可将之视作朝廷与革命党之间沟通的桥梁，万不可伤其性命。

那么，这人究竟是谁呢？

他就是同盟会会员，孙中山先生的左膀右臂，亦是密谋暗杀摄政王载沣的天字第一号刺客。如今的义勇志士，未来的汉奸民贼——汪兆铭！

当然，他还有另外一个名字——汪精卫！

"精卫"者，即"精卫填海"，矢志不渝之意，取自《山海经·北山经》。曾几何时，汪兆铭也是一位热血青年。他取此笔名，亦存为革命赴汤蹈火之志。有人说，后来汪兆铭变了，变得奴颜婢膝，不辨善恶，不明是非。这才沦为汉奸走

第十六回

狗，受万世唾弃。

但我却认为，汪兆铭从未改变，他自始至终都是那个"热血青年"。只不过，他既有"热血"的纯粹与激情，又有"热血"的偏执和简单。

正所谓"至刚易折"！

一旦剧烈的、极端的行为，得不到合理报偿。那么，过去种种偏执的冲动，极有可能走向事物的反面。

正因如此，他才会在若干年之后只看到日本的强大，而忽略中国和中国人民的坚忍不拔。在他看来，妥协与退让，乃至寻求所谓的"合作"，才是唯一的救国之路，而不论这种"合作"是否超越底线，是否遗臭万年。

在某种程度上，这正是他作为"热血青年"，简单甚至是愚蠢的表现。有人说，汪兆铭从来不是政治家，甚至连政客都称不上，信哉斯言！

这一点，从他之前醉心暗杀，密谋行刺；到逮捕归案，死罪难逃；又到如今，被敌营宽宥的一连串遭遇就能看得出来。

渐渐地，在善耆的一番劝导和引诱之下，汪兆铭不再排斥，甚至是主动寻求与不同阵营的人接触。这里面，自然就包括清廷的人。

在他看来，只要有助于革命大业，有助于自己一展抱负，他可以来者不拒，甚至是张开双臂欢迎！

所以，当他第一眼见到李虎臣，并亲自领略到这人一番卓绝武艺，又听闻其一番坎坷际遇之后，便认定此子必是上天所赐，必将有大益于革命！当然，李虎臣也并未说出全部实情，至少刻意隐瞒了自己的某些经历，特别是与赵晨曦的约定。

"汪先生！要不是我姐夫家出了大钱，我这条小命早就没了！更不可能到这儿来享几天清福……"尽管李虎臣不擅说谎，这句话也讲得磕磕巴巴。但汪兆铭却似乎并未起疑，反倒十分欣赏其坦荡为人，更对其一身本领赞赏有加。

二人遂感相见恨晚，并日渐引为"知己"。甚至，一同吟唱着那首"引刀成一快，不负少年头"的诗句，苦挨着希望渺茫的未来……

反观孟庆霖这里。

他自参加禁卫军第六期集训以来,便与军中伙伴一起剪了辫子,留起平头。又同吃同住,日出而作,日落而息,常在烈日下苦练、暴雨中跋涉。至于骑马、射击、格斗、侦察、测绘、旗语,武器操作、军中庶务,乃至于忍饥挨饿、挨打受气,他一样不落地熬了过来。

非但如此,孟庆霖亦曾摘得一等射击徽章一枚,二等射击徽章三枚,俨然最后一批士兵中的佼佼者。

然而,世事难料!

正当他春风得意之际,阴历七月的一场时疫袭来,军中多人接连病倒。病者,皆高热不退,红斑遍布;又浑身奇痒难耐,完全无法出操受训。且不出十日已有蔓延全军之势,而孟庆霖亦不能幸免。

终于,为保七月二十四日成军典礼无虞,孟庆霖等一干人均以病假临时开缺,遣出军队养疴。这正应了半年前那话:"要寻个借口……必将孟庆霖挤出军队,赶回老家……"

果然,他们做到了!

尽管,并不彻底……

训练禁卫军大臣贝勒载涛,对此心中不忍,却也无可奈何,"总不能为孟庆霖一人甘冒风险吧……"

李若雪则不免为丈夫惋惜,大有失之交臂、功败垂成之感。但孟庆霖却似乎并不以为意,只叹道:"也好!这大约,就是缘分将尽了……"

尽管孟庆霖没能亲眼见到阅兵盛况,但他却听事后过来探病的张毅融绘声绘色地描述道:"德胜门外,两黄旗校场,旌旗蔽日,军乐齐鸣……端的威武雄壮!"

"摄政王亲临?"

"可不?亲自颁授军旗,只不过……"

"什么?"

"你可千万别跟外人讲啊!"

第十六回

　　张毅融一边帮忙煎药，一边略显夸张地讲起："礼成之后，我们列队恭迎摄政王回府，却不料一阵狂风吹来，吹起漫天黄沙，吹得我们睁不开眼。最后，竟把军中大纛吹得一折两段。当时，还有不少外国记者在场，可把上面给吓坏了……"

　　孟庆霖勉强咽了口药，却又听得呛出声来。

　　咳嗽半天，他只让张毅融离得再远些："靠我这么近，也不怕传上……"

　　日近正午，齐玉已备好饭菜。

　　张毅融倒不客气，只笑嘻嘻地留下蹭饭，又对齐玉打趣道："你的手艺，我是知道！这京城里面，也断乎难找！"

　　"张大人玩笑了！听说，您家是苏州的，那苏帮菜可比我这山野小菜讲究多了吧。"

　　"就是偏甜，外人或许吃不惯。"

　　李若雪也过来作陪，对张毅融敬酒言道："相公特别叮嘱过，他的碗筷要单独一套，不便与人混同。平常就是我们过来，也不见得就让我们挨跟前说这许久。他心里正是苦闷，也只和你无话不谈……"

　　张毅融品着一桌酒菜，又望着孟家两位美人，倒在心中泛起一阵酸意，只寂寞地感慨道："他这哪儿是养病呢？兼美若斯，就是病上他十年八年，我也愿意！"

　　说着，就一饮而尽，惹得二美不觉脸红耳赤，忙掩口而笑……

　　又流转数日，孟庆霖病症渐消，只在耳后鼓出两个大包，却是不痛不痒，更加不惹人注意。他只道寻常，但二美却不敢懈怠，仍旧遵医嘱，轮番为其擦拭清热药膏，直到身上一应红斑消失，方才痊愈。

　　病愈后，孟庆霖要做的第一件事，既不是恳求归队，也不是到处去给苦主送烧埋银子，更不是陪着齐玉和晚晴在京城闲逛，而是携妻返乡，祭奠祖父。

　　这时，孟庆霖已然知晓悲讯。

　　只不过，他是自己领悟到的，却并非听任何人讲起。或许，早在二月初四那天晚上，他就从姜齐玉和李虎臣的反常表现中猜到如是真相。

然而，那晚之后，变故频发：又是路遇李连英被人砍了脑袋，又是平定北苑兵变，又是李虎臣入狱，又是集训成军。

最后，又病来如山倒……

他是实在腾不出手，分不开身！

直到如今，他方才借着开缺之际，只带了李若雪一人就火速赶回家中，并辗转亚圣林祭奠。却又因心中有愧，遂决定独自一人在祖父墓前结庐而居，不再回府居住。

这可就愁坏了家人！

先不说天气渐凉，草庐简陋，人在里面待上小半个时辰，就要四肢冰冷，浑身僵硬。就说眼下这时局，日渐兵荒马乱，盗匪横行，也绝不是离群索居的好时候。可是，孟庆霖却偏偏一意孤行，任谁劝也不听，真就是吃了秤砣铁了心！

李若雪看在眼里，便不由得想起年少那会儿，丈夫曾遍尝户部巷小吃之事。或许，往昔的生活记忆可以打动其心。

"对！就挑其中一、二道，加以仿制。"

终于，在那间一眼望得到尽头的墓前草庐，李若雪得偿所愿。

当她情意绵绵地看着丈夫，呼哧呼哧地嗦完一大碗糊汤粉并几碟小菜，又接连打了几个饱嗝儿之后，她亦眉头舒展，忘情地笑了。

"味道有几分像？"

"忘了！不过，这让我想起虎子。那年户部巷，他也在……"

李若雪听了不免伤感，却又有些疑惑。那年，去武昌接孟庆霖回家，明明自己也一路随行，却又为何总是闭口不谈，仿佛单单将自己遗忘？

然而，未待她提问，孟庆霖就已然从身后的抽屉中翻出了遗物——那个紫檀木匣子！

又是李若雪，施巧劲儿将其打开，并浅浅笑着，好奇地望向丈夫，却在无意中，露出手腕处一只通体透亮的白玉镯子和一段雪白的酥臂，眼睛里尽是柔情蜜意……

第十六回

只不过，孟庆霖此刻的心思，全在匣子上。而这里面，却依然只有一封书信，一张照片，以及一支木笛。

待读罢书信，他依稀感觉这字里行间，似有暗语，却又点到为止，不便明言。

"若是对我有所叮嘱，何不直言？好生奇怪……"

于是，又端详起那张"异域女子戎装照"。

只见，这照片上的女子高鼻深目，端庄俏丽，又衣着华贵，气质高洁，好似公主，宛若仙子。

"当真是举世无双！"孟庆霖如是赞叹。

"可惜，咱们没见过真人……"李若雪斜倚在孟庆霖肩上，不禁感慨。

"这小祖母，年轻时可真是位美人！只是……为何偏要将照片留下，而非长伴极乐？"

"我心中也有这个疑问！"李若雪似有所思。

"算了！咱们就将这照片在墓前焚化……"

孰料，这一"焚化"可不得了！

孟庆霖眼睁睁看着照片飘飘摇摇，却始终未能燃透。

正疑惑间，只见那照片又借着风势，飞回了他的脚下。

二人不禁惊愕！

于是，赶紧踩灭火苗，又将那照片捧在手心里反复搓揉。

最后发现，那背面竟是可以撕下来的，并显露出如下几个字：

　　天山脚下，迪化城东。

　　百花香冢，万紫千红。

孟庆霖若有所悟。

"反正，我现在是候补开缺，也无人管我。不如孝期一过，我便接来齐玉和晚晴。咱们一起去趟新疆，去寻访那'百花香冢'……"

"怎么？你不打算回去了？"

孟庆霖摇摇头："眼下，老金生死不明，我又被扫地出门。我算是看透了，朝中无人万事难。想那涛贝勒，也早就把我这个人抛诸脑后了。这次，他们是以疾病将我开缺，谁知道下回又是什么呢？算了，反正每月二十五两银子不少就行了……"

李若雪知道丈夫这是有志难伸，心中抑郁，故有此碌碌之论。

正当二人仍在闲叙之际，管家老吴却骑了匹快马，风尘仆仆地赶了过来。

"四爷、四奶奶！二位快回去吧！老太太她……她醒过来了，正到处找您呢……"

亚圣府内，太夫人卧房暖阁。

一众丫鬟、婆子正忙里忙外地侍奉汤药，端茶倒水，好不辛劳。

太夫人斜倚在金丝榻上，头上包着珠玉抹额，手里拥着紫铜暖炉，身上披着鹤羽大氅，身子虽愈见瘦削，但精神尚可，神志尚清，言谈举止恍若往日。

"两个小心肝儿，来！快坐！"

"给老祖宗请安！"

"给老祖宗请安！"

孟庆霖和李若雪又是下跪叩头，又是欢脱起身，左右抱着老太太说笑，逗得老人家前仰后合。

孟庆霖兴奋言道："您可大好了？"

太夫人愈见慈祥，只言道："好了！好了！看到你回来，我就……大安了！"

又有丫鬟进来侍奉，却被撵了出去："你们都出去，留我们祖孙三人说话！"

"是！"

少顷，太夫人欲言又止，不禁咳嗽两声。

孟庆霖为其轻轻拍打着："老祖宗……是何事？"

"霖儿啊！这话我再不说，怕是要带到下面去了。这些年，我这心里……有愧啊！"

455

第十六回

"啊?"

孟庆霖愕然。

李若雪亦复如是。

太夫人叹息道:"二叔年轻时候,曾和一个女子好过。那时啊,你亲祖母倒也过世了,这本是件顺理成章的事情。可惜啊,那女子不是别人,她是……她是……唉!"

孟庆霖方才意识到:这说的,大约就是照片上那位异域女子,心情便不免跟着忐忑起来。

"她是西域,一个番邦外族的公主,名叫……名叫什么来着?"

太夫人忽然蹙眉不展。

"古再丽努尔……古再丽努尔·阿里木。"李若雪反倒记忆犹新。

"对!就是这名儿。可惜啊,她是位末代公主,她那堆臣子里头出了个叛逆,名叫阿古柏的。"

说起"阿古柏",孟庆霖可就不陌生了。这不正是借调停之机,入侵新疆,最后招来左宗棠大军讨伐之人嘛!

那会儿,爷爷正在左军效力。

这样一说,竟全都串起来了……

孟庆霖恍然大悟。

"记得那年,二叔荣归凯旋,我们一大家子原本是高高兴兴的!可万没想到啊,他竟悄悄带来这名女子,说她国破家亡,已无容身之地。还说要与她成亲,让我这个做嫂子的做主。唉!枉二叔英雄一世,却终难过美人关,竟然如此罔顾朝廷规矩……"

同样作为女人,李若雪不免代入思考:"老祖宗!按理说,这女子并无过错呀!为何不成全二人呢?"

"我哪做得了这回主哟!那阿古柏终归是做过女子父王的手下,而她那个国呢……偏偏又被沙俄给亡了,从此没了庇护。后来,不知是谁向上告发,说咱们家窝藏钦犯！朝廷追查下来，要治二叔死罪呀！还要祸及满门……"

念及此处，太夫人已是暗自抽泣。

孟庆霖愣住了，李若雪则亲自为老人拭泪："老祖宗，再后来呢？"

"再后来，左大帅求情，说二叔屡立战功，请求朝廷从宽发落。但朝廷却反过来逼迫二叔，要他供认左大帅曾在军中私藏宝藏，图谋不轨。说只要他招认，非但无罪，反倒有功，还可以让他奉旨完婚，娶那女子为妻。"

"原来，什么女子不女子的，还不就是个借口？爷爷这是在为左大帅挡枪。可叹！"

孟庆霖已不胜感慨，这官场中的尔虞我诈实在太过残酷。可有些时候，你又不得不躬身入局，拼个你死我活……

"话是如此说，可这把柄却终被人给攥住了！"

此刻，太夫人不得不紧闭双眼，仿佛若干年前的往事犹在眼前，让她心潮起伏，久久不能自已。

李若雪忙递上参汤侍奉，又一口一口地喂老人服下。

须臾，太夫人道出了结局："二叔是何等漂亮人物，怎会卖友求荣？一应追责下来，或是慑于左大帅之威，又或是念在我们是圣人之后，二叔免死；但条件却是那女子被赐自尽，还要我……代表全族老少监刑……"

"好狠的心！"

不知为何，李若雪竟对此感同身受，仿佛置身其中。

太夫人摇摇头，仿佛回想起了最让她痛苦的往事："当时啊，她不肯死，想再见二叔一面。可是，若一味纠缠下去，朝廷特使又岂会善罢甘休？非但这千年的门庭毁于一旦，就连二叔的性命也断乎难保！于是，我便自作主张地劝她说：'你若不去，孟郎必有性命之忧……再说，府里已另聘佳偶……'却不承想，那女子竟十分节烈，就此撒手而去，只留下那张照片，还有那支木笛……"

孟庆霖没想到，这照片背后竟藏有如此惊心动魄的故事，而一向慈眉善目的老祖母，竟然也会行此绝情手段！

第十六回

难怪这些年来，府里众人对爷爷当年之事讳莫如深……

可转念一想，太夫人做错了吗？

"赐死"，已是箭在弦上。太夫人一介女流，又岂能扭转大局？她实在是为全家着想。只是苦了爷爷一生，害了女子一世。

末了，就连太夫人自己也懊悔临终……

李若雪止了哭泣，问道："那女子现葬在何处？"

"不知道！据说，是被烧成了一把灰。但既进不了孟家祖林，又回不到故国家乡，也不能随意安置，毕竟人家公主之尊……为此，二叔去哭求左大帅。左大帅亦感于心不忍，便让人在湖广大山中选定了一处吉壤。那里，是大帅发迹之地，亲信极多，有人照应。却不承想，路上遇到风暴，船在江、汉合流之地沉了。结果，押船的人没事，但骨灰却就此沉江，不知所终……"

"恨水东逝，一代佳人就此香消玉殒……"孟庆霖起身眺望远方，却就此沉默。

当他再次转身时，太夫人已然闭上双眼睡着了。

李若雪跪在一旁，轻轻地为其盖好被子。

显然，这次讲述几乎耗尽了老人家最后一丝气力。

太夫人，已是油尽灯枯……

这一刻，孟庆霖不禁忧思涌上心头：近年来，府里多事，而又近支零落，恐绝非佳兆啊……

作为大家族的一员，他这才更能体会到父兄的痛苦与无奈。

当初，若是不将女子带回内地，二人双双滞留塞外。说不定，早就做了一对神仙眷侣……

可是，这又显然不是爷爷的为人，更非家族的期望。

即便抱憾终身，却矢志不忘报国。甚至，特意压住自己的死讯，不让儿孙稍有负担！

只是这个"国"，已非那个荒唐的朝廷……

如今，孟庆霖的耳边，又依稀听到了那阕临终绝笔：

量余戎马半生，廿载悠悠岁月，纵然已负良人，幸终不负山河……

第十七回　逢灾年购粮救饥馑　生变故难料故人心

宣统三年的中秋，注定是不平静的。

这时节，"皇族内阁"的风波尚未过去，而"保路运动"又在全国闹得沸沸扬扬。孟庆霖听说，四川的若干县城，已然爆发起义，与清廷武装对峙。这在过去，真是想都不敢想的事情。

如今，竟然全都发生了……

然而，接下来的事，全体国人，无论是何阶层，分属何种势力，甚至是否情愿，势必被无一例外地卷进来。

要么，活着出去。

要么，走向灭亡……

这话，又从何说起呢？

不如，就从宣统三年八月十八日说开去……

这天，正是孟庆霖十八岁（虚岁）生日。

只不过，他这生日却是在武昌城内战战兢兢度过的。

可是好端端的，他又为何来到武昌城呢？

这是因为，那年月北方大旱，地里的庄稼几乎颗粒无收。眼看着灾民卖儿鬻女，流离失所，为免"城门之祸"，省内乡绅里的有识之士便自发组织起来凑钱募捐，想方设法地从南方买些粮食回来，或是赊粥赊饭，或是平价出售，以解燃眉之急。其中，就有包括衍圣公孔家、亚圣府孟家在内的世家大族积极参与，以为表率，并聊作背书。

当地官府最是乐见其成：反正又不用自己出钱出人，只需发给照身凭证罢了。还能借此彰显政声,示人以爱民如子,何乐而不为?

于是,经过一番商议,官府同意将买粮的队伍分作两支,并分别签发路引:第一队沿运河南下,取道扬州、苏州,至太湖一带购粮,由衍圣公孔家指派大宗户子弟领衔。第二队则由运河转道长江,沿江溯流而上,至湖广一带购粮,由亚圣府孟家指派大宗户子弟领衔。

衍圣公一支姑且不论。

至于亚圣府一支,这领衔之责却非孟庆霖莫属!

毕竟,府里能独立支撑门面的,除了孟庆棠,就是孟庆霖。余者,要么年岁太幼,要么血缘太远,不足以承担重任。

孟庆棠自不用说了,作为当家人,岂能轻易跋涉,而弃全族老少于不顾?

孟庆霖就不一样了。

于公而论,他是在京城里做过官的,还是禁卫军军官,见识阅历自然不同凡响。于私而言,湖广一带也属他地头最熟,不派他派谁?

于是,十万火急之下,各大乡绅也就顾不得孟庆霖是否仍在守孝,联名请他夺情出差。甚至,有人拱手作揖言道:"全家老少的身家性命,还有那数十万百姓的衣食口粮,全在公一句话上,望公察之!"

这帽子一戴,孟庆霖和家里显然无法回绝。

"也好!我也想再回一趟武昌,顺道造访那江、汉合流之地,谏祭伊人……"

就这样,孟庆霖浩浩荡荡地带队出发了。

只不过,他的船队里面除了商人、水手、护卫、厨娘之外,竟然还有妻子李若雪携剑随行。

这全拜太夫人一句话:"霖小子!你要是再丢下你这媳妇,以后你就别再进孟家的门儿!"

临别时,已是汤药不进的老人又挣扎着坐起身来,眼泪汪汪地抚着孟庆霖的脸颊,心疼地说:"你这一辈子,要是没个知冷知热的,可怎么好哟……"

事后,孟庆霖才蓦然发现:这分明已是太夫人的临终嘱托。

第十七回

只是，再回首处，亲人已逝，徒剩追忆……

话说，孟庆霖一行人来到武昌。

他们先在码头沿岸的户部巷一带包下几间客房，并以此为据点，或是"重兵围城"，或是"分进合击"，周旋于各大集市与周边城乡，殚精竭虑地收购余粮。

应该说，买粮的过程颇为顺利。

根据孟庆霖的统一调度，他们起先合兵一处，先奔赴隔壁孝感，找到城里最大的几家粮庄，说出购买意向，要其分别出价。最后，取其低者成交，以摸清周边较低行市。

随着风声渐次传开，作为远道而来的大主顾，往后他们再兵分几路，却无论行至哪里，都被当地奉若上宾，好酒好菜地加以招待。有些，更是主动包揽下旱地运输的工作。这无疑大大降低了办事难度，提高了办事效率。

最后，还剩下武昌——这个湖广物价最高之地！

孟庆霖遂以巨大的需求和先前的价格作为谈判筹码，迫使当地粮庄让步，终以优厚的价格成交。

另一方面，他又将结算权归拢一处。

各地收上来的粮食，先由孟府亲信小厮小九联合乡绅代表逐次、逐批验收。再请李若雪统筹开支，先货后款，归总结算，并杜绝吃拿卡要、徇私舞弊等事，且一应账目，对内公布，任凭查验。

不出旬日，粮已购齐，钱也花得差不多了。

就在生日当天，孟庆霖亲自点验：此行，共收购新上市的秋稻大米二十万斤，优质陈米五十万斤，并糯米若干，茶叶若干，稻糠若干，共花费白银约八千余两，却比预计多装了足足万斤粮食，算是满载而归……

然而，正当他们扬帆起航之时，麻烦却从天而降——全城戒严了！

此刻的武昌城内，早已是"黑云压城城欲摧"，一场血色风暴正席卷而来。死亡的阴影，悄然笼罩在每个人头上，仿佛稍有不慎，立刻便是万丈深渊……

至于这风暴的起因，则是源于长江对岸——汉口俄租界宝善里十四号莫名发生的一起爆炸案。

当天清晨，宝善里的别墅区原本一如往常的宁静。

阳光慵懒地洒向市井，洒入窗棂，仿佛岁月静好，云淡风轻。

孰料，一股炽热的浓烟，伴着惊天的巨响腾空而起。继而，爆燃出猩红色的火焰。破碎的楼房瓦砾，如同流星般砸落四周，并毫不留情地砸向四散奔逃的人群。

附近的俄租界巡捕满脸惊恐：这好端端的，哪来的爆炸？

待他们满头大汗地赶来勘察，却只见人去楼空，现场一片狼藉，空留下硝烟弥漫。失望之余，他们按部就班地进去搜查，却不料，陆续搜出来遗留原地的不明印信、不明旗帜，以及一本花名册！

也算见过世面的租界巡捕一看：这旗帜——红底、黑角，环绕十八颗黄星……

一个早有耳闻的名字，瞬间涌上心头——铁血十八星！

巡捕甲："这是暴动啊！是共进会！是共进会！"

巡捕乙："估计是试制炸弹出了麻烦。不然，也不至于留下罪证。得马上知会湖广总督衙门……"

当天下午，武昌、汉口、汉阳，三镇全部戒严。

时任湖广总督瑞澂，手里端着花名册，严令军警搜捕，按册抓人，"勿使一个漏网"！

这可就愁坏了孟庆霖。

他深知乱世之下，堆满粮食的货船，就犹如洒在大街上白花花的银子，必是众矢之的，待宰羔羊！

若不从速起运，后果必将不堪设想。

果然，最糟糕的一幕出现了。

一队兵勇，留着辫子，身穿"巡防营"军服，又各在胸前、背后印了个"巡"

第十七回

字,正借着盘查"乱党"之机,扣住了孟庆霖的船队,并顺道霸占了这百万斤粮食。

饶是家里人百般辩解,出示路引,却也毫不顶用。

巡防营官兵个个喜不自胜,高呼:

"老子啊!发大财喽!"

只有一人表情诡异,斜眼望着众人,又悄悄地找到孟庆霖,将他拉至岸上一处僻静所在,言道:"你是孟公子?"

"怎么?你认得我?"

"你不记得我啦?我是熊子墨呀!"来人脱下军帽,满脸堆笑地说。

孟庆霖望着这瘦小的身形,稍显女气的脸庞,竟一时没反应过来:"熊子墨?"

"对啊!四年前,你还到我家里吃饭来着……排骨藕汤……想起来了吗?"

"噢!排骨藕汤!"

孟庆霖方才回忆起来:自己拜别恩师那年,曾和李虎臣闲逛户部巷,还顺道解救了一位因欠债而饱受欺凌的白面少年熊子墨!

后来,他们还造访熊家,品尝了那顿在熊子墨看来难能可贵的"排骨藕汤"。

临别之际,孟庆霖竭尽所能地留下八两银子,以助熊家渡过难关……

往事历历在目,恍若眼前。

孟庆霖惊喜地问道:"世兄,近年可好啊?从军了!可喜可贺!"

"托福!托福!读书无处觅功名,唯有从军一条路!"

对熊子墨而言,孟庆霖这话不免让人有些伤感。

二人又杂七杂八地叙谈一番。

说到熊家祖父已于当年过世,母亲又身子不好,且瞎了一只眼睛时,孟庆霖不由得鼻子泛酸,渐渐地与熊子墨熟络起来。

这时,只见熊子墨手拿军帽扇着风,信口言道:"当年,我本想投奔湖北陆军第八镇,好歹谋个前程。不过……嘿嘿!让你见笑,身量不够……被刷了……最后,实在没法子,我便用你留下的几两银子,又找亲戚凑了些份子,方才捐了个旧军弁额,充作马弁。此后,我天天习武,身子练得倒比往前壮实。再后来,朝廷军制改革,我所在的队伍被改编为巡防营,我也就到了这里……"

孟庆霖感慨道:"是这样!没想到你我竟于今日重逢……可惜,我这遇上了大麻烦……不然,定与你把酒言欢,不醉不归!"

孰料,熊子墨竟哈哈大笑,又对孟庆霖附耳言道:"你放心!最近世面上不太平,这里注定留不下许多人。你只要寻个机会将守卫制伏,趁乱将船开走就是!"

"这……"孟庆霖有些犯难。

虽说,他与熊子墨早年相识,也大概对其有恩。但数年不见,对方就如此慷慨相助,倒让他感觉有些匪夷所思。

直觉告诉他:熊子墨这人不简单!

印象中,这人之前好像还是个神态羞涩、不善言辞的文弱书生。

这才几年不见,怎么就变得如此能说会道?

其中,会不会另有隐情……

可是,话说回来,若不照办,又岂能轻易走脱?

孟庆霖尽量让自己冷静思考,但心里却已是万分苦恼。

他不知,是否应当相信此人?

万一事败,不就坐实了"乱党"罪名?

熊子墨也大约瞧出来孟庆霖的隐忧,便继续说道:"不如就明晚!我自告奋勇留下来,如何?"

"深恩厚德,何以为报?"

熊子墨却摆摆手:"兄弟伙一场,搞这么客气?"

孟庆霖不免动心:"或许,值得一试……"

第十八回　祭芳魂漫天悲秋雨　遇洪流聚散两依依

当天深夜，孟庆霖躺在码头沿岸的客栈里，翻来覆去地睡不着。

他既担心明晚的计划能否成功，又实在不敢在此多加耽搁。一来是家乡父老殷殷在望；二来是夜长梦多，迟则生变。一旦搜捕的风头过去，巡防营势必腾出手来，搬走甚至抢光这批粮食。

他不由得起身，来到码头，在数条货船之间逡巡徘徊。

见丈夫独自远去，李若雪赶来为其披上御寒的风毛斗篷。

"夜里凉！"

她趁势偎依在孟庆霖的肩头，一阵温存。

孟庆霖则叹息曰："留不得，走不了！徒叹奈何！"

为排解忧愁，二人遂散步至江边。

此刻，他们仰观皓月当空，俯察大江东去，见百舸停而不行，听秋虫吟而不止，闻金桂飘香其不绝如缕，通古今之变以达于无穷。

此情此景，孟庆霖喃喃自语：

当是时，身为楚客之囚。

惜无群花之蕊，枫露之茗。

唯余动心用情，遥祝香魂宛在，芳龄永继。

悲夫！

仙云既散，花迹难寻。

孤衾有梦，空冢无人。

祭芳魂漫天悲秋雨　遇洪流聚散两依依

……

见丈夫虔诚祷祝，知是祭奠若干年前含恨而逝的异域美人，李若雪亦睹物伤情，一并咏叹：

画眉深浅，今生无缘。
恨水东逝，妾何薄命！
……

未几，天降秋雨，恍若一梦。

二人立于雨中，自是相拥而泣……

此后，连绵的秋雨，下了一天一夜，却丝毫未曾停歇，仿佛是上天垂下眼泪，要哀悼这地上的英灵。

八月十九日夜，熊子墨带队巡查码头四周，却突然听到哨兵传令：

"全队集合！全队集合！有人作乱！"

一时间，散在各处的散兵游勇，无论是喝酒耍钱，抑或窃玉偷香。此刻，无不汇集过来，懒懒散散地奔向码头中央，犹如一群蝼蚁，麻木且卑微。

孟庆霖见状不好，以为对方要着手抢粮，便也带了家人出来，伺机阻止。李若雪担心丈夫安危，亦紧随而去。

就在两支队伍迎面相撞的那一刻，一颗炮弹从天而降，无情砸落，弹片飞溅，火花四射。

众人手抱脑后，伏地避炮，却全被打蒙了。

哪来的炮弹？

他们又岂会知晓？

此刻的武昌城，早已是天翻地覆！

就在革命党代表几乎全员被抓的不利情势下，湖北陆军第八镇工程第八营居

第十八回

然揭竿起义了!

若是耳生双翼,孟庆霖或许能在当晚听到如下誓言:

"名册在人,我辈早晚一死!等死,死国可乎?"

枪林弹雨,火光熊熊。

四周尽是起义士兵,人怀激奋,众志成城。

"有愿恢复中华者,上前一步!"

众士兵无不进前听令,行止严肃,誓愿同生共死。

"吾等皆愿为国而死!"

"驱除鞑虏,恢复中华!"

接着,便是三声枪响,人人奋勇,个个争先。

不多时,起义军就已攻占城内制高点——楚望台军械库,又迎南湖炮队入城,在蛇山架炮,炮轰总督署。

这正是"箭在弦上,不得不发"——狭路相逢勇者胜!

只不过,是夜凄风苦雨,雾霭沉沉。

起义军炮兵难以标明总督署的确切方位,这才误发炮弹,击中了临近不远的码头沿岸,将孟庆霖等人震翻在地。

硝烟之下,孟庆霖艰难起身,抖落身上的尘土,大声呼喊着:"若雪!若雪!"

却是无人应答。

他踉跄地向前迈进,并努力看清周遭的一切。

原来,炮火纷飞之下,许是不辨敌友,自己带的家人已和巡防营接战。

幸好,这巡防营并未配枪。故而,双方你来我往,互有胜负。

只是,李若雪却突然不见了踪影。

"孟庆霖!"

有人从身后大喝一声。

孟庆霖回头一看。

不好!

竟是一柄雪亮钢刀，明晃晃、寒森森地从头顶劈将下来。

"吾命休矣！"

这一刻，孟庆霖的心中无比绝望，却只恨自己功业未竟，空对危局却是无能为力。

正在愣怔之际，一道剑影掠过，将钢刀堪堪挡了回去。

任是秋雨无情，却赖佳人有意。

"相公！"

只见来人飞身流转。旋即，又将秀发盘起。

定睛看去，正是李若雪！

她本就出身尚武之家。虽不似弟弟李虎臣那般偏爱习枪弄棒，却也将一套西河剑舞练得炉火纯青。曾记新婚之夜，她亦曾"起舞弄清影"，深深震撼了孟庆霖。这次，她特意携剑随行，就是为了以防不测，以备万一，却不承想，这一切来得如此之快！

刀剑相交之处，一片电光石火。

李若雪手腕轻转，长剑便如灵蛇般周游吐信，嘶嘶破风；又如蛟龙巡海，绕走全身。

二人激战正酣，孟庆霖方才看清偷袭之人。

不是别人，正是熊子墨！

只听熊子墨喝道："汝等反贼，趁乱出逃，还不束手就擒！"

出现这一幕，孟庆霖实则并不意外。

对于这人的突然示好，他本就存了些许警惕。

毕竟，能出卖同袍之人，料想也仗义不到哪里去！

于是，孟庆霖厉声质问："你我也算相识一场！不帮忙也就算了，奈何背后一刀？这么做，对你有什么好处？"

"好处？你死了就是对我最大的好处！同样是书香门第，凭什么你就出身高贵，呼朋引伴？我就甘作下贱，人厌狗嫌！当年，都怪我太讲礼数，人又古板，这才请你们到家里做客。可是,你走就走吧,偏偏又留下什么银子?你知道吗?若不是你那八两银子,我也不至于亲手捂死我那瘫痪在床的爷爷!我被这事生生折磨了四年!四年啊!"

孟庆霖震惊了!

"什么?老人家不是病亡?是被你……"

"怎么?不行吗?他早就该死了!若不是他,我当年何至于为了区区几两银子就被人肆意欺凌?那天,我看到你留下的银子,便突然不想再让老家伙受苦,也不想再浪费有限的……这才一不做二不休!孟庆霖,这……这全都怪你!是你勾起了我心底的恶念!"

"啊?!"孟庆霖彻底蒙了。

天底下,怎么会有这种人?

恩将仇报到这步田地!

圣人之书,都被他读到狗肚子去了!

孟庆霖咬牙怒斥道:"无耻!败类!"

李若雪听了,亦愤恨不止,攻势便愈加迅猛。

熊子墨也拼尽全力厮杀,口呼:"纳命来!"

只是,他一边持刀近战,一边伸手摸向腰间荷包。

"不好!是石灰粉!"

孟庆霖赶忙挡在李若雪面前,将她紧紧抱住,却因此露出后背,不再设防。

熊子墨当即一刀,直将孟庆霖砍得血肉模糊。

"啊!"

孟庆霖受伤倒地。

鲜血混杂着雨水,冲刷在这炮火连天的码头阵地。

李若雪也因此失了斗志,跌坐地上。

长剑,亦从手中滑落……

熊子墨立马将长剑驱到一边,并以胜利者的姿态骄傲宣布:"什么世家公子?

还不就是废物一个！孟庆霖，这可是你自己找上门来的！"

李若雪则以身体相掩护，不屈地怒吼道："你先杀了我！"

"急什么？我原本是想撺掇你们逃跑，也好坐实你们的乱党罪名！可如今倒也一样。这场混战下来，无论胜负，你们都必死无疑！"

说着，便挥刀袭来……

此刻，武昌城内外，仍旧暴雨倾盆。

这夫妇二人，亦是血泪模糊。

混战之下，巡防营与孟府家人仍在拼杀，自顾尚且不暇，似乎再也无人注意到孟庆霖的死活。

李若雪只好抱定必死决心，誓与丈夫共黄泉。

"虎弟在，必不至此！若雪，快走！一定要将船开回去……"孟庆霖语气渐弱。

李若雪则用力摇头，任凭雨水浸湿她的秀发，雾气淹没她的容颜。

恍惚间，她竟愈发模糊了孟庆霖的脸庞，又仿佛有一股强大的力量正将她往后拖拽。

当她回过神时，却发现是小九和另一名小厮奋力救出了自己。

"快！快去救四爷！"

小九正欲回身去救。

不料，又一轮炮火袭来。

眼看着炮弹从头顶上掠过，仿佛怀揣了满腔愤怒，重重地砸落远方，像是击中了总督署的位置。

一石激起千层浪！

负隅顽抗的总督亲兵正试图从码头借道，直取蛇山，却偏偏遇到这两队人马激战。

"不好！他们援军到了！四奶奶快上船！"

另一名小厮也起身去救孟庆霖，却被行进中的亲兵一枪射杀。

第十八回

余下的人再也不敢进前，只好拖着李若雪往船上走，却留下孟庆霖与熊子墨单独对阵。

熊子墨亦不愿将这几大船粮食无端送到亲兵手中，便想速战速决，一刀向孟庆霖的脖颈劈来。

模糊中，孟庆霖仿佛看到了金碧云的身影。

"小孟，我送你的手枪呢？丢了？看我不打断你的腿！"

"老金，你还活着吗？你若死了，我这就下去陪你！说好的，一辈子兄弟！"

此刻，他的耳边又好似听到了爷爷的斥责："庆霖！快起来！"

孟庆霖不由得被惊出一身冷汗。

旋即，双目圆睁，立刻便清醒了。

眨眼间，他以迅雷之势拔出了左轮手枪。

"嘭！"

枪声过后，万籁俱寂……

同时，李若雪回到船上，泪水已然模糊了双眼。

众水手则冒着随时中弹的危险，毅然升起风帆。

现在，就差将拴在码头木桩上的缆绳斩断了。

要快，迟则生变！

可是，又派谁去做呢？

就在这千钧一发之刻，茫茫雾气中，一个熟悉且高大的身影拖着沉重的步伐，正向货船走来。

是孟庆霖！

"四爷！快！快上来！"小九情绪激动，奋力疾呼。

"相公！相公！"李若雪急得要跳船，却被众人拉住。

孟庆霖来到木桩跟前，艰难地塞好左轮手枪，又奋力拔出那把削铁如泥的猰㺄匕首，一刀又一刀地劈砍缆绳。

亲兵正徐进射击，扫荡一切残敌，眼看着孟庆霖就要沦为活靶子。

472

"快呀！快呀！"船上众人无不暗自祷告。

再不开船，可就来不及了！

就在这电光石火的一瞬间，亲兵已然靠近货船，而锋利的猰㺄匕首，也刚好斩断了缆绳，却又因用力过猛，甚至连根斩断了这道木桩。

货船启动了，却也因此吸引来亲兵火力。

孟庆霖奋力一跃，双手死死抓住这救命的绳索，在空中飘荡，耳边不时有子弹擦过。

众人万分欢喜，以为大功告成，却不料一颗子弹稳稳地射中了孟庆霖的左臂。

他毫无悬念地掉入了这滔滔江水之中，犹如一粒微尘……

船上的水手立马跳船营救，却只等来亲兵一轮齐射。

眼见得丈夫获救无望，李若雪跪在甲板上哭了。她没想到自己和表哥竟是这样一个结局……

她也想跳江去了，却被小九死死抱住，不肯松手！

"四奶奶！求你了！千万保重！"

悲痛之余，李若雪拼尽全力让自己镇定下来，毅然对众人下令："全速……航行……凡沿途码头，非必要补给，一律不得靠岸！"

可是，这话刚一说完。她就口咯鲜血，晕倒在甲板之上……

未几，起义军攻陷总督署，又从四面八方围拢过来，干净利落地消灭了巡防营和残余亲兵。

见大势已去，总督瑞澂和心向清廷的第八镇统制张彪相继溃逃。

第二日，武昌光复！

铁血十八星旗，高高飘扬于蛇山山顶！

继而，汉口、汉阳相继起义成功，武汉三镇全部光复，各省纷纷响应！

只是，胜利的这一刻，孟庆霖又漂向了哪里？

他和李若雪，又是否能够再度相逢？

这正是——人间自有风和月，此情聚散两依依……

第五章　建共和

原来姹紫嫣红开遍，似这般都付与断井颓垣。

良辰美景奈何天，赏心乐事谁家院。

朝飞暮卷，云霞翠轩。

雨丝风片，烟波画船。

锦屏人忒看的这韶光贱。

咿呀唱响，水袖轻扬。

台上锣鼓铿锵，台下欢聚一场。

说什么"脂浓粉香"，佳人无双；却道是"镜花水月"，世事无常……

这已是涛贝勒连月堂会的最后一场。

话说，自禁卫军成军后，载涛便自觉卸了重担，也愈感空闲，便做起东道，请来一众宾朋，或是喝酒听曲，或是耍牌赌钱，又或是狎妓抽烟，好一番玩乐。

当是时，京里戏曲名家、达官显贵，乃至天潢贵胄、宗室觉罗，无论何门何派，平素里有无瓜葛，皆一道请来，一并置身于那"姹紫嫣红"之中，共度这"良辰美景"之夜。

人言：这载涛虽是京剧票友，却也十分钟爱昆曲。至于这最后一折《牡丹亭》，更是他亲自所点。

正在宾主尽欢之际，有一贵公子却突然摇着扇子起身言道："停了！停了！这小戏子什么货色？连旁边的丫鬟春香都不如，赶紧给爷换人！"

戏班主赶紧止住锣鼓，颠儿颠儿地跑来赔罪。

"哟！振贝子，您息怒！这'杜丽娘'原本不是由她来扮的，可谁承想角儿病了……这才临时找人救场。无意中扫了贝子爷您的雅兴！恕罪！恕罪！"

"行了！育周，差不多得了！眼下，咱不是没人吗？实在不行，我扮上给你唱一出如何？"载涛也在一旁打趣道，引得众宾客哄然大笑。

"欸？别价！咱爷们也是吃过见过的主儿！要论《牡丹亭》，京里声儿最亮的……恐怕还是……"载振话到嘴边，却又生生地咽了回去。

角落中已不断有人起哄："杨翠喜姐妹俩呗！"

载振面露不悦，载涛亦是一脸尴尬。

众宾客先是一阵惊愕，继而鸦雀无声，可又总有人崩不住场，三三两两地窃窃私语，甚至掩面偷笑。

戏班主赶紧抢过话头，低声叹道："可惜这俩人不同台哦！若是一个唱丽娘，一个唱春香，倒真是一景儿。嗨！想了也白想，那杨翠喜，咱还是不招惹为妙！"

载振听了，猛地将折扇狠狠砸到桌上，怒言道："大的惹不起！还惹不起小的？来人！"

"嗻！"

"去把那杨晨曦叫来！"

载涛在一旁劝道："育周！听说那小女子已复归本姓，也不再抛头露面了，更何况她还是……"

"还是什么？"载振一脸坏笑。

"还是宪平的女人啊……"载涛不由得对他耳语一番。

载振却不屑地说："怎么着？小平子玩得，我玩不得？再说，他已自身难保了，人躺在香港的医院里，还怕个甚？"

"人家是被革命党炸伤的，咱自家人可不能先乱了营！"

"那是他蠢！革命党是去炸广州将军的，他愣冲上去装什么英雄？到头来，这人没救着，自己也差点没了不是？反正啊，我就是看不上他那副救世主的嘴脸！难不成，我大清没了他宪平，就要亡国了？真是可笑！"

言毕，他拂袖而去，却正撞上有人来给载涛报信儿。

载振一时好奇，也想听个热闹，却听到了"什么省、什么独立"之类的话，反倒让人心绪不安。

来人走后，他忙不迭地问："出什么事了？这么慌慌张张的！难道还都反了不成？"

然而，载涛此刻的脸色已变得十分难看，且已顾不得其他，只回了句"急召"，便匆匆离席，赶往宫里。

见主人走了，一众宾客也似乎咂摸出点味儿来，又听闻近日南方各省出了乱子，便忽觉多留无益，也顿时收了嬉闹之心，陆续告辞。

眼见得一场盛宴，转眼间作鸟兽散。

即便是一向荒唐好色的载振，也不免有些犯怵，甚至感到脊背发凉。

在众人离去的背影中，他仿佛看见了那个不远的将来，无数血淋淋的场面即将横陈眼前，端的毛骨悚然……

第十九回　风雨夕袁世凯出山　大势趋摄政王退位

正当载涛连日奔走，而宪平（金碧云）身在香港养伤之际，武昌起义成功的消息早已不胫而走，传遍全国。

转眼间，汉地十八省，已有湖北、湖南、陕西、山西、江西、江苏（含上海）、浙江、安徽、广东（含海南）、广西、福建、云南、贵州、四川（含重庆）等，共一十四省陆续宣布独立。

清廷所掌握的，只剩下直隶（含北京、天津）、山东、河南一隅，外加甘肃（含宁夏）一省之地，且变乱反复，不足倚恃。

"天亡我大清啊！"

载涛早没了前些日子办堂会时的欢喜劲儿，正一脸苦闷地向其兄摄政王载沣如是哭诉。

"你个没出息的！哭有什么用？你不是禁卫军总统嘛？你倒是率军御敌去啊！"

此刻，载沣也是一脑门子官司。

朝局糜烂至此，作为摄政王，他责无旁贷。

"报！摄政王，吴……吴禄贞反了！"

"什么？！"

真是屋漏偏逢连夜雨！

惊闻噩耗，载沣险些晕了过去。

夕阳西下，落日的余晖无情地洒入紫禁城养心殿正中。

载沣好容易在弟弟和一众宫女、太监的搀扶下坐好，就不禁泪眼迷离地望着

第十九回

抬头一副楹联:"惟以一人治天下,岂为天下奉一人",又见匾额题曰:"勤政亲贤"——皆为雍正皇帝手书。

载沣望之,不觉心中有愧。

"勤政"自己是做到了,可这"亲贤",着实难呢!

但话又说回来,这世上哪里有那么多"贤",等着自己去亲近呀?

是"贤才"就想掌权,一旦掌权,势必尾大不掉;继而左右朝局,祸起肘腋之间,防不胜防。就像那"吴禄贞"——当真是个"喂不熟的白眼狼"……

说到底,还是自家人放心!

载沣想着想着,险些入了迷。待清醒后,又扭头问载涛:"那吴禄贞怎么反的?说清楚!"

见有外人在场,载涛便也恭肃起来:"摄政王容禀!驻石家庄的近畿陆军第六镇统制吴禄贞与山西的阎锡山密谋合兵一处,妄图直取京城!"

"啊?"

"还有,吴禄贞已派兵到京汉铁路,截了朝廷运往汉口前线的军火。其中,就有步枪五千余支,弹药五百万发,白银三十万两,还有……"

"不要再说了!不要再说了!退下!退下!"

载沣头痛欲裂,耳内嗡嗡作响。

旋即,他自顾自地言道:"前有张绍曾滦州兵谏,后有阎锡山山西独立,今又有吴禄贞居中策应,京城……京城已是孤城一座!孤城一座!"

言毕,就大哭起来。

载涛亦闻之落泪。

兄弟二人捶胸顿足,竟一时不知所措。

"报!"

又有军报传来,大声宣示道:"拟任内阁总理大臣袁世凯已抵湖北萧家港车站,靠前指挥。同日,冯国璋第一军克复汉口!"

载沣、载涛兄弟二人齐问:"当真?"

"千真万确！"

"太好了！太好了！釜底抽薪啊！只要再拿下汉阳、武昌，叛乱可定！叛乱可定啊！"

载涛仿佛在无尽的绝望中看到了些许希望，不免为袁世凯说好话，也就顾不得礼仪行止，直呼道："哥！还是袁世凯有章法。你看这才几天，北洋军已然令行禁止，连战连捷，全然不似之前那散漫的样子。看来，天不亡我大清啊！"

"袁世凯！呵！起初，赏他一个湖广总督，让荫昌去传话。他不干，跟朝廷讨价还价。本王再派徐世昌去劝他，他却提出什么六项条件，他当本王是什么？菜市场卖菜的？真是……一个快要淹死的人，偏拿棺材板儿当救命板儿！等着瞧好了，等到叛乱平定……"载沣一巴掌重重地拍在几案之上。

"庆亲王奕劻，携贝子载振到！"

"哎哟！老王爷来了。小王给您请安了！"载沣忙出迎，载涛随之。

奕劻、载振各自行礼，自不赘言。

"摄政王，老朽来只为一件事！"

"何事？"

奕劻运了口气，说道："稳住京城！"

"老王爷有何见教？"

作为前任"内阁总理大臣"，奕劻早已是须发皆白，但眸子却愈发明亮。只见一根龙头拐杖打在儿子载振背上，示意让他跪下，又对载沣恳切言道："摄政王恕罪！犬子无知，老朽亦糊涂，竟让那吴禄贞去岁补了第六镇的缺儿。如今，才知他是个老牌儿革命党……唉！悔不当初啊！"

载沣叹曰："老王爷何需自责？是吴禄贞那厮潜伏得太深了……"

奕劻继续说道："既然他反心已露，朝廷就必须当机立断，以免太后和皇上……蒙尘……"说着，不禁伏地叩首，口称死罪，须臾已是老泪纵横。

载振则起身递上《奏表》。

载沣一看，已是眉头舒展大半。

第十九回

原来是"分化瓦解"、"调虎离山"和"一剑封喉"三招妙计!

着实是高!

可他转念一想,不对啊!

这老家伙平日里尽会贪利聚财,而载振偏又是个荒唐好色的主儿,怎么就突然转了性儿,学起"诸葛亮"来了?

不知道的,还以为他这是献的《出师表》呢!

载沣:"这主意是……"

奕劻犹豫了一下,索性不再隐瞒:"是袁世凯!"

载沣:"果然是他!那他为何不自己上奏?分明是藐视本王!哼!"

"慰廷说了,他这一介草民不配上奏。不过,在他看来,既然张绍曾之流不敢公然打出反清旗号,只是停留在劝谏一层,则表其内部必定矛盾重重,实则不难破矣。望朝廷暂且'从谏如流',宣示立即立宪,以堵天下人悠悠之口。届时,那张绍曾没了借口,自然失去爪牙。嗣后,再以一纸敕书将其调离军队,变乱须臾可定!"

载沣不禁颔首,此计甚妙!

一旁的载涛,则凑上前去问道:"那吴禄贞呢?怎么说?"

奕劻捋着花白的胡子,阴笑不语。

末了,只在脖颈处比划个"杀"的姿势。

载沣:"这也是袁世凯的主意?"

奕劻:"正是!"

载沣实无良策,只得应承道:"好!本王就姑且依了此计,让袁世凯去办吧。告诉他:若除掉吴禄贞,朝廷的资政院即刻正式选举其出任'内阁总理大臣',绝不食言!"

……

几乎是一瞬间的工夫,清廷即颁布《宪法重大信条十九条》,宣示建立君主立宪制国家,变相接受了"滦州兵谏"的建议。

然而，发动兵谏的第二十镇统制张绍曾却被改任"长江宣抚大臣"，调离滦州，削去兵权；第二十镇则化整为零，分散至关内外驻防；又调曹锟第三镇移驻廊坊，阻断第二十镇（张绍曾）与第六镇（吴禄贞）会合之可能。

对于"潜伏已深"又"位高权重"的吴禄贞，朝廷先调其署理"山西巡抚"，既削其兵权，又借此离间他与"山西都督"阎锡山的关系，可谓"二虎竞食"，"一箭双雕"。

至当年九月十七日凌晨，吴禄贞终被自己的侍卫队长暗杀于石家庄车站。据说，直到临死前的那一刻，他依旧在草拟电文，约请各路义军合围京城："愿率燕晋子弟一万八千人以从……"

却是墨迹未干，英雄已逝。

第二日，资政院果然正式选举袁世凯出任"内阁总理大臣"，授以军政全权。

至此，袁世凯终偿所愿。

然而，载沣却并未等来袁氏的感激与合作，反倒等来了一次赤裸裸的逼宫……

九月二十三日，袁世凯抵京，觐见隆裕太后并宣统小皇帝。

又是养心殿，楹联、匾额一如往常。

"惟以一人治天下，岂为天下奉一人。"

正中题曰："勤政亲贤。"

袁世凯望着雍正皇帝手书，略显得意地捋着花白的胡子。

身后，则站满了一班文武亲信。这些人即将组成新一届内阁班子，成为这个国家在各个领域的实际主人。

"臣袁世凯，恭请皇太后、皇上圣安！"

袁世凯轻拍马蹄袖，率先跪下。

内阁新任众臣，随之在殿外叩首。

摄政王载沣和一众皇亲国戚则侍立于御座两侧，冷眼旁观。

此刻，这一方小小的殿阁，里外里竟被挤得满满当当，密不透风。

第十九回

"臣袁世凯奉诏组阁,提名如下:民政大臣——赵秉钧!"

业已剪掉辫子,留起光头的赵秉钧,答曰:"在!"

"陆军大臣——王士珍!"

"在!"

王士珍这一声虽在殿外,却是虎啸山林,吓得小皇帝直往太后怀里钻,竟是啼哭不止。

袁世凯才不管这些,继续往下念:"农工商大臣——张謇!"

"老臣在!"

"邮传大臣——杨士琦!"

杨士琦不禁眉开眼笑:"在!"

"禁卫军总统——冯国璋!"

目光炯炯的冯国璋,捋了一把须髯,答道:"在!"

原来,冯国璋已被袁世凯亲自从汉口带回京城,奉命提调禁卫军——这支至关重要的京畿卫戍力量,而前线战事,则统统付与南下的北洋之虎——段祺瑞。

这并非冯之本意,却也无可奈何。

若是依着冯国璋,他必定重兵围城,一鼓作气,攻克乃还,如同前些日子火烧汉口一般;顺道让自己落个"万户侯"当当,借以封妻荫子,光耀门庭!

可袁世凯哪能让他由着性子来?

对袁世凯来说:这清廷还值得保吗?

即便保下来,又对自己有什么好处?

还不是卸磨杀驴!

如今,既已大权在握,又岂能再任人摆布?

这天下的命运,只能由我一人做主!

袁世凯边想边读,边读边想,总共宣读阁员十人。最后,读到自己:"内阁总理大臣——袁世凯!"

几乎是同时,龙案之后、御座之上,隆裕太后颔首答曰:"准奏!"

见内阁已定，太后身旁的总管太监小德张本想宣布退班，却又被袁世凯高声叫住。

"太后……太后，臣还有事启奏！"

载沣厉声训道："袁世凯！你还有何事？要你来是保我大清的，你可不要负了皇太后和皇上的隆恩！"

袁世凯略一沉吟，却不紧不慢地说道："臣……恭请摄政王退位！"

"什么？"载沣脸色铁青。

隆裕太后也拉长了脸，愣怔地看着这俩人。

新任内阁诸臣已然全员起立，纷纷往殿内走来，显得气势汹汹。这在往常，早就是杀头的罪名！

可事到如今，却已是稀松平常……

载沣不禁拍手"称赞"："好！袁世凯，这狐狸尾巴总算是露出来了！今儿个逼我退位，明儿个是不是也要把皇太后拉下这金銮宝殿啊？后儿个，再轮到皇上……"

"臣不敢！皇太后和皇上是我大清的尊严和象征！臣只知忠君报国，不知其他！但眼下，内阁之侧又无端多了个摄政王……世凯敢问：这如何统一事权？如何克复动乱？又如何保我大清万世……无虞？"

话已至此，袁世凯和载沣早就是图穷匕见，再也无须掩饰自己对最高权力的觊觎。

载沣后悔自己怎么就轻信了袁世凯的鬼话，居然也曾一厢情愿地认为他或许会与自己冰释前嫌，勠力同心。只可惜"实心任事"的宪平，远在香港，且重伤未愈。而值此用人之际，自己却连个称心的帮手都没有……

反观这朝堂上的衮衮诸公、皇亲国戚，乃至于兄弟手足，要么理屈词穷（如载涛），要么立场不坚（如荫昌），要么称病不出（如肃亲王善耆）。更有甚者，干脆和袁世凯"沆瀣一气"（如庆亲王奕劻父子）！

到如今，没一个顶用的！

485

第十九回

悲夫！

"好！本王算是瞧出来了！不就是逼宫嘛！"

说着，载沣已声泪俱下地向隆裕太后跪地求情："请皇太后明鉴！"

这时，又有军报传来："报！汉阳战事胶着！前线请求加派援军，并加拨军饷为盼！"

袁世凯也趁势慢慢跪下，口称："臣老迈昏聩，足疾未愈，恐不能胜任总理之职，有负皇太后、皇上重托！"

隆裕太后自是明白这二人用意，可无奈前方战事紧张，朝廷里少了谁都行，却唯独少不了袁世凯。没有他，北洋军就不会用命；北洋军既不用命，不但南方数省尽失，就连京城也断乎难保。总不能真把载沣兄弟和禁卫军派到前线去吧！去了也没用，反倒因此失去最后一道屏障，京城的安危也就没人管了⋯⋯

可是，若当真贬去载沣，又有谁来制衡袁世凯呢？

万一这袁世凯⋯⋯再生出不臣之心⋯⋯

唉！真是难办！

究竟⋯⋯选谁好呢？

隆裕太后第一次如此犯难，毕竟这俩人只能留一个⋯⋯

作为已故光绪皇帝的皇后和表姐，她这一辈子不仅没享受过一天人伦之乐，更饱受丈夫二十年来的疏远和冷落。

末了，还要挑起这万钧重担！

稍有不慎，就是千古遗恨，追悔莫及！

她不禁细细思忖着形势，手指略有些颤抖，而手心亦不停冒汗。

隔了半晌，她方垂泪答道："余一切不能深知，以后专任于尔！"

载沣大喜，忙谢恩起身。

孰料，太后却又道出了"袁世凯"的名字："袁世凯，彼亲贵将国是办得如此腐败，已置我母子于何地？尔当思上报君父，下安黎庶，一切政务皆以天下平安为要！"

"臣袁世凯……遵旨！"

袁世凯起身，挽起马蹄袖，略显轻蔑地看了一眼载沣，却不再置一词。

旋即，有懿旨下来："监国摄政王载沣，引咎退位，以醇亲王退归藩邸。嗣后用人行政，责成内阁总理大臣袁世凯全权办理。钦此。"

载沣接旨，含恨步出宫门，却转而对身旁的载涛言道："去！无论如何，去把小平子接来京城，不计代价！"

闻言，载涛似有难色。

载沣也自知其中不易，便问道："小平子伤得重吗？"

"据说是……血肉模糊……"载涛不免有些支支吾吾。

"啊？"载沣不禁懊悔自己关心太迟，枉费了宪平一番忠心，也难怪肃亲王近日来称病不朝。便又说道："如今，广东陷于乱党之手，想要从香港回来并非易事，却也难不倒本王。英国人总归是承认我大清国的，就让他们去想办法！去吧！"

"嗻！"

另一边，志得意满的袁世凯领着一班内阁重臣，从空旷的紫禁城穿过。但见一群又一群乌鸦，如同黑色旋涡似的悄然飞临此处，且盘桓在众人头顶上久久不去，好不聒噪，却不知在为何方唱起挽歌……

甫一回到京城的家里，袁世凯就将包括冯国璋、赵秉钧、杨士琦等在内的至交亲信拉到一处僻静之所，对这些人言道："当今要务，只有两条。一是战，战必胜，但不可全胜。二是和，和必谈，却不能急切。要拔大树，就要削其枝叶，动其根本，左边摇一摇，右边晃一晃。等到枝叶凋零，树根松动，这大树……自己可就要倒了……"

冯国璋心知自己已被袁世凯猜忌，便率先响应道："总理说得对！只不过，眼下还有一事……"

"华甫，你是说这禁卫军？"

"正是！只有真正掌握这支军队，京城才是咱北洋的！卑职不才，虽已接印，

第十九回

然一时之间,难以指挥调度,恐有朝夕之变……"

杨士琦也附议道:"华甫所言极是!那吴禄贞不就是个例子?空有统制头衔,却指挥不动咱北洋的一兵一卒……"

"咳……咳……"

听到吴禄贞的名字,袁世凯不由得干咳两声,头皮也跟着发麻,心想:若是此人不除,恐怕我连进京组阁都不可能!虽说,他指挥不动大军,却也有千把人追随,着实是个人物啊!可惜,不为己用……可惜……

"总理,您忘了新收的义子吗?"赵秉钧适时递上一句,反倒让袁世凯有了主意。

冯国璋不明所以,遂问道:"什么义子?"

赵秉钧解释道:"咱家大帅蛰居洹上之时,曾收一个姓孟的小子为义子,这小子如今不就在禁卫军中任职吗?这下,终可以派上用场了!"

冯国璋拊掌叹曰:"还是大帅技高一筹啊!早早地就布下这枚暗子,妙!"

袁世凯又问:"那小孟何在?"

杨士琦则进言道:"总理,卑职倒也派人打听过,正要向您禀报。据说,小孟成绩优异,表现颇佳。只可惜升任'副军校衔'以后,就无端招来猜忌。前段日子,他身染时疫,竟被胡乱开缺。如今,已是下落不明……"

"什么?!"

袁世凯的胡子都被气得抽动起来。不知是一着妙棋被人破了心中不悦,还是另有隐情。

"杏城、智庵,你们俩着人四下寻访,务必要将人找到,让他回来助华甫一臂之力!"

"是!"杨士琦和赵秉钧异口同声答道。

第二十回　幸得救战地治创伤　追血债炮轰楚豫舰

若问孟庆霖下落如何？

时间还要拨回到八月十九日夜——武昌起义当晚。

彼时，他刚以狻猊匕首斩断了绑缚货船的缆绳，却又因此吸引来亲兵火力。

孟庆霖奋力一跃，双手死死抓住这救命的绳索，在空中飘荡，耳边不时有子弹擦过。

船上众人万分欢喜，以为大功告成，却不料一颗子弹稳稳地射中了孟庆霖的左臂。

他毫无悬念地掉入了这滔滔江水之中，犹如一粒微尘……

翌日清晨，武昌光复。

起义军开始收殓战死的同袍遗骸，并搜罗城内外的枪支弹药。却在下游沿岸，无意中瞥见一队浮尸。其中，有一人衣着华丽，又身佩黄铜匕首，腰别嵌金银手枪，在阳光下熠熠生辉，闪耀着动人的光泽。

"好家伙！这人非富即贵呀！"有义军士兵相互打量着，暗自赞叹；便不由得将之拉上岸，准备收了他这套装备，以充实军需。

方此时，数名身着教会服饰的战地女护士也打此经过，见有义军士兵三三两两地围拢着一具"浮尸"闲话，便也好奇地凑前观瞧。

这一瞧可不要紧！

平日里积攒下的急救知识，足以让她们意识到眼前这人并未死去。

"都让开！都让开！这人还没死呢！"

有个二十来岁的女护士赶紧拨开众士兵，将地上这人半抬起来，头部后仰，

第二十回

又拿出自己的纱布为其清理口鼻异物。

继而,在同伴的帮助下,紧急施救:或是按压心肺,或是口对口吹气,如此多轮往复。

终于,这人剧烈地咳嗽起来,嘴里不停地吐出江水及一应秽物。这才渐渐地喘息匀实,脸上也多少恢复些神采,但额头却依然低热不止。

这人——当然就是孟庆霖!

醒来后,他迷糊地望着众人,只问道:"这是哪儿?若雪……又在哪儿?"

"什么雪?这里可是城外呀!"刚才那女护士如是作答。

"你们是谁?"

有士兵嬉笑着说:"嘿!这人……连谁救了他都不知道。如今,武昌城都光复了,我们自然是革命军喽!"

孟庆霖很是头晕,一时也分辨不清这些人到底是敌是友。但听到"革命"二字,便不觉隐瞒了身份,只近乎本能地说道:"昨晚,巡防营趁乱行劫。我只好率家人御敌,不知后来如何?"

"快别说了!你们……先抬他到战地医院,别耽搁了!"那女护士干脆指挥起这几名士兵,倒也毫不含糊。

"欸?凭啥子?他又不是我们的人!"

"胡说!医生眼里只有病人,哪有什么你们的人,我们的人?"

又有一女护士言道:"他都说了是跟巡防营作战,怎么就不是我们的人了?革命可是全民的功业,眼下只要是反清的,就都是革命同志!姐妹们说是吧!"

其余护士亦纷纷响应:

"就是!"

"就是!"

现场已迸发出一阵清甜喧闹的欢笑。

孟庆霖因而得救!

话说起来,这几位女护士倒也真是巾帼不让须眉,堪称仁心仁术,让人敬仰。

若非机缘巧合，得遇斯人，孟庆霖恐怕早就成了那孤魂野鬼，永世漂泊在这滔滔江水之上。

再说回这队义军士兵。

他们继续在附近搜寻一番，又捡了些总督亲兵溃逃时留下的枪支弹药，便抬着包括孟庆霖在内的数名伤员回到战地医院。

无独有偶！

这家临时搭建起的医院既不在城区正中，也不在军营腹地，却偏偏选在距长江不远的沿岸高地之上。或许，是看中了这里视野开阔、空气流通之利，但无意中忽略了一个问题。

那就是游弋在长江上的清廷军舰！

总督瑞澂可并未走远啊！

说时迟，那时快！

江面上已有一轮炮火袭来，霎时惊天动地。

炽热的高爆炸弹，或是直扑义军岸炮阵地，或是冲向督署衙门，又或是奔着战地医院而来！

轰隆隆数声炮响，医院里已是一片哀号，残肢飞溅。

谁让这帐篷顶上印着鲜明的红十字标记，简直就成了军舰的"活靶子"；而那瑞澂自然是不会遵守什么国际公约的，见有义军伤员，那还不"痛打落水狗"！

这时，楔入孟庆霖左臂中的子弹刚好被取出，地上流了一大摊血，却是无人收拾。

他和那个最初参与救治的女护士，也被这突如其来的炮轰震落地上，被填了一嘴一脸的沙子。

直到此时，孟庆霖方才看清她的模样：伊人虽无倾城之色，倒也五官精致，形容周正。若是稍加打扮，或许也是一位美人。但旋即，他又在内心打了自己一巴掌。人家心地善良，逢此危急关头，却始终不忘救死扶伤，岂是区区外表之美可以涵盖的？

第二十回

外面依旧炮声隆隆，帐内一众护士正抓紧抢救或是转移伤员，而孟庆霖则在接受伤口缝合手术，难以中断。

地动山摇之际，缝合过程很不顺利。

饶是那女护士经验丰富，却也只能勉强控制住颤抖的双手，尽可能地将针线引入，一针又一针地扎入孟庆霖的皮肉，却苦于没有半分麻药加持。

于是，孟庆霖一边担心随时掉落的炮弹，一边强忍住剧痛，不得不凝聚全身的意志去抵挡住肉体的崩塌。他不禁握紧拳头，任由汗水、血水不住地往下滴落，落在脚下的沙地里，从一个小水坑，逐渐汇聚成一片血色"长河"……

兄弟，你上路！

你好好地走哇！

咱是个人嘞！

也是条狗啊……

孟庆霖竟然轻声哼唱起这曲秦腔，虽无"吼"的气势，却也曲调婉转，凄美异常，不知是在思念何人？

记得这曲子，还是当年春天平定北苑兵变时，众归队叛军教他唱的。他还记得，其中一人名叫"秦东"，家住潼关。那时，金碧云和李虎臣都在，还有一众知己好友、袍泽兄弟。如今，竟是天涯零落，死的死、伤的伤，只剩下自己孤苦一人……

女护士闻之，心中亦不免悲怆，却转而更加专注地为其缝合伤口。

待手术终了，她已累得满头大汗。在望见孟庆霖的瞬间，却出神地笑了。

此刻，孟庆霖也已痛得说不出话，只得默默点头致意。

二人遂胡乱瘫坐在紧靠帐篷门帘的沙地上，相互依偎，吹着江风，喘着粗气，却忘了此地凶险，本应迅速撤离。

悲剧，就这样发生了！

第二轮炮火齐射，接踵而至……

"小青快趴下！快趴下！"有同伴厉声高呼，示意护士避炮。

"什么？"

话音刚落，一枚炮弹刚好砸落在帐篷外围。

那个名叫"小青"的护士，几乎是发自本能地以自己的身躯挡在孟庆霖前面。

硝烟散尽，小青已逝……

孟庆霖用力摇晃着她的身体，却忍不住号啕不止，涕泪横流。

奈何，方才的疼痛只是切肤之痛，而此刻的疼痛才是刻骨铭心！

孟庆霖意识到，自己曾经立下的"永不流泪"的誓言，简直就是个屁。

在炮火面前，人的生命和尊严根本不值一提。

若要活下去，若要保护更多的人，就只能奋力去争，去杀他个天昏地暗，你死我活！

复仇的火焰已经遍燃全身，他定要清除这人间毒瘤！

头一个，就是游弋在江面上的清廷军舰！

孟庆霖强忍着剧痛，从周边胡乱摸来一套洗净的军服换上，又拾起尚未来得及被收走的左轮手枪和猞猁匕首，匆匆跑出帐篷，四下里寻觅可能出现的岸防炮台。

职业的军事素养告诉他：武昌濒临长江，必有炮台防守城池，而炮台又只能设置在险要地段或是码头沿岸。

"此处是高地……果然！"

见不远处的小山坡上即有岸防布置，孟庆霖赶紧奔了过去。或许，是肾上腺素大量分泌的功劳，他在极度渴望复仇之际，竟然淡忘了身上的剧痛，一时间登山如履平地。

此刻，他的脑海中只有小青临终时的眼神。

那眼神令人难忘：既像是拯救生命的欣慰，又像是匆匆离世的不甘；而她自己本还是花季的年龄，缘何草草葬送在这污淖之中？

第二十回

这皆是战争之罪!

眼下,我能做的:只有以战止战,血债血偿!

须臾,岸防阵地上,炮长已然阵亡。

众炮手显然是些新兵,连最基本的火炮测距都没学会,就被匆忙派上前线。

此刻,俱已是灰头土脸,士气不振。

孟庆霖望着这架大约是 6 英寸阿姆斯特朗后装线膛炮,心里竟泛出一丝久违的喜悦。但混乱之下,又哪里去找测距仪?只得用拇指跳眼法估算炮口至军舰的距离,并据此得出射角、方位角等射击参数。

这在当时已成为步炮协同操练的必备课程。只可惜,这些新兵尚未完全掌握,又被敌人的数轮炮火打蒙了,这才毫无还手之力。

"距离……8000 尺……约 2600 米……方位西北,方位角约 5250……"

孟庆霖又一把夺过炮手胸前的射表,一查便知这 2600 米对应的射角约是 25 度。

"你他妈……"

这炮手刚要骂人,却瞥见孟庆霖的军服,马上收住嘴,起身立正。

孟庆霖这才发现:自己胡乱摸来的竟是一套"正军校"衔军服,比在禁卫军时还要再高上一级!

见这青蓝呢料之上,扛着红黄交织肩章。领口处,又各嵌有口衔白珠的黄龙图样。

现场新兵无不立正敬礼。

孟庆霖索性将错就错,遂命令道:"炮兵班全体注意!距离 2600,射角 25,方位角 5250,瞄准舰首,四发急速射!"

众新兵被他这骇人的气势和专业的指挥着实吓了一跳,又见他军衔较高,且器宇不凡,毫无做作之态,应该是个行家。于是,不禁在气势上先弱了三分,却还有些不死心,不免有人反问道:"长官!对面可是楚豫舰啊!您这测距……撑不上!"

"呵！楚豫舰？"

孟庆霖一边重新校准测距，一边熟练地背诵起舰船参数："舰长 200 尺，标准航速 9 节，最高航速 13 节，装备 120mm 阿姆斯特朗后装线膛炮两门、75mm 炮两门，另有机关炮四门……"

旋即，他再一次郑重命令："炮兵班全体注意！距离 2550，射角 25，方位角 5200……换装高爆弹，四发急速射！"

一听高爆弹，众炮手马上反应过来。

对啊！

射击参数不精，可以用高爆弹的散射火力，消灭敌方作战人员。于是，便下意识地遵令而行，并陆续高呼相继：

"距离 2550！"

"距离 2550！"

"射角 25！"

"射角 25！"

"方位角 5200！"

"方位角 5200！"

"高爆弹，四发急速射！"

待那钢制炮弹被铿锵有力地撞进炮管，一旁的炮手亦铆足了力气将炮闩火速旋上，并高唱道："好！"

偏此时，楚豫舰的主炮也似乎重新调转过来，瞄准了这处阵地。

在这千钧一发之刻，孟庆霖当机立断："放！"

引信牵动，巨大的炮管吞吐着长长的火舌，仿佛怀揣着无比的愤怒，轰隆隆地将高爆弹掷向远方的敌舰。

随后，只隐约听到一声低空爆炸，对面的炮声即告哑火。

就快了那区区数秒！

否则，后果将不堪设想……

第二十回

又如此反复三次，这支炮兵班在孟庆霖的指挥下，以最快的速度射出了四发高爆弹。

对面，楚豫舰炮手阵亡，船舱已然开始渗水。

当然，彼时的孟庆霖看不到这一切。

他只知道此为用命之时，绝不可怠慢，务必再接再厉，就对身边的炮手说："不可使敌舰逃脱！我们这次击其舰尾，毁其动力，让它留在江上，做个活靶子！"

"是！请长官示下！"

孟庆霖再次测距："距离2350，射角24，方位角5150，高爆弹！四发急速射！"

"报！长官，高爆弹没了！"

孟庆霖一拍脑门："他妈的！打不痛快！换装实心弹！"

"是！实心弹！四发急速射！"

众炮手齐心协力，将火炮参数再次校准完毕，并以吃奶的力气将炮闩火速旋上，高唱道："好！"

"放！"

又一轮炮火轰击，数枚炮弹紧贴着楚豫舰的舰尾擦过，却奈何还是偏了半分，未能击中轮机，只是将尾炮撞毁。

然而，楚豫舰上早已是人仰马翻。

"通知邻近炮台，标定射击诸元，分段分时炮击，绝不让敌舰逃脱！"

"是！"

炮手正欲下去传令，却被一彪形大汉带卫兵拦住："慢！"

孟庆霖不禁转眼望去："你是？"

只见那人脑后拖了根长长的辫子，身着"协都统"将官军服，脸上却略有些垂头丧气，拱手自言道："第二十一混成协——黎元洪！"

他身旁的卫兵却高声宣示道："这是我们鄂军都督府新任大都督！"

继而，一片举枪"万岁"之声，从那人身后响起……

第二十一回　逢大赦虎臣出牢狱　失亲眷赤子赴征程

至此，孟庆霖又将经历何种传奇？

暂且按下不表。

先说那京师囚徒李虎臣！

自他被转到板房监室之后，便和汪兆铭朝夕相伴。

二人倒也义气相投，在那看似无穷无尽的牢狱生涯中，聊作知音。

数月来，李虎臣常听汪兆铭讲些异域见闻、革命故事，又说到同盟会的建立和发展，以及自己是如何密谋行刺摄政王，却在入狱之后，反被宽宥的一连串遭遇。听得李虎臣心潮起伏，久久不能自已。

原以为这样的苦中作乐，还要漫无目的地继续下去。

孰料，当年十月初的一纸赦书，瞬间打破了个中宁静。

他和汪兆铭并其余政治犯，竟然皆要出狱了……

是的！

李虎臣是被当作"政治犯"对待的，而这也正是他能转入板房监室的理由，更是赵晨曦代为"约定"的一部分。

只不过，所有人都没想到，这大赦来得如此之快！

这样想来，李虎臣倒要真的感谢武昌起义的爆发，遂借了革命风起云涌之势，终等来这出头之日。

然而，人间万事皆已暗中标注底价，他也终将为此买单！

这话，还要先从袁世凯说起……

自正式组阁以来，袁世凯军权、政权一把抓，却苦于革命的燎原之势而左支

第二十一回

右绌,应接不暇。对袁氏来说,无论是选择扶保大清,镇压革命,还是颠覆政权,倾向共和,这一切,都要建立在军事胜利的基础之上。

倚仗着手上的北洋军,亦凭借过硬的训练和精良的火器,想要打赢一两场胜仗并非难事。难的是,如何打穿这一十四省独立之地?

在当时来说,这简直就是天方夜谭!

就算费尽心血,当真办成了,也势必耗时良久,元气大伤!

到时候,手里的底牌一旦打光,那可就任人宰割了……

最起码,那些"载字辈儿的"绝不会善罢甘休!

既作此想,袁世凯便决定不再将本已十分有限的军力,投入到无休止的战争当中。他要携此得胜之势,力压南方媾和,逼迫清帝逊位,自己也来做回"开国之君"!

可是若要议和,除了先打几场胜仗之外,还要适当撒些甜枣儿给南方尝尝。这才有了"大赦政治犯"之举。只不过,李虎臣的名字却是被肃亲王府的人临时提议添进去的。

袁世凯照批,他才不关心是否多一两个人。

他只要那个叫"汪兆铭"的年轻人!

"汪兆铭……"

"在!"

"我是知道你的!孙先生的得力助手!"

在这间装修考究、格调高雅的总理办公室内,一只西洋吊灯散发着诱人的光芒,照耀着底下说话之人。

此刻,袁世凯身着长袍马褂,正面向汪兆铭颔首微笑。

汪兆铭略一作揖,答道:"岂敢!"

"老夫开门见山。依你来看,这孙文到底何许人也?他到底凭什么一而再、再而三地颠覆皇清社稷,他有这个实力吗?"

"驱除鞑虏,恢复中华。此华夏儿女之夙愿,袁公亦在其中,奈何做这鞑子鹰犬，戕害同胞？与公相比，孙先生可是从不计较利害得失，只求创立民国，再造河山。实力？呵！这或许，是最不值钱的东西！"

"书生狂言！若要改朝换代，靠的就是实力呀！"

袁世凯不由得吹胡子瞪眼，而汪兆铭却已不敢再多言。

旋即，袁世凯又说："要打仗，就要死人，最终受苦的还是老百姓啊！我亦有心……议和。只是，苦于在南方无人。万一事有不秘……"

汪兆铭一听能议和，几乎是心花怒放。

他虽不知外面情势究竟如何，却也听说北洋军连战连捷，业已收复汉口、汉阳。即便是首义圣地武昌，那也是危如累卵，形势愈发危急！

与其坐以待毙，不若趁机坐定个"南北朝"，以为革命之基……

于是，他一口应承下来："公若果有此心，兆铭愿为驱使！"

袁世凯心想，我等的就是你这句话，但还有一事，我得问他一问。

"汪先生大才，世凯还有一事请教！"

"袁公过谦，但请直言！"

"卿以为未来之中国，何人……可当之？"

这一句，袁世凯虽是语气温和，却已暗藏杀机。

汪兆铭何等聪明，自然听出了这弦外之音。

愣了半晌，他只说："若是创立民国，自有……自有选举公论吧……"

不知为何，他已不复方才气势。

袁世凯又接着追问："那究竟当选何人呢？是黎元洪？是黄兴？还是孙文？还是……我袁世凯？"

言毕，莞尔一笑，意味深长。

时钟的指针"嘀嗒"作响，映衬得此刻屋内分外安静。

汪兆铭的脑门儿，则不断冒汗。

他知道这是在让自己站队，可自己早已是孙先生的门徒，又岂能无端改换门庭？

第二十一回

但是，袁公赦我出狱，又委任要事，也多少于我有恩……

汪兆铭心中纠结，正不知如何作答。

袁世凯却早已指着他的鼻子笑道："哈哈！季新你也有犯难的时候……"

召见之后，汪兆铭又被袁世凯的长子袁克定拉去，很是说了会儿话。

继而，不得不留住数日。

最后，才心事重重地返回京师看守所，准备取走一应私物。

路上，他不禁回想起来袁世凯临别时的叮嘱："若是施行共和，必要整合汉、满、蒙、回、藏五大族为一大中华之国，此非强人不可为也！这头一条就是实力！你回南方路上，不妨稍加思考。日后，必有机会再向卿来请教！"

思来想去，汪兆铭不免有些神情恍惚，心中委实不快，却又说不出个所以然来。

唉！这滋味当真让人难受！

"汪先生，你这是怎么了？跟失了魂儿似的！"李虎臣问。

"我也说不明白，大概……或许……还是累了！"

李虎臣打趣道："别是要出狱了，乐极生悲了吧！"

汪兆铭未作理会，隔了一会儿又转而问道："兄弟，这几个月来多亏有你相伴。待出狱后，你打算去哪儿？不知你我还有机会相见？"

"过会儿，我姐夫他们会来接我吧！说来心中有愧：我实在不敢告诉家中高堂——这入狱之事……"

说着，汪兆铭的亲友已然到了。却迟迟不见孟庆霖、李若雪，哪怕是姜齐玉的身影。

对李虎臣来说，这当真咄咄怪事！

汪兆铭则关心道："兴许是官府没知会到吧。先别管了，随我一道走！"

"哎！"李虎臣应着。

他早就憋不住了，想要再快一点去呼吸外面清新且自由的空气。

可他临走前，又想起来一事，便回头央求狱卒：再让自己回一趟老监，再去看一眼那笼中白骨。

狱卒不免讥笑一番，只道这人傻了，却也乐得看他笑话，就信口应了下来。

于是，老监铁栅栏外，李虎臣独自跪下，在漫天笑骂声中，朝那白骨恭敬地叩了三个头，权作敬师之礼，亦为拜别曾经。

"尊驾精神长存我胸！虎臣此生无悔，矢志不渝！"

李虎臣心中默默祷祝。

当天下午，待李虎臣回到三不老胡同的小家，却蓦然发现这里早已关门上锁，且已积了厚厚一层灰尘，又有蛛网密布，仿佛从未有人住过，孤寂得好似鬼屋一般。

李虎臣彻底蒙了："这怎么回事？上次他们来看我时，不还一家人好好的？这怎么就……"

这突如其来的打击，委实有些沉重。

一时间，李虎臣既闹不明白发生何事，又突然血气上涌，脑袋就好似炸裂一般。

一幕幕痛苦的往事轮番上演，痛得他瘫倒地上，心里仿佛扎了根刺。

"姐姐！"

"姐夫！"

"玉姐姐！你们到底在哪里啊？"

"你们是出什么事了？还是全都离我而去？"

李虎臣不知道的是：他入狱的这段日子，外面早已是天翻地覆！先是孟庆霖抱病开缺，待病愈后又和李若雪回乡祭祖，却在西行湖广，买粮归途的时候，遇上武昌起义……

此刻，就连李若雪都尚不知晓孟庆霖未死之事。

至于他这个刚刚获释之人，那更是无从知晓究竟发生何等变故，竟致家人匆匆离去……

值得一提的是，亚圣府乃至全县的人都以为孟庆霖业已罹难，正为他发丧送

第二十一回

葬呢！李若雪则起先哭成个泪人儿，但后来哭着哭着，就逐渐麻木了，只将一缕青丝斩去，放入丈夫的衣冠冢内。从此，只守着那间婚房，孤独过活。

孟宪济夫妇更是一夜白头，日夜悲愁痛苦，难以尽表。

眼瞅着白发人送黑发人，却连个尸首都寻不到……

至于孟庆棠，他只好强撑病体，一边维持着家业，一边操办着葬礼。

这两年来，府里接连有人去世，灵幡不卷，丧事不停，当真不是吉兆啊……

姜齐玉、孟晚晴和一应家中老仆，也因听闻孟庆霖之事，匆忙赶了回去，又因再次探监被拒，一片纸笺也不得入内，这才单单瞒了李虎臣，却是无意为之。

"虎臣！"

竟是汪兆铭不放心，一路跟了过来。

"我就猜到你家中有事。唉！果然……"

正当此时，又有一人听到这边动静，也走近跟前，问道："你们……可是孟家人？"

李虎臣点了点头，却是有气无力。

"噢！我曾见过你的，你叫什么来着？是孟兄之弟吧！"

"你是……"李虎臣也在努力回忆。

"张毅融！"

"李虎臣！"

二人同时道出了对方姓名。

张毅融解释道："她们走得匆忙，又无法去看你。这才嘱托我……"

李虎臣激动地问："到底发生何事？"

万般无奈之下，张毅融不得不将近来之事一股脑地全告诉了他，却只换来李虎臣心如刀绞，痛不欲生。

汪兆铭遂劝慰道："人死不能复生！虎臣贤弟，你可要多保重啊！"

"我只恨这满清杂种！"

"别！"汪兆铭赶紧拦住他，示意外人尚在，又何必再生枝节？

张毅融却毫不介意："没事！我早就知道他是这么个脾气！别说他了，就连我，也早他妈不想干了！侬是不晓得，这汉人的日子当真没法过！想要出人头地一丁点儿，就会动辄得咎……"

汪兆铭："这不是说话的地方！"

张毅融："对！上我家里来！"

夜间，汪兆铭和李虎臣简单盥洗一番，又嘱托张家仆人去给汪家亲友递个信儿，说："今晚不回去了！"

汪兆铭问李虎臣日后如何打算，是否要回乡祭奠？

李虎臣却摇摇头说："送葬的人已经够多了，也不缺我一个！就让我……过些日子再去吧……"

"唉！那你多保重。明日，我就要奔赴上海，暗中调停南北之争！"

"你是说，义军要同清廷议和了？"

"嘘！"

汪兆铭示意噤声，又悄声说道："袁总理正背着朝廷，跟孙先生商议如此……"

李虎臣闻之，默然点头，却又回想起来之前的"约定"。

如今，自己已然获释，是否又当积极履约？

想了半天，却还是下不了决心。

先不说此事有违良心，就是近几个月来，革命理论的熏陶也绝不允许自己如是行动，更遑论姐夫孟庆霖是被满清害得"客死他乡"……

我又如何下得了手，再为这烂透了的朝廷卖命？

然而，此事又已应下。

即便自己不做，上面也必将派人接应。早已是箭在弦上，不得不发……

这可如何是好？

当晚，李虎臣彻夜未眠，只暗中思索数月以来的前因后果。

待雄鸡破晓之时，他方下定决心，遂找到汪兆铭，言道："汪先生！此去上

503

第二十一回

海，路途遥远，其间也不甚安全。不若你我同行，也好相互有个照应！"

这句话，刚好戳到汪兆铭的心坎儿上。

只见其略显激动地说："哎呀呀！我早有此意，只是贤弟家中有事，故此前不忍叨扰。如今，你既已说下，我岂有不应之理？这一路上，可要全仰仗你啦！"

于是，二人辞别张毅融，一路向上海进发，去行那议和之事，且待下回分解……

第二十二回　醇王府宪平结宗社　武昌城庆霖承重托

醇亲王府内有一密室，室内帘幕低垂，密不透风。

载沣曾于此召见金碧云，却是前话。

如今，依然是这处密室，只请来一众皇亲国戚。

其中，有自己的兄弟手足载涛（禁卫军原总统）、载洵（原海军大臣）二人，又有恭亲王溥伟、"知兵谋主"良弼（禁卫军原步队第一协统领）、镇国公载泽（原度支大臣），还有刚从南方逃回来的铁良（原江宁将军）等一众要紧人物。

这些人形形色色，却大抵称得上"八旗最后的精英"，更是清一色的铁杆儿保皇派。

此刻，逐一请来，自是非比寻常！

众亲贵先在王府用过晚宴，又到此多少进些时令水果、花样点心，就忙不迭地抒发起自己对时局的看法，更期盼着载沣赶紧拿个主意，也好解了这"社稷"累卵之急，"亲贵"倒悬之苦。

载沣面南，坐于主位，只悠然说道："今日只叙亲情，不谈国是！反正，我早就不是什么摄政王了。如今，只做个闲散王爷，倒也挺好！听听曲儿，遛遛鸟儿的，咱也过一把逍遥日子。你们呢，怎么说？近来都阖府安泰吧！"

一听此言，堂下众亲贵无不捶胸顿足，唉声叹气，直说道：

"摄政王何出此言？这都火烧眉毛了！"

"就是！朝政尽归他北洋，这大清哪里还有我等立足之地？"

"依我说啊！这朝政给了也就给了，可他总得感恩戴德，扶保着咱大清吧！但我可听说啊，他正派人秘密和谈呢！"

第二十二回

"什么？"

"当真？"

"好他个袁世凯，找死呢！"

……

面对这一切，载沣只当冷眼旁观。他一边慢撩盖碗，轻嗅茶香；一边听他们你一言、我一语地"闲话家常"。

末了，众亲贵的目光重又聚集到载沣身上，无不对这位昔日的摄政王翘首以盼。

"我当什么呢？就这点破事儿？"载沣继续调侃道。

"擅启和谈，这可是欺君之罪！"

"是出卖祖宗社稷，罪不容诛！"

"袁世凯狼子野心，不可不防啊！"

载沣轻蔑地笑着，只说道："没事儿。就他那点儿勾当，本王早就知道了。本王不去理会，是因为：若能谈出个君主立宪，倒也不错！那时，君位保住了，乱子也平了，国家归于一统，不费一枪一弹，岂不乐见其成？"

这时，不知是谁冒出一句："那若是谈出个民主共和呢？"

全场鸦雀无声。

这后果每个人都或多或少地想过，但每个人又不忍去细琢磨。因为一旦施行共和，就意味着他们这些人全都要"沦为"寻常百姓。甚至，还有可能被过去的"贱民"和革命党反攻倒算。

到那时，不但富贵难保，就是想太平苟活，怕也难呢！

这又如何使得？

于是，片刻的安静之后，众亲贵又是你一言、我一语，好不热闹。

过了一会儿，载涛在旁进言道："咱大清，还有一万二千禁卫军！兵精粮足，训练有素！若能争来军权，一并交与良弼提调，不愁克复江南！"

载沣没想到自己这位兄弟，虽无战阵拼杀之能，却也一针见血地指出症结所在——军权!

可不是嘛!

若是能再度争来军权,即便指挥不动他北洋军,指挥一下禁卫军倒也是好的。至少,可以保住长江以北不失!

之前,隆裕太后不愿出动禁卫军平叛,无非是担心京畿有变;又恰逢吴禄贞、张绍曾之变。

可如今,若是再不动用这支力量,那可当真"为他人作嫁衣裳",枉费了朝廷一番心血。

想到这里,载沣亦殷切地望向坐于末位的良弼,眼神中饱含期待。

这时,只见一瘦高壮年汉子,身姿挺拔,颧骨高耸,生了副单薄嘴唇,留两道八字髭须,又穿着去衔军服,蹬着牛皮战靴,早已起身立正,恭肃敬礼,回道:"奴才良弼,虽无大才,亦愿为摄政王效犬马之劳!"

载沣纠正道:"等等!不是为本王,是为大清!"

"是!为大清!奴才舍身报社稷,不知其他!"

载沣颔首,却又有些懊悔。

当初,真该舍命保下良弼的禁卫军协统之职。

若果能如此,也不至于被动如斯。

如今,军政大权尽归北洋。纵然良弼有心报国,可手上无兵无权,又何以回天呢?

载沣略一沉吟,仍旧嘉许道:"良弼,本王知道你是好样的!日本陆军士官生里面,你是头等的人物!可是,如今难呢!军权已然归了北洋,如之奈何?"

良弼低头不语,亦不知如何是好。

正在一众"漂亮"人物各怀心事,窃窃私语之时,王府管家却悄然叩门进来,与载沣耳语一番。

载沣闻之,心中大喜,连忙有请。

万众瞩目之下,有一人身披青狐皮风毛斗篷,形若覆钟,步履蹒跚地走了进

第二十二回

来，却又带起一阵罡风，直将那烛台的火焰吹得老高，方才摇摇晃晃地黯淡下去。

门外的侍女正欲搀扶，却被他一把甩开。他宁愿独自一人拖着沉重的脚步前进，亦不愿承认此刻的虚弱。

"宪平，你……你总算来啦！"

载沣激动地从主位上站起，亲自下堂来迎接。

孰料，他竟不顾伤痛，依旧下跪请安，口称："奴才宪平，代阿玛前来拜会，恭请摄政王万福金安！"

"快请起！你我兄弟又何需多礼？"载沣忙将人扶起。

"奴才不敢！"

"怪我！不该将你派到那南海之地，真是……苦了你啊！"

饶是载沣平日里最见不得哭哭啼啼，也更厌弃这俗世之情，可当他扶着宪平的手，见那伤痕遍布，倒也触景生情，不免一阵唏嘘。

堂下众人倒率先打破沉默，竞相起哄。

有的说："哎哟！我说你小子命可真大啊！革命党的炸弹都炸不死你！来来来！让爷看看，少什么零件没有？"

又有人说："我说今儿什么风呢！摄政王请我们吃饭，敢情是你平贝勒回来了！"

"我们这些人可是借了你老兄的东风啊！哈哈！"

"怎么着？上香港遛一圈儿，给爷们带回点儿什么好东西？"

"哎哟哟，金碧云！"

宪平却摇摇头，只言道："金碧云已死，回来的是宪平！"

"这汉名不叫了？"

"不叫了！从前，有个人一心期盼着满汉平等，共治天下。如今想来，当真是个笑话！他们如何肯与我们一心？所思所想，不过是杀尽天下满人罢了，好恢复他们的汉家江山……"

说着，宪平褪下青狐皮斗篷，一把扯开胸前的衣襟，露出一大片烧伤后溃烂的肌肤，看得众亲贵既心疼又恶心，纷纷遮住眼睛，不忍直视。

宪平说道："那日，我去拜访广州将军，却不料遇上革命党人行刺。那刺客年纪尚小，须臾就被擒住。于是，我命人收缴武器，打算先关起来，再寻机放他一条生路。孰料，我这一念之仁，竟铸成大错。那刺客早已周身绑满炸药……"

众亲贵感慨道："原来是这样……"

宪平苦笑着说："临死前，那人高呼'驱除鞑虏，恢复中华'。我就不明白了，我们满人难道不是中华的一部分？难道不是孔孟为尊，以儒治国？我大清的皇帝——太祖、太宗自不必说了，入关以后，世祖顺治、圣祖康熙、世宗雍正……哪一位不比他朱明王朝的荒唐皇帝要好？我们……也是华夏呀！我们也是父母所生、血肉之躯，和他们汉人一样，血管里流淌的是这五千年的古老文明！我们也爱这个国家，我们也不愿看她受人欺凌！可是……当国之重，何其难矣！"

众亲贵听得真切，亦不免悲从中来。

良弼则悄然提醒道："这军权之事……"

宪平已然扣上衣襟，正色曰："夺权！"

"什么？"

众人面面相觑。

好家伙，这一出手就不同凡响啊！

宪平又解释道："如今，那冯国璋甫一接印，对禁卫军尚未指挥得当。若再不动手，迟则生变！"

"这……"载沣背着手，来回踱步。

"禁卫军既已整训多年，兵员又以满蒙八旗子弟和各世族良家子为主，其忠君爱国之心绝非常人可比！若派一亲信重臣，对其晓以大义，说以利害，不难策动举义！"

载沣听了不免心动。

这几乎是自己重新掌权的唯一路径。可是，若果真如此，又是否会激起南下北洋军的集体反感？万一他们临阵倒戈，可是不得了啊！

第二十二回

见载沣尚在犹豫，宪平只好进言道："摄政王所虑者，不过南下北洋军耳。兵变之后，政权已尽在我手，而彼时老袁既死，北洋亦必定群龙无首、四分五裂。到时，为免人人自危，朝廷可大赦天下，承诺除袁世凯之外，余者一概不论。奴才料想，他们中的大部必定重新团结在摄政王周围，方如此才能保住前程不失。至于为老袁复仇，那是断乎不可能的！就算有一两个不识相的，也只需加派护卫而已，又何需多虑？"

"那南方的革命党呢？谁来围剿？"良弼又问。

"南方民军，亦在赦免之列。若仍有顽固不化者，不过孙文、黄兴之余孽。届时，可请您亲率禁卫军一部南下监军，督促业已归附的北洋悍将与不肯投降的革命党人决战即可。一如三百年前我大清入关之时，以吴三桂、尚可喜、耿仲明、孔有德四降王为开路先锋，八旗大军随之故事！"

良弼听了，心悦诚服。

宪平则面向载沣，做最后的动员："摄政王！朝廷只需坐阵汉口，扼住各军钱粮。到那时，无论北洋军与革命党，二者谁胜谁负，彼此都会结下刻骨铭心之仇，对咱大清都是有百利而无一害啊！待到终场，我大军兵临城下，杀一儆百，一战可定乾坤！"

言毕，宪平又跪地恳求："南方军饷不济，兵源良莠不齐，又因大肆扩军，而致使训练缺乏。摄政王，您不要看如今一十四省尽失，这都是虚的。只要咱大清主力尚存，压服各省'都督'重归于黄龙旗下也不是难！此乃危急存亡之秋，国祚绵延全在此时。伏望摄政王察之！"

良弼已是跃跃欲试："臣附议！平贝勒所言极是！"

载涛又小声嘀咕道："那议和呢？不议了？"

"议和断不可行！即便是施行君主立宪，也应自我皇太后、皇上，自上而下主动发起，而非受人胁迫！若非如此，其后果只能是……"

载沣忙问："什么？"

宪平："社稷倾覆，宗庙不存！"

载沣沉默了，堂下一众皇亲国戚亦不敢吭声。

这一刹那，室内安静得可听蜡烛爆燃，银针泄地。

人人各怀心事，却又紧闭双唇，屏住呼吸，大气也不敢出。

按理说，宪平此计万无一失。可若要当真办理，其间难度亦不小。万一……一步走错，岂不是无辜连累自己？那袁世凯和北洋军又怎是好相与的？

宪平环顾四周，大抵猜得出众人心事，却不再多言，只一言以蔽之："我大清唯有决战到底——这一条生路而已！正所谓：狭路相逢勇者胜！"

载沣闻言，心潮起伏，却又紧张得手心出汗。

此刻，他必须做出抉择：要么顺从形势，命不自主；要么反戈一击，胜者王侯败者贼！

许久，他平复略显激动的心情，难得语重心长地说："本王所能倚仗的，也就只有你们这些个家人了。说到底，还是咱自家人靠得住！小平子，你此番说的有理，我看……倒也不妨一试。你们说呢？"

"这个……"

"要么从长计议？"

"此计风险极大，万一事有不秘……"

众亲贵明哲保身，纷纷缩头。

见兄长的决定无人支持，载涛率先陈词："我那贝勒加郡王衔的俸禄——捐了！再拿出十万两银子，一并充作经费，干吧！"

另一兄弟载洵，也从半瞌睡中惊醒过来，挺着便便大腹，笑着说与载涛一样，也要拿出俸禄外加十万两银子，还说："这大清国要是完了，哪里还有咱们的风花雪月？"

宪平亦复如是，甘愿倾尽所有，并替其父肃亲王善耆作出同等承诺，约定共襄"义举"。

良弼亦不甘落后，甚至毁家纾难，将全部身家性命押上，立誓与大清共存亡。

见这官阶最低、家境最不宽裕的良弼都已然慷慨如此，而位尊者又计议已定，

第二十二回

众亲贵自然不好作壁上观,只得各自出了银子,方才作罢。

载沣很是欣慰,又命人抬来数只大木箱子。

打开一看,里面竟是盛得满满当当的新式武器,从马克沁机枪到连发左轮手枪,从地雷、炸弹到各式手雷,不一而足,看得众亲贵眼花缭乱。

有人拎起机枪,抚摸着黝黑的枪身,赞叹道:"我说摄政王,你这样的好东西还有多少?"

载沣颇有些自得:"呵!武装个数百人还不是绰绰有余……"

"行!就冲您这些难得的家伙,咱这一票也干得过!"

载沣见万事俱备,便提议道:"今日之会,当有个名字!"

宪平稍加思忖,答曰:"奴才斗胆!此番只为保全大清江山社稷,并创建与民共治、共享之君主立宪国,而绝非再走专制老路!故今日之会,可否命名为'君主立宪维持会'?"

载涛也心思活络起来,顺口说道:"对!再取个浑名。既然,我们不能坐视'社稷倾覆,宗庙不存',干脆……就叫宗社党吧!"

"好!"

"好名字!"

"宗社党!"

"就叫宗社党!"

……

正在宗社党成立,密谋夺权之时,远在两千里外的武汉三镇,阳夏保卫战刚刚结束,汉口、汉阳又尽归清廷之手,湖北的革命党人仅剩武昌一隅苦苦支撑。

逢此危急存亡之秋,鄂督黎元洪不得不调前线炮队回援,并沿江依山布防,又亲命多位军官、教官、教习入都督府议事。

其中,就有炮队新任教习孟庆霖!

说起这孟庆霖就任教习一事,还要从那日炮轰楚豫舰说起。

那日,黎元洪被起义军(军政府成立后,起义军将简称为"民军")裹挟着

"造反"，又被迫带队巡视岸防阵线，却在不经意间，瞥见孟庆霖正组织炮兵班战斗。

那娴熟干练的操作与临危不乱的定力，让黎元洪眼前一亮。

他不禁心想：这小子是谁啊？

看这身法，必是行家，至少也是个老兵。可他又穿着队官军服，还如此年轻……莫非是哪位世家公子从军，抑或是留洋的学生？

这人肯定不是我第二十一混成协的，难道是张彪的队伍？

兴许是吧！

真想不到：张彪跑了，却留下如此漂亮的人物！

这革命党里……有人才啊！

黎元洪想着想着，又见其攻击目标恰好是自己曾带过的楚豫舰，便一时心疼，又想多留条后路，就立刻叫住孟庆霖。这才有了后来之事。

彼时战局紧张，民军亟需扩充兵力，更缺技术人手。于是，孟庆霖只通报姓名，又谎称是近畿陆军第一镇的三等参谋官，因"北苑兵变"一事而无辜受到牵连，遂被革去职务，仅作军衔候补，这才辗转投奔而来，却不承想，遇到起义爆发……

说着，便有卫兵上前查勘证件。

孟庆霖故作镇定地摸出军官证，默默递了过去。他本以为要就此穿帮，却不料这军官证泡水，一应字迹皆已模糊不清，也就囫囵搪塞过去。

"好险！"

孟庆霖心里不住念叨。

若是被人知道我是禁卫军成员，那我还说得清吗？

须知这是什么时候？

是暴动！

是起义！

是革命！

第二十二回

是另立中央,是分庭抗礼,是生死攸关!

是不会有人听你解释,即便听了,也很有可能置若罔闻……

正所谓:好汉不吃眼前亏!

还是自称北洋第一镇更稳妥些。

至少,这支军队与清廷的关系早就崩了,而且人尽皆知,省得麻烦。

后来,孟庆霖本想找个机会开溜,却不料被黎元洪亲自任命为民军炮队教习之一,仍作正军校衔,并被派往汉口前线,组织军队反攻。又在冯国璋火烧汉口之后,先撤至汉阳龟山炮台,又撤回武昌城外,直到如今。

然而,意想不到的事情还是发生了!

那就是——孟庆霖的思想悄然有了转变。

当初,无论是发自真心抑或出于无奈,孟庆霖不得不与民军士兵同甘共苦,并肩战斗。却也因此逐渐生出许多感触,特别是冯国璋火烧汉口之后,他愈发认清了严峻的现实:战争没有丝毫浪漫可言,战争就是战争,是你死我活的血肉搏杀,没有中间道路可选。即便有,也是建立在双方势均力敌的基础之上。而战争所带来的,首先就是国破家亡,血流成河!

可是,战争也是通往新时代的门槛。

只有将一切反动的、逆历史潮流的人物扫出这个舞台,新的时代才会真正降临。而自己所能做的,只是尽可能加速这一进程,以更少的流血、更低的代价……

不经意间,他竟愈发地倾向革命,赞成共和。而此前,他是不反对有皇帝的。只是厌恶满清的民族压迫,并期待国家施行立宪政治。此刻,血与火的洗礼让他明白:中国有二千余年帝制传统!若不就此赶走皇帝,"立宪"就只能是一句空话,一文不值!

然而,只有金碧云,仍在心底暗暗牵动着他的心绪。

他不禁在想:若老金知晓这一切,又是否会原谅自己?

可叹忠义不能两全……

再说回都督府议事一折。

这鄂军都督府：人称"红楼"，只因其掩映于蛇山南麓，尽是一片红墙红瓦，故得此名。

自起义以来，红楼里接连颁布公告，宣布废除宣统年号，定国名为"中华民国"，定国体为民主共和，以黄帝纪年，以"红黄蓝白黑"五色旗为国旗，合"汉、满、蒙、回、藏"五大族为一家。

不得不说，"红楼"开启了一个新的时代。而这个时代或许是属于人民大众的。

记得那日，孟庆霖与众军官候于红楼廊下，等待宣调。

虽已近正午时分，但头顶的太阳却隐没于云层当中，无法向人间散发充足的光与热。

只待北风稍过，就冻得人缩手缩脚，呵气成霜。

也不怪这气候严寒。

如今，已过了小雪节气，却迟迟不见上头派发冬装。再加上，近日来兵败如山倒，民军士气不免低落，总是一片怨声载道。

军官甲："你说……这北洋军能打过来吗？"

军官乙："不好说！但即便打过来，咱武昌城也不是块好啃的骨头！"

军官甲："这倒也是！"

军官丙："记得前些年彰德秋操，我就在这儿当兵。那会儿，也是屋里第八镇和北洋叫板。想不到啊，这才几年光景，南、北二军竟从昔日的校场比拼，演变到如今的战场厮杀……"

军官甲又悄悄地指向孟庆霖，问众人道："你们可认识他吗？"

"不晓得！"

"不清楚！"

军官丙："据说，是黎大都督发现并委以重任的……"

军官甲："噢！难怪呢！这么年轻……果然是有裙带……"

第二十二回

说话间，天上竟飘下雪花来，轻柔且迟缓地落到众人鼻尖之上。

此情此景，让孟庆霖陡生思乡愁绪，更念起妻子李若雪。

"离家已数月，而若雪……恐怕还不知道我尚在人世吧！如今，战事正紧，我竟脱不得身，更不敢向人提起从前遭遇。甚至，往家寄封书信也要面临多道审查……只怪我年少多事，偏偏救下那狼子野心的熊子墨！"

"孟庆霖！"有传令兵进前宣令。

孟庆霖立正，答曰："到！"

"大都督有请！"

"是！"

孟庆霖跟着传令兵，一前一后进了会客室。

传令兵门口侍立，孟庆霖脱帽肃立。

只见犬牙交错的作战地图前，一个魁梧雄壮的汉子，正挠头思忖着下一步用兵计划。身旁是一位身着西式燕尾服，俊朗颀长、眉清目秀的中年男人，正向其诵读着若干规矩法条。

"鄂州政府以都督及其任命之政务委员与议会、法司构成之。……如此，行政权归都督，立法权归议会，司法权归法司，是为三权分立！这便是《中华民国鄂州临时约法》！"

……

"咦！这人我见过！"

孟庆霖心下一惊，可是在哪儿见过来着？

他不禁愣怔半天，却正好遇到那魁梧汉子转身。

"大都督！炮队教习孟庆霖奉命报到！"孟庆霖立正敬礼，自报家门。

那汉子，自是黎元洪。

只不过，他脑后的辫子早已剪了，也和孟庆霖一样，留起平头。

至于那身着燕尾服之人，则向孟庆霖投来注视的目光。

起先，也是稍有迟疑。甚至，是稍许惊愕。

"宋……宋教仁！是同盟会的宋先生！"

孟庆霖想起来了，却未敢出声。他分明记得，年初去彰德府洹上村寻访袁世凯，不正好在洹水岸边，与这人擦肩而过？当时，二人相互点头致意，其仪表风范让孟庆霖很是歆慕。后来，才听赵秉钧提到此人名姓，便是过目不忘。

真想不到，竟在这红楼里面与之再度重逢——当真是缘分使然！

只见宋教仁留着一对八字胡，髭须两翼修剪得十分尖翘挺拔，正略颔首微笑，想必也认出了孟庆霖。只是识人不知名，故暂未点破。

二人遂有了一种难得的默契。

"来！来！来！遁初，我向你介绍！这是我民军炮队教习——孟庆霖！"黎元洪正热情地将孟庆霖引荐于宋教仁。

宋教仁亦不住地打量一番，口中称赞道："好！"

黎元洪："好什么？"

宋教仁："好一个强将手下无弱兵啊！"

"先生过奖了！不过，这小孟倒也非比寻常。他原是北洋第一镇的，因年初兵变一事而无辜受了牵连，这才投奔我军，却是我军之福啊！你是没见他操作火炮。那叫一个得心应手，手到擒来！哈哈！"

言语间，黎元洪似已将孟庆霖看作心腹爱将，夸赞起来竟毫无保留。

孟庆霖则谦逊推辞道："卑职……只是秉持革命初心，尽己所能罢了！"

宋教仁听了，却罕见地摇头，只说："革命初心？怕也不尽然吧！"

孟庆霖顿感不妙，意识到对方话中有话。

黎元洪虽不明所以，却也尽量缓解尴尬："小孟，还不见过宋先生？这可是大名鼎鼎的宋教仁宋遁初先生，真正的宪政专家！"

孟庆霖再次立正敬礼，并尊称道："晚辈孟庆霖，见过宋先生！"

语气抑扬顿挫，声音铿锵有力。

宋教仁却颇有些不领情，反而挖苦道："黎大都督的庙太小，恐怕……容不得你这尊真神吧！"

第二十二回

黎元洪捋了下粗大的髭须，仿佛听出了些许深意，就看孟庆霖如何作答。

"宋先生谬赞。庆霖不才，唯恐德不配位。如今，能在大都督麾下效力一二，已是三生有幸，岂敢横生异心？"

孟庆霖说得斩钉截铁，不容置疑。看得出，他为求自保，已然拼尽全力。

宋教仁又连珠发难："敢问：第一镇驻防何处？"

孟庆霖答："京北仰山洼！"

"有兵员几何？"

"原有一万二千余人。因兵变一役，折损七八，又招兵若干。现有六七千人吧。"

"将官何人？"

"何宗莲！"

"为何又到此？是受了何种牵连？"

"何统领怪我与叛军往来密切，又常作愤世之语，故有此劫。"

"孟庆霖！"

"到！"

"还不从实招来！"

孟庆霖稍有迟疑，却又立刻答道："招……招什么？"

"护士小青，你可认识？"

"我……"

"最初发现你的两名士兵，你还记得？要不要我传他们上来问话？"

孟庆霖彻底无语。这显然已经暴露了，又当如何是好？

正在他慌神之际，黎元洪却出来打圆场："小孟啊！实不相瞒，你这点儿事，我们已然知道了，倒也没甚大不了的。现在，总归是用人之际。不如……你就从实招了吧！"

怎么办？说还是不说？

既然黎大都督赦免在先，不如就此倾诉真相，也不至于将一应往事全都烂在肚子里。而战后，也可早日还家……

孟庆霖本想借坡下驴，道出当日原委，可话刚到嘴边，又生生地给咽了回去。

不对啊！

既是赦免在先，又何需再找个人来问我？悄悄地对我叮嘱一番也就是了，知道的人自然越少越好。否则，万一传扬出去，岂不是有损大都督官威？

退一万步来讲。

就算宋先生值得托付，断不会将消息外泄。可是，门口还站着个传令兵呢！这只是一名普通的士兵罢了，难道也是大都督的至交心腹？

据我所知，自"被迫起义"以来，黎大都督与基层士兵的关系可是微妙得紧。不然，也断不至于将我这样一个初来乍到之人，视作"心腹爱将"。

这里面，必然另有蹊跷……

"报告大都督，报告宋先生：卑职孟庆霖，山东人氏。因蒙祖荫，得以在近畿陆军第一镇充任三等参谋官。后因北苑兵变一事，而枉受牵连，流落武昌。江边救我之人，庆霖自是感激不尽。但庆霖不知其他，只知忠于职事，克勤克慎，不负大都督知遇之恩，如此而已！若再有相疑，便请军法裁处，横竖……不过一枪而已，又……又何需多言？"

说着，孟庆霖竟掉下泪来，看得人好不伤感。

孰料，黎元洪翻脸无情，果真下令："来人！拉出去……毙了！"

言毕，立刻就有一队卫兵拥上前来，架起孟庆霖就往外拖。

宋教仁跟上前去，又递了一句："怎么？现在后悔还来得及！"

孟庆霖已是欲哭无泪。

他虽有所隐瞒，却也是实心用事，拼死奋战至今。想不到，前线战事未停，就先杀带兵之人，当真教人寒心！

也怪自己命途多舛，无论当今何门何派，竟皆不能容我：袁世凯疑我，禁卫军忌我，就连黎元洪也是不分青红皂白……

这天下，还有说理的地方吗？

第二十二回

想到这里，孟庆霖木然瞪着宋教仁，只冷冷地说道："都怪我看走了眼！"

……

就在宋教仁发难，孟庆霖生死悬于一线之际，黎元洪却又叫住卫兵，再让人将自己珍藏的一坛百年女儿红端上来，对孟庆霖说："既是壮士，先饮断头酒！"

宋教仁亲自启封，霎时酒香四溢。又接过粗瓷大碗，亲自斟满，对孟庆霖劝道："兄弟年纪虽轻，却是英雄本色，实乃相见恨晚！"

孟庆霖转了转被卫兵握痛的手腕，倒也毫不推辞，一把接过来，就是酣畅痛饮，只叹道："恨晚！"

继而，他又自行斟满，敬宋教仁道："宋先生，你我也是……一见如故！"

宋教仁正色接过，也是一饮而尽："如故！"

黎元洪自斟自饮，哈哈大笑，对宋教仁说："遁初！我就说小孟够硬，宁死不招。这回，你信了吧。"

宋教仁："信了！信了！果然名不虚传！我看就是他了！"

孟庆霖听了，竟是丈二和尚摸不着头脑。

黎元洪遂解释道："小孟啊！如今，有一件要紧之事托付于你。方才，我们是怕你意志不坚，心性不定，只好出此下策，权且试你一试。如今看来，你果然没让我失望。不过，这死硬到底的功夫，可不是在我这儿学的哟！"

孟庆霖不由得涨红了脸，却仍旧故作镇定，任是一句话也分辩不出。

于是，黎元洪下令："孟庆霖！"

孟庆霖再次肃立，高声答曰："到！"

黎元洪："命你为秘密和谈代表，亲赴京城，面见一人！"

"谁？"

"清廷内阁总理——袁世凯！"

第二十三回　开夜宴少子作悲音　驻团城兄弟起兵锋

江岸远眺，孤帆飘摇。

一艘渔船直化作一个白点，消逝在茫茫的水面之上。

孟庆霖斜倚船头，空对着"一船明月一帆风"，身边是"波翻浪涌"，前方是"龙潭虎穴"，只有心中尚存点滴"壮志豪情"，聊慰旅途。

此去京城，必又是一番磋磨经历，既让人心怀期许，心潮澎湃，又让人心生波澜，心怀忐忑。思之，总觉不安。

焦虑之下，他不禁回想起与宋教仁饮酒时的情景，端的酣畅淋漓……

记得那日，酒过三巡，黎元洪临时有事，便带走一应卫队，只留下宋教仁与孟庆霖二人继续豪饮。

宋教仁问："小孟，看你这般年纪，也当弱冠了吧。是否取过'雅号、台甫'？"

孟庆霖呵呵傻笑，直说没有。

宋教仁酒酣耳热，遂一把扯开衣领，瘫倒地上，不住念叨着："庆霖！庆霖！雨露甘霖！欸？你可有兄弟手足？"

孟庆霖本不善饮，此刻已上了三分酒意，便也学了宋教仁的样子，醉卧谈笑："只有堂兄庆棠，字泽南。"

"孟庆棠……泽南……就是那个世袭翰林院五经博士——孟庆棠？"

"嗯！对啊！"

"原来小孟……你……你是孟子后裔……哈哈！"

"先生笑什么？"

第二十三回

"笑你这诗书簪缨之家，竟养出来你这般赳赳武夫、造反的贼！还不可笑吗？"

孟庆霖也大笑。这还是头一次被人如此讥讽，倒也实在！

宋教仁仰望雕花穹顶，似在沉吟，须臾说道："不妨就取字'泽霆'吧！如何？"

"泽霆？何解？"

宋教仁蹙眉，正色对曰："雷霆雨露，润泽苍生！此……大丈夫之谓也！"

"雷霆雨露，润泽苍生……"

孟庆霖兀自念叨着，似懂非懂。

"正是！"

宋教仁又慨然解释道："你名中已有'雨露甘霖'，字中尚缺'雷霆万钧'，何不就此补全？人言，不行霹雳手段，怎显菩萨心肠？若无杀伐决断，岂能仁者爱人？小孟，你可懂了吗？"

"霹雳手段，菩萨心肠……"

"杀伐决断，仁者爱人……"

孟庆霖大约懂了。

他本就满腹诗书，更是自幼耳濡目染，深受孟子"仁政"学说熏陶，素怀"济世安民"之抱负。因此，这会儿听宋教仁一点拨，便是精神为之一振，心中拜服，遂承了这份盛情，认了这一台甫，不在话下。

自此，孟庆霖虽尚未弱冠，但"孟泽霆"这一称谓却渐渐地流传开来。

再说孟庆霖乘船北上，自知绕不开段祺瑞驻军防区，便索性前往拜望。在他看来，段祺瑞明明占尽优势，且汉口、汉阳尽在其手，却迟迟不发兵南下攻略武昌，这不仅仅是因为武昌城池坚固，易守难攻，更是因为段祺瑞压根儿就没想攻城。

这又是何故呢？

孟庆霖似有察觉：八成这朝廷，或者说就是他袁世凯也多少动了些议和的心思吧。尽管,北洋军在长江中游一带取得了战场主动权,但若放眼全国,已有一十四省竞相宣布独立,对清廷形成了战略包围的态势。其中的利害不难取舍。更为重要的是,东南财赋重地尽失,北方又拿什么来打仗?就算是举外债,想必那些洋人也不愿出借吧!

基于这种判断,他才敢直闯段祺瑞军营。

当然,还有另外一个原因,那就是他与北洋之间若即若离的关系,此刻倒也成了一处助益。

果然!

段祺瑞一听"孟庆霖"这名字,竟然喜不自胜,心想这不正是上头一直在寻找的人吗?真是得来全不费工夫!

于是,连忙对身边副官说:"快!快去给袁总理发报!"

须臾,袁世凯回电,却是一封密电:"芝泉:速送小孟入京,并阴遣精兵随之,切勿声张!"

就这样,孟庆霖被连夜护送入京,并准以"自家人"的身份觐见袁世凯;却不再视之为"敌军和谈代表",倒也在行止上优容许多。

觐见当晚,袁世凯于花厅设家宴款待,大姨太沈氏,并长子袁克定、次子袁克文一同作陪。

孟庆霖原以为只有袁家人在场,便是闲话家常,也就未做准备,却不料等来一人,竟是冯国璋——前不久的战场宿敌!

冯国璋也是一头雾水,一听这"大帅"义子居然成了民军代表,更曾充作炮队教习,那神情简直快要绷不住了——笑也不是,恼也不是,愣是"嗯啊"半天,只顾吃酒,不知说些什么好。

此刻,袁世凯抚着光秃秃的前脑门,一如在洹上村垂钓之时,已是笑得前仰后合,指着这二人言道:"你们呢!不是冤家不聚头!"

……

空对着一桌美酒佳肴,孟庆霖虽与克定、克文二兄弟把酒言欢,又与冯国璋

第二十三回

互敬数杯，彼此吹捧，然胸中却颇感索然无味。

因为，袁世凯发话，既不准其返回武昌，又不准其退伍归乡，偏要留他给冯国璋做个帮手，想方设法地镇抚禁卫军，严防不测。

袁世凯侃侃言道："亲不亲，自家人！小啊，留下吧！留下有大用！你放心，我派人将你妻小接过来，好让你们夫妻团聚。另外，我再给那黎元洪发报，就说议和一事，尚需时日，故留你在侧，料他也不敢怎样！"

"这……总理……"孟庆霖刚要接话，却被袁克定拦住了。

这袁克定时年三十四岁，比孟庆霖大了整整十七个年头，故借着"长兄"之势，劝说道："霖弟，你刚才喊父亲叫什么？"

"总……总理啊！"孟庆霖自知理亏，却硬着头皮，咬着牙，死扛到底。

袁克定听了哈哈大笑，直说道："我说霖弟，你真是死鸭子嘴硬！这有什么不好意思的？你知道吗？前些日子，我刚与那汪兆铭换了帖子，结为金兰兄弟，他便已然将父亲称作'家翁'。你这身份不比他尊贵？你可是父亲心尖儿上的肉啊！这些日子以来，老人家每与我和克文念起，便是'这小孟怎就没了踪影'一句。可见，你与我们是一样的。你这突如其来的'总理'一称，可是伤了老人家的心喽！"

孟庆霖却问："汪兆铭？就是那个刺杀摄政王的汪兆铭？"

沈氏一边起身斟酒，一边口中应道："可不是嘛！就是他！来，干娘陪你喝一杯。干娘听说，你在武昌城死里逃生。这好不容易回来了，可不兴再回去了啊！"

又说："等把你家娘子接来，就让她常到此处陪我说话，我也好多个解闷儿的人啊！"

接着，便是一阵欢笑，让人听着如此真切，倒不像是寻常应酬之语。

只有袁克文已然自斟自酌起来，也不搭理旁人，就借着酒兴，或是狂言，或是隐喻，或是吟哦：

随分衾裯，无端醒醉。

银床曾是留人睡。

枕函一晌滞余温，烟丝梦缕都成忆。

依旧房栊，乍寒情味。

更谁肯替花憔悴。

珠帘不卷画屏空，眼前疑有天花坠。

继而，又边唱边饮，愈饮愈醉，只说道："留下……有何用？有何用？谁又不知道你的心思？我看……不如散了好……散了好啊……"

旋即，便作诗一首，似在咏物抒怀，又似旁敲侧击：

偶向远林闻怨笛，

独临明室转明灯。

绝怜高处多风雨，

莫到琼楼最上层。

"绝怜高处多风雨，莫到琼楼最上层。"

孟庆霖听这末尾二句，心中亦颇多感触，也不住地低吟起来，似有万千思绪，却被袁世凯一言打断。

"哼！天天就知道作些淫词艳赋，只与戏子名伶厮混，也不长进，也不学好！真是……"

袁世凯愤然。

他望着年方二十的次子一如年轻时的自己，本是无比疼爱，却又偏偏厌恶这花花公子之态，不免为其日后担忧，只是难以尽表。故而，只将一片深沉父爱化作言语责骂，不足为外人所道。

如今，又闻其席间作此悲音，也不知是劝谏哪个？于是，莫名怒了。这才引

第二十三回

出一顿数落。

袁克文唏嘘感慨，怅然离席，只留下众人面面相觑。

袁世凯斥道："逆子！逆子！不理他，咱们吃酒！"

见场面尴尬，孟庆霖也不得不献上殷勤，开解情绪，遂劝酒道："义父、干娘在上，小子奉酒。祝二老福寿绵长，善自保养，早定国家一统之计，方还百姓清平人间！请满饮！"

沈氏听了十分欢喜，便提议说："好！好！四哥（指冯国璋，因其在家排行第四）、克定，咱们借着霖儿一片孝心，一道饮了。祝咱家老爷广纳贤才！祝咱们霖儿前程似锦！"

袁世凯亦恢复了往日笑容，抿着唇间髭须，与众人一同举杯，便是觥筹交错，自不待言。

待酒宴散去，沈氏和袁克定各自回房歇息，而袁世凯又单独留下冯国璋和孟庆霖继续说话。

三人饮茶解酒，并谈起前些天发生的一桩案子。

袁世凯："小啊，前些天我出门……"

只见他阴阳怪气地指着右脚说："可是，当我这只脚刚迈出门去，就眼睁睁地看着我那辆汽车'砰'的一声爆炸了！仆人、侍卫，连同侍卫队长全部被炸死。你知道吗？那队长……可是我袁家人啊！"

说着，袁世凯攥紧了拳头，而脸上的肌肉亦随之抽搐。

"这……"孟庆霖原以为这是革命党人所为，竟一时尴尬地不知如何作答。

冯国璋则补充道："查过了！不是革命党，是禁卫军中的保皇分子。据说，是受了一个叫作什么'宗社党'的蛊惑！"

"啊？宗社党？什么宗社党？"孟庆霖更糊涂了。

袁世凯稍平复心情，便以指叩桌，简要解释道："就是一群宗室子弟——老冤家了！"

孟庆霖恍然大悟："原来如此！"

袁世凯又说："他们这是在警告我呀！是怕我谈出个民主共和出来！"

冯国璋起身进言："总理！卑职建议在禁卫军中筛查一番，若有同党，自当严办！"

"华甫……坐！"袁世凯微笑着，示意冯国璋无须再表忠心，他已深知之。

孟庆霖却反而说道："此事万不可大肆声张！若是追查起来，必定人人自危。到时，无论是与不是，皆作惊弓之鸟，更易被人蛊惑，恐酿成大祸啊！"

冯国璋："依你所见，就索性不查了？"

其实，冯国璋的内心何尝不是想息事宁人？

他又岂能不知"内紧外松"的道理？

但他嘴上却不得不表现出一副忠心事主的愚忠形象。毕竟，他和小孟不同。他已是位高权重，甚至功高震主，又与清室关系紧密，更是敕封的"二等男爵"。

若是一时锋芒太过，到头来只怕性命堪忧……

孟庆霖不知冯国璋的内心正翻江倒海，只说道："既知幕后是宗社党所为，那么这事儿也就不用查了。"

孟庆霖还有句话，更是惊心动魄，正在犹豫是否说出口，却被袁世凯一言抢先。

只听袁世凯抑扬顿挫，悠然说出八个字，却是字字携有万钧之力："清室既在，查亦无用！"

孟庆霖："除非……"

袁世凯微笑起身，似乎大为满意，又从仆人处接过一根银质手杖。手杖顶上嵌有一颗拳头般大小的血红琥珀，看上去就像是一团烈焰，可又像是一汪鲜血，在灯火掩映下煞是引人瞩目。

这根手杖，袁世凯曾在1900年绞杀义和团时拄过。那会儿，孟庆棠在场，亲眼目睹还是山东巡抚的袁世凯敢拿义和团的血肉之躯试枪，借以戳破其"刀枪不入"的"神话"。

如今，十一年过去了，孟庆霖业已长大，而这根手杖却再度出现，又是否意

第二十三回

味着京城里即将血流成河？

……

翌日清晨，孟庆霖即被任命为"禁卫军步队第二协四标三营"督队官（副营长），授"正军校"衔。

按理说，这是件"青云直上"的好事。

毕竟，一年之内他就从军佐转作军官，从"副军校"（中尉或少尉）晋升"正军校"（上尉），并由文职司书生，改任营部督队官。其间，还在南方民军那里，充作同级炮队教习。

这一人肩挑南北，倒也十分罕见。

然而，孟庆霖的日子并不好过。

这是因为，彼时的禁卫军里面，保皇派的人数的确不少，且对非满蒙八旗子弟出身之人极不友好。过去，孟庆霖只是因为表现卓越、成绩优异就招来万千忌恨。如今，一旦坐实了他这北洋背景，那还不闹翻了天，而这也正是袁世凯所期望看到的。

袁世凯，就是要在禁卫军里扎一颗钉子，一颗只属于自己的钉子！

然而，他们终究小看了孟庆霖。

他自有其生存之道——那就是年初救下的一百零一名北苑归队叛军。

此刻，终可以派上用场了！

原来，北苑兵变后活下来一百零一名百战余生的老兵，不仅没有得到新任统制何宗莲的信任，后来还被一一遣散，连安置费都没个着落，最后沦落到靠在街头出卖苦力为生的田地，他们几乎都要忘记自己也曾是名军人……

孟庆霖看在眼里，早就想将这些百战老兵收归己用。一来，可以管其温饱，不再使其冻饿街头；二来也可约束军纪，不至于滋事扰民。以上两点，皆出于公心，所谓"好人做到底，送佛送到西"！

只不过，孟庆霖也有私心。他誓要将这一百零一名劫后余生之人发展为自己的铁杆和亲信，一如金碧云和他的十六勇士。

正应了那句："训其三军，如臂使指！"

于国，这是同生共死，匡济天下。

于家，这是昼警暮巡，守卫乡邻。

于己，这是乱世之中，安身立命的最终倚靠和真实凭借。

在他看来，什么"督队官""正军校"等职衔，虽说重要，但总归是虚的。只有手里的实力才是真的，而这一百零一人正是一个开始……

于是，孟庆霖一边向袁世凯和冯国璋进言"应将禁卫军大部开出城外整训，另编部队卫戍京畿，并以扩充汉人兵员为要"；一边以雷霆手段，严肃整治本部人马，对其中的"训练懈怠者、技艺不精者、偷食大烟者、擅自出营者、嫖妓宿娼者"等一律开除军籍，不予宽宥。

这可就惹急了包括他顶头上司"查管带"在内的一干既得利益集团。

对方群起而攻之。

查管带更是弹劾孟庆霖"越权行事，目无尊长"。

孰料，孟庆霖丝毫不惧，索性揭发查管带"吃空饷、喝兵血"之丑事，并详细举出本营编制员额与实际人数之间的差距。

真是不查不知道，一查吓一跳！

当冯国璋下来，照单点卯之时，竟然平白多出来二百个不知所云的名字——有的叫"张二狗"，有的叫"王六猫"。甚至，就连"李广""霍去病""霍光"这样的名字都赫然列于其上。不知是在羞辱古人，还是在遗祸自己？

这些名字，自然无人敢于应答。

询问原因，则统一口径为"该员偶感微恙，归乡休养"云云，谎言编得毫无诚意，气得冯国璋拂袖而去。

第二日，查管带即被军法裁处，由孟庆霖代行"管带"之职，军衔不变。

朝夕间，军权到手。

孟庆霖便协调战友张毅融进营帮办军务，准备收拢留散京城内外的北苑老兵。

第二十三回

孰料，张毅融却一盆冷水泼将过来。

"我说孟管带，你这玩得可真够悬的！"

孟庆霖不解何意，遂反问道："孟管带？给你丫脸了？叫泽霆，我刚取的表字。"

张毅融又讥讽道："泽霆？这还行！比你弹劾查管带那出，可要靠谱多了！"

孟庆霖有些不悦："你小子到底帮哪头儿的？"

张毅融却不紧不慢地说："我自然是帮你这头儿的！可是，你想过没有？为什么你就能弹劾成功？为什么就让你小子，年纪轻轻的代行这管带之职？你知道吗？这位置，可是多少人削尖脑袋都挤不上的！如今，你屁股还没坐热，却要将过去的叛军一股脑儿召回来。你就不怕捅出天大的娄子，死无葬身之地？"

张毅融一番话，说得孟庆霖脊背发凉。

他不禁反思：是啊！为什么面对弹劾，我就能安然无恙，而别人却险些连命都丢了？难道，只是因为道理站在我这边吗？

看来，我到底还是沾了裙带的光啊……

这公平吗？这不公平吗？

可这就是现实啊！

难怪祖父临终前，非要我先去拜访蛰居洹上的袁世凯。原来，他早就看出这天下将乱，袁世凯必定再有出山之时，而我却抢先一步成了"自家人"。这里面的苦心与深意，这份拳拳舐犊之情，我是直到如今才体会得到万一啊！

张毅融："哥们儿，想什么呢？你家小舅子可出狱了啊！前儿，还去我那儿住了一宿，身边还带了个人，叫什么汪……汪兆铭的。小白脸一个，看上去就不实在。"

孟庆霖方清醒过来，说道："对了！虎臣和齐玉他们都去哪儿了？"

张毅融慨叹曰："以为你死了，齐玉和你妹妹晚晴回家给你办丧事去了。你那小舅子，却跟那个姓汪的小白脸，一道往上海去了。别的，我也不知道，我也懒得问。"

"是这样……"

孟庆霖这才想起来找人拍封电报，往家报平安；又对张毅融说："老张，你看这招兵一事……"

"别问我！你是管带，你拿主意。还有，叫我恒通！我也刚取了表字！"

孟庆霖权当没听见，仍旧自言自语道："老张，我想过了。既然咱这裙带关系的光已经沾了，何不一沾到底呢？以往的百战老兵，若论打仗，那人均一把好手，又岂能就此流落街头？若是国家有难，他们必定以一当十，冲锋在前。这事儿，我有主意了！"

"哦？"

……

半月之后，北海南岸，孟庆霖营部操场。

军旗猎猎，军歌嘹亮。

业已整肃一新的主力三营，重又焕发生机，犹如一轮红日，正在漫天阴霾中奋力挣扎，已现喷薄欲出之相。

那一百零一名百战老兵早在六天前就已陆续就位，且日夜操练不停，准备于今日大显身手，好让自己重新跻身"劲卒"序列。

孟庆霖原以为，他们中或许有人不再想过这种刀口舔血的日子，最多也就来个七八十人，还是看在自己对其有恩的分儿上。

孰料，这一百零一人，竟然一个不多，一个也不少，整整齐齐地全来了。却也不难理解，毕竟当兵才是其老本行，总好过平白受人白眼，无故任人欺凌地熬日子。

孟庆霖见了，自然不敢怠慢，亦不敢不分良莠，照单全收。因此，他决定来一次校场比拼，一比射击，二比格斗。让禁卫军与老兵相互争个胜负，胜者赏、败者罚。

胜则赏银、赏功、赏晋级，不可谓不重！

罚却更重，禁卫军名次后一百位者，开缺；老兵不胜者，归家。

第二十三回

唯如此，才能锻造出一支铁血劲旅，助力共和大业，以待反戈一击。

后来，他在给宋教仁的信中曾如是记载："那日清晨，禁卫军与老兵比拼射击、格斗等技。射击一项，禁卫军更优；然格斗一项，却是老兵更强。二者正难分伯仲。孰料，宗社党起兵暴乱，而余亦险死于乱军当中……"

当时，孟庆霖并不知道这宗社党的智囊竟是昔日好友金碧云；而金碧云，亦不知晓孟庆霖居然身在此处，操练士卒。

再见之时，二人恍若隔世。虽是惺惺相惜，却终要兵戎相见。

事情是这样的……

根据内阁划定的兵力分布，京城里原本只有卫戍紫禁城的宫廷卫队（亦属禁卫军）以及卫戍总理官邸的北洋一部。再者，就是孟庆霖这支驻扎于二者之间的主力作战营。至于尚未编练完成之军和九门提督所辖"旧军"以及若干巡警部队，因战力、装备皆不入流，大可忽略不计。

然而，孟庆霖这处营部，又偏偏卡在北海、中海与紫禁城三者之间，是皇城内极为关键的锁钥之地。一旁又有团城高耸，且三面环水，最是险要，可谓易守难攻。

袁世凯调其守卫此处，既可作为宫禁与北洋之间的缓冲，又可略窥重用之意，却被禁卫军中的保皇派分子深深忌惮。

在他们看来，如此紧要位置，岂能拱手让人？更何况，还是个刚从南方归队之人？是忠是奸都分不清，就委以重任，岂不是置皇太后和皇上的安危于不顾？

再加上孟庆霖近日来雷厉风行，极大地触动了其既得利益，便在宪平暗中传话、派人游说之时，无不踊跃参与；计划先用武力拔掉孟庆霖这颗眼中钉，再逼迫袁世凯去职，还政于摄政王载沣；进而督兵湖广，与民军决战！

于是，禁卫军一协一部（以下，姑且称之为"保皇军"），约千余人，或是主动，或是被迫，高擎着代表大清的三角黄龙旗，全副武装，矫诏入城，正从东、西两个方向，杀奔北海而来。

"报！管带……"

孟庆霖摆摆手，示意斥候再探。

张毅融找来地图，一一指点道："团城高耸促狭，三面环水；又只有两座城门，东曰昭景门，西曰衍祥门。西门早已封堵，不足为虑。如今，只要守住东门一隅，便可万无一失！"

孟庆霖颔首，又稍加思索，即传令下去："全营官兵，向东进驻团城！右队守东门，作第一梯队；左队守西门，作第二梯队；后队伏于永安桥，抱住退往北海之路！"

张毅融："我部兵不满员，尚缺一个前队。"

"无妨！我自领卫士和一众老兵，出城设置路障，充作前队。此刻，万不能坐守孤城，总要弄清楚情况再说！"

张毅融："等等！此为据险固守之地，不宜贸然出战！我部凭城射击，便可收奇效！你又是军事主官，坐镇指挥就是，何必孤身犯险？"

孟庆霖怒道："少废话！知道我是主官，那就服从命令！"

"是！"张毅融不得不立正敬礼，高声应答。

事实上，孟庆霖严重低估了这场猝然之变的剧烈程度，而他也即将为此付出代价。

这是宗社党的最后抗争，亦是保皇派分子的孤注一掷，是决定政权归属的关键之役，而孟庆霖却好似浑然不知。

更为可怕的是，大股军队武装进城的消息早就不胫而走，城里就如炸了锅一般，居民百姓纷纷关门闭舍，商铺酒肆也已打烊送客。而各方政治势力，如袁世凯、冯国璋、载沣、隆裕太后等人却仿佛毫不知情一般，任由事态发展下去，只是作壁上观。

待团城外的路障甫一设置完毕，保皇军即从东、西两路夹击而来，人人手执快枪，个个凶神恶煞，严令孟庆霖所部立刻放下武器，出城投降，仿佛从未与其做过同袍一般。

这时，黄龙旗下走出一瘦高壮年汉子，身着军服，颧骨高耸，生了副单薄嘴

第二十三回

唇，留两道八字髭须，正是良弼。

他见了孟庆霖，没好气地说："奉皇太后谕：禁卫军正军校孟庆霖，自即日起免职，另有重用！钦此。"

孟庆霖自不信这鬼话，对曰："无内阁军令，卑职不敢奉诏！"

良弼却说："你敢抗旨不遵吗？当真反了不成？"

孟庆霖："呵！抗旨不遵？旨在何处，拿来我看！"

良弼遂从怀中取出一张字条，隔着路障，十分傲慢地递了过去。

孟庆霖命人取来，亲自展开一看，上面果用朱砂誊写着这道旨意，自是分毫不差。又见那笔力遒劲，字体清秀，俨然是上乘的"馆阁体"，绝非寻常之人摹写。最后，落款题曰：同道堂。

"这是何物？"孟庆霖心知肚明，却佯作不知。

"太后谕旨呀！"

"哪有什么谕旨？"孟庆霖最恨这"宣旨"的把戏，索性将手中的字条撕个粉碎，又抖落地上，任由清风拂去。

"你！你竟敢……"良弼气得浑身发抖。

说时迟，那时快！

保皇军已齐刷刷地举枪瞄准孟庆霖，而孟庆霖这边，卫士与百余名老兵，亦同时上膛对峙。

双方剑拔弩张，一场恶战一触即发。

城楼上的张毅融看在眼里，心急如焚，正不停地向下喊话：

"来人放下武器！"

"万事好商量！"

"你我都是同袍战友，又何必如此？"

……

孰料，孟庆霖头也不回地怒吼道："老张！你他妈守好团城！下面没你的事！火力覆盖之内，若是放跑一个，我拿你是问！"

张毅融忍痛应道："是！"

这下，孟庆霖总算意识到这场冲突绝非误会，敌方必是冲着自己乃至内阁而来，是要抢班夺权的！若是现在因胆怯而后退半步，那不仅兵败如山倒，更要无端承受"造反"的罪名。若是就此节节抵抗，血战到底，或许还能杀出一条生路！想那袁世凯、冯国璋必定坐山观虎斗，只待最后出手，收拾残局，而我所能做的，只有拖下去！

拖下去，才有希望！

于是，他对身边卫士及老兵喊话，一如平定北苑兵变之时："咱们都是军人，只有视死如归，血战到底，才配活下去！这里，就是我们的战场——不退！"

"是！不退！"

"全凭管带一句话！不退！"

"怕死就不来了！干球！"

"他娘的，老子上次败了，这回可得捞够本儿！"

……

终于，这条狭窄的街道被孟庆霖所部严密封锁住了北、东、西三个方向，而保皇军又偏从东、西两路夹击而来。

保皇军若要向南，除非绕道远路。但那又进入北洋军的火力范围，更将自己的后背暴露给孟庆霖，有腹背受敌之患。

故而，双方武装对峙，图穷匕见！

保皇军要过去，孟庆霖偏寸步不让。

孟庆霖要其退至城外，保皇军也抵死不从。

眼见得双方僵持已久，虽有拳打脚踢，相互推搡，却谁也不敢开这第一枪！

毕竟，这是在皇城脚下，彼此投鼠忌器。

然而，意外终究还是发生了。

随着一道尖锐的鹰吟从头顶掠过，孟庆霖抬眼望去，像是看到一只海东青。

"好熟悉的一幕……"

第二十三回

他的心里，不免有了些许感应。

接着，又听数声枪响。

身边数名卫士即被相继撂倒，好一个弹无虚发！

在此危急关头，有一老兵见状，忙扑了过去，将孟庆霖压在身下。却不料，又一枪射来，正中老兵肋下，霎时血流如注……

"兄弟，兄弟，你要挺住！我认得你，你叫秦东！你还要教我吼秦腔呢……"

那老兵已然痛得死去活来，意识逐渐模糊。

孟庆霖恨恨望去。

只见烟雾消散，保皇军中自觉让出一条步道，又有十余名八旗侍卫手擎黄龙旗开路。其后，分明走来一人，身披青狐皮斗篷，依然是高挺鼻梁、俊朗面庞。

"金……金碧云！老金……你……你回来了！"

孟庆霖有些惊讶，甚至有些惊喜。

然而，金碧云却仿佛从未认识过他一般，从身边那须髯戟张的侍卫阿玉锡手中接过一把长枪，亲自上膛，照着孟庆霖就是一枪……

第二十四回　孙中山归国建共和　袁世凯设局谋大位

正当孟庆霖和金碧云因立场不同而彼此反目成仇之际，这年圣诞节，孙中山先生终于自海外归国了。

他自上海甫一登岸，即受到社会各界的热烈欢迎，一路上鲜花掌声不断，人群从码头一路追随，久久不散。

人群中，自然少不了汪兆铭和李虎臣二人。

只不过，他们又各自兼有差事：一个是文职秘书，一个是外围安保。至于袁世凯期望和谈的意思，早就递了过去，暗中的磋商也早已进行。只是，民军代表与朝廷特使各抒己见，特别是对清皇室的退路安排以及新政府首脑人选等事，尚存较大分歧，故暂未形成合意罢了。

这一路上，孙中山亦在思考以上问题，并在心中盘算如何利用袁世凯的力量，尽快结束内战，肇建共和。下车伊始，一众记者蜂拥而至。其中，有一女记者，抢先跑到孙中山面前，并当众提问起来。

孙中山身边的贴身护卫———一脸凶恶的司徒美堂本想拦住她，却被孙先生抬手制止。

只见那女记者，头戴丝绒红帽，面若三春桃李，明眸善睐，体态婀娜，穿一条束脚背带裤，罩一件小牛皮夹克，踩一双高跟皮鞋，自有一番风流态度，俨然是这十里洋场中的新女性。

此刻，她正手捧着记事簿子，认真且谨慎地问道："请问孙先生，您这次……带了多少钱来？"

孙中山微笑着，两道棕黑的髭须打理得尖翘挺拔，一头油亮的青丝梳理得纹

第二十四回

丝不乱,见有记者提问,只好举起两只西装袖子,悠然说道:"我啊,只带回来两袖清风与一腔革命精神!"

这女记者似乎对答案有所不满,便索性打破砂锅问到底:"那孙先生,您除了革命精神,又到底带回来多少钱呢?如今,革命可是亟需资金呀!我听说,您还特意去了趟欧洲,去游说列国。您所做的这一切,不都是为了给革命筹款吗?"

"谢谢你,女士!我是否也可以问你一个问题?"

"当然!这是我的荣幸!"

"依你所见,当今中国,最大之忧患是什么?"

说着,孙中山又注视欢迎群众,并登上路边一处花坛,公开演说道:"女士们、先生们,我的革命同志、我的血肉同胞:请你们认真地思考一下,当今中国,最大之忧患……是什么?"

众人无不沉吟思索。

旋即,有人张口说道:"是满清!是鞑子!"

又有人反驳道:"不!是没钱!是民军没钱!"

"胡说!是军队装备太差,打不过北洋军!"

眼见得争论不休,汪兆铭也拉扯下李虎臣的衣袖,笑着问他答案。

李虎臣却直摇头说不知道。

此刻,他的注意力全都放在孙中山身上,一如司徒美堂,正异常机警地扫视着周围的一切,生怕漏过任何蛛丝马迹。

汪兆铭:"欸?你这么紧张做什么?上海光复多久了,外面又有沪军重兵看守,里面还有司徒大哥,还能生出变故不成?"

"我说汪先生,你好歹也是做过刺客的人!怎么就不明白这看似安全,实则凶险的道理?"

李虎臣这话无疑刺痛了汪兆铭的内心,让他既想气,又想笑,愣是半天也接不上话。

然而,汪兆铭还是感觉李虎臣太过紧张了,仿佛是早就知道有人会来行刺,而特意在做防备似的,便试探着问道:"贤弟!你是不是听到什么风声?你也跟我说说。我好去提醒先生,也好善加防范啊!"

"哎呀!没什么!没什么!"李虎臣敷衍道,眼神却落在了那个女记者身上。

只见,那女记者笑容款款地说道:"先生,您所问的是当今中国之最大患。那么,除了军饷短缺之外,眼下最急切的就是南北内战了吧。依我看来,是否当属……'内战'这一条呢?"

"嗯!很接近了!"

听到这个答案,孙中山显然很是兴奋,便继续对众人演说道:"同胞们!当今中国之最大患,在文看来:实在国家不统一,而政令系出多门,此即为无政府状态。文此番归来,便是要倾尽全力,组织统一而高效的民主共和政府,取'满清'而代之。正所谓:驱除鞑虏,恢复中华是也!"

那女记者又问:"那新政府的元首会是您吗?"

孙中山心知这记者话中有话,或许还不怀好意,却仍旧平静作答:"自当以选举定之,文实以公意是从!"

言毕,孙中山即步下花坛,在司徒美堂及一众革命同志的引导下,准备登车离去。

谁知那女记者紧追不舍,又递上一句:"听说,袁总理正寻求与民军接洽,商讨南北议和。请问孙先生,是否确有其事呢?"

孙中山正欲登车,却听到这句提问,思忖着不答不妥,便回头宣示主张道:"革命之目的不达,无和议之可言也!"

又顺道问:"请问……你是哪家报社的记者?"

"噢!我是《申报》记者赵玉婷!非常感谢您接受访问!"

"好!再会!"

孙中山再次向民众挥手致意。而后,在一路鲜花、一路掌声中,登车远去,去实践那民主之梦,去肇建那共和之国……

眼见得孙先生平安离开,汪兆铭也登上另一辆车紧随其后。李虎臣这个临时

第二十四回

充任的外围安保,便不由得松了口气。

然而,事情尚未结束。

他一眼就认出了那名女记者,知道这是清廷派来与自己接头之人。而他原以为这女人会当场行刺,幸好只是虚惊一场。现在,无论是否情愿,他都必须如约而至,赶去与她碰头。否则,家中父母恐要横生不测……谁让他们有言在先!而彼时的山东,又依然掌握在满清手中!

另一边,那女记者也抛开一众新同事,独自赶往位于外滩的上海总会大楼,准备与李虎臣私下会面。

这是一座矗立在黄浦江畔的文艺复兴式西洋建筑,修建得端庄匀称、富丽堂皇。楼外三、四层正中所装饰的爱奥尼克立柱,显得那样修长柔美,人言象征"女性";外侧的多立克立柱,却是异常粗壮有力,自然象征"男性";又间缀有花篮图案的科林斯立柱,据说寓意"富饶"。外加楼顶一对巴洛克式风亭,一左一右,甚是精巧好看。

远望之,好似英国白金汉宫一般。

可谓:匠心独运,巧夺天工!

那时,这是一处著名的交际场所,多用来招待王孙公子、外国使节,抑或大亨富豪、名流政客;既是朋友相聚之地,亦是情报交流据点,很为时人所看重。只是,寻常百姓苦于囊中羞涩,倒也避之唯恐不及。

再说回李虎臣,他和那名女记者虽是各走各路,却也几乎同时到了这里。

二人相见,自是相识。

未待李虎臣反应过来,那女人已然轻轻挽起他的臂膀,在服务生的殷勤欢迎下,一并往那楼里走去。

这时的李虎臣刚把辫子剪了,又索性剃个光头,以待头发自然生长。故而,事先找到汪兆铭,借了顶礼帽戴上;偏又穿着新制的西装、新买的皮靴。除了有些怯生生以外,真个好似这上海滩的名流绅士一般。

乍看起来,这二人很是般配,倒让人艳羡不已。

时值傍晚,他们坐在一楼那号称"远东第一长"的大理石酒吧台上,相互依偎着,品尝着杯中美酒,眺望着远方落日,好似在诉说情话。实则,却在进行一场惊心动魄的生死问答。

要说,这李虎臣是如何识得此女的?

倒也不难,毕竟是老相识了。

因为——她正是赵晨曦啊!

此刻,她化名《申报》女记者赵玉婷,奉金碧云之命,潜入上海多时,伺机打探民军动向,并负责督促李虎臣积极履行与肃亲王府的约定。

只不过,李虎臣万没想到,自己这"刺杀孙中山"的任务,竟是由赵晨曦亲自指挥!

记得当初,李虎臣身在老监。赵晨曦受命探监,只是和他耳语一番,就将其吓得踉跄倒退,说的就是这件任务。

李虎臣再懵懂,却也知道孙中山是革命领袖。让他倚仗身手来行刺伟人,借以换取人身自由,他是宁死也不肯答应的。

然而,偏巧那时,姐姐、姐夫还有"玉姐姐"来看自己……

当李虎臣长期置身于那阴冷潮湿的牢房之中,蓦然感受到"家"的温暖,任由心中万般悲痛,却还要在表面上装作毫不在意的那一刻,他的内心终究还是"崩塌"了。

他突然好想活着,他想一直看着这两个女人幸福地生活下去,默默地守护在她们身旁。

特别是对齐玉,那是一种自小欣慕的感情。

只是,齐玉从不回应他的示好,更不搭理他的躁动。在齐玉看来,她与李虎臣虽非姐弟,却胜似姐弟,是不应掺杂男女之情的。她的心里,从来就只有孟庆霖一人,倒不是为了混个"姨娘"名分,也好翻身做主人。

那就只是一种迷恋与痴爱而已,一如李虎臣之于自己。

对于李虎臣的"冲冠一怒",舍命相救,齐玉既感动又愧疚,却再也不能

第二十四回

作出更多回应。因为,她早已是孟家人了。只能做他的"姐姐",不能做他的"爱人"。

若是再早些遇到,那该多好!

如今,这份情债,只能作别样偿还……

正当李虎臣在心底默默思念齐玉之时,赵晨曦却来打断他:"今天,我看你很是紧张呢!该不会一出樊笼,这心肠就变了吧?不想动手了?"

事实上,李虎臣从来就没想过"动手"。

他来上海这一趟,与其说是履行约定,倒不如说是将计就计,以身护革命。这个念头,自打他出狱,在张毅融家留宿那晚,就已然暗暗确立了。他倒要看看,这清廷派来接头的人,究竟是个什么模样。

却不承想,居然是"她"!

赵晨曦佯作恩爱,斜倚在李虎臣身上,纤纤玉指逗弄着他青涩的容颜,温柔且暧昧地耳语道:"怎么不回话呢?"

"动手……不是要听指令嘛!"

"你记得就好!今天,我问他许多,也是一次试探。主人吩咐过,若他接受'君主立宪',保留皇帝,那么,咱们就都可以撤了……"

李虎臣正是一脑门子官司。

此刻,他猛灌下一杯酒,问道:"你那主人究竟是谁?你又是如何成为记者的?你这前后转变也太大了!"

赵晨曦不屑地瞅了一眼不远处咋咋呼呼喝酒的洋水手,便将李虎臣抱得愈发紧了,且柔情万种地说道:"倒也不难猜,只是我却不能说。但我可以告诉你,我压根儿就不在乎什么朝廷、什么君宪的,爱怎样便怎样,又与我这个小女子何干?我在乎的,不过是主人的阴晴喜怒罢了。主人让我生,我便生!主人让我死,我便死!至于我这记者身份,主人出面,英国公使协调,倒也不是难事,偏就你话多!"

李虎臣正努力克制自己的生理反应,尽量冷静地说:"你们把我跟汪兆铭关在一起，就是打算让我跟汪相交莫逆，从而接近孙先生吗？"

赵晨曦已然微醺，姣好的脸颊粉面含春，更显得妩媚俏丽。她略带醉意地说道："这个嘛！猜对一半儿。就冲你这性子，就算是刻意收着，怕也不容易交到汪兆铭那样的人精吧。"

李虎臣有些震惊，心中更是无比担忧，便再三确认道："这么说……连汪……也是？"

"呵！他是哪头儿的，恐怕只有他自己才知道！我只听说，他刚与袁世凯的长子袁克定做了结义兄弟……你却不知情吗？"

真是无巧不成书！

说曹操，曹操到！

李虎臣分明看到一人，身着白色西装，头戴白色礼帽，手拄着一根红木嵌银文明棍，急匆匆地从大门走进来，直奔楼上客房而去。

那身形，像极了汪兆铭！

因为，他那一身白衣打扮，李虎臣曾在借礼帽时翻到过。当时，还禁不住夸赞好看……

此刻，李虎臣不由得怀疑自己眼花了。这汪兆铭不是随孙先生去了吗？怎么偏又换身行头，绕了一圈来到此地？

若果真是他，他来此有何目的？

联想到这"上海公会大楼"的功能与地位，李虎臣心中不免忧虑。

这时，赵晨曦已是亲热而又自然地挽着李虎臣的脖颈，不无调侃地规劝道："在这儿看到谁，都别意外！男人嘛，就是孩子，总有各种精致的淘气！"

李虎臣连忙抽身："你喝醉了！"

"今朝有酒今朝醉……"

"你们打算何时动手？我一人可搞不定呀！你也见到他身边那凶恶的汉子……"

赵晨曦异常小心地附耳叮嘱："新计划是：等他到了江宁就任，自有江北之人

第二十四回

率军突袭,你只做内应便是……"

说着,便倒在吧台上睡了。

李虎臣有些着急,又见赵晨曦醉得不省人事,便直摇她说:"喂!什么江北之人啊?你说清楚!"

然而,赵晨曦却趴在吧台上,一把推开李虎臣,略带哭腔地轻声细语:"别提那人!那个千刀万剐的龟奴!居然让我跟他合作……"

或许,是赵晨曦生得太过美丽,又或许,是"酒不醉人人自醉",一旁的洋水手自从干了几杯朗姆酒下肚,便一直朝这边张望。

这会儿,更是纷纷起身,过来言语调戏。

李虎臣听不懂他们在说什么,但好歹知道这伙人来者不善,像是仗着自己人多势众又人高马大,想来抢走这酣醉的美人儿。

李虎臣心里那叫一个火急火燎。

他心想着:就你这般饮酒,还过来跟人接头?

这大清怕是没指望了!

多年以后,他才蓦然发现,自己当时还是太过年轻,却不曾将事情反过来想想:这赵晨曦既见多识广,又聪颖异常,岂会无端放纵自己,胡乱买个酒醉?

到头来,不过是真真假假、虚虚实实而已。

但对那时的李虎臣来说:相识一场,总不能见危不救吧!

正巧那水手中有一人上前动手,李虎臣便顺势迎了上去,一记重拳就夯在来人脸上,打得那人眼冒金星,口吐白沫,再也站不起身。

其余同伴见了,纷纷杀将过来。

李虎臣不得不一手怀抱美人,一手迎战群凶。

刹那间,便是你来我往,人仰马翻。

于是乎,在这间高雅奢华的西式酒吧,两组人莫名就闹了个天翻地覆,落下个一片狼藉。

楼上的住客听见响动,也大多出来观瞧。其中,自然少不了那白衣男子。那人嘴角轻扬，旋即转身离去……

紧接着，租界巡捕闻声而至。

李虎臣抱起赵晨曦就往外跑，也顾不得是何方向，二人遂亡命街头。

赵晨曦："四川路二九九号！"

"什么？"

赵晨曦略带醉意，再次强调："我住那儿！"

"噢！四川路在哪儿？"

李虎臣傻傻应道，却因道路不熟而呆呆地愣在外滩路边，身后是吹响警哨，穷追不舍的租界巡捕……

他与赵晨曦这一幕虽是凶险，却远不及孟庆霖无端挨的那一枪。

话说，禁卫军与保皇军在北海团城对峙。

金碧云突然出现，却仿佛从未认识过孟庆霖一般，从身边那须髯戟张的侍卫阿玉锡手中接过一把长枪，亲自上膛，不容分说地射出一颗子弹，直击孟庆霖左肩。

孟庆霖应声倒地，黑红的鲜血顺着伤口汨汨涌出。

这一枪，一如那晚。

那晚，什刹海边，新月如钩。

金碧云奉命刺杀李连英，却被毫不知情的孟庆霖反手击伤。

这下，二人扯平了。

眼见得主官受伤，禁卫军三营立刻还击，与保皇军交火对射。

那叫一个弹矢飞溅，硝烟滚滚。

刹那间，一片哀号，血流满地。

孟庆霖在众老兵掩护下，躲进团城堡垒，却立刻命令停火。

只见他手捂着肩膀，踉踉跄跄地登上团城城楼，眼神中尽是愤怒与委屈，对金碧云喊话道："老金！你倒是快走啊！枪炮无眼！"

这时，金碧云也已躲入临时构筑的工事当中，稍稍探出半截身子，用手枪挑

第二十四回

开斗篷的帽檐，冷冷地说道："这……没有老金，只有宪平！"

又说道："孟庆霖！我劝你趁早滚开！挡我者死！"

孟庆霖一听，心下凉了半截，却也只能回应道："宪平？呵！抱歉！军人守土有责！城在人在，城破人亡！"

金碧云已然出离愤怒："那你他妈还说什么？！"

便对身边人下令："全军总攻！"

"嚓！"

于是，良弼率队发起冲锋，争作先登；阿玉锡带人紧随，称为陷阵；金碧云稳坐中军，指挥若定；煞是忙而有序，纹丝不乱。

保皇军既是有备而来，那弹药自然充足，再加上载沣提供的两大箱新式重武器，诸如马克沁机枪、炸弹、手雷等，更是在攻城作战中如虎添翼。

眼见得敌方火力凶猛、人多势众，主将又是对自己了如指掌之人，孟庆霖这厢渐渐地顶不住了。

随着一浪高过一浪的攻击，孟庆霖身边的战友接连中枪倒地，就连张毅融也被流矢射中了脖颈，险些伤及动脉。

万般无奈之下，他只得调预备队提前进入战场，却也只是凭城据险，堪堪守住，难以取胜。

反观金碧云，真不愧是用兵之人！

只见他弹指之间，就已廓清团城外围，并将路障一一扫除，又迫使孟庆霖所部龟缩城内，稍一露头，便是弹矢如雨，令其伤亡惨重。

不仅如此，金碧云更分兵南下，直取总理官邸。

总理官邸，与团城相距咫尺。

在这十万火急关头，袁世凯却和赵秉钧、杨士琦二智囊闲庭信步，于瀛台湖边叙话，仿佛从未将眼前的战事放在心上。

在袁世凯看来，这场冲突，迟早都会发生，宜早不宜迟，"是疖子总是要破的"！

既然宗社党全员出动,那就顺势将其一网打尽!

然而,冯国璋可没有袁世凯这般心性。

禁卫军内讧,他这个"军总统"第一个难辞其咎。为了彰显忠心,更为了弥补过失,他遂主动承担起官邸守卫之责,正调兵遣将准备北上迎敌。

孰料,袁世凯却将他叫住:"慢!"

冯国璋:"啊?总理,此刻若不主动出击,恐怕为时已晚!"

袁世凯拄着那根嵌有血红琥珀的银质手杖,若有所思地望了一眼波光粼粼的湖面,又环顾身旁的赵秉钧和杨士琦,蓦然往冯国璋身后一指说:"华甫啊,你看谁来了?"

冯国璋回头一看,倒是既惊又喜——"老朋友"来了!

谁呢?

段祺瑞!

只见这段祺瑞,国字脸、八字胡。

一双剑眉插云霄,两耳贴脑似斧凿。

金睛怒出如吊客,虎虎生风胆气豪。

进至阶下,段祺瑞立正敬礼,口称:"卑职段祺瑞,特率前线第一军并军中将领四十六人,进京痛陈专制之弊!伏请朝廷明降谕旨,宣示中外,立定共和政体。若不速断,则江海尽失,势成坐亡!"

袁世凯却不急于表态,只亲切地招呼道:"芝泉,坐!"

立时,便有仆人上前置一方凳。

段祺瑞坐定,身躯笔直,眉宇间凛然不可犯。

冯国璋打趣说:"芝泉,你不是在汉口前线吗?怎么突然进京了?"

袁世凯也招呼冯国璋就坐,对他说:"这不是……前些天小孟过来嘛!芝泉见我电报,就紧随其后,还顺道带来了一支生力军!"

"啊?那前线怎么办?"

冯国璋几乎是本能地抛出这一句,倒也马上后悔起来,自己又何必再去

第二十四回

过问？

一旁的赵秉钧则解释道:"华甫放心！小孟进京不是捎来了那黎元洪的求和之意吗？总理已然应允了。这会儿，咱北洋与他鄂军划长江而治，彼此秋毫无犯！"

"对！如今，只看江浙的孙中山那边儿，看他是否也愿意媾和？"

杨士琦低眉补充道。

袁世凯从仆人手中取过一张报纸，看了一眼，顺势问道:"当今中国之最大患……呵！这《申报》上刊载的文章，你们都看了吗？"

"看了！"

"看了！"

众幕僚、众将佐无不点头。

袁世凯又慨叹曰:"当今中国之最大患，实在国家不统一；而政令系出多门，此即为无政府状态。这孙文说得好啊！依世凯来看，咱们这个国眼下都快成'三国'了！这大清是一国，黎元洪自领湖广是一国，那孙文……孙文也是一国啊……"

段祺瑞毅然站起身来，军姿挺拔地再次敬礼，对袁世凯慷慨陈词:"不管他几国，最后统一华夏的只能是咱北洋！是大帅！卑职愿赴汤蹈火，在所不辞！"

"卑职肝脑涂地，请充马前卒！请大帅下令！"冯国璋亦起身，立正敬礼。

这一刻，他与段祺瑞皆已复称袁世凯为"大帅"，一如从前。

袁世凯拄着手杖，眼望着湖心的瀛台，心中不免想起曾被自己"耽误"的光绪皇帝，心中五味杂陈，遂对众幕僚、众将佐言道:"光绪皇上在里边儿关了十年，最后又死在里头！说实在的，我袁某人这心里……并不好受啊！"

此刻，外面枪声大作，官邸护卫正与金碧云的保皇军血战。

赵秉钧连忙劝袁世凯回屋躲避。

袁世凯不允，用手杖重重点地，沉吟半晌，对众人说:"罢了！咱北洋与他大清……就到此为止吧！芝泉听令！"

段祺瑞近前，敬礼道:"卑职在！"

"命你率兵合围,将宗社党一举击溃!"

"是!请大帅放心!"

说着,转身去了。

袁世凯又面向冯国璋言道:"华甫听令!"

"卑职在!"

"禁卫军大部并未参与叛乱。现命你前往安抚。只要他们忠诚听话,无论这国家未来是君宪还是共和,他们的待遇只升不降!"

"卑职去办!"

冯国璋亦转身而去。

袁世凯又叫住杨士琦,似在问询,又似牢骚:"听说,南方各省代表齐聚江宁,业已选举孙文出任'中华民国临时大总统'。呵!他做总统……"

杨士琦:"非但如此,这江宁府即被改作'南京',成为'中华民国'的国都!"

袁世凯愤然:"他这是要跟咱北洋死磕咯!你去传话,若孙文不解职……若他不解职……咱只好再保着大清……"

杨士琦却反问道:"若他肯让贤,又当如何?"

袁世凯:"皇帝可以退位,咱也办回'共和'!"

杨士琦心领神会:"卑职遵命!"

见三位同僚皆已去了,赵秉钧欲言又止,也想讨个差事。

袁世凯看了他一眼,问道:"小孟……还顶得住吗?"

赵秉钧眉头紧蹙,半晌才回话:"实力过分悬殊,眼下只能堪堪守住,恐怕……"

袁世凯也站累了,便寻着方凳坐下,将脸倚靠在手杖上,叹息道:"就他那点儿兵力,能顶到现在已经很不容易了!"

"是啊!总理,小孟这颗钉子,果然成功吸引来宗社党的火力。咱们才有机会将其一网打尽!只是,可惜了这孩子……"

第二十四回

袁世凯："这便是牺牲，没法子！凡做大事，必有牺牲！不过，若他能活下来，便正式升他做管带。"

"是！那若是……"赵秉钧有些于心不忍。

袁世凯："他的妻小接来了吗？"

赵秉钧："禀总理，小孟妻李氏、其妹晚晴，还有个贴身的丫鬟，均已到了。眼下，正陪着夫人说话儿呢！只是，她们娘儿几个，大约也听到了这外面的动静……"

"唉！我就不去管了，你嘱托你嫂子善待之！我袁某人一生义子、义女众多。这里面，张佩蘅嫁了老段，周砥……周砥我看就许了老冯吧！到那时，成亲的排场一定要闹得天下轰动！记住：凡是于我有恩之人，我亦不能有所亏待！"

"这个自然！"

袁世凯起身，又招呼赵秉钧道："智庵，收拾一下，随我进宫！"

"现在？"

"对！该摊牌了！"

……

第二十五回　金孟争兄弟阋于墙　冯段斗水火不相容

北海团城内，孟庆霖集合全营幸存士兵，在做最后一次战前动员。

"兄弟们，是我孟庆霖对不起你们！你们跟着我没享过一天福，净他娘的遭罪了！如今，咱们营死的死，伤的伤，这全都怪我……怪我治军无方！可是，大战在即！前线战火一日不熄，我部便应一日抗争不止！我命令：有愿随我冲锋者，向前一步！"

话音刚落，即有如下敢死之人出列，他们是：

"禁卫军三营掌旗官——张毅融！"

"近畿陆军……第一镇……原正目——秦……秦东！"

"近畿陆军第一镇原副目——胡杨！"

"禁卫军三营正兵——刘天瑞！"

……

听到"秦东"这名儿，孟庆霖略有些迟疑，遂问道："秦东？你刚才为了掩护我，不是肋下中枪了吗？还能冲锋？"

"怎么不能？多一个人……总是好的！若不是你，额到如今还在拉洋车受气咧！就是死在这里，心里也是美得很！"秦东刚刚苏醒，便拄着枪托，斜倚着身子，操着一口地道的陕西方言，进前报名。

孟庆霖呵斥道："胡闹！你带人守城，不得有误！其余之人，归集弹药，敢死队全体上刺刀！"

约莫五十人的敢死队齐声大吼，声震云霄："是！"

天色渐昏，孟庆霖率人从业已封堵的西门缒城而下。

第二十五回

刘天瑞一马当先，手执匕首，自上而下一刀，眨眼间就抹了守军脖子。

故而，当保皇军略有察觉之时，孟庆霖部早已排开进攻阵型，潮水般涌了过来。

但临战前，孟庆霖仍不忘叮嘱一句："动作要小，力道要狠，尽快结束战斗！"

"是！"敢死队一边应着，一边端着枪冲了上去。

只见这队勇士，人人表情肃穆，个个伤势不轻，却都抱定了视死如归的坚定信念，开启了或许是今生的最后一次战斗！他们或是手雷开路，或是举枪射击，或是刺刀见红，或是血肉横飞，一个又一个倒下去，一个又一个扑上来。正是前仆后继，奋勇争先，舍生忘死，血染沙场……

孟庆霖亦身先士卒，却被张毅融死命拽住。

张毅融："你别这么愣！你是主官，不得有失！"

孟庆霖刚要分辩，却被一阵机枪声打断，二人不得不伏下身子，匍匐前进。

这时，敢死队中有一人，不管三七二十一，竟然踩着之字路线，冒着枪林弹雨冲了上去。只见其抛出一颗手雷，对面的机枪阵地便随之荡然无存。

孟庆霖含泪捶地，以为那人必死。

孰料，张毅融却大声疾呼："快！快去把他救下来！是胡杨！他还活着！"

孟庆霖心头大喜，也更有斗志，遂率众拼死阻击叛军，并将之拦腰截断。此刻，他不禁心想："这胡杨、天瑞二人，一个是河西走廊上的牧民，一个是沂蒙山区的药农，年纪虽然不大，手段却如此之高，功夫竟不输我家虎臣！"

当下，便有爱将之意。

却说金碧云这里，他见后队有失，不得不速派良弼返身增援。

增援既至，孟庆霖所部抵挡不过，到最后仅战至二十余人，且已身陷重围。

他们只得背靠着背，肩并着肩，准备做最后一搏！

对他们来说，杀一个回本，杀两个赚一双！

其实，孟庆霖原本不必如此执着。他完全可以对金碧云等人的行动置若罔闻，或是象征性地阻击一下即可。毕竟，自己身在禁卫军序列，而对方又是拥戴皇帝之人，二者本就是拴在同一条绳上的蚂蚱，又何分彼此？

然而，他却笃定信念，不再将自己视作保卫皇室的私人武装，而是维护宪政的国家公器。基于此，他才不惜与金碧云反目成仇，刀兵相向！

可是，现实是残酷的！

双拳终难敌四手，更何况孟庆霖所部早已弹尽粮绝，只是空凭一腔热血，死死拖住敌军罢了。

即便如此，数倍于己的敌军也丝毫占不到便宜。每消灭一个孟庆霖部士兵，保皇军这里便要付出四五人甚至是六七人的代价。

此所谓：精兵锐卒，死战不退！

这当真激怒了金碧云！

他在前方围攻总理官邸，正是难解难分；又见后方危急，就连良弼的援军也收效甚微，只得被迫回身督战。

见孟庆霖被围当中，金碧云正是气不打一处来，便质问道："小孟！你何苦这样斗下去！既是禁卫军军官，保的就是我大清江山！你跟我这样对峙，还有什么意义？受苦的还不是你，还有你这些兄弟！我不知道，那袁世凯究竟给了你什么好处？让你这样为他卖命！"

孟庆霖吐了口血沫，挂着刺刀，艰难说道："我……从不是为他袁世凯而战！我还是那句话，城在人在，城破人亡！你记住，我们这些人……是为了宪政，是为了守护一方安定……你矫诏入城，武装叛乱，即便你是拥戴皇帝的，也照样是叛军！人人得而诛之！"

"我们是安答！是兄弟！无论如何，你要站在我这边！"

"不！不再……是了！你给我的……我全部还给你！"

说着，孟庆霖竟掏出金碧云送给他的左轮手枪，照着自己左臂就补了一枪。

随后，又将手枪丢还过去。

手枪不停地打转，而孟庆霖也已然痛得跌倒在地，手臂血流如注，身上冷汗涔涔。

第二十五回

须臾，他牙关紧闭，浑身发抖。

"管带……"

"管带……"

这一幕，即便是心如铁石之人，也难保不生出恻隐之心，更何况金碧云。他早已于心不忍，却又不得不强作无情。

"小孟……"

金碧云喃喃自语。

这时，有两大一小——三个女人的声音，从街对面的总理官邸高墙内，相继传来。

"相公！"

"四爷！"

"哥哥！"

这熟悉的女声，依次夹杂在枪炮隆隆之中。原来是李若雪听到官邸外枪声大作，问沈氏，沈氏低头不语；问丫鬟，丫鬟欲言又止。而此前，袁世凯早已派人通报过孟庆霖不仅未死，反而加官进爵，更升任禁卫军营管带之职，正率军驻扎在仅一街之隔的北海团城附近。

原本，她想着先拜见沈氏，全了媳妇之礼，再去探望相公，却未料会遇到这等变故。

眼见得形势急转直下，李若雪再也不能承受这离别之苦，"就是死也要和相公死在一起，总好过孤独终老"。于是，她趁人不备，本想跑出官邸，却仍被高墙与卫兵所阻。故而，只得同齐玉和晚晴一起，趴在北墙根儿，与孟庆霖隔空对话。

"相公！是你嘛！我是若雪呀！"李若雪心急如焚，竟后脚跟一软，跌倒在地。

齐玉、晚晴忙来搀扶。

"若……雪……"

恍惚中，孟庆霖听到了妻子的声音，还以为自己要死了，司命便化作亲人的模样，来接引自己。

张毅融自是听得真切，倒也有些兴奋。他一边扶着孟庆霖，一边回应道："是弟妹吗？我是老张——张毅融！"

"张大哥，相公可在你身边？"

"在！没……他没事……"

金碧云自然也听到了，心想这两口子倒真会挑时候，便对孟庆霖及其部众说道："小孟，念在你我兄弟的情分上，你且撤兵吧。我让你们夫妻团聚！我……不杀你……也不杀你们！"

孰料，孟庆霖竟苦笑着站起身来，一边挂着刺刀，一边对金碧云说："好意心领了！除非我死，你休想……前进一步！"

他再转身对墙内的李若雪等人喊话道："若雪，下辈子……再做夫妻吧！今生……是我负了你！"

又环顾身旁，问道："你们……有谁愿意活下去的，去吧。我知道，你们……尽力了！"

说着，就拼尽最后一丝力气，举枪向金碧云刺去。

"杀！"

金碧云自是岿然不动。一旁侍卫的阿玉锡，却举枪射来。

枪响过后，金碧云已然肩膀中刀，阿玉锡则是手部中弹，唯独孟庆霖安然无恙。

原来，是段祺瑞的援军到了！

段祺瑞就是要等到这关键时刻出手，待其两败俱伤，方能坐收渔翁之利，也顺道给孟庆霖立个威，省得这小子目无尊长、强项犯上。

见果真刺伤了金碧云，孟庆霖反倒急了："老金！你干吗不躲呀！"

金碧云见大势已去，便悄然说道："躲什么？能死在你手上不也挺好……"

言毕，竟握着孟庆霖的刺刀，又往身体里扎进了几分，手上满是鲜血。

这一幕，惊得孟庆霖当即弃了武器，直要去搀扶摇摇晃晃的金碧云，却被张毅融从身后一把拽住。

第二十五回

"别去！别去！段祺瑞的人……可不听咱的！"

须臾，段祺瑞的援军已从四面八方将保皇军重重包围。当然，这也多亏了孟庆霖所部的顽强抵抗。

此刻，敌军锐气尽失，又偏逢主将负伤，早就没了先前的冲劲儿。既已身陷重围，便无不交出武器，抱头跪地求饶。只有金碧云和他的扈从侍卫依旧伫立原地，纹丝未动，仿佛从未将段祺瑞等人放在眼里。

这时，金碧云"哼"了一声，一下拔出刺刀，任由鲜血汩汩涌出，又颤巍巍地拾起孟庆霖那把左轮手枪，想给自己来个痛快，却被阿玉锡等侍卫死死抱住。

"主子，你不能……"

这时，高墙之内，姜齐玉、李若雪和孟晚晴三人，正侧耳倾听。

齐玉："四奶奶！听动静像是打完了！"

晚晴也问："哥哥在和谁说话？倒比对嫂子还在意？"

"是他过命的兄弟！"李若雪抚着晚晴的发梢，将她一把揽在怀里。

晚晴一脸天真地问："过命的兄弟？就像虎子哥哥那样吗？"

"一样，却也不一样！反正，两个人一会儿好，一会儿歹的，我也闹不明白。"李若雪有些怨气，她不太理解这俩人究竟怎么想的。在她看来，即便不是同一阵营，也大可协商个折中的法子。有什么比同胞手足之情更重要呢？又天天闹个什么？怪讨人嫌的！

高墙之外，段祺瑞亲自登场，下令将金碧云、良弼等亲贵一并枭首，再将作乱的"保皇军"全部处决，以此恫吓皇室，为袁世凯再立一功。

孰料，这孟庆霖又无端来插一脚。

"段长官，卑职无状。恳请长官放过这些禁卫军兄弟，也放过一应亲贵，就让他们散了吧。此乃危急存亡之秋，不宜过分杀戮！"

段祺瑞可没那个耐心听孟庆霖这般"胡扯"。在他看来，敌方既是叛军，便是你死我活的斗争，哪里还有"放过"一说？不将其满门抄斩，就已经网开一面了！还指望我怎样？

于是，段祺瑞便不顾孟庆霖这"顽强阻击"之功，索性一巴掌拍上去，又一窝心脚踹过来，将那孟庆霖踹得伤上加伤，连带着一旁扶持的张毅融也被摔了个四仰八叉。

孟庆霖不甘心，又爬将过去，抱着段祺瑞的大腿，卑微且小心地恳求道："长官，请长官宽宥！"

孟庆霖所部人马也一并下跪恳求，不愿将这杀戮继续下去。毕竟，对方也刚刚饶过自己一命。

段祺瑞拔出手枪，顶着孟庆霖的脑门威胁道："胡闹！若不是看在袁总理的分儿上，我早就一枪毙了你！趁我没改变主意，带着你的人，滚！"

既然撕破脸皮，孟庆霖也不再留情，索性挡在金碧云面前，以身躯将其护住，也威胁段祺瑞道："长官！匹夫一怒，血溅五步！你就不怕这些人孤注一掷，和你拼个鱼死网破？你可别忘了，他们也有家人，且家世背景显赫，不输你我。你就不怕被人寻仇吗？好！即便你有军权在手，不怕！可你的子孙后代呢？你就想让他们战战兢兢地度日吗？得饶人处且饶人！请长官明鉴！"

段祺瑞稍有犹豫，也不是没有担心。可又转念一想：这沙场之上，岂能做小儿女之态？行此妇人之仁！

于是，他仍旧我行我素，将一应叛军绑了，准备押往城外处决。

金碧云双手反缚，临行前，回头望了孟庆霖一眼，似有千言万语，却终是一言不发。

阿玉锡等侍卫连同"保皇军"大部，也不禁回望。

此刻，他们或许会想：这二十余人，虽是敌人，却才是真正的知己。只可惜，吾命将绝，为时已晚。若能再来一次，又何苦与其抵死相拼，反倒为他人做了嫁衣裳。不若相逢一笑泯恩仇，当真大醉一场，才不管他什么王朝兴废、天命盛衰，又与我等小民何干？

在此生死关头，孟庆霖身负重伤，自然无法继续跟随，只能眼睁睁地望着兄弟远去。

第二十五回

这一别，便是阴阳殊途，天人永隔！

正当他万念俱灰之际，一阵喧嚣从远处纷至沓来。

霎时，便有三三两两的身穿瓦灰呢军服的士兵映入眼帘。继而，有更多士兵从街头涌现。渐渐地，各条街道上竟逐次填满了清一色的禁卫军士兵，人人肩扛团龙步枪，正跑步行进。其后，更有轻型火炮、轻型机枪等辎重跟随。两翼，又有游骑哨探，正往来飞驰，护卫侧方安全，一片车辚马萧之状。

这时，有一人身穿将官军服，腰挎指挥刀，骑着高头大马，背靠落日余晖，于军阵前出列。

那人于马上言道："芝泉，辛苦了！"

段祺瑞也只得抱拳拱手："华甫，你来晚了！"

来人，正是冯国璋！

他刚刚安抚了禁卫军大部，并以自己的身家性命担保：无论将来谁坐天下，他们这些人待遇、薪饷不变，而众士兵也纷纷表示，铁定跟了冯军统。这一来，是效忠；二来嘛，也是监督。万一他的承诺不兑现，卫兵变刺客，亲人作仇人，也是司空寻常……

冯国璋无奈，只得答应。

"条约"既定，冯国璋便急忙点兵前来，正打算帮帮场子，遂对段祺瑞说道："不晚！芝泉，总理有令：命我安抚禁卫军，凡弃械投降者，一律不究。你就将他们放了吧！"

"你！"

段祺瑞急了，却又不好马上撕破脸皮，只得近前小声说道："华甫，你这不是抢功吗？"

冯国璋则不屑地说："呵！芝泉，当初我在汉口前线打仗打得好好的，你不是也来抢功吗？"

段祺瑞："当初，我是奉了总理钧令！"

冯国璋："如今，我也是奉了总理钧令！"

见主帅不睦,二军亦随之紧张起来。其后,更是剑拔弩张,大有火并之势。

这一边是禁卫龙骧、装备精良;那一厢是北洋劲旅、野战称王。

这一边,旌旗招展、遮天蔽日;那一厢,神情肃穆、士气昂扬!

气氛越来越紧张,谁都不肯先让出半步,彼此就挤在这小小的团城街面上,对峙半响,却将孟庆霖与金碧云等人撂在一旁。

突然,打西边的民居走来一人,仿佛喝醉的模样,摇摇晃晃地走将过来,见着武装到牙齿的士兵倒也一点都不慌张,反倒是一个劲儿地赔不是,称要过路行个方便。

在这千钧一发的敏感时刻,这人弓着腰,好似入无人之境。

众士兵让他不是,不让他也不是。

有人嚷嚷道:"去!去!去!哪里来的醉汉,快滚回家去!"

"是!是!是!军爷,小的在滚,在滚。家住南城,我往南走,您不能老让我在人家那里躲着呀!您受累让个路!多谢!多谢!"

冯国璋和段祺瑞都看蒙了,孟庆霖等人也愣了神。这都什么时候了,怎么会有人妄自出来,岂不是自寻死路?

对啊!他这是自寻死路!

冯、段二人马上察觉不对,竟不约而同地吩咐道:"快!快拦住他!"

说时迟,那时快!

那人已行至金碧云、良弼等俘虏身边,竟然撩开袍袖,露出缠在腰间的一捆炸药,大笑一声,对冯、段二人喝道:"你们这群蠹虫,既然僵持不下,我彭家珍便替你们做个了断。这群宗社党,不杀不足以建共和!共和成,虽死亦荣。共和不成,虽生亦辱。与其生受辱,不若死得荣!"

说着,一道强烈的亮光闪过,接着便是"轰"的一声巨响,那彭家珍连同在押的数名亲贵,又多位"保皇军"士兵,瞬间化作横飞的血肉,现场浓烟滚滚,好似天罚降临……

第二十六回　硝烟散燃尽黄龙旗　新篇章高唱共和歌

就在这爆炸发生之后，现场一片混乱，冯、段二军竞相掩护主帅逃命，也就顾不得金碧云等一干俘虏。再去看时，他们已悄然无踪，只留下燃烧殆尽的黄龙旗，面目全非的数具尸体，还有那被炸断左腿、奄奄一息的良弼。

这位"知兵谋主"立刻被上层指示送去抢救，却终不治身亡。弥留之际，良弼叹曰："炸我者，英雄也。我死，大清遂亡……"

孰料，竟一语成谶！

几乎是一瞬间，京城的大街小巷都传遍了，说是革命党已然杀进京来，要杀光皇亲国戚，还要将一应满人驱逐到那化外之地，永世不得翻身，云云。

虽是谣言，却也吓坏了载涛（禁卫军原总统）、载洵（原海军大臣）、载泽（原度支大臣）等一众"载字辈儿"小爷，就连庆亲王奕劻和他那宝贝儿子载振也匆忙携家带口地躲进天津卫租界，安然当起寓公，绝口不再提朝政之事。

至于孟庆霖，则被爆炸产生的冲击波震倒。好在被部下救起，由张毅融、刘天瑞二人轮流背着送往医院救治。再由李若雪、姜齐玉二美日夜服侍，这才捡回一条性命。

反观这朝堂之上，仿佛只剩下载沣一人苦苦支撑。然而独木难支，只空对着隆裕太后和宣统小皇帝这对"孤儿寡母"，自怨自艾，束手无策，实则苦熬时日罢了。

眼见得大清将亡，宗室成员便只顾念身家性命，一场爆炸即吓得"宗社党"尽作鸟兽散。南北议和的进程因而加快了，不仅从台下转到台上，更促成了袁世凯与孙中山的直接对话。

"总理，拨通了！"

袁世凯办公室内，杨士琦费了好半天劲，又找来邮传部专家指导，总算拨通了这直连南京的电话。

"哦？"

袁世凯抬头，连忙摘下金丝眼镜，撂下手中报纸，三步并作两步地上前接听。

他清了清嗓子，调整下呼吸，双手捂着电话筒，略有些惊喜地对那头问候道："孙先生，久仰久仰！"

"是……袁公吗？"

电话那头，传来一个抑扬顿挫且富有磁性的中年男声，自然是孙中山。

此前，他刚被南方各省都督府代表，以十六票赞成、一票反对的结果，推举为"中华民国临时大总统"。因而，他正端坐于会议室当中，与众代表商议"建国定都"并"宣誓就职"等事。黄兴、宋教仁等革命元勋皆环坐在列。

刚好，这通京城的电话响起。

他便暂时放下手头工作，当着众人之面，与袁世凯交谈起来。

"袁公你好！文此番回国，旨为肇建共和，合汉、满、蒙、回、藏五大族为一大中华民国，希望袁公你……也能弃暗投明，助力共和大业，不负天下为公之望！"

袁世凯听对方这连珠炮似的一番话，不禁后仰身子，眨巴眼睛，心中感叹："这孙大炮果然名不虚传！说起话来跟开炮似的，一点不饶人！"却也只能呵呵笑道："孙先生，世凯知之。可是，这买卖总得价钱合理、童叟无欺吧！"

孙中山一时没反应过来："买卖？什么买卖？"

袁世凯也佯作不知："孙先生，世凯世受皇恩。我为什么要助力共和，反对皇上呀？"

"噢！"

孙中山略带嘲讽地笑了一下，回道："公若果能助力，则不啻为亲手终结二千年之君主专制政体。届时，自然是共和功臣、革命元勋，堪为万世楷模！"

第二十六回

"孙先生，我是说这……"

突然，话筒里传来一阵刺耳的蜂鸣声，像是这长途信号不太稳定，扰得袁世凯听又听不清楚，说又说不明白，气得他跺脚直骂："这什么劳什子！"

杨士琦赶忙过来劝慰道："总理莫急，卑职再拨一次！"

没承想，自己这心腹幕僚一靠近前来，信号突然好了，声音也愈发清晰。袁世凯自然定了心神，便中气十足地问道："孙先生，这民国总统可有人选了？"

孙中山："方才，南方各省都督府代表业已选举文出任'中华民国临时大总统'！"

"那还说什么？世凯遥贺就是！"说着，便要挂断电话。

"慢！袁公！"

孙中山略作沉吟，旋即下定决心，继续说道："袁公，若你能力劝清帝退位，立定共和政体……斯时，文自当解临时大总统之职，让于贤者！"

袁世凯顿时来了兴致，遂问道："孙先生，可否将话说得再明白些？一句话……我只要你一句话！"

孙中山稍有犹豫，又环顾各省代表。

继而，眉头紧蹙，却还是作出那句经典承诺："可以是你！"

"那……条件是……就只有这一个？"对此，袁世凯似乎感到难以置信。

"对！清帝必须退位，国体必须是民主共和！"

说着，就挂断了电话。

听到话筒里传来"嘟嘟"的声音，袁世凯也撂下电话，与杨士琦对望一眼，不觉打趣道："呵！这劳什子……有点儿意思！"

却不知，他是在说这电话，还是在说别的什么……

再说回孙中山这里。

他放下电话，便起身向各省代表宣示道："我已将之前的议定方案知会袁世凯。只要袁氏能够倾覆满洲专制政权，共建民国，则大总统之位，我让给他！就算是……我孙文做出的保举吧！望请列位支持！"

会场上，掌声经久不息。

显然，这是民军能够做出的最大让步，也是在革命形势愈发高涨，却又在资金、兵源等问题上愈发捉襟见肘时，能够作出的最优选择。

毕竟，"临时大总统"任期一年，理论上作用有限。以此为代价，换来"不战而屈人之兵"，换来和平与统一，换来民主共和国的建立，这笔"买卖"其实不亏。

更何况，孙中山还与宋教仁等商议，计划再制定一部《约法》，借以制约大总统的权力，却是后话。

正要散会，司徒美堂却径直闯入会场，与孙中山耳语两句。其中，只听得一句："抓到了！"

抓到谁了呢？

自然不是李虎臣，想必也不是赵晨曦，而是堂堂扬州军政分府都督孙天山！

呵！

孙天山？

这孙天山，不就是那个扬州妓馆仆役吗？

他不是早就死了吗？

被范高头匪帮里面那姓应的二掌柜带人"万刃加身"，这可是孟庆霖亲眼所见啊！

怎么又成都督了？

当真咄咄怪事！

别急！

这话，还要从"万刃加身"之时说起。

话说那日，金碧云于漫天风雪之中率领扈从侍卫击溃范高头，救出孟庆霖、赵晨曦、费吴生三人。又在范高头死后，命人一边送受伤的孟昭铭老人就医，一边命阿玉锡等搜索现场，看是否还有贼人漏网，也就自然发现了这倒在血泊之中的孙天山。

第二十六回

或是出于怜悯，或是想多捡个俘虏回去审问，阿玉锡竟大发慈悲地救了他。也是这孙天山命不该绝，他伤势虽重，却幸而未伤及五脏六腑，只是因失血过多而导致休克罢了。在一番诊治、调养后，他逐渐恢复了元气，既铭感于救命之恩，又实在想谋个前程，便一五一十地交代了自己与范高头等人的往事。这才让金碧云对青帮动态了若指掌。

金碧云见他机灵，且常年混迹市井，熟悉三教九流，于是一高兴，便有意放他回去，好让他做回探子，以便随时掌握江南地区革命党人的动向，并监视当地官员士绅言行。

阿玉锡本有心劝谏，说这人心肠歹毒，不堪重用，能问出些供状已然够了，又何必奢求其他？

孰料，那些日子里，金碧云看似一腔壮志，实则满腹惆怅，哪里还听得进去逆耳忠言？他深感大清危在旦夕，便是一根稻草也要用力抓住，才不管这人品行操守如何，能用也就够了；又不是与其结为"安答"，像孟庆霖一般对待，何必苛求过多？

因此，在金碧云的暗中支持下，孙天山重又被放回扬州，另设一家妓馆营生，做起那鸡鸣狗盗的勾当，并逐渐织就一张庞大的情报网。却不料，在即将到来的革命浪潮中，阴差阳错地起了作用。

说实在的，金碧云心里很是排斥这些见不得光的事情，可又实在抵挡不住其中立竿见影的效果。对他来说，只要能救大清，这恶人、这小人、这卑鄙无耻的伪君子，他心甘情愿地做定了。只是，这一切又实在羞于在人前提起。即便是自己的"好安答"孟庆霖问了，他也只道未曾见过孙天山，如此而已。

后来，武昌起义爆发，各省相继独立。

随即，民军攻克江宁府，江苏地面上一片大乱。

俗话说，旧秩序一朝崩溃，而新秩序又未曾建立，这便是野心家攫取权力的最佳时机。

见扬州知府衙门的人都跑光了，孙天山便处心积虑地撺掇常来狎妓的巡防营阮管带，扯谎说自己是革命领袖孙中山的族弟，是奉了"密旨"来到扬州卧底并伺机发动起义的。若能得到老阮的拥戴，到时新朝既立，自然对其封侯拜爵，不在话下。

这阮管带，就是那个肯出一千两银子听赵晨曦唱曲儿的旧军武官。许是官儿做久了，人便糊涂了，居然听信这龟奴的鬼话，当真派兵占了府衙，拥戴孙天山做了扬州军政分府的都督。这才有了如今的故事。

却说这孙天山一朝权在手，便把令来行。

他只是循着权力暂时真空的间隙，靠巧取豪夺占了城池罢了——实则全无手段，更无实力，亦无法对社会进行有效治理。

数日间，扬州城便已大乱。

他只得央求老阮火速派手下四面出击，甚至妄加杀戮，趁乱劫掠，以充实府库，满足一己私欲。最后，惹得天怒人怨，自己也落得个孤家寡人。方此时，他又与老阮因分赃不均起了冲突，原本已是穷途末路。

可巧，这老阮竟暴病死了！

他才算暂时解了燃眉之急。但老阮的手下，他愣是一个也指挥不动，随时有被反噬之忧。

万般无奈之下，孙天山只好向金碧云求援。

可是，金碧云也听说了他的倒行逆施，不愿助纣为虐。

孰料，孙天山再一次大言不惭，竟承诺自己可以凭借地利，袭扰江宁。也是金碧云太过执着，又不忍失去扬州这座江北堡垒，便"死马当活马医"，抱着姑且一试的碰运气心态，成心给民军添堵。于是，他突然改变计划，让孙天山与李虎臣、赵晨曦里应外合，执行奔袭刺杀的任务。

不承想，这赵晨曦是险些受了孙天山侮辱之人！她又岂会甘受摆布？至于那段略显不堪的经历，自然也不会有人告诉金碧云。

就这样，金碧云在不经意间，就犯了个不大不小却十分致命的错误，那就是——女儿家水性。

第二十六回

此"水性"并非"水性杨花"之"水性",也并无贬斥。只是形容心思游移、嬗变不定之意。

对金碧云来说,赵晨曦原本是执行潜伏任务的绝佳人选:一来,她够漂亮,又善于逢迎,长于交际,经年出入上流社会;又在江南温柔乡里浸染过,虽是北人,却说得一口地道吴语,很受江浙之人欢迎。二来,她够忠诚,心里始终记挂着自己对她的多番搭救之恩,常思以身相许。

只奈何自己早就娶有妻室,又曾立下"此生不蓄姬妾,只将一腔热忱献身家国"的重誓。这才落花有意,流水无情,无端负了佳人。

然而,金碧云仍旧将赵晨曦置于别院安置。

不为别的,只是不忍让她再流落于烟花柳巷之中,玷污风流;却是只有主仆之义,惜无男女之情。

这赵晨曦自然也懂金碧云的心思,正在心底独自幽怨,却适逢被派往上海,以《申报》女记者赵玉婷的身份,执行潜伏任务,伺机打探民军动向,并配合刺杀计划。

这时,她的想法已悄然发生转变。

"我为他做了这么多,可是到头来,我又得到些什么?只有他的冷漠与无情罢了,连句像样的夸赞都没有。我是他什么人?奴婢一个!一个奴婢!到现在,居然又让我去配合那个天杀的龟奴,真当我是个婊子吗?用完即弃……"

赵晨曦心底已然怨恨丛生,却是难以对人尽言,自然也无法将其中委屈告诉金碧云。这一来,是难以启齿;二来,是依着金碧云的脾气,即便他知道了,料想也不会在意。他只会劝自己看开些,再看开些,一切都是为了"咱的大清"。

是的,他心里只有"咱的大清",只有祖宗社稷,只有他的万世基业,却唯独没有他自己,自然也不会有我……

我又何苦再去说?

就这样,当赵晨曦依约与李虎臣在上海公会大楼接头,又一齐在外滩的街道上被吹动警哨的租界巡捕穷追不舍之时,她蓦然发现,自己已经变了,变得只想自私地再活一次，而不去管他什么江山社稷、万古风流……

这或许，就是女儿家"水性"吧。

记得那日黄昏，她将李虎臣拉进外滩万国建筑群的一条小巷里，借着幽暗的灯光与燥热的酒劲，和这个看上去有些傻傻的大男孩激烈地拥吻在一起……

说是为了躲避追捕，实则动了几分真情。

她依稀记得，这个男孩宁愿在牢房里苦苦挣扎，也不愿靠行刺杀人来换取自由，真是个铁打的汉子！可是，当他见到那个叫姜齐玉的婢女，这百炼钢一般的人物，却顷刻间化作绕指柔，违心地接受了这桩肮脏的交易。只是为了能够重见天日，再看一眼他心爱的姑娘……

这样的男人——铁汉柔情，才是自己所敬仰、所崇拜的。

从为他弹奏琵琶的那一刻起，她的心中就已悄然种下了一颗爱的种子，却在此时，因缘际会，破土而出。

反观李虎臣，他被赵晨曦的深情一吻惊到了。

那时节，他正是血气方刚的年纪，哪里经受得住这天仙般的美人儿投怀送抱？在荷尔蒙的驱使下，他发自本能地给予赵晨曦更为猛烈的回应，从一开始的浅尝辄止，跃跃欲试；到后来的霸道占有，如胶似漆；再到最后的狼吞虎咽，依依不舍……

二人终于融化在一起，手牵着手，斜倚着路边的电线杆，相互依偎地看着江边落日。耳边是略显萧瑟的秋风，眼前是红霞满天的黄昏，心头却只浮现出刚刚过去的甜蜜。

人言：纯情少男的第一次，往往不是与他钟爱的少女。反倒是另一个更为成熟的女人，在无意中开启了他的心智。

李虎臣便是如此。

那晚，他送赵晨曦回到上海的家中——四川路二九九号。那是一幢新建的西洋公寓小楼，装修陈设甚为考究。就连公用的排水管，据说都是洋人从他们本国定制的，里面全是实心的紫铜，特意用海轮运到上海，只为了营建这远东的爱巢。

第二十六回

　　赵晨曦就租住在其中的五〇一室，通体英式装修，家私一应俱全，且带独立浴室。每逢夜深人静，待点亮那盏璀璨的吊灯，品一杯热茗，俯视着窗外的车水马龙，当真是个温暖所在。

　　这大约就是家的味道。

　　这感觉让人意乱情迷，二人竟情不自禁地拥抱在一起。

　　只是，李虎臣尚在犹豫，他感觉自己已然对不起姜齐玉。

　　可是，话说回来，玉姐姐从未将自己当作一个男人看待啊！

　　"我只不过……是他的弟弟罢了……"

　　赵晨曦听他这番自白，心中倒有万千感触，想不到：他们俩竟然如此同病相怜。

　　念及此处，她不禁动情地说："你进来！"

　　李虎臣正徘徊不定。

　　孰料，她竟主动推开了那扇门。

　　顿时，李虎臣仿佛发现了一个新世界。

　　眼前，是无比的光亮……

　　翌日清晨，赵晨曦赤裸着身子，一把推开刺绣的窗帘，任由似雪的肌肤沐浴在初升的朝阳之下。

　　这一刻，她好似重新活了过来。

　　蓦然回首，当她望向尚在酣睡的李虎臣，脸上竟不由得泛起一阵红晕，恰似那少女的容颜……

　　自那以后，二人愈显亲密无间。

　　李虎臣也早就忘了自己过去对赵晨曦的每每嫌恶。适逢傍晚，或是男找女，或是女寻男，倒也难舍难分，心心相印；直到孙中山被推举为"临时大总统"，即将前往南京宣誓就职之际。

　　因为这时，李虎臣已凭借敏捷的身手与质朴的为人，通过了司徒美堂的重重考验，正式成为孙先生的护卫之一。起初，他的直接上级还是时任总统府卫队司令应夔丞，但旋即这姓应的竟因贪污而被罢黜。故而，李虎臣的上级又换作了司徒美堂。

且不说上面如何变动，李虎臣总归职责在身。

此番，他亦必定随同前往。

也正是在这一刻，离别的悲戚最终击垮了赵晨曦。她放弃了最后一丝抵抗，含泪将金碧云的计划和盘托出，连同与那孙天山的往事。

李虎臣不由分说，当即与司徒美堂里应外合。二者齐心合力，在孙天山率众渡江，名曰觐见、实则突袭之时，带人将其一举捕获，并当场起出一箱偷偷藏匿的重武器，又弹药若干、毒药若干。

要说，这是送给大总统的一点儿见面礼，恐怕换谁都不会相信吧。更何况，就连孙天山重金收买来的亡命之徒，也都懒得再陪他演下去，一番大刑之后便全都招了，倒也落个死前清净……

耐人寻味的是，司徒美堂并未过问李虎臣到底是从何得来的情报，只是拎着一口环首大刀，交到他手上，要他亲自砍了这孙天山的人头，好为扬州父老报仇。

李虎臣，偏在此关键时刻犯了难。

若论战阵厮杀，他是一点也不怵。可要是论起这行刑杀人，面对着一具四肢瘫软、毫无反抗能力的"尸体"，无论这人犯了多么严重的罪行，他当真有些下不了手。

李虎臣："为何非要砍头啊？用枪毙的……就不行吗？"

司徒美堂："哪有那么多子弹？少废话！"

李虎臣还是有些犹豫："这……未免也太残忍了！"

司徒美堂哼了一声，不屑地说道："残忍？你想想扬州城的老百姓……还觉得残忍吗？"

又见李虎臣还在犹豫，司徒美堂便不觉杀心陡起，一边摸向腰间配枪，一边下达最后通牒："你倒是……快砍啊！"

这大约是，司徒美堂留给李虎臣的最后一道入门考验。

第二十六回

然而，令人意外的是，此刻的孙天山居然猛地惊醒，朝天喊话，并留下遗言："老子……也是做过几天皇帝……"

孰料，这"皇帝"二字刚刚出口，李虎臣已然横下一条心，双眼紧闭，便是手起刀落。

倏忽间，一颗罪恶的人头滚落在地。

紧接着，一队刀斧手也齐刷刷地砍掉了一列人头……

至此，扬州这座江北堡垒，已然尽归民军所有。长江两岸得以肃清，南京的卫戍安全得到进一步保证，而孙中山先生，也即将于次年元旦宣誓就职。

公元1912年1月1日，深夜，南京。

李虎臣军服笔挺，钢枪锃亮，正与众卫兵一起，昂首阔步地行进在总统府大门前。在那对古老的石狮子注目下，向孙中山并一众革命元勋立正敬礼，并朝天鸣枪二十一响。

旋即，有仪仗亲兵手捧国旗入场，庄严肃穆。

李虎臣则与其他三名卫兵出列，护持国旗前进。

继而，这面象征汉、满、蒙、回、藏五族共和的五色旗（赤、黄、蓝、白、黑）赫然升上民国的天空，飘扬于彼时民众的心头。

星空璀璨下，李虎臣仰面注视。虽看不清这国旗端的，却也止不住思绪翻涌：远的不说，就说这"冲冠一怒为红颜"以来，他已然经历过太多挫折磨难与生死抉择。即便是侥幸不死，逢赦出狱，却也只能落脚江南，不知何时才能再见亲人一面？

自打姐夫去了，不知姐姐是否安好？又不知玉姐姐究竟怎样？我终是离你远去……

还有那家中高堂，还有那晨曦姑娘……

晨曦……真不知是你利用了我，还是我利用了你？

或许，我们都只是天涯沦落之人，正彼此寻求些温暖与慰藉吧。

只是如今，关山阻隔，一个在南京，一个在上海；又不知何时才能再度相见？

李虎臣正在苦苦思索，耳边却已传来军乐之声。

这是刚刚谱曲作词的《五族共和歌》，亦是此间的民国国歌，只听得众人齐唱道：

亚东开化中国早，
揖美追欧，
旧邦新造。

飘扬五色旗，
民国荣光，
锦绣山河普照。

我同胞，
鼓舞文明，
世界和平永保。

一曲终了，孙中山始就任临时大总统，并宣誓曰：

倾覆满洲专制政府，巩固中华民国，图谋民生幸福，此国民之公意，文实遵之，以忠于国，为众服务。

至专制政府既倒，国内无变乱，民国卓立于世界，为列邦公认。

斯时，文当解临时大总统之职。

谨以此，誓于国民。

孙文
中华民国元年元旦

第六章　洒热血

朕钦奉隆裕皇太后懿旨：

……

今全国人民心理，多倾向共和：南中各省既倡议于前，北方诸将亦主张于后。

人心所向，天命可知。

予亦何忍因一姓之尊荣，拂兆民之好恶？

是用外观大势，内审舆情，特率皇帝，将统治权公诸全国，定为共和立宪国体。

近慰海内"厌乱望治"之心，远协古圣"天下为公"之义。

袁世凯，前经资政院选举为总理大臣，当兹新旧代谢之际，宜有南北统一之方。即由袁世凯以全权组织临时共和政府，与民军协商统一办法，总期人民安堵，海宇乂安，仍合满、汉、蒙、回、藏五族完全领土，为一大中华民国！

予与皇帝得以退处宽闲，优游岁月，长受国民之优礼，亲见郅治之告成，岂不懿欤？

钦此。

清帝退位是袁世凯的北洋系与孙中山的革命党联手达成的共同结果，二者缺一不可。对清皇室而言，这是一次体面的下台；对国家而言，这是一场近乎不流血的政变；对历史而言，这是二千年帝制传统的彻底终结！

第二十七回　孟庆霖伤病寄闺情　袁世凯就职引风波

孟庆霖醒来时，发现自己正躺在医院的病床上，周围是空空如也的白色，只略在床尾、窗户等醒目位置，各自张贴了"红十字"图样，恰到好处地彰显了此处的功能与价值。

孟庆霖有些蒙，怕是这间歇性失忆的毛病又犯了——上次犯病还是在少年游学归乡之时。记得那一年，自己和家人路过安庆城，因见革命烈士徐锡麟街头受刑，而忍不住当众发声，却被荷枪实弹的兵勇拿枪托砸伤了脑袋。

自那以后，孟庆霖便偶有失忆发生。幸好，每一次失忆，他总能再次回想起来，才不至于酿成更大的乱子。

如今，他又想不起来自己为何会身在此地，更想不起来因何受伤，以及最近究竟发生过什么。

只不过，他本能地厌恶这惨白的底色。于是，自行挣扎着下地，却险些跌了一跤。

病房内巨大的声响，马上引来了护士。

"欸？你要干吗？"

"你是……小青？"

孟庆霖眯缝着眼睛，好一番打量。

他也不知，这"小青"的名字为何竟会脱口而出。

直到说完，他才认清这眼前的护士竟是个生面孔，哪里有什么"小青"？

"对啊！小青……已经死了……"

孟庆霖良久叹息。

第二十七回

此刻，他的脑海中仿佛走马灯似的闪现着自武昌起义以来的一幕幕往事：从雨夜祭芳魂，血战熊子墨；到挥刀砍缆绳，中弹坠大江；再到那个只有一面之缘，却毅然救自己于危难之中的护士小青；而自己为了给小青报仇，亦曾冒名顶替，指挥炮兵班炮轰楚豫舰；却恰好撞见了"被起义"的鄂军都督黎元洪，竟被后者阴差阳错地引为心腹，派往京城，传递和谈诚意。

再之后，就是一路平步青云，既有真才实学，却也借助了袁世凯的帮扶。从而，代理营管带之职，并成功拖住了"保皇军"，以至于跟昔日好友金碧云反目成仇……

最后的最后，他只记得"轰"的一声爆炸，金碧云和他的侍卫全都不见了踪影，而自己却也不知为何就到了这医院之中。

孟庆霖揉着额头。

正在疑惑间，护士已将他再次扶到病床上歇着，又嘱咐道："医生说了，你这身上，既有刀伤，又有枪伤，还有爆炸造成的破片伤，真不知你是怎么挺过来的？还不快老实待着！"

"那……我是怎么到医院来的？"

话音刚落，病房的木门忽地开了，张毅融、刘天瑞等人忙三火四地冲了进来。

"报！给管带大人请安！"

张毅融嬉皮笑脸地立正敬礼。

"报！给管带大人带了二两烧酒！这可是正经的前门源升号！兄弟们可都馋坏了！"

孟庆霖心头一喜，刚要接过来，却听得门外有人嚷嚷道："欸？我家四爷可不能喝酒！要喝你们自己喝去！"

却是姜齐玉和李若雪送饭来了，还顺道带来了妹妹孟晚晴。

"哥！你可大安了？"

数月不见，孟晚晴已出落得愈发水灵，竟全然不似个十一二岁的青涩小丫头，却好似那唐伯虎笔端走出来的仕女美人，偏在端庄隽秀之余，平添了几分少女独有的古灵精怪，让人望之不禁亲昵。

孟庆霖抚着妹妹的发髻，心头自有那万千疼爱，便谆谆叮嘱道："小孩子家，也不叫人。"

孟晚晴忙屈身请安："晚晴见过各位哥哥！万福金安！"

"哎哟哟！可不敢！小姐万福！我们都是些行伍粗人，可受不了你这一拜！"

已升作孟庆霖部"前队副排长"的刘天瑞忙摆手，又不好去搀扶，正急得直跺脚。

张毅融却哈哈大笑，不禁打趣道："这天下的好女孩竟一股脑儿地，全跑到他孟家去了。可让我们这些人何以安身哟？"

孟庆霖则一把将晚晴搂至跟前，反唇相讥道："你少来！我这妹妹千金不换，想做我妹夫的……先到外面排号！"

正在二人斗嘴之时，孟晚晴却在四处观瞧，又在哥哥怀中挣扎着问道："哥！你那位'过命的兄弟'呢？怎么不见他？"

孟庆霖一时语塞。

他自然知道妹妹问的是谁。只不过，他也对金碧云的下落全然不知。可转念一想，这小孩子家家，哪里就知道许多，遂将目光瞥向身旁的李若雪。

李若雪见丈夫尴尬，便忙将晚晴拉到身边，又嘱托齐玉带她去玩，路上多买些蔬果点心，也好回来一道受用，云云。

张毅融使个眼色，让刘天瑞沿途跟随保护，又叮嘱道："这皇上刚刚退位，民国甫一建立，我怕街面上还不安定，万一再有歹人趁机作乱……"

孟庆霖一脸惊讶："皇上……果真退位了？"

张毅融说书似的答道："可不嘛！据说，那段祺瑞带了前线四十六名官弁将佐进京逼宫！最后，状元公张謇亲自票拟圣旨，皇太后亲自用印。就这么……就退位了！"

又接着补充道："不过，说是退位，听上去倒更像是'禅位'！"

"怎么讲？"

第二十七回

许是这消息蕴藏的信息量太大，孟庆霖竟听出了一脑门子汗，便索性打破砂锅问到底，试图一探究竟。

张毅融学说道："'即由袁世凯以全权组织临时共和政府，与民军协商统一办法，总期人民安堵，海宇乂安，仍合满、汉、蒙、回、藏五族完全领土，为一大中华民国！'听见没，这一来，就是由民国承继大清全部领土。这二来嘛，则是将政权交到了……'您义父'手上！"

"啊？！"

孟庆霖不由得惊叹一声，心中倒更像是打翻了五味瓶，一时也说不上来究竟是个什么心情，总感觉张毅融这话听上去怪怪的。

李若雪则拿出自己的贴身手帕，一边为孟庆霖拭汗，一边将温开水端来，慢慢喂给他喝，又说道："昨儿个，干娘还把我们娘儿仨叫过去吃饭，说是为了庆贺老爷全票当选大总统呢！"

"啊？！"

孟庆霖又是一声惊叹，敢情这北边儿和南边儿竟一致选择了同一个人来主持政局，这倒是前所未有之事！

但仔细一想，却也说得通。

毕竟，"那人"手握北洋六镇雄兵，门生故吏遍布天下，已然独步寰宇，足以傲视群雄。既然"那人"有心造就"共和"，这大总统之位自然也就非其莫属了！

倒不知，那孙文又当何以自处？

尽管心头疑惑未解，孟庆霖却又突然瞥见另一个更能引起他注意的物什，那就是李若雪手上拈着的"刺绣粉色牡丹真丝手帕"。

"咦？这方手帕，不是那个曾救治过我的'牡丹仙子'的贴身之物吗？那个曾在安庆城外，惊鸿一瞥的未名姑娘。我可是将此物妥善收藏于香囊里的，就连齐玉——那日夜操劳家务、铺床叠被之人也未见得知道，更何况若雪！她又岂会无端翻检我的……"

孟庆霖正在妄自揣度，却见门口有医生进来："你们这儿，谁是秦东家属？他醒了，来个人跟我过去看看！"

张毅融自告奋勇前去，还顺道拐走了房里的女护士，嘴上只说"怕病人需要帮忙"，眼珠子却不时地瞟向人家姣好的脸蛋儿，二人颇有些眉目传情之意。

这一幕，恰好被孟庆霖敏锐地捕捉到，不禁莞尔一笑，心想：好你小子！看来，在我昏迷的日子里，你没少跟人来往啊！哈哈！

又见这病房里，只剩下自己和妻子两个人，孟庆霖便试探着问道："若雪，你这帕子……"

"帕子？"

"是从哪儿拿的？"

"噢！这是我小时候在娘家亲手绣制的呀！你看……好看吗？上面的牡丹，可是我照着家门口那株，描着样儿一针一针刺上去的！"

听到这里，孟庆霖的内心早就是错愕不已，便继续问道："你嫁进来，也有一二年的光景了，我怎么全不知道？"

李若雪反倒有些娇嗔，抚着这方手帕言道："我们女儿家的事情，你又什么时候上过心？再说，这也不是什么大事，一件女红罢了。"

又笑着说："就是这真丝料子，当年倒也难得！只可惜，原本绣了两方，却不知何时掉了一方。唉！"

孟庆霖也觉得自己平日里太过冷落妻子，便自嘲道："嗨！我以为你只会'西河剑舞'呢！"

说着，他又翻身去摸索什么。

李若雪便问："找什么？"

"我的香囊！"

"不是在你枕后吗？"

孟庆霖遂将香囊翻出，感慨道："虽说到哪儿都贴身带着，可是自打武昌落水以来，这里面的香料早就发霉烂掉了。我是洗了又洗，晒了又晒，早就没了香味。

第二十七回

幸好，这方手帕还在！"

他取出了自己珍藏的那方牡丹手帕，与妻子的并握手上，两相对照。

只见，这真丝料子一模一样，其间的牡丹花色别无二致。至于针绣手法，也分明出自同一个人之手！

"呀！怎么在你这儿？"

李若雪自是一声惊叹，而孟庆霖却早已洞悉一切。

那"牡丹仙子"不是别人，正是自己的妻子李若雪！

这真是"踏破铁鞋无觅处，得来全不费工夫"！

想不到，"蓦然回首，那人却在……灯火阑珊处"！

原来，自己苦苦思念之人，竟然一直默默地守在身边，而自己却对此熟视无睹，甚至是毫无察觉，简直愚蠢至极！

至此，孟庆霖终于补全了这唯一缺漏的记忆。

是啊！

他早该想到，这世上除了父母兄长，也就只有若雪会无微不至地且恰到好处地照顾自己。这一点，恐怕就连齐玉也不一定比得上。

自己怎么就偏偏看不到妻子的好处呢？

"唉！我当真是个蠢物！"

"相公，你说什么呢？"

孟庆霖望着妻子，眼圈莫名泛红。此刻，他尚且沉浸在回忆之中。

当年，自己单单就把若雪忘了，忘了她也在接自己回家的队伍当中，忘了是他们三个人（孟庆霖、李若雪、李虎臣）一道逛了武昌户部巷，又一同去了熊子墨家，更忘了她才是第一个发现昏迷倒地的李虎臣，和额头受伤的自己。

原来，竟是若雪为我清洗伤口，又敷上草药，这才让自己勉强挺过了缺医少药的头几天。

假设没有若雪，后果必将不堪设想……

孟庆霖又想，之所以忘记，或许是由于那个时候，自己头部受到重创，却也未尝不是心意偏执所至。毕竟，当年的自己对若雪总有一份情感上的疏离感。

那是一种，所有人都认为你们是天造地设的一对，而你却偏偏不以为然，甚至是刻意回避的执拗！

正因如此，孟庆霖才对迎娶这位表妹，表现得极为冷淡。即便是婚后，他也敢于冒天下之大不韪擅自出走，而两人在一起也鲜有温存之时。

如今，他之所以又能回想起这一切，或许只是个偶然，或许是那场爆炸产生的冲击波再次震荡了他的大脑，又或许是那两方"牡丹手帕"终于合二为一，勾起了他沉睡的记忆。而这些年的相处，也多少捂热了他那颗冰冷的心。

两个人终是经历过一番生离死别，才又再度重逢的——其中的感情，自然深了！

孟庆霖不禁感慨：少小之时，自己从武昌游学归来，若雪还只是表妹，却也是早就定下的未婚妻子。

长大以后，自己从武昌革命归来，若雪早已是明媒正娶的发妻，是这个家的女主人；更与自己一同经历过生死，又始终不离不弃！

孟庆霖不由得握紧了妻子的纤纤十指，又将她的手紧贴到自己脸上，弄得若雪又惊又喜，又喜又羞。

"你今儿……这是怎么了？门儿还没关呢！"

说到门，却偏巧有卫兵敲门进来。

李若雪忙将手抽回来，一脸羞赧。

孟庆霖遂问："什么事？"

"报！大总统有请！请长官更衣，立刻前往觐见！"

"现在？"

"对！十万火急！"

……

孟庆霖无奈，只得勉强换上军服，在妻子的陪伴下来到袁世凯的湖畔官邸。

此刻，他的左臂尚且打着绷带，而同一座官邸也从此前的"总理府"升级作

第二十七回

了"总统府"——却并非南京那处重名所在。

进门后,孟庆霖嘱托妻子先去拜见沈氏,而自己则跨步进入袁世凯书房。

"报!大总统,孟庆霖奉命觐见!"

纵然有伤在身,孟庆霖却不敢坏了公堂规矩,进屋立正,右手敬礼。

"哈哈!小孟!来!坐!"

只见那袁世凯,一袭长袍马褂,脑后的辫子尚未剪除。此刻,正端坐于宽大的红木桌案之后,一边剥着颗水煮蛋,一边抬头招呼孟庆霖就坐。

这孟庆霖,身子尚未康复,胃口极浅。甚至,就连鸡蛋的味道也闻不得。此刻却也只能强忍着,并拣个就近的位置坐下,以便随时听令。

许是袁世凯这天心情颇佳,见曾为自己立下一功的孟庆霖竟能大难不死,也就顺手将剥好的鸡蛋递了过来,并说道:"来!小啊,吃一个!你这身子正需要多吃些才好!咱爷俩边吃边谈!"

"哎!哎!"

孟庆霖小心应着,心里却是"难过"极了。

按理说"尊者赐,不敢辞",不吃不合适,但他却实在没那个胃口,又不得不委屈自己,囫囵下咽。

那滋味,着实不好受。

袁世凯呵呵笑道:"小啊!我还有件东西,要拿给你看!"

说着,竟从身后的书架上取出一枚银质镀珐琅勋章,上面生动地刻画着一只蹲坐于草地上的斑斓猛虎,背后是蓝色的天空。那虎的尾巴高高翘起,甚是惟妙惟肖,让人见之即爱不释手。

"呀!这是……"

孟庆霖赶紧放下另一半鸡蛋,口中一声惊叹。

"这个呀,准备叫作文虎勋章!好看吧!不过,这勋章还在设计草创阶段,要今年晚些时候再颁布法令,明定授勋标准!"

孟庆霖一时没闹明白这袁世凯葫芦里究竟卖的什么药。

这一会儿"鸡蛋"，一会儿"勋章"的，该不会是来找我闲话家常的吧！

我才刚刚苏醒，大总统居然就知道了，却也不待我再恢复几日，就立刻宣我进来。来了，也不说何事，只是一味地温情脉脉，又时刻提醒自己保有一颗功名之心……

今儿，真是奇了！

他忙将勋章递还回去，又转念一想：如今，国家百废待兴，大总统自是日理万机，哪里有空跟我这基层军官瞎白话，且听他如何计较！

"小啊！我打算辞去总统之位，就此隐居了。咱还回洹上村，过几天逍遥日子，你看如何？"

"啊？"

听袁世凯如此一说，孟庆霖倒是当真吃了一惊！

这完全出乎他之意料——袁世凯怎会无端萌生退意？

被选为"大总统"才几日，不至于吧！

当然不至于，这只是袁世凯的"先抑后扬""以退为进"之计，目的就在于试探一下身边人的反应。

孟庆霖不禁陷入沉思。

袁世凯则拿出一封业已拍发出去的电报，给他观瞧，上面分明写着：

如今，北方危机四伏，险象环生。（世凯）不便南下，（国家）亦不便迁都南京。与其孙大总统辞职，不若世凯就此隐居。

孟庆霖马上意识到问题所在，便问道："这……国家要迁都？民军要您去南京就职？"

"你意如何？"

"卑职……卑职位卑言轻！岂敢与闻国家大事？"

"不！我此番叫你前来，不是以大总统的身份问你，实在是以长辈的口吻说

583

第二十七回

话！你究竟作何想法？"

孟庆霖迎着袁世凯的灼灼目光，不敢再坐，只得站起身来回禀："庆霖不才！如今，国有二都，政出多门，恐不利于江山社稷。南京、北京，必须选一个！那眼下，自然是选北京！"

袁世凯眉头舒展，似乎大为满意，便笑问："为何？"

"这一来，政治上有连续性，民国承自大清，中央一切机构本就设置于此，各国使节也已会集而来。于此定都，自然政令畅通，列邦承认。二来，正如大总统所言，您若不在此坐镇，那北洋各头头还不……"

孟庆霖话到嘴边，却硬把后半句给生生咽了回去。

袁世凯自是明白孟庆霖的意思，也就顺势补充道："不只北洋，就连那些满清的遗老遗少，怕也是从此没人约束喽！"

说着，袁世凯竟一记重拳砸在桌案之上。

孟庆霖心想：人言，袁世凯就像那赵匡胤陈桥兵变，手握重兵，篡了孤儿寡母的位，心里只为自己盘算。如今看来，倒也未必。只就拒绝迁都一条，也并非全然为了一己之私，多少还是存了些公心的！

可叹那南京临时政府，又何必急于迁都呢？若是只为监督大总统权力着想，也未免有失偏颇。

这分明就是弊大于利嘛！

孟庆霖心中稍有犹豫，却是不吐不快："庆霖有一事不明，也想请教大总统！"

"直言便是！"

此刻，孟庆霖不觉有些嬉皮笑脸："您为何在意我这少年浅见啊？按理说，您问冯军统、段长官他们，不是更具代表性？赵伯、杨伯，也比我更能洞察世事人心呀！"

袁世凯悠然一笑，直说道："小孩子家眼睛亮！往往能看到我们所看不到的！更何况，他们啊……"

说到这儿，袁世凯不免长叹一口气，又继续说道："他们啊，全都混壮了！不见得就跟咱们一条心！"

"竟会这样？"

孟庆霖倒是头一回听说，也头一次往这方面去想：原本忠心耿耿的部下，也会在翅膀硬了之后，各怀打算？如此说来，这世上也就没有谁，能够永远忠诚……

想着想着，他便出了神，却被袁世凯一言惊醒。

"小啊！你重伤未愈，原本不该让你出来。可若是将此事交到外人头上，我却有些不放心！他们要么位高权重，心思开始活泛了；要么赳赳武夫，只会恃勇斗狠，反倒将事情办砸了；而且，这事又不能太过声张。这才不得不找你！"

孟庆霖既知袁世凯用意，而自己的心思想法倒也与其一致，便自觉应了下来，遂立正作答："请大总统示下！"

"这会子，南京专使团大概快到天津了吧！你跟克定过去一趟，提早去迎一迎，里面可有你的老熟人，你找机会'劝劝'他！"

袁世凯特意将"劝劝"二字，重重地强调了一番。

孟庆霖立正："是！"

又一脸疑惑地问道："老熟人？谁啊？"

"嗨！还不就是那老几位，宋教仁、汪兆铭之流！遁初，不是和你在武昌相谈甚欢吗？季新，又是克定的把兄弟！你俩过去，我看最合适！"

袁世凯自是一番寻常话语，却将孟庆霖惊得冷汗涔涔——这袁世凯又是如何得知我在武昌曾与宋先生"相谈甚欢"？我可是只字未曾提过，而全程也不可能有外人在场啊！

难道，是如今的副总统黎元洪？

总不会是宋先生本人吧！

孟庆霖一时也没个头绪。

此刻，他就感觉这原本看似温馨的书房里面，霎时布满了无数双眼睛，正时

585

第二十七回

刻监视着自己的一言一行!

那空气紧张得,竟让人有些喘不上气……

孟庆霖稍稍蹙眉,却仍旧镇定下来。

他见袁世凯已然戴上那副金丝眼镜,正跷着二郎腿,手捧着一张《申报》阅读,本想就此告退,却又听袁世凯漫不经心地来了一句:

"你刚取的表字,叫什么来着?"

"泽……泽霆!"

不知为何,孟庆霖竟回得有些吞吞吐吐。

"哦!遁初的学问可是好得很啊!你要多向他请教!明白了吗?"

"是……是!"

"对了!我已命人叮嘱陆军部,正式升你作'营管带'。待办完此事,再有嘉奖!还有那文虎勋章,年底也自当有你一份功劳!"

"谢大总统栽培!"

饶是孟庆霖心有"杂念",却也只得顺势作答,即便转身去了。

待孟庆霖走后,袁世凯又稍加思索,便连忙摘下眼镜,拿起电话来吩咐道:"要第三镇——曹锟!"

须臾,只听那话筒里面隐隐约约地传来一阵故作欣喜的应答之声:"喂!喂!大总统吗?是我啊,曹锟……"

这正是:孟庆霖伤病未愈领重任,袁世凯就职在即保大权!

毕竟不知后事如何,且待下回分解。

第二十八回　迎专使祸起第三镇　宣誓礼总统逢三难

话说，孟庆霖自作别袁世凯，也顾不得李若雪尚在，便一个人急匆匆地返回医院，又召张毅融商议赴天津迎宾之事。

二人遂赶回驻地，见一场大战后，营部人马早已是残缺不全，难以承担护卫之责，便逐级上报，直至冯国璋处。

冯国璋只得另拨半营副兵（新兵），又近半营正兵（老兵），一并分与孟庆霖，好教他即刻启程。

翌日清晨，一声汽笛吹响，迎宾专列"哐啷、哐啷"地驶出月台，一路向天津疾驰而去。

专列的豪华车厢里，窗外的景色徐徐倒退，袁克定自与一众侍从东拉西扯、言笑晏晏，身旁又携有数位歌姬相伴。

这些人一路纵酒，一路高歌，好一副游山玩水的春日光景。

孟庆霖本就好静，加之身上有伤，左臂还打着绷带，早就受不了他这聒噪，便寻个"视察"的借口，来到护卫车厢，与张毅融等官佐士兵坐在一起，再不去那奢靡之地行乐。

张毅融却打趣道："哟！你怎么舍得过来？看来那些个蜜……还不够飒！"

孟庆霖瞥了他一眼，对众士兵正色道："《大帅练兵歌》，会唱吗？"

有士兵言道："咱之前虽不属北洋，但冯军统到任后，倒也命人教过几次，主要是强调官兵纪律的！"

又有士兵言道："我会！我原是北洋第一镇的！"

"我也会！"

第二十八回

"我也会!"

……

"哦?你们几个,我倒认得,尽是北苑老兵!那就由你们起头,带新兵唱!"

"是!"

只见这些老兵,个个正襟危坐,齐声高唱道:

朝廷欲将太平大局保,大帅统领遵旨练新操。

……

"停!这词儿改一下!"

孟庆霖听这起句已然不合时宜,便马上阻止士兵往下唱。

他凝视了一眼窗外,旋即轻声吟唱道:

军人牢记五族共和好,大帅练兵山河社稷保。

众士兵听得真切,也跟着学唱起来:

军人牢记五族共和好,大帅练兵山河社稷保。

听这军歌嘹亮,饶是张毅融再胡闹,也早已将男女那点事儿抛到九霄云外去了,便自觉与众士兵合唱道:

军人牢记五族共和好,大帅练兵山河社稷保。
第一立志要把国恩报,第二功课要靠官长教。
第三行军莫把民骚扰,我等饷银皆是民脂膏。
第四品行名誉要爱好,第五同军切莫相争吵。

……

于是，这迎宾专列上，一边是软玉温香，一边是热血激荡；一边是"笙歌幽细，缓荡烟波"，一边是"八千里路云和月"……

这二者，竟能相互映衬且对立共存地一路疾行，却是不知：这前路又将有何种际遇在等着他们？

却说孟庆霖一行到了天津，恭候南京专使团到来。但空等了两日，还不见人影。孟庆霖心中自是着急，连忙派人去打听，却被告知专使的火车在半路上抛锚了。眼下，刚刚修好，且已过了山东境内，再约莫一天光景就能见着了。

袁克定倒是大不以为然。他自住进英租界的别墅区，除了去过两回南市戏园子听戏，就是约请天津城里的头面人物，一道赴"起士林西餐馆"用餐。

孟庆霖曾如是回忆道："那几天，袁克定格外地繁忙。早上，他约莫六七点就起床，随行侍从则早早地买回来十八个褶儿的大包子给他作早餐。而后，他就依着日程，每日接待前来拜访的天津官、商、军等各界精英。至中午，他们或是在家或是一道赴起士林用餐，也带我去了两次。话说回来，那年月起士林的西餐做得是真地道，特别是二楼俄餐厅的焖罐牛肉，那叫一个量大实惠、味美质优，常惹得刘天瑞那样的山里孩子，望之涎水直流。到下午，袁克定有时逛会儿戏园子，有时就在南市的大街上瞎转悠。我见这三不管地带，遍是小吃、戏棚、杂技、打把式卖艺、卖野药的，三教九流无所不包，也就为其安全着想，劝他早些回去。他却道：'无妨！那年，爹爹刚下野之时，我们全家就躲在天津卫的租界里，生怕摄政王一道令旨就将我们满门抄斩。那每天过得啊……真叫一个战战兢兢！记得那会儿啊，我们就盼着能有个平安的准信儿，就盼着能和克文来这儿看一会儿杂耍。放心吧！这儿我熟得很呢……'"

又过了一天，以宋教仁等革命元勋领衔的南京专使团终于到了。

孟庆霖和袁克定遂执"弟子礼"相见。而后，又一路礼遇优隆地将其迎入北京。路上，袁克定自与专使团中的汪兆铭称兄道弟。孟庆霖则寻着机会向宋教仁

第二十八回

打听黎元洪的近况，又向他单独请教了迁都的利弊，却是碍于人多眼杂，不便多言。

但宋教仁何许人也，又岂会不知其中深意？

进京那日，天朗气清，惠风和畅。

袁世凯身着大元帅服，率文武群臣亲自出正阳门外迎接。当晚，便在官邸安排国宴款待，真个是山珍海味、珍馐齐备、八珍玉食、穰穰满家，让人望之不禁垂涎欲滴。

那场面，正如诗中所云："平台戚里带崇墉，炊金馔玉待鸣钟。"

然而，匪夷所思的是，袁世凯竟一边对专使频频敬酒，一边对迁都南京并南下就任"临时大总统"一事满口答应：

"诸君盛情相邀，我亦当竭诚尽力，早日南行！"

这一幕，不仅让宋教仁、汪兆铭等大呼意外，更让近前侍卫孟庆霖瞠目结舌。

政客之反复无常，如今算是领教了……

宴会上，室内交响乐团仍在演奏着那首知名的《帕赫贝尔的D大调卡农》，曲调婉转，旋律悠扬，却又带有一丝甜蜜的忧伤。

正在这舞步轻摇，觥筹交错之际，却突然听得外面传报："报！大……大总统！"

"嗯？"

"第三镇……"

"如何？"

"第三镇一部，原自保定移防，却不料竟在半路上……他……他……他……他哗变了！眼下，已打进正阳门了，说要来找大总统评理！"

"欸？评什么理？"袁世凯也是一脸疑惑。

"叛军说，大总统一走，就更没人管他们军饷了！"

话音刚落，在场一众贵宾，无论男女老幼，皆是一片惊骇。

这里面，除了北上迎袁的专使，还有中央各部堂官，并驻京使节及其夫人。

正在这中外欢聚之时，曹锟的第三镇却闹得这样一出，袁世凯顿感"丢人现眼到家了"！

"他妈的！曹锟呢？"

来人则怯懦地说："没……没找到曹统制！"

袁世凯一听，索性将酒杯砸了，转身对孟庆霖言道："孟庆霖！"

"到！"

"命你率部平叛！凡拒不缴械者，格杀勿论！"

"是！"

待孟庆霖走后，袁世凯又转身向驻京使节及其夫人致歉，旁有同声传译转述相告："世凯不才，让诸位女士、阁下受惊了！稍后，我自派卫队沿途护送，一定确保在座安全！请放心，只要有我袁世凯一天在，北京城就乱不起来！"

众外交官一边听着翻译，一边窃窃私语。

须臾，有一不知是哪国的公使出列说话，仍旧是同声传译向袁世凯等人转述："尽管迁都是中国内政，但我们仍旧不希望看到这一事件发生！我们也不敢想象，如果袁大总统不在，这里的治安是否会乱得一团糟！"

众外交官纷纷点头，无不深以为然。

另有杨士琦，早在中央各部堂官中传话道："咱们呢，也早点儿差人到南京置几所宅院。免得一股脑儿扎堆儿去了，再僧多舍少，买不起了！到时，一家老小流落街头，那可就热闹喽！"

又听各部僚属轻声抱怨道：

"爷们自小生在北京，哪里去过什么南京呀！"

"嗨！什么南京？不就是江宁府嘛！那儿，有豆汁儿、焦圈儿卖嘛！"

"吃什么倒不打紧！关键是这位置……"

"怎么说？"

"那里……还能有什么好位置留给咱们？他民军自己的人都不够分的！"

"可不是嘛！"

591

第二十八回

又有赵秉钧正混迹于北洋各将佐中间,与他们纵酒谈笑,仿佛从未将这场突发的叛乱当作一回事。见宋教仁、汪兆铭等专使左顾右盼,神情疑虑,他便赶紧上前安慰道:"遁初!勿忧!京城内外,驻军不少,区区不到一镇的叛军,根本成不了气候!"

宋教仁却眉头紧锁,思忖了半晌答曰:"倒不是为自家性命担忧!只是这迁都一事,我看……是否从长计较?你们说呢?"

他刚将目光投向汪兆铭等专使团其他成员,却惊闻外面枪声大作。而此刻,袁世凯又刚好在向各国使节夫人敬酒。

只眨眼之间,数颗流弹就如闪电般袭来,竟将这富丽厅堂内的一扇玻璃给打得稀碎。

夜晚的凉风随之嗖嗖刮来,里面早已是一片惊慌躲避的景象。

又听外面仿佛有人在喊:"杀掉那几个南京来的!不能放大总统走!"

"不能放大总统走!"

宋教仁、汪兆铭等专使无不面露尴尬,竟一时不知如何是好:敢情这总统府内也不再安全,看来此番动乱非同小可啊!

"卫兵!卫兵!"

袁世凯即刻宣卫队上前保护外国使节,自己则摸了把手枪,也不避弹矢,亲自率赵秉钧、杨士琦并一众北洋将佐出门察看。

……

且说那第三镇士兵。

前几日,本是发饷的日子,却迟迟不见动静。

有士兵,家有父母妻儿,终于坐不住了,便组队四下里打听缘由,却被告知:"改朝换代,军饷不继!"

又问:"何时补发?"

军需官答曰:"不知道!等大总统一南下,北边儿也不再需要这许多兵马,说不定就直接裁军撤饷了!到时啊,咱们全都滚犊子!"

"啊？这……这怎么行？"

军需官："怎么不行？还不是上头一句话！"

这时，偏有个别军官，也不知是别有用心，还是激于义愤，竟趁机号召说："要我看，趁如今……枪在手！"

众士兵听了，先是面面相觑，继而盲从附和，最后一传十、十传百，竟将"裁军撤饷"的流言当作既定现实，索性一不做、二不休，反了他娘的！要死也做回饱死鬼！

这真是似曾相识的一幕！

去年春天的北苑兵变，不也是这样闹起来的？

此番，肇事者还是曹锟的队伍，这曹锟是自带"兵变"属性啊！

话说回来，纵观曹锟一生，他的确是一再依靠此等卑劣的手段为自己攫取更大的利益，但他最后也是败在别人的"兵变"手上；而那人更称得上"兵变"高手，二人当真不遑多让！

后事且休提，先说今日如何计较。

于国而言，平叛已是重中之重、当务之急！

因为，这第三镇士兵的确是把事情闹大了，闹得太大了，以至于无法收场！

当晚，京城朝阳门内、东安市场、东四牌楼、大栅栏等地，凡是商铺、钱庄、金银首饰店，共计四千余家，无一漏网，尽被洗劫焚烧一空，真可谓：匪过如梳，兵过如篦！

另有，京奉、京汉两处铁路局，及大清银行、交通银行、直隶银行并中央制币厂亦惨遭劫掠，公款损失竟高达白银九百多万两！

京城惨状，尤胜那年八国联军侵华所酿之"庚子国难"！

非但如此，保定、天津两地亦惨遭兵燹荼毒。人言："满城枪声如竹爆，百姓四下逃难，哭声载路……各处之火，彻夜不熄……一朝繁盛，俱成焦土……"

再看孟庆霖。

当晚，明月晃晃，明月如昼。

第二十八回

此刻，他并不知晓这场动乱的祸及之广竟能如此恐怖。这一路上，他只听得沿途百姓悲号痛哭，心想这些叛军当真穷凶极恶，而这场兵变也竟比去年的"北苑"更要惨烈许多。至少那会儿的兵变并不针对无辜大众，但如今当兵的却将屠刀挥向自己最应守护之人。

是可忍，孰不可忍？

孟庆霖决心行霹雳手段，下狠手整治这些害群之马、军中败类！

于是，他神情肃穆，右手持枪，正异常机警地走在队伍最前面，身旁是张毅融、刘天瑞等健将护持左右，身后是整整一营的禁卫军，两翼是斥候往来侦察，通报敌情。

借着月色，他无意中瞥了一眼手枪，却不再是金碧云所赠的柯尔特左轮，而是新近配发的德制毛瑟C96，俗称驳壳枪，亦称盒子炮，带弹十发，威力巨大。就是射击时，枪口上跳太过严重，故只能平击或是斜击，多少让人感到别扭。

这一路上，他们遇着叛军，最多只警告一次"放下武器"。若是听命，则教人绑了，留给后续巡警处置。若是不听，则一枪一个，格杀勿论！

那晚，孟庆霖也不记得自己究竟开了多少枪，只记得这右手发麻，而左手伤势未愈，心头正是烦闷，便抱怨道："真用不惯！还是我原来那枪使着顺手。可惜啊，找不到了！"

张毅融手持步枪，一边用余光扫街，一边劝慰道："赶明儿，我再去给你订一把！趁咱们还顶着'禁卫军'的名头儿。不然，等哪天遣散或是缩编了，可就来不及喽！"

刘天瑞道："啊？当真会如此吗？冯军统和民国政府不是保证过……再说，咱管带不是正如日……如日那啥来着？"

张毅融："如日中天！"

孟庆霖："嘘！全营静默！分散隐蔽！"

霎时，这四五百人的队伍就如同各自披了件隐身衣似的，悄然隐藏于京城的各条胡同、小巷之中，连声咳嗽也不曾闻得。

只见那满载而归的第三镇车队经过，孟庆霖一声令下，全营出动，竟从四面八方汇拢而来，将这群叛军围于街心。

孟庆霖怒目而视，只一声大喝："放下武器！"

众禁卫军亦紧随喝之："放下武器！"

饶是这声势骇人，可那好不容易抢来金银的叛军又岂肯善罢甘休？竟一个个地对孟庆霖的警告置若罔闻，甚至叫嚣说："怎么着？看我们有所缴获，眼红啊！有本事，自己抢去啊！上头说了，大掠三天，谁抢着算谁的！"

孟庆霖刚要往下追问，却突闻一声枪响，那人已然头部中枪，倒地身亡。

放眼望去，开枪的竟是远处一个瘦高干练的军官。

只见他于电光石火间扣动扳机，那枪法堪称百步穿杨。

"谁？"

那人也不答话，径直派兵上前，当着孟庆霖的面就将一应叛军拉将出来，挨个枪毙，只说是"清理门户"。

霎时，血流满地，尸首横陈。

旋即，他又命人将一车金银拖走，却被孟庆霖拦了下来："你到底是谁？"

那人回头只"哼"了一声，就大摇大摆地径往外走。

结果，孟庆霖还没急，身旁的刘天瑞倒先跳将起来，大喝道："呀呀呸！有种别走！"

说着，就朝天鸣枪三响！

那人也不含糊，回手就给刘天瑞的脑袋来了一枪，却是不偏不倚，刚好将军帽击飞，而人却有惊无险。

这场面，若是换了寻常人亲身经历，只怕要吓得尿了裤子，但刘天瑞自恃武勇，又岂是个好相与的？

说时迟，那时快！

只见他额头沁出一丝冷汗，竟在慌乱中连发数枪，于夜幕掩护下，跟那人的队伍战作一团，而孟庆霖也即刻率队参战。

第二十八回

双方你来我往，弹矢齐发。时有中枪哀号之声，多有受伤倒地之人。

孟庆霖有些纳闷，对面这支队伍好生厉害：这一晚上，我自奉命沿街"清障"，凡路遇叛军抢劫几乎是兵不血刃，手到擒来。有时，碰到个把头铁的，索性就让新兵开枪，也好趁机让其练练胆量；却不承想，竟能遇到如此劲敌！

"喂！对面是哪个部分的？我们是禁卫军，奉大总统令清剿兵变叛军！再不停火，可就不客气了！"

孟庆霖一边让张毅融如是喊话，一边命刘天瑞带一支小分队，从旁边的胡同里穿行，想办法绕到敌军背后，趁机发动突袭。

孰料，对面竟嚣张地回应道："我们是第三镇的，奉曹统制令清理门户！你们不要想着从背后突袭，没用的！趁早让开道路，放我们过去！我们两军，井水不犯河水！"

说着，只听刘天瑞方向爆发了激烈的枪战。

原来，对面那伙人早就在临近的胡同口埋伏了一支人马，为的就是防患于未然！

可刘天瑞也不是个省油的灯！

对他而言，偷袭是打，被人偷袭还是打。既然都是打，那就打个痛快好了！基于此，他是不慌不忙，镇定自若地与阻击敌军缠斗起来，二者正杀得不分伯仲，难解难分！

孟庆霖见劝说无效，背袭亦无效，却又不能坐视敌军抢走金银财货，只得对张毅融说："遇到对手了！咱们营的规矩你知道！绝不能放走任何一个敌人！现在，我在这里坚守，你去找人增援！"

然而，孟庆霖不知道的是，对面也是这样想的。并且，对他们而言，第三镇的叛军既可以是敌人，当然也可以是友军，更何况增援距离还更近！

眼见得敌军越打越多，孟庆霖终于有些顶不住了，又见弹药储备即将告罄，而身边又接连有人中枪，他便思忖着主动发起冲锋。若非如此，势必军心瓦解，自己也将做了那败军之将……

还记得，刚入禁卫军集训之时，教官就曾引用《孙子》上的原话，对他们这些学员训话道："投之亡地然后存，陷之死地然后生！"

如今，若不主动"擒王射马"，只恐攻守易势。更何况，京城之内仍旧是自己主场，还怕这股叛军不成？

同样，对面见孟庆霖这里战斗意志如此顽强，也不敢过分恋战，便想寻个机会，撤走算了，可又偏偏舍不得那一车横在街心的宝贝。于是，一咬牙，一跺脚，索性拼个鱼死网破，便也组队冲锋，绝不能让第三镇的军饷落入他人手中！

这正是：两强相争为财货，或是各自有"公心"！

这一厢，号角吹响，众志成城；那一边，身经百战，杀气腾腾！

正在龙争虎斗、血流玄黄之际，却突闻远处传来三声枪响。

继而，是三发信号弹，正拖着长长的尾巴升上夜空。

第三镇官兵见了，率先止息干戈。

孟庆霖也及时命人住手。

只见一人，似乎身着将官军服，正在卫队的簇拥下从远处骂骂咧咧地踱步前来，且一路走一路摸出手枪，见到地上横七竖八躺着的伤兵，也不管是不是叛军，就胡乱补上一枪，口称："我操你们祖宗十八代！我让你们抢掠京城了！都他妈给我住手！"

那第三镇官兵见了，也不敢再与孟庆霖争斗，更不敢再打财宝的主意，竟一个个灰头土脸、蔫头耷脑地垂手侍立，就好像学堂里的学生见了先生一般。

孟庆霖回头，见那将官走得近了，搭眼便认出来：这不是曹锟曹统制嘛！倒比去年此时，还要威风许多！

又见曹锟身后，除卫队之外，更有身着大元帅服者，正是袁世凯！

他正率领赵秉钧、杨士琦并一众北洋将佐出来巡视，刚好撞到曹锟带队"平叛"，听到这里有枪声，便一齐过来查勘。

只听曹锟命令道："第三镇全体官兵，都有！大总统亲临，即刻下跪出迎！"

"是！"

第二十八回

刚才那支队伍，马上就换了副嘴脸，竟齐刷刷地单膝下跪，山呼："万岁！"

孟庆霖见了，不免一脸嫌恶，却只原样整队，立正敬礼而已。

那曹锟又殷勤地侍奉袁世凯左右，恳切地解释道："请大总统恕罪！如今，军饷不继，这些人既不敢跟大总统您来闹饷，又不愿看您南下，只得沿途抢掠一番，却不料竟敢擅自进城，还闹得如此之大！卑职死罪！死罪！"

袁世凯照着曹锟的屁股狠踢了两下，训斥道："你啊……你就败坏我名声吧！"

曹锟挨了打，不怒反喜。

转而，对袁世凯进言道："既然已闹得不可开交，不如……不如卑职就率全镇官兵拥戴大总统……哦，不！是大帅！做皇帝！"

说着，曹锟又瞥了一眼袁世凯的随行将佐，示意他们应声附和，却迟迟不见动静。这些人你看看我，我看看你，只是四目相对，却无一人敢表赞同，更无一人敢表反对，似乎都在悄悄观察着袁世凯本人的态度。

袁世凯，仿佛有那么一瞬间志得意满，却又仿佛从未表露心迹，让人完全摸不着头脑。

"怎么办？表态还是不表态？"

这时，张毅融和刘天瑞均已归队。

张毅融则轻声问孟庆霖。

孟庆霖也惊出了一脑门子冷汗。

这场景，倒比刚才的枪林弹雨更要凶险许多。一句话说不好，便是死无葬身之地！

可对孟庆霖而言，自己本就在禁卫军序列。若说拥戴皇帝，那拥戴大清皇帝岂不是更加合情合理？

如今，既已选择共和之路，就应下定决心维护民国，维护宪政，又岂能出尔反尔，只为了一己前程？

于是，孟庆霖也不知是从哪儿借来的胆子，竟敢抢在众位北洋前辈之前说话，并且声音嘶哑，甚至有些颤抖："卑……卑职……咳……请大总统……回府！此处，叛军多，不甚安全！"

说完，孟庆霖就为自己捏把汗。他实在不知道未来将会因此遭受何种惩罚，抑或训诫？

自己这番话，摆明了是在提醒袁世凯："你是大总统，不是皇帝！"

在这站队表态的敏感时刻，一句话便是倡议，一句话便是反对。想那袁世凯及其身旁一众将佐，无不是深谙政治之人，又岂会听不懂自己这言下之意？

此刻，附近仍有零星枪声作响，又见三三两两、三五成群的叛军正押送着一车又一车的金银珠宝，竞相往城外奔去。

袁世凯沉吟一番，也就顺势下个坡，连连摆手，直骂曹锟"胡闹"，却又一巴掌重重地拍在曹锟的肩膀之上，并狠狠地揉捏两下，似乎心有不甘，却也只得认清形势，暂且作罢，对他轻声说道："只要咱们手心、手背，攥成一个拳头……"

继而，又轻咳嗽两声，对曹锟嘱咐道："带着你的人，滚蛋！"

"是！大帅！卑职……明白！"

曹锟转身，带队去了。

孟庆霖却突然高声问道："在下孟庆霖！刚才那位仁兄，可否赐名？"

他问的，自然是第三镇中方与自己交战之人。

只听对面那人也高声回应，却是一口胶东方言："在下，吴佩孚！后会有期！"

……

眼见得一场萧墙之乱得以逐步化解，杨士琦却突然惊醒道："哎呀！咱们好像忘了那南京来的专使！"

赵秉钧也哈哈大笑，直说："好像是啊！他们身边也没个护卫，叫人又不应。如今，见官邸也不甚安全，肯定待不住……"

袁世凯听了，不免会心一笑，倒也懒得亲自理会，只着人寻访"专使"罢了，而自己却在众人的簇拥下率队折返，只将孟庆霖等官兵撂在一旁。

第二十八回

却说那南京专使团,果然就如赵秉钧所说,见总统府内都如此危险,便心生疑虑。在外国使节被一一护送返回驻地之后,他们也想叫人护卫,却无人搭理,想找谁也找不到,而唯一有可能伸以援手的孟庆霖,那时还正在街上与吴佩孚部酣战呢!

于是,他们只得自相救助,趁着夜色,一路狂奔,竟逃至东交民巷使馆区的六国饭店"下榻"。当时,这里有外国军队重重保护,可比那袁世凯的湖畔官邸安全得多,料想叛军再猖狂,也必定不敢擅入。只是,在慌乱之间,已将那一应行李抛却不顾,仅以身免,可谓十分狼狈。

事后,袁世凯照会各国驻京使节,郑重表达歉意,并承诺赔偿一切损失;再奖励未参与兵变及抢劫的第三镇官兵,每人白银二十两;对孟庆霖及其部下却是不赏不罚,权当他那晚压根儿没出现过,倒是意味深长。

待一切料理完毕,袁世凯又专程前往六国饭店,看望南京专使团,再次重申"即刻南下"之意。

孰料,惊魂未定的专使竟异口同声地说:"北方乱局未定,大总统不可擅离职守!"

袁世凯故意反问道:"可是,临时参议院已然通过了迁都决议呀!"

汪兆铭则恰逢其时地跳出来说:"大总统放心!自有我等斡旋!"

其他人或是徒叹无奈,或是随声附议,也只得认下这一既定现实:迁都是不可能迁都了。否则,必将酿成更大规模的动乱!

谁让人家手里攥着北洋六镇呢?

军权在手,你又有什么办法?

这迁都之议,终不了了之……

民国元年正月二十二(公元1912年3月10日),原本已现阳春之兆的京城,突然间阴云密布,北风呼啸,尽显肃杀萧瑟之气。

这一天,是既定的袁大总统宣誓就职日。

尽管由于近日兵变的缘故,京城里到处戒严,行人断绝。甚至,就连道旁的尸首都来不及一一收殓，而各省派出的观礼代表也寥寥无几。但位于石大人胡同的前清外务部公署，作为大总统宣誓地，仍旧被整饬一新。

此刻，已是张灯结彩，嘉宾盈门。

这里面，既有袁世凯的北洋文武，又有以南京专使团为代表的革命党人，更少不了各国驻京使节并中外记者。

然而，袁世凯的心情却如同这京城的天气一般，糟糕透了。

这是因为，他刚收到消息，孙中山不仅拒绝解职，而且游说参议院，通过了一部旨在约束大总统权力的《临时约法》，并将国家政体由总统制改为内阁制，即一切国是均由内阁总理决策，总统仅作为国家元首，并无实权在手。

"真想不到，刚把迁都一事摆平，这孙文……这孙文又给我出了两道难题！合着，这里外里竟有三道难关！最可气的是，他当总统时，国家是总统制。我要做总统了，这国家就改成了内阁制！凭什么？那我做这个民国总统还有什么意义？就当个泥菩萨，供起来？我本来就是大清的内阁总理大臣嘛！早知如此，我还劝什么皇帝退位，我还办什么民主共和？！"

袁世凯的情绪，竟一时跌至冰点，心中有一种被人愚弄的感觉。

须臾，孟庆霖进来，催请他动身，说："嘉宾们都等急了！"

袁世凯没好气儿地支吾道："知道了！知道了！"

孟庆霖刚要出去等候，却又被袁世凯叫住："待会儿，你来给我剪辫子！"

孟庆霖有些惊讶："啊？不是说好让总统府副礼官来吗？"

"说好了，也可以变嘛！他孙文又不知变了多少，我还不能临时换个人了？"

"是！卑职遵命！"

片刻之后，袁世凯终于在万众瞩目之下登场了。

然而，令人意外的是，他虽身着大元帅服，却既不剃须，也不修面，更故意将领口松开，露出肥胖的脖子；又戴了顶偏大的军帽，神态紧张，表情僵硬，一步一瘸地走上宣誓台。

远远望之，令人油然生出一种苍凉悲戚之感，倒与冯国璋、段祺瑞等一干文

第二十八回

武英杰"军装整齐、神态恭肃"的精神风貌截然不同。

赵秉钧看得出来,自己这主子分明就是在心底藐视"就职典礼",是在向南方民军表达强烈抗议!

等着瞧好了,往后还有更热闹的呢……

这时,只听袁世凯操着浓重的河南乡音,一句一停地诵念誓词曰:

民国建设,造端伊始,百凡待治。

世凯深愿竭其能力,发扬共和之精神,涤荡专制之瑕秽,遵守宪法,以国民之愿望,蕲达国家于安全强国之域,俾五大民族,同臻乐利!

凡兹志愿,率履勿渝。

俟召集国会选举第一期大总统,世凯即行解职。

谨掬诚悃,誓告同胞!

袁世凯
中华民国元年正月

待袁世凯念经似的诵完誓词,孟庆霖自侍从手上,接过一把大剪刀,而后三步并作两步走上宣誓台,撩起袁世凯的辫子,只听"咔嚓"一声,辫子一刀两断。

待那发辫落地,中外记者纷纷按动快门,争分夺秒地记录下这一历史时刻。

同时,宋教仁则代表南方民军,致以贺词。其中,又引用黄兴的原话,说道:"袁大总统,实为世界第二华盛顿,我中华民国之第一华盛顿!"

只是不知,这"第一华盛顿"未来如何破局,又是否会全始全终……

第二十九回　李若雪琴声诉衷情　李虎臣不期会亲朋

自那日大总统就职典礼过后，孟庆霖已有三个月未见袁世凯，也不再被要求侍从左右，只教他专心带兵即可。

换作常人，兴许会因此寝食不安，但孟庆霖却深以为幸。他本就无心于此，更不想做到多大的高官。在他心里，与其和袁世凯"朝夕相伴"，不如回家多陪陪妻子，多享受些闺房之乐，反倒更为有趣。

只不过，孟庆霖如今回家勤了，李若雪却反而常往那湖畔官邸去跑，问她何故，她只说去会一个才女。

又问齐玉，齐玉只掩口一笑。

再问晚晴，晚晴则佯作不知。

这三个人到底在搞什么？

神神秘秘的……

直到有一天，三不老胡同的小家里，突然来了一队搬运工，说是府上太太订的"货"到了。

孟庆霖远远望着，见那"货"四个人抬不动，心中狐疑：若雪买什么了？也不事先同我商量？再说，这房子可是租来的，哪里敢摆这大件东西？

搬运工却不由分说，六个人合力，径直就往院里抬。

孟庆霖下意识地阻拦道："哎！慢着！慢着！这是什么？"

孰料，孟晚晴却从院里出来，抢话道："哥！你就别管了，我和玉姐姐马上就将屋子收拾出来。"

又对来人说："哎！你们就摆在南面堂屋吧！"

第二十九回

"好嘞!"

待一切布置停当,来人便将外层的木头箱子拆了,又将充塞其中的茅草一一打扫干净,竟露出一架三角钢琴!

"这……"孟庆霖一怔。

齐玉忙取出几吊钱,打发来人走了,又转身对孟庆霖说:"我的爷!这下你欢喜了吧!"

"我有什么可欢喜的?我又不会弹!"

"嫂子会呀!"

孟晚晴捂着嘴呵呵直笑,又说道:"近日来,嫂子都在跟那个叫周砥的女先生学钢琴呢!眼下,已能弹几首曲子了!"

"啊?!"

孟庆霖虽也惊喜,却不由得想起钢琴这劳什子必定是个花钱的玩意儿,便止不住地"心头滴血",哀怨道:"咱们在家里也不曾买过钢琴呢!这……这得多少钱哪?只怕比我那留声机还贵吧!"

孟晚晴则一副不当家不知柴米贵的样子,随口说道:"不多!也就二百两银子吧!"

"多少?!"

孟庆霖一声惊呼。

如今,他的伤势逐渐痊愈,左手已能自由活动了。听了妹妹这一番"毫不在意"的话,便情不自禁地上手轻轻拂拭这架来之不易的钢琴,真是既喜欢又心疼,自有那说不出的万千感受,愣了半晌只叹道:"我的两个月薪俸啊!我还指望着能攒些钱,好寄回家里呢!哪怕给你做嫁妆也好哇!"

孟晚晴做个鬼脸:"我才不要嫁!略!"

"相公!"

却有那一声轻柔且娇嗔的呼唤从门口传来,自是李若雪回来了。还一道请来了袁府的家庭教师、自己的钢琴先生——周砥!

刚才，她从门外就听到孟庆霖在这儿捶胸顿足、唉声叹气的，便和周砥相视一笑，双双挽着手走进屋来。

只见那周砥略施淡妆，着了件湖蓝色马面裙，上穿同款宽袖镶滚长褂，外罩一件风毛大衣，盘着头发；与李若雪的月白长裙、素净妆容，倒也相映成趣，相得益彰。

"周先生！未承想您来了！齐玉，快上茶！泡老张送我的桐木关小种！"

"哎！我这就去！"

孟庆霖自然是认识周砥的，也知她在袁府任教多年，是远近闻名的女才子，如今已近四十岁了，却迟迟未嫁。问及原因，只道："吾终身事，非执掌大权之高等军官不嫁！"

这会儿，周砥到了孟家。

虽是头一次过来，却也十分不见外，抬手便将风毛大衣解下，递与孟庆霖道："泽霆，勿要客气了！我来呀，只是为了她！"

也不知这"她"，究竟指的钢琴，还是指的李若雪？

须臾，李若雪一边拉着丈夫的手，一边顾盼神飞地说道："我可是费了好半天劲，才把周先生请来，让她为咱家钢琴调音的！"

"那就……有劳周先生！"

又见滚滚的热茶已然端来，孟庆霖便亲自斟上，请周砥慢用。可周砥却全然没有饮茶的心。此刻，她正全身心沉浸在钢琴那悦耳的音色与动人的旋律之中，久久不能自拔。

孟庆霖不免轻声去问："若雪，这钢琴到底是从哪儿买来的？"

李若雪笑言道："就怕你生气，才一直没敢告诉你！前些天，干娘说要补送咱们一件成亲的礼物，问我可有中意的。我本想拒绝来着，可又想学件器乐，也好闲时消遣，或可与你解闷，便常跟周先生学琴。干娘见我着实喜欢，便以我的名义，找德国的施坦威公司订了一架。说让咱们摆在屋里，无论弹与不弹，都能取个'琴瑟和鸣'之意！"

第二十九回

孟庆霖仍旧心有疑虑："可是，这屋子又不是咱们自己家！说不定，哪天就搬了……"

"这……"李若雪显然欲言又止。

孟晚晴则没好气儿地插话道："前些天，那房东过来，说今年变数太大，又是皇上，又是大总统的，生意也比往年难做。所以，要将每月一两的租子加到十两呢！还说，如果不愿意，就要打发我们走！"

"什么？我怎么不知道？从一两加到十两，这不摆明了欺负人吗？立过的字据也能不作数了？"

孟庆霖一声怒吼，倒是把弹琴的周砥着实吓了一跳。

"泽霆！我这儿调音呢……"

"是，是，周先生！"

孟庆霖忙拉着自家三个女眷往屋外走。

此刻，他的心情多少有些忐忑，一想到自己常驻军营，而父母兄长又皆不在身边，家里诸般事务，全仗眼前三个女人操持，万一她们再被人仗势欺侮了，这可怎么得了？

齐玉忙说："爷，你别着急！事情已然了结了！"

孟庆霖："啊？如何了结的？"

李若雪言道："去年，为救虎臣，家里不是答应给一千两银子嘛！前些天，总算到了六百两，还是三哥哥反复催促拨付的！这几个月来，你在外头带兵，我也没办法拿这些小事，专程去同你讲。那日，我见这房东不太讲理，或许也着实缺钱，便索性与他立个买卖；又怕他反悔，便去找瑞蚨祥的孟掌柜，让他好歹派人做个见证，就将这院子买了下来！如今，房契已然到手了，还搬个什么？"

"啥？这院子都买了？我却什么都不知道！"

一时间，孟庆霖不知是喜是忧：喜的是，自己这媳妇的确是个长袖善舞的持家角色，只挥挥衣袖便将一团乱麻似的俗事纷扰化作诸般顺心，这可不是单凭钱财就能搞定的。忧的是，若雪也不央求自己出面，只一力撑起这个小家，她这肩上的担子也未免太重了些……

齐玉:"爷,你猜买这院子花了多少钱?"

孟庆霖想了一下,说道:"咱们这儿离什刹海不远,虽说院子不大,倒也周正,少说也得值个六百两吧!这还没算全套家具什么的!"

孟晚晴:"哥哥不对!"

"那六百五十两?"

齐玉笑道:"哎呀!不对!"

"七……七百两?天呢!晚晴啊,未来几个月,哥哥可要带你吃糠咽菜啦!"

只见李若雪笑容晏晏地伸出五个手指,在孟庆霖眼前比了比,又晃了晃。

孟庆霖既惊又喜:"五百两?"

李若雪双手交叠,捂在心口处,笑称:"可不?"

孟庆霖:"好妹妹,你是怎样做到的?"

这时,只听堂屋里传来一句:"若雪,进来吧!"

倒是周砥调音结束,正请李若雪试弹一曲。

只见周砥修长的手指正在黑白的琴键上欢快地跳跃,犹如一条自由穿梭于天空与大海中的小鱼,而那优美动听的和弦也早已从她的指间流淌开来。

李若雪上前,与她并坐在一起,二人各自占了一半琴面,正捋着乐谱,一齐合奏。那旋律时而优雅抒情,时而低回婉转,时而扣人心弦,又时而缠绵悱恻,仿佛一个灵魂在与另一个灵魂对话,二者相互碰撞,相互纠缠,并相互追逐着,从世界的此岸,到世界的彼岸,直到最后水乳交融,再也难舍难分……

不知何时,周砥已悄然退出,而李若雪尚沉浸在自己的音乐之中。她独自一人往下弹奏着,好似一个孤独的精灵,在漫天旷野中无尽地徘徊,又无尽地寻找,寻找只属于自己的一方天地。而当她蓦然回首,却依稀只有孟庆霖的身影。

对她而言,孟庆霖不只是自己的丈夫,更是自幼一齐成长的伙伴,亦是这一生中唯一值得托付终身之人,是茫茫夜空中闪烁的星光,是阴沉大海上跳动的灯火,是原本柔弱心灵处最好的寄托与归宿!

第二十九回

仿佛有那么一瞬间，李若雪好似化身这指间的音符，一路追寻着前一个声部的曲调，造就了一段和弦，直到最后与之交融在一起，达到神圣而和谐的统一。

孟庆霖听着，这旋律竟十分熟悉，想了半天，才想起来这曾是无数次在公使招待舞会上听到的《卡农》一曲。确切地说，应该是《帕赫贝尔的 D 大调卡农》，而这是一首悼念亡妻的曲子。

或许是这曲子太过动人吧，竟无人在意其中蕴藏的无尽的忧伤。那是一种既甜蜜又苦涩的心痛，是仿佛一场大雨过后，独自一人凝望着洗练而纯净的天空，但身边却又空无一人的孤独，既挥之不去，又难以名状……

这一瞬间，孟庆霖和李若雪的眼角竟不约而同地各自流下一滴泪珠。那是只有真正的相知相守之人，才能懂得并理解的痛处。恰似重逢后的喜悦，又似远去前的彼此珍重。

一曲终了，孟庆霖竟对自己的妻子恍若有了一份全新的认识。自那以后，他就一直对若雪弹琴的样子念念不忘，仿佛时间也早已在他的心中定格，而身边的万事万物，则尽皆化作虚无……

时光荏苒，春去夏来。

那年春夏之交，袁世凯不断电邀孙中山进京，共商国是。

然而，孙中山却总是借故推托。即便最后应承下来，却也表示要先赴革命首义之地——武昌，参拜一番。

没奈何！

他暂时尚不愿与袁世凯这人"正面交锋"，至少要等到自己与黎元洪见面之后……

然而，黎元洪的态度却总是模棱两可，甚至令人失望。

这些日子以来，黎元洪一面在口头上宣扬民主共和，一面却又在背地里加紧对进步人士的管束，甚至是迫害；一面遥尊中央，一面却又拒绝赴京就任"副总统"，仍旧坐镇武昌，打死不挪窝。显然，他的目的只有一个，那就是建立只属于自己的"独立王国"。

黎元洪，这是要把"副总统"做成"节度使"啊！

失望之余，孙中山仍旧满怀壮志地北上了。虽然，他一时半会儿，也着实解救不了当地的革命党人，却交代他们有需要即来求助，他必定竭诚相待。

到了那年阳历八月，这位前临时总统的专列终于进抵京城正阳门车站。

一想到"朝思暮想"的孙先生来了，袁世凯不仅亲迎以表隆重，更与之彻夜长谈，大有"相见恨晚"之意，却让孙中山略感意外。

至于这"孙袁会晤"究竟谈了些什么，非亲历之人总归语焉不详，但势必不会离开一件事，那就是——权力！

这里的"权力"，并非一定是某一两个人对生杀大权的恋栈，而是彼此对政权组织结构的不同设想与施行。

对新生的民国而言，权力乃至权力塑造的政治格局着实太重要了！这实在关系到国家是否统一，政令是否畅通，以及民生是否幸福，真真丝毫马虎不得！

就拿袁世凯来说，自他继任"临时大总统"以来，不到半年，国务总理已然撤换了两任，从唐绍仪到陆征祥，哪一个不是饱读诗书，哪一个不是政坛妙手，又哪一个不是与他袁世凯渊源颇深？

袁世凯对他们，那可是一再有提拔、知遇之恩。为什么这些人平常好好的，但一到了"国务总理"任上，就偏偏要与他袁某人唱反调、打擂台呢？

袁世凯苦思冥想，很是琢磨了半天。最后，他觉得自己总算想明白了。这一切，都是《临时约法》惹的祸！

谁让你把国家政体从总统制改作了内阁制呢？

这总理一旦大权在握，又岂能事事秉承自己意志做事？

换句话说，总理的既定决策，本就是"法律"，最多只需你这总统像模像样地签个字，仅此而已！

又何必时时与你思路一致，处处按部就班呢？

这便是矛盾所在了！

近几个月来，袁世凯为此可是愁坏了。即便他有罢免总理的权力，却也不能

第二十九回

一而再、再而三吧。如今，半年换两任，已然是政局不稳，贻笑大方了。

这样看来，"内阁制"势必要除，"总统制"势必要兴；而要再度变更政体，废了那"可恶的"《临时约法》，则"解铃还须系铃人"，不与他"孙大炮"好好商议一番，自是不行！再者，也要趁机摸摸他孙文的底，看他是否参与明年举行的"正式大总统"竞选，也好提前做个准备……

作为那年夏天的头号政治事件，"孙袁会晤"自然吸引来国内外一众报刊媒体，谁也不愿在此事上落个下风，谁都想着抢在别家前面夺占头版头条，便几乎全员出动，各派记者，一路上随行采访，自不必表。其中又必定少不了《申报》记者团，而那记者团中，便有赵晨曦，如今化名赵玉婷者。

说来也巧，孙中山进京，除了带上宋教仁、黄兴等一众革命元勋之外，却也少不了司徒美堂率人贴身护卫，至于那护卫之一，便是李虎臣！

这一来二去，加上孟庆霖夫妇及姜齐玉、孟晚晴，主要人物竟全员会聚于此，却唯独少了金碧云，尚不知分晓……

那日傍晚，袁世凯专门为孙中山举办欢迎酒会，仍旧在之前招待"南京专使团"的官邸大厅，仍然广纳宾客。其中，既不乏北洋将佐，又齐聚革命元勋；既邀中外记者，又请驻京使节。诚可谓：高朋满座，嘉宾盈门！

只是，窗外天色尚早。这孙先生倒也不忙于应酬，只在隔壁不远处开会，议定改组"同盟会"，筹建"国民党"之事。

见主角儿尚未登场，众嘉宾只好男女配对，翩翩起舞，伴着室内交响乐团的演奏，跳出一支支瑰奇的华尔兹舞步。孟庆霖和李若雪也正乐在其中。

对孟庆霖而言，此番受邀倒是意外，却也寻常。他正想一睹革命领袖风采。如今，机会倒是自己送上门儿来了。为了让三位女眷盛装出席，孟庆霖特意为她们每人定做了一套西式晚礼服。而他自己仍旧是那身军装打扮，倒也身姿挺拔，英气逼人！

又因他自小便跟随辜鸿铭学艺，见惯了大大小小的外交场合，因此，对这一套礼仪规范毫不陌生，更对华尔兹舞步驾轻就熟。只是苦了这三位美人，齐玉本就对这些不甚感兴趣,而晚晴尚小,也就只有李若雪能够勉强应付下来,却也连连出错,逗得孟庆霖前仰后合。

须臾,只听袁世凯轻咳两声,高举酒杯,站上主席台,言道:"诸位!诸位!请以最热烈的掌声,欢迎我们的革命领袖——孙逸仙——孙先生!"

话音刚落,全场尽皆罢舞,并一齐爆发出雷鸣般的掌声,而乐团则改奏"迎宾乐"。

只见,孙中山着一袭白色西装,头戴圆边礼帽,手拄文明棍,正在中外记者和贴身护卫的簇拥下,迎着众嘉宾的灼灼目光,从外面走来。

他的身后,好似有一道光跟随着……

袁世凯忙上前握手,口称:"哎呀!孙先生!快请!快请!"

此刻,孙中山的心情也看似颇佳,便回道:"袁大总统客气了!"

说着,二人手挽着手,肩并着肩,一齐步上主席台。

孙中山仰面一看:好家伙!这主席台上的标语分明用中英两种文字打着:"Welcome Doctor SUN Yi Xian and His Deputations!""热烈欢迎孙逸仙博士代表团!"

他不禁低头苦笑。料想,是这布置会场之人为了加上敬称,而特意将"Doctor"译作"博士",借以彰显身份。其实,大可不必如此嘛!首倡革命之前,我本就是医生。如今,我仍旧是医生。只是由"医人",改作"医国"而已。

又见袁世凯已然祝酒完毕,孙中山便也自觉端起一杯酒,对众嘉宾言道:"诸位,袁大总统盛情相邀,文实感愧啊!近日来,经与大总统协商,文决意:十年之内,不再参与政治,只将一腔热血投身于民国建设当中!十年之内,文愿大总统练就百万雄兵,而余自修二十万公里铁路!斯时,我中华必将扬眉吐气于世界!"

言毕,竟是全场一片惊呼,就连在座的驻京使节都对此赞不绝口。

霎时,又是雷鸣般的掌声,此起彼伏。

孙中山的此番表态,虽不至于让袁世凯彻底感到意外,却也着实让人吃了一惊。他未曾想到,这孙文竟能如此深明大义,可谓深知我心;也难怪这人屡败屡

第二十九回

战，屡战屡败，却仍不乏有人追随！

话说到这一步，袁世凯已不能不有所表示，便也对众嘉宾言道："本大总统现在决定，正式任命孙文出任'中国铁路总公司'总经理，授予经办全国铁路之全权，并优先拨付白银一百万两作为首期公费！"

"我的天哪！"

这下，就连孟庆霖都不由得一声惊叹。

作为陆军一分子，他实在太过明白这一百万两银子到底意味着什么。

目前，除了他这尚未改制的禁卫军还能按时足额发饷之外，中央陆军各部其实多少都存在着欠饷之事。这也正是北洋第三镇，以及去岁北洋第一镇不断闹出兵变的根本诱因了。

中央陆军尚且如此，更何况各省……

这一百万两，几乎就是一个整编镇全年的军费，而当年的中央财政收入也不过区区千余万两，还未见得尽数收缴！

这袁大总统豪气啊！

竟一次性拿出近十分之一的收入，来支持曾经的宿敌、今日之盟友孙中山！

但更让孟庆霖惊讶的是，他居然在对面的人群中看到了李虎臣！

几乎是同时，李虎臣也看到了孟庆霖！

二人相视，不禁悲从中来，却又几乎喜极而泣。

孟庆霖本想上前说话，却碍于袁世凯仍在致辞，只好一边对李虎臣点头眨眼，一边拉着李若雪的手，示意她快看。

李若雪也是一阵激动。

此前，她只知弟弟去了上海，却不知他又到了南京，更不知他竟在阴差阳错之下做了孙先生的护卫。

这真是大难不死，必有后福！

她不禁为弟弟感到高兴，垂泪感慨道："长大了，也出息了！"

于是，齐玉和晚晴也相继望了过来。

齐玉止不住地捂着嘴失声痛哭，而晚晴则大声疾呼道："虎子哥哥！我们都好想你！"

小姑娘的一声惊呼，声音虽不大，穿透力却很强，竟无意中打断了袁世凯的讲话，众嘉宾皆循声望去。

李虎臣见状，也不再矜持，索性一个箭步冲到对面。他本想顺势抱住姐姐，也作一番哭诉，却犹豫半天，终究忍住了。

没办法！

如今，他是民军一员，更是孙先生的贴身护卫，一切应以公事为重，儿女情长只得暂时靠后。此刻，更不宜在大庭广众之下失了分寸。但这样的坚忍，却只让李虎臣本就犹如刀绞的心里，更加难受。

袁世凯见状，也知是他们一家团聚，偏又半开玩笑地故作一问："小孟，那是何人呢？"

孟庆霖转身立正，敬礼答曰："报！是卑职妻弟。如今，已做了民军护卫！"

袁世凯不禁望向孙中山，夸口赞扬道："恭喜孙先生得一虎将！"

这下，孙中山倒也咂摸出点味儿来，大概瞧得出其中缘故，便感叹道："山高水长！这一家人远隔万水千山，如今终得相见，实属不易！可见，我中华儿女，地无分南北，人无分老幼，即便政见不一，却也血浓于水啊！"

众嘉宾闻之，亦感慨唏嘘良久。却有一人脸色难看，便是汪兆铭。

此前，他作为"南京公使团"代表，北上迎袁，本就已见得孟庆霖，且不下数次。二人虽算不上相识，倒也对得上号。可他却不知为何，就是不将李虎臣一事告之于他。回到南京后，汪兆铭既觉此前不妥，干脆一不做二不休，也不再将孟庆霖未死之事告诉李虎臣。

这下，汪兆铭枉担了"朋友之名、兄弟之义"，却是两面不讨好，两面难做人。当真是"聪明一世，糊涂一时"！

须臾，记者"赵玉婷"凑过来，轻轻拽了下李虎臣的衣角，示意给他们照一张全家福，好记录下这重逢时的模样。

第二十九回

李虎臣也趁机悄悄拉了拉赵玉婷的纤纤十指，却又急忙松开。

只是，知弟莫若姐！

这一幕瞒得了旁人，可瞒不了李若雪。她便与孟庆霖私下里耳语一番。

孟庆霖略有些惊异，只是重新打量起自己这位妻弟，仿佛初次相识一般。

歌舞再起之时，孟庆霖和李虎臣自觉避开人群，来到大厅前廊，执手并肩而立。他们的左手边，依次是姜齐玉和孟晚晴；右手边，则是李若雪。身后则是袁世凯与孙中山正在举杯谈笑，好似一片升平景象。

正当这欢迎酒会的气氛渐进高潮之际，却见总统府机要秘书暗中传来一封加急电报："呈大总统阅：今获密报，前清肃亲王善耆正与日本勾结，收买军火，妄图策动满蒙独立！"署名是"勋五位，陆军第二十七师，中将师长——张作霖"！

袁世凯阅后，并未流露出过多情绪。只是命人将孟庆霖悄然唤至前来，让他查看，又拍拍他的肩膀，调侃道："这可是你的老伙计了！"

孟庆霖知道，袁世凯说的"老伙计"并不是善耆，而是善耆之子——贝勒宪平，也就是金碧云！

可是，这老金当真会与日本人勾结吗？

孟庆霖心中一怔，却良久难发一言……

第三十回　矮屋檐金碧云含恨　空对月姜齐玉伤情

民国元年（公元1912年），夏。

是夜，暴雨倾盆。

一辆由"满铁守备队"秘密押送的客运列车正由南至北，冒雨疾驰在中国东北的开阔原野之上。

外面，雨势不歇。

无情的雨水正肆意地拍打着车窗，模糊了原本就不甚明了的视线。仿佛有那么一瞬间，车厢里的"旅客"竟全然忘记了自己仍身处陆地之上，而误以为正乘坐着一艘即将沉入海底的破旧轮船，时刻有葬身鱼腹之忧。

里面，"守备队"化整为零，各自着便装就座，真个好似寻常的日本侨民一般；却总拿眼角的余光贼眉鼠眼地，扫视着沿途各站上上下下的普通旅客，也不知是担心对方心里有鬼，还是他们自己心里本就有鬼。

这些人之所以如此大费周章，完全是为了掩护那五十箱伪装成农业机械的军火，以及看守军火的一队中国人。因为，他们接下来要做的事，完全见不得光，更加不能让民国政府抑或是国际社会知道。否则，便要落下个"干涉内政，分裂他国"的罪名！

至于那一队中国看守，也同样乔装改扮。

此刻，他们正身着统一的灰黑色"满铁"工作服，胸前佩戴有类似火车头图案的"满铁"徽章，一路上都不大说话，只安静坐着，好似些泥胎木偶一般。

事实上，这队人马除了承担看守之责，他们中的两位"首领"，按计划还要在未来挑起"使节"一职，并为接下来的行动开辟道路，引领方向。

第三十回

真可谓：重任在肩，任重道远呢！

然而，这两位"首领"，看起来心情都不大好！

无他，一个是因为心里烦，另一个却是因为身上热！

"心里烦"的那位，已着实受不了这车厢里的昏暗，便漫不经心地从怀里摸出一盒"老刀牌"香烟。待他从中随意抽取一支，"身上热"的那位则立刻从旁擦亮一根火柴，殷勤地为其点烟。

这人并不推辞，只默默地点头。

借着难得的萤火之光，一张熟悉且俊朗的脸庞不禁映入眼帘。只见，那两道疏阔的剑眉轻轻扬起，高挺的鼻梁下，紧闭的双唇微微下吊，仿佛在向世人无声宣告着自己与生俱来的高贵与自信。

你道他是谁？

正是前贝勒宪平，也就是金碧云；而那身上燥热之人，自然是阿玉锡。

此刻，他们主仆二人，正奉了前清肃亲王善耆之命，不得不在日本人的监督之下，率队将一车五十箱的军火，亲自押运到当时距内蒙古最近的一座车站——公主岭，而后再转马队……

阿玉锡收了火柴，小心翼翼地问道："主子，您恕奴才多嘴！您平常可是不抽烟呢！"

金碧云仍旧自顾自地吞云吐雾，颇有些愁容，似乎并不想回答。

可过了一会儿，他却开口言道："老阿！还是'三炮台'对味儿，不像这个……当真海盗似的……偷偷摸摸……"

阿玉锡哈哈大笑："那是！我最爱抽'三炮台'，那味儿才够冲！"

金碧云便也苦笑着顺势问道："那你知道，前方那站为什么叫公主岭吗？"

阿玉锡一愣。

只见这个满蒙壮汉，仍旧受不得丝毫炎热。别看外面暴雨倾盆，可对老阿来说，这闷罐车厢就犹如桑拿房似的，只需待上片刻便已是大汗淋漓。

真不知，这人一路上是如何熬过来的。

"把那身狗皮脱了吧！"金碧云吩咐道。

"哎！哎！"

阿玉锡立马乐呵呵地就要将身上套的那件"满铁"工作服给扒下来，却又机警地瞥了一眼周围的日本人。见他们并未在意，这才上手，却真个好似蜕皮一般！

只见阿玉锡欢笑着，一边拿工作服擦汗，一边殷勤地对金碧云回话："主子！奴才听说公主岭是咱乾隆爷的固伦和敬公主——衣冠奉安之地！您怎么想起来问这个？"

金碧云又苦笑了一声，不禁朝车窗吐出个烟圈儿，说道："乾隆爷……那时，我大清何其强盛啊！"

这时，金碧云的眼睛里仿佛有光。

"主子宽心！等这趟……送过去了，蒙古诸部王公便能群起响应，再有日本'朋友'扶持，我大清复国有望！至少，也可雄踞关外，一如三百年前，我大清入关之时！"

"日本？朋友？老阿，我看你今儿是喝糊涂了！"

"主子……慎言！"

阿玉锡一边朝金碧云急使眼色，一边又低声恳求道："主子！人在屋檐下，不能不低头！现如今，咱大清……眼下，也就只有日本人，愿意帮咱们复国！您好歹再忍耐一些，千差万错，总归是做奴才的不是！"

金碧云深知阿玉锡的忠心，也就强压怒火，不动声色。

但他心里知道，自己并不是因为"乔装改扮"而生气，也不是因为受到日本人的全程监督而感到不自在。

他怒的是这件事本身！

怒的是自己这天潢贵胄，竟然沦落到要靠出卖故国来换取所谓的"友邦"扶持！

说白了，这不就是分裂吗？

第三十回

这不就是卖国吗？

这不就是为他日本人火中取栗吗？

真不知阿玛到底是怎样想的！

即便当真因此复国了，你觉得咱的大清，那还是过去的大清吗？

金碧云的内心从未如此悲凉。

即便是江山鼎革之际，自己在团城之战中失利，并险些被段祺瑞那厮枭首示众，也未见得这般失落。

那是一种时刻仰人鼻息、动辄得咎的孤苦与无奈；而对方就如同手上端了根"肉骨头"，时刻引诱着你、挑逗着你，让你为他"看家"，让你为他"狩猎"，甚至是让你为他"咬人"，可你最后却什么也得不到！

你说这么委屈，不做也罢！

没关系！

天下想做"狗"的多的是！

你不做，自有人抢着做！

偏巧此刻，金碧云又从车窗的倒影上依稀看到了自己的模样。那俊朗的容颜下，竟然也披着同一件"狗皮"。他不禁悲从中来，紧闭双眼，心中自有一股难以言说的伤痛。

他不住地叩问内心：

"宪平，如今的你可还有半分尊贵气度？"

"金碧云，如今的你可还是那个睥睨天下的八旗骁将？"

"如今的你，只怕就连小孟也认你不出吧……"

"小孟，当初多亏你舍命相保。不知你我兄弟，又是否今生有缘再见？"

……

"主子，前面到站了！"

阿玉锡一句话，唤醒了沉思中的金碧云。

金碧云猛地睁开双眼，愤怒地用手指将未燃尽的烟头掐灭，表情略有些抽搐，只一字一顿地说道："有志者事竟成，破釜沉舟，百二秦关终属楚！"

阿玉锡听了，心中既感奋又惆怅，便也回道："主子，您心里苦！奴才知道！"

须臾，金碧云抬头仰望。

余下那句话只在他心头回响，却是无声胜有声："苦心人天不负，卧薪尝胆，三千越甲可吞吴！"

金碧云的眼角，止不住流下一滴热泪。

这一刻，他或许会想：捏着鼻子，忍着性子，去干吧！

只是，你等倭寇绝不会如愿，你们等着……

且说此刻：一边是金碧云"破釜沉舟""卧薪尝胆"；另一边，却是打着"长春华实公司"旗号，特意将自己乔装成中国商人的数名日军士官，正在公主岭车站苦苦地等待。

那年头，小车站的月台有些是没有顶盖的，也不见得有候车室。公主岭车站偏就是如此，真是个一穷二白。

按理说，只是搭个火车罢了，应该倒也过得去。可那天，偏就是漫天风雨，冷风阵阵，气温骤降十来摄氏度。

这可就把那群鬼子给冻坏了！

饶是他们身披雨衣，却也不顶事。只半天等车的工夫，就已淋成了"落汤鸡"，浑身上下都湿透了。他们是躲又没处躲，藏又无处藏，当真进也不是，退也不是。只一门心思地盼着火车快来，却迟迟就是等不到。

这一来二去，他们的心态就渐渐崩了，也不再沉默寡言，也不再刻意模仿中国人说话，索性叽里呱啦地从口中喷出些日语词汇。不用问，要么是在咒骂天气，要么就是在咒骂那些让他们如此辛苦的中国人！

终于，远方慢慢现出火车的轮廓，而车头的亮光也从一个圆点慢慢长大，并愈见明亮。紧接着，便是一声汽笛吹响，车轮缓缓地刹住了。

伴着火车粗重的喘息声，旅客纷纷走下月台，众日军士官赶紧上前查看。但见一队中国人，正三三两两地搬着许多大木箱子下车。其中，有两个人也身着

第三十回

"满铁"工作服，一路奔着"长春华实公司"的标语，径直走上前来，正是金碧云和阿玉锡。

又有着便装的"满铁守备队"前来接洽，示意办理交接事宜。

众士官一看，对方这身份自然是没问题了，便将刚才一股怨气自然而然地撒到了来人头上。

只见有士官上前，"啪"的一巴掌就扇在阿玉锡脸上。

"八嘎！"

阿玉锡一时没反应过来，躲闪不及，脸上便火辣辣地生疼，却只有忍气吞声的份儿。

那人还说："你们……晚了的该死！"

阿玉锡本想辩解两句。

毕竟，这火车又不是自己开的。晚不晚的，他说了也不算。可一想到，临行前，老王爷曾特意叮嘱"复国为重"，他便仍旧忍住了，还不忘向那士官致歉。

那士官志得意满，也就未再计较，只吩咐他们二人将五十个大木箱子尽快装车，当夜启程，好似驾御牛马一般。

金碧云早就是怒不可遏：如今一个日军士官，连军官都不是，竟敢骑在自己脖子上拉屎拉尿！

但更可气的是，这他妈全是自找的！

分明是阿玛央求日本人在先，日本人才"勉为其难"地加以扶持，并派兵援助；却又怕落人口实，只象征性地派出几名士官充作未来的军队教官。而未来的那支由蒙古诸部王公出人出马、自己出钱出粮出枪、日本人出教官所组成的所谓"军队"，尽管八字还没一撇，番号却已取好了，叫作什么"满蒙独立义勇军"！

这时，金碧云已被任命为"满蒙独立义勇军"第一军司令，阿玉锡任副司令兼前敌指挥。至于，刚才那个打人的士官则是"参谋长"，掌握实权！

如此看来，也难怪这"沐猴而冠"的士官目无尊长，原来是有实权呢！

但更令金碧云意想不到的是，这火车站发生的一幕与接下来发生的事情相比，简直就是小巫见大巫，根本算不得什么。正常人绝干不出这事儿！

按理说，你运军火，建军队，那就按部就班，"勉力"去做吧。但这群日军士官偏不！兴许是平日里被上级欺压惯了，这下猛然放出来，就有些忘乎所以，心想着总算可以趁机抖一把威风，便不知自己几斤几两重，也不看这是什么时候，竟一路烧杀抢掠而去……

仅在公主岭以西的郑家屯一带，这些日本人就在所途经的王家粉房村，抢了四户村民，夺了四匹马；又到临近的上书村大肆劫掠，并杀伤村民若干，奸淫妇女若干……

金碧云恨得牙痒痒，但毕竟要以"复国大业"为重，想想还是忍忍算了。

但这些日本人闹得实在太过分！且不说生民为本、民心向背，就看如此节外生枝，岂不是自找麻烦？

果然，日军士官的行为瞬间激起民变，又惊动了地方驻军，以致张作霖的麾下大将吴俊升亲自坐镇"剿匪"！

金碧云见状，却反倒有些欣慰。

原本他就为坐视百姓遭殃而感到后悔不迭，也曾试图阻止日本人的罪恶行为，却奈何全队人马都在哭劝自己不要多事……

如今好了，恶人自有天来收！

我也不去助他，我也不要掺和，就让这队日本人自生自灭吧！

金碧云遂赶在吴俊升的包围网箍严实之前，率王府亲随逃出生天。

路上，阿玉锡不免回头张望："主子，就这么算了？"

金碧云阴沉着脸，冷冷地说道："又能如何？所遇非人，岂可长久乎？"

阿玉锡一声长叹："只可惜……那五十箱军火……"

"无妨！会有更好的！"

"那咱们去哪儿？仍旧找蒙古王公会合？还是先回旅顺，去向老王爷复命？"

"都不去！咱们……去京城！"

"京城？"

第三十回

"对！你立刻派人回府，传话让侍卫们也去，我们全部在京城会合。记住，可千万别让我久等了……驾！"

说着，金碧云从腰间摸出那把被孟庆霖丢还给自己的柯尔特左轮手枪，又一把甩掉所谓的"满铁"工作服，一路策马，直奔西南而去。

"主子，等等我！"

阿玉锡见金碧云神采重现，也不免一阵惊喜，遂将衣裳扔了，便呼喝着，打马紧随。

这主仆二人，连同王府亲随，皆已现出本来样貌，竟相奔腾在这辽阔的东蒙草原，你追我赶，奋勇争先。天上都仿佛飘荡着他们对自由的呐喊……

却说京城之内。

这段日子以来，政局依旧不稳，陆征祥内阁又倒台了，但政党政治却方兴未艾。

当年阳历八月，即是孙中山进京之时，"国民党"脱胎于"同盟会"，正式宣告成立。宋教仁当选代理理事长，实际主持工作，并带领全党在临时参议院中夺得一定席位，但暂未达到组阁要求。

眼见得靠选举无法立刻角出人选，袁世凯便趁机提名至交心腹赵秉钧（时任内务总长），出任国务总理。

他抓的就是这个空儿，各方势均力敌的空儿。

这时候，大总统的一句话，自然就有那千钧之重！

显然，袁世凯学得很快，他已能适应这《临时约法》与议院规则，并在其中玩转得游刃有余。尽管在方式上，仍旧是过去那套官僚政治的老把戏。

不出意料，赵秉钧果然顺利当选，奉命组织民国第三届内阁。

然而，祸福相倚。

赵秉钧虽迎来了自己政治生命的巅峰，却也不知这"巅峰"过后，又将是何等的云谲波诡……

这日傍晚，公事既了，赵秉钧正在自己的办公室内接受中医针灸。

那针偶尔在头上扎得深了,他便"嘶"的一声叫出来,显得很是痛苦。

这时,只听那须发花白的郎中一边捻着长针,一边小声劝慰道:"总理勿忧!您这病啊,只要按时诊治……"

赵秉钧也不听他说完,只顺势问道:"您老说,我这得的……到底是什么病啊?"

郎中道:"头风!可大可小啊!"

"哦?还能严重到哪儿去?我不就是这两天公事繁忙……哎哟……给累的嘛!"

那郎中微微一笑,也不再多言,仍旧殷勤地为赵秉钧诊治。

末了,又开出一剂方子,请他照方抓药。

赵秉钧揉着脖子,点头致谢。请人厚赏郎中,略去不提。

郎中刚走,赵秉钧正寻思着躲会清静,却突然又听桌上电话铃声响起。

一问,是今年新来的内务部秘书洪述祖打来的。

这洪述祖,又是何许人也?

说起这人,倒也算是赵秉钧的旧部。赵在出任国务总理之前,曾连任两届内务总长。而这洪述祖呢,则是被首任总理唐绍仪引荐到内务部的,却很快与赵秉钧相处甚欢,又颇得赵之重用。故而,才能一个电话直拨入总理办公室之内。

在听完了洪述祖的汇报后,赵秉钧一巴掌就拍到桌案上,大骂道:"荫之,你胡闹!那应夔丞分明就是个无耻小人,你怎么能与他相交莫逆,还推荐他做什么江苏驻沪巡查长?你也不想想,这人连孙文都不要,你又何苦白费心思?"

"总理,那姓应的手上,说是有孙文、黄兴、宋教仁等人在日本的黑材料。如今,民国是政党政治,咱们手上有黑料,才能在紧要关头,保住位置呀!"

"黑料?什么黑料?"

赵秉钧听了,身子一凛。

"据说,是他们在日本嫖妓宿娼,又暗中勾结日本内阁,说只要自己这派重掌大权,就承认'友邦'在东北的特殊利益……总理,您听听,这不就是割让吗?"

第三十回

听到这里,赵秉钧突然来了兴趣,遂轻声问道:"可靠吗?"

"那姓应的,本就是孙文的总统府卫队司令。后来,因贪墨了些小钱,便被撵出去了。为此,他心里常恨孙文无情,正攒着火呢!说余生必报此一箭之仇!"

赵秉钧又问:"可拿得出凭据?"

洪述祖刚要作答,却被赵秉钧止住了:"荫之,一会儿再说!"

接着,就挂断了电话。

因为这时,刚好有人敲门。

"进!"

赵秉钧抬头一看,却是宋教仁!

这真是"说曹操,曹操到"!

只不过,赵秉钧见到宋教仁来访,倒也不意外。因为,宋教仁曾担任政府的"农林总长";而他与宋教仁的私交也还不错,二人常有走动。当然,前些日子里,宋教仁已递了辞呈,说是要全身心地投身政党政治,将国民党做大做强,故无暇顾及部务。

那时节,宋教仁住在"邠春堂"。那是个清幽雅致,却也位置偏远的所在。故有时图省事,他便常到赵秉钧的家里蹭住。二人便作彻夜长谈,甚至抵足而眠。

就本心而论,宋教仁与赵秉钧,这俩人,一个是国民党的"大脑",一个是北洋系的"智囊"。虽说政见不同,却都是眼界、见识极高之人。故颇有些相见恨晚,甚至是一见如故!

如今,见到"老友"过来,赵秉钧一笑,便摸着自己光秃秃的脑袋,教人上茶,又说道:"遁初,你怎么来了?"

宋教仁也不客气,径直找个位置坐下,答曰:"来辞行的!我要回南方了,去游说各省,筹备明年的大选!"

赵秉钧一听,笑得愈发大声,遂自嘲道:"如此,我这总理的位置可要让贤喽!"

宋教仁却笑不出来,沉吟半晌,只问:"若是你我各自参选,你去选总统,我来选总理，如何？"

这时，茶至。

赵秉钧正要啜饮杯中香茗，一听对方如此提议，忙将盖碗放下，本想说点什么，却又何如沉默是金？

最后只撂下一句："遁初，喝茶便是！"

宋教仁也不推辞，饮了一小口，叹道："好茶！回味悠长，妙不可言呢！"

二人遂不再提"总统、总理"一事，又闲叙了些茶道、马道；或涉京里见闻，或涉逸闻掌故，很是欢笑了一阵。

见天色已晚，赵秉钧问："孙先生前些日子就已走了，遁初此去，可有人作陪？"

宋教仁却摇头叹息道："嗨！别提了！本来是与小孟夫妇说好，要一道去天津坐火车的！结果，这小子倒先跑了，说是袁大总统给的假期难得，他要先走一步！"

"哦？这小孟多久也不来寻我，倒和你走得挺近嘛！"

宋教仁连连摆手："碰巧遇到罢了！那日，我去找袁大总统辞行，正好他也在。我只听大总统对他好一番训斥，又交代他'思危、思退、思变'，不要总想着出风头！这才准了他的假！"

"噢！原来如此……"

赵秉钧恍然大悟，却又苦笑道："唉！如今，老头子的想法，我也是越发摸不透了！说到底，小孟不就是那晚多了句嘴嘛！小孩子罢了，又何必较真呢？"

"多嘴？多什么嘴？"

宋教仁不解地问。

赵秉钧："也没什么！咱不提他。你准备何时启程？"

"今天！立刻便走！"

"这么急？还未给你饯行！"

"智庵，你我兄弟不必客气！这段日子，我也没少叨扰你，也没少得你周济。

第三十回

等明年开春……我北上之际,你我再把盏言欢!"

赵秉钧遂起身相送,直送到国务院大门之外,又与宋教仁话别:

"明年开春,一言为定!"

"一言为定!"

正在这二人各怀心事,又互道珍重之际,孟庆霖却早早地带着若雪、齐玉和晚晴,一路欢歌笑语地到了天津。

此刻,这四人正在起士林西餐馆用餐,而这也是孟庆霖特意安排的。他就是要带家人品尝一下自己所钟爱的味道。记得那时,晚晴尚小,只偏爱这家自制的蛋糕,上面抹了厚厚的奶油那种;而孟庆霖的身子虽已恢复,却依旧胃口浅,只能眼睁睁地看着,最多进些熬煮得烂烂的"焖罐牛肉",聊以充饥。

若雪倒是偏爱法式大餐的精致。对她而言,这也是头一次进专门的西餐馆子用餐,与以往所参加的酒会却是不同,口味上也更丰富。

只有齐玉,每样都尝尝,每样却又都不甚喜欢。

孟庆霖也曾悄悄问道:"就没有可你心意的?"

齐玉只看了他一眼,却道:"有是有。只是看得见,摸不着……"

后来,他们又去逛了南市,听了两出戏,看了几回戏法,给晚晴买了好些点心,玩闹了整整一个下午,外加半个晚上。

直到夜深了,才返回旅店。

尽管疲惫,但对孟庆霖来说,这是一种难得的"无事一身轻"的状态,能够陪伴家人,而了无牵挂,甚是值得珍惜。事实上,他仍旧是那个只有"功名心",却无多少"功利心"的读书人。

别看他又是由文入武,又是在前清、黎元洪和袁世凯三方之间辗转腾挪,仿佛八面玲珑似的。事实上,这远非他之本意。每一次都是机缘巧合,每一次又都是被逼上绝路,直到最后退无可退……

只可惜,李虎臣不在。

不然这一趟天津之行,便要更加精彩热闹了。

那时，李若雪也曾哀怨道："前段日子，虎臣来京城时，也就到家里住过两个晚上。余者，就全在孙先生身边了。当真是须臾不离左右。这好端端的一家人，怎么就……"

见妻子睡前不安，孟庆霖只好轻声劝慰道："京城里龙蛇混杂，又刚刚闹过一场兵变。他们与袁大总统，在前清时也颇有些隔阂……没法子的事情！"

"欸？你说，他干吗不将那赵姑娘带回家来呀？"

"唉！说你们女人家什么好？虎子若将赵姑娘带回来，那咱家齐玉该作何想？只是，我却不明白，这赵姑娘怎么就无缘无故地做了记者呢？连名字都改了，我却不好去问！"

"相公，我不去管那赵姑娘。我且问你，你准备何时将齐玉正式迎进来……"

说到这里，孟庆霖的脸颊突然有些潮红。

若说他不喜欢齐玉吧，这些年来的朝夕相处，一个异香扑鼻的可人儿常伴身边；又是家里太夫人亲自选定的贴身之人，于情于理都应得个名分。

可是，孟庆霖偏偏将自己视作个中西合璧的"新人"，不兴过去那套"娶妻纳妾"的老传统。

这一点，他倒是与金碧云不谋而合。

孟庆霖心中犹豫，正不知如何作答，却又听妻子劝解道："有花堪折直须折，莫待无花空折枝！相公，世事无常。若真有那么一天，我先你去了，这身边能照顾你的，也就只有她了……"

"胡说什么！睡觉！"

李若雪本想再说些什么，可终究忍住了。

作为一个女人，她本不该劝丈夫纳妾。可是，自齐玉来到丈夫身边这五六年的光景，她也看得真切，人家真是拿这个家当作自己家一样守护，是可遇而不可求的知心之人，更与孟庆霖一起经历过许多磨难……

这二人之间的缘分，更像是命中注定。而自己嫁进来也近两年了，却始终未能怀上个一儿半女，又怎敢耽误孟家这"传宗接代"的大事？

第三十回

李若雪想着,仍旧是辗转反侧。

不知为何,她的心中总有一种不好的预感,总觉得要出什么大事,却是难以尽诉。

孟庆霖一把将她拉到身边,抱在怀里说:"若雪!快睡吧。明儿,咱们还要赶火车回乡祭祖呢!"

……

就在这佳偶卧谈之际,齐玉正抱着晚晴在另一个房间里睹月思人。

那真是:天上一轮明月,地上美人犹怜。

见怀中的晚晴渐渐安睡,齐玉便悄然起身,来到窗前,见皓月当空,却不免想起远在南京的李虎臣。那是一种说不清、道不明的思念,又或许是一种发自心底的幽怨。

尽管自己无法接受李虎臣的示爱,可自打知道他与那赵姑娘走到一起,她这心里却不免是梨花带雨、杜鹃啼血,自有那说不尽的万般心痛。

虽然,理智告诉她,这样原也是好的。至少,这二人有个归宿,却不似自己这般,始终只是个外人丫鬟。

即便是"妆成每逢秋娘妒",却也不能"夜半无人私语时"。

只怕到老了,也没个人疼惜……

然而,齐玉不知道的是,李虎臣又即将迎来人生中的另一段传奇。而此时的他即将前往上海,正不顾一切地去找赵晨曦。只为了与她片刻温存,一如当年为了齐玉而"冲冠一怒"。

李虎臣仍旧是那个率性少年,即便被生活磨平了些许棱角,却不改其赤子本色。尽管,有时他的做法的确颇欠考虑,但因缘际会之下,他却注定成为历史的见证者,并将为接下来发生的一幕贡献自己的绵薄之力。

这样的日子,尽管各怀心事,各自都有一本难念的经,却总归是岁月静好。

只不过,如此良辰美景,倒也是过一天少一天了。

各方势力,从北洋到国民党,从赵秉钧到宋教仁,从袁世凯到孙中山再到黎元洪，大家表面上和和美美，实则背地里暗流涌动，却只为等待一个机会，而那个机会竟是由一声"枪响"带来的。

这声"枪响"，便是民国二年（公元1913年）宋教仁遇刺一事。

这一枪，既夺去了宋先生的性命，也阻断了他北上组阁的征程，更打破了民初原本就十分脆弱的政治平衡，并在很大程度上改变了既定的国运走向。

这一段历史，既耳熟能详，又令人扼腕。当真是"出师未捷身先死，长使英雄泪满襟"……

第三十一回　临组阁宋党魁殉道　闻噩耗赵总理心惊

第二年春天，新组建的国民党果然在参、众两院的大选中获胜。宋教仁即将以"党魁"的身份进京组阁，履行他在去年就与赵秉钧许下的承诺。

然而，意外终究还是发生了。

那是民国二年二月十三（公元1913年3月20日）。

是夜，寒风刺骨。

《申报》记者赵玉婷匆忙裹了件风毛大衣，就从温暖如春的外滩小家里出门，准备赶赴上海火车站采访。

这晚，国民党党魁宋教仁"即将从上海出发，进京组阁"的消息，自然轰动了全城，更吸引来无数报刊媒体。再加之有黄兴、陈其美等革命元勋到站送行，当真配得上明天一早的头版头条，不得不抢！

"即便是下刀子，你也得去！"

主编一句话，赵玉婷不得不跑断腿。

可"屋漏偏逢连夜雨"。

这外面实在是天寒地冻，她在街口站了好半天也不见有黄包车过来，便不住地哈气跺脚，冻得直打哆嗦。

"总不能走着去吧！这儿离火车站可有五六里路呢……"

这时候，她不住地在心里埋怨："既然多久也没寻见金碧云的消息，我又何苦一直守在这里，被报社呼来唤去的。何如辞了差事，一心去南京找'他'，也好过一个人在这饥寒交迫的……"

此刻，偏巧有辆黄包车顶着寒风朝这边跑来。那车前微弱的煤油挂灯一颤一颤的，倒是让人心中生出些许暖意。

"哎！王包策！"

赵玉婷伸手拦车，却是一口地道的上海腔调。

曾几何时，她这直隶海边的女儿倒也出落得如同本地小囡一般。当真让人感慨世间变幻万千，确非人力所能预测。

只见那黄包车停下，刚要躬身请她上去，却突然被一只粗壮的大手拦住："慢！这车是我先看到的！"

"欸？侬哪能……"

往常也就罢了，但今夜这般严寒，又要火急火燎地赶去采访，赵玉婷实在忍不了，刚要张口反驳，却又"扑哧"一声笑了。

"我道是谁呢？原来是……冤家！"

那来人也笑了，便掏出些散碎银子，拍到车夫手上，对他说："兄弟辛苦！这趟就我来吧，你在后面远远跟着！"

"哎！哎！"

光赚钱不出力，这车夫自然愿意，便也瞧得出此二人原是相识的，就乐呵呵地跟在车后一路小跑。

"贵客去哪怪呀？"

那来人，张口便是南京腔，却说得有些不伦不类，乐得赵玉婷掩口讪笑，就回道："那拉车的，送我去火车站！"

"好嘞！"

只见他一边在寒风中撸起袖子，露出青筋暴出的手臂，一边将赵玉婷轻巧地抱进车里，又为她亲手拉下遮风的篷子。

赵玉婷看了，不免跟上一句："哎！外面冷……"

那人却哈哈大笑，毫不在意，提起车来便是破风而行。

须臾，又从随身的褡裢里摸出一个水壶，里面倒是盛了些新添的热水，递与赵玉婷暖手。

第三十一回

她腼腆地接来，搓在手上，遂问道："那拉车的，你倒有良心想着过来！"

那人也不回头，只哈着口白气答道："孙先生赴日本考察了，但经费实在有限，去不了那么多人，便打发我回来看看。这不刚好嘛，今晚宋先生又要启程进京，我便想着前去送送，也好凑个热闹！"

"这么巧？我也是！"

赵玉婷转念一想，又羞答答地问："那你怎么不直接过去呢？偏要来我这儿转一圈……"

那人终于回头一笑。却见这英姿勃发的脸上率性依旧，正是李虎臣！

"好好拉你的车！"赵玉婷娇嗔地吩咐道。

只片刻工夫，这车上车下，前后三人便北上过了苏州河。又疾走了一阵，终来到火车站一带。

见前方有军警封路，李虎臣倒也不意外，只认为这不过是寻常安保罢了，便拉着车走上前去言明身份，也让赵玉婷出示记者证件。

孰料，那军警水火不侵，只认上头死命令，任凭是只苍蝇也不肯再放进来。而这种做法，看似部署周密，实则漏洞百出。

李虎臣稍一观瞧便发现，他们只封锁了大路，却对周边街区视若无睹！

这当真奇怪！

只不过，眼下时间紧迫，他无心细想。无奈之下，便只得将车还了，又问赵玉婷可有旁路。

赵玉婷皱了皱眉，十分不情愿地说道："看来，只能从'那里'穿过去了！"

她说的"那里"，是紧挨着火车站的一大片棚户区，被称作"滚地龙"的。"滚地龙，不抬头"，这些自建的窝棚，无门无窗，而高度又只到成年人的胸口位置，故进出皆要靠"滚"，稍一抬头就撞上了。

事实上，每一座城市都有其光明的一面，也必有其不堪入目的地方。上海外滩一带灯火辉煌，石库门里家长里短；可咫尺之间，便也有地狱天堂。

"滚地龙"，就是其一。

这里大多是出于各种原因，从外地来沪避难的灾民。他们要么在车站附近寻些短工，要么干脆无处生计。而为了遮风避雨，便成群结队地在此自搭自建，聊以度日。久而久之，便形成了规模浩大的"滚地龙"。

这里更是权力的真空地带，无论是前清，还是民国，抑或是洋人的租界，都不愿花费时间、精力来插手治理，更没有余力安置灾民的生活，便听之任之，凭他们自生自灭。

于是，规则已然失序，势必群魔乱舞，盗匪横行！

只见这偌大的棚户区，因临近车站，占尽地缘优势，故而三两步之间便充斥着无数烟馆妓院、赌博排档以及旅馆客栈。当然，以上种种倒也兼作多元经营，既可以专注"本业"，也可以黄、赌、毒齐上，更暗中方便了情报交换。

在这里，只要你肯出钱，完全可以买到任何东西，从欲望的变态宣泄到感官的刺激满足，从打听名人隐私到探听军政秘闻，甚至是买凶杀人，都不难寻到。而且，人命往往还是其中最便宜的……

李虎臣不由得紧紧攥住赵玉婷的手，强打起十二分精神，心里也曾有过一丝不安："可千万别在这儿迷路啊……"

当然，这一路上，他们也遇到了好些个瘦骨嶙峋的小孩子，全都打着赤脚，正眼巴巴地望向自己，大概是希望可以讨些吃的果腹；又有些衣不蔽体的蓬头老人，正倚门望月，眼神里写满孤独；更有些泼皮无赖，全都直勾勾地盯着赵玉婷，仿佛要将她撕碎了，好一口一口吞下肚子一般，却慑于李虎臣的威势，不得不暂时隐忍罢了。

终于，这一路上有惊无险。

眼见得他们二人提心吊胆地从"滚地龙"中"蹿"出来，偏又仰面看到个边框镶嵌有霓虹灯的招牌，上书四个大字——鹿鸣旅馆！

只见这旅馆里面，狼狈跑出来一个衣衫不整的瘦削汉子，正被一个花枝招展的泼辣女人追着打。那女人一边打，一边骂："侬个赤佬！么的钱就别上老娘的床！"

第三十一回

李虎臣看得真切，那汉子样貌丑陋但棱角分明，年纪不大却满脸横肉，可以说是"凶神恶煞"。

只不过，那人面相虽恶，却对女人的追打咒骂，显得并不太在意，只一个劲儿地赔不是："哎呀！一会儿就有钱！一会儿就有钱！"

女人偏不信，反唇相讥道："哪能？现在没钱？一会就有钱了？侬骗哪个？"

"不骗你！真的一会儿就有钱！"

说着，他又从心口处取出一只许是纯银的手镯，一脸不舍地套在那女人手上。

女人终于收了手，仔细端详起镯子，嗔骂道："有这么好的东西不早拿出来！册那！"

继而，她轻理云鬓，似乎也对刚才的"河东狮吼"有些懊悔，生怕毁了自己形象，再吓跑了潜在主顾。

那汉子见女人软了下来，也就一脸谄笑地抚着她戴上镯子的手，端详来端详去，又是哄劝，又是挑逗，好一番安抚。

末了，只听他言道："我去去就回！明儿一早，就帮你赎了身子！咱好到乡下过去！"

女人也不理他，只一边着乌黑的秀发，一边扭着丰腴的屁股，径直就往旅馆走去。只在临进门时，扭头丢下个诱惑的眼神儿，迷得那汉子如痴如醉……

赵玉婷看在眼里，对这一套笼络男人的招数再熟悉不过了。

她本能地意识到，这对男女绝不寻常！那男的，大概是要干些伤天害理的勾当。不然，怎么可能片刻工夫，就筹来赎身的银子？除非，他在说谎。但听他言之凿凿，又不太像。况且，那女人也不是个省油的灯。这一般的谎话，岂能欺瞒过去？

李虎臣则全然没有这份细心，更没兴趣插手旁人之事，只一心拉着赵玉婷就往月台奔去……

月台上，汽笛吹响，人声鼎沸。

春寒料峭之下，宋教仁依旧仪容严整，西装笔挺。只在外面多披了件长款大衣，正与前来送行的同志、战友一一寒暄握手。

不知为何，他总想再发表一次演说，再呼吁一次宪法政治，哪怕再宣扬一次未来的执政理念……却被随行之人告知："先生，就要走了！"

"好！"

他无奈地叹了口气，眼神里满是不舍与眷恋。他爱这一方土地，甚过于爱自己；但他终归是要走了，不带走这里的一草一木，仿佛从未涉足于此。

旋即，他毅然转身，准备向心中理想的"宪政内阁"，发起最后的冲锋。这时，他的脑海中好似走马灯一般闪现着过往的经历，从千辛万苦倡议革命，到千回百转劝谕袁世凯出山，再到组建国民党，赢得大选……

他这一生可谓轰轰烈烈，配得上"盖世奇男子"一称！

"宋先生！宋先生！"赵玉婷一声娇呼。

她紧赶慢赶，却还是迟了片刻。如今，采访是不能了。只有趁此机会和未来的"国务总理"道个别，也算是没白来一趟。

或许，是由于场面太过嘈杂，宋教仁只在恍惚之间听到有人唤他，却又在接下来的一瞬间，听到了一声震耳欲聋的枪响。

那枪声如此之近，竟让他不敢相信这就是眼前发生的一幕。

突然，他感到自己身上一凉。

低头一看，胸前已盛开了无数朵赤色娇艳，犹如一朵朵玫瑰，正尽情地绽放！

居然……中枪了？！

"啊！"

愣怔片刻，他再也支撑不住，便沉重地跌了下去，而身下却只有自己的一腔热血，仍在肆无忌惮地流淌……漫延……

黄兴等人见状，早已是一片大乱。

有的喊："快抓刺客！"

有的喊："快救人呢！"

第三十一回

又有的喊:"遁初……遁初……"

李虎臣一看大事不好,心中一急,便飞一般地冲进四散奔走的人群,朝宋教仁跑去。

"宋先生!宋先生!"

李虎臣扑在宋教仁身旁,大声疾呼。

这时,眼神凌厉的他分明注意到一个瘦削汉子正低着头、揣着手,一边巧妙地躲避人流,一边警惕地四下里张望。

兴许是护卫做得久了,对于眼前这人有没有问题,李虎臣那是一看便知。

"咦?那汉子的身形,好像在哪里见过?"

"在哪儿来着?"

突然间,那闪着霓虹灯的四个大字,霎时就映入脑海,李虎臣一拍大腿,想起来了!

"鹿鸣旅馆!"

"是他!就是他!那个说'一会儿就有钱'的……"

这真是"冥冥之中,自有天意"!

那瘦削汉子偏偏就遇到李虎臣。

说时迟,那时快!

李虎臣不由自主地瞪着眼,犹如离弦的箭一般朝那人疾步走去。那人也似乎注意到了身后正有人步步紧逼,便不由自主加快了脚步。

他不快还好。这一走得快了,李虎臣便更加坚定了自己的判断。

一定是他!

……

至于那个瘦削汉子是否就是刺客,而李虎臣又是否能够顺利抓到他,姑且存疑。

只看这京城之内,正是风云变幻!

翌日清晨,例行国务会议上,中央各部总长、次长皆环坐在列,逐一述职。

赵秉钧听得头痛，正轻轻揉着脑袋，强打着精神撑下去。

不知为何，这些日子以来，他的头风竟愈发严重了。尽管依旧按时诊治，却丝毫不见好转，而精神也愈发不济。

看来，这"总理"当真是个磨人的差事，在这上面就没有干得长的……

眼见得议程过半，赵秉钧刚要下令休会之时，会堂的门"哐"的一声就被人推开了。

旋即，有一道刺眼的亮光射进来。

偏巧这些天，赵秉钧又颇有些见光流泪的毛病，就忙用袖子擦拭眼角，却发现原来是自己的机要秘书来了。只见那来人气喘吁吁，额头上沁着豆大的汗珠，但又故作镇定，快步朝自己走来，便是附耳两句。

仅仅是这两句，就足以令举国震惊！

"上海来电：昨晚，宋教仁在沪车站遭遇枪击，伤重。恐难救治！"

赵秉钧一听，大惊失色，当即离席，全然不顾形象地绕桌数次，仿佛得了失心疯一般。

只听他喃喃自语道："完了！完了！说不清了！"

秘书及各部官长见状，纷纷交头接耳，窃窃私语。

也就是转瞬之间，"宋教仁遇刺"一事便如一股风似的传遍了会堂，变得人尽皆知，举座哗然。

这时，赵秉钧的行为更加反常了，口中不停念叨着："遁初一死，只怕人人都会以为是我做下了这等勾当……都说我卖友求荣，我还怎么做人呢？"

"报！总理！"

又有人进来传话。

赵秉钧仓皇应答："啊？"

"总理，大总统有请，说有要事相商！"

"哦？大总统找我……是大总统找我……他找我何事？"

突然间，赵秉钧就变得怒不可遏，双手直拉着传话人的脖领子，逼迫他道：

第三十一回

"你倒是说啊！"

"卑职……卑职又岂会知晓？"

赵秉钧恨恨作罢。

此刻，他感觉自己再也不似当年那般智力超群、运筹帷幄，对世道、对人心也很难再看透了。

这大约，就是年过知命而心力日渐交瘁吧！

无奈之下，他收起公文，匆匆就往门外走去。

门外，不知正有何种命运在等待着自己。但他脑海中所浮现的，却依然是当年只身赴"小站"，投奔袁世凯的情形。

"大帅！卑职新乐县典史赵秉钧，特来军前报效！"

那一年，时值三十七岁的赵秉钧，已屡立功勋，并以"长于缉捕"而名闻官场，时值风华正茂。

那一年，袁世凯慧眼识珠，特意从县城里擢拔自己这微末小吏，并引为心腹，正是风云际遇。

倏忽十七载，自己与袁世凯同舟共济、同甘共苦，可不曾有过半点儿二心！

即便是袁世凯被罢黜，连性命都险些不保之时，自己也不曾有过片刻动摇，而是宁愿抛家舍业，亦步亦趋地追随到底！

如今，这是怎么了？

为什么一听他唤我，我就浑身不自在？

是我老了，再也读不懂他的心思了？

还是他终究变了，彼此间的关系也愈发生疏了？

去见袁世凯的路上，赵秉钧思绪万千，却又悄然醒悟：不！大帅还是那个大帅——只认现实，只求大权在握！他从不曾有过任何改变！以往，他没坐到那个位置，自然与我等北洋老人相濡以沫。如今，他已是天下一人，眼里就只容得下江山社稷，绝不允许有任何人明里或暗里威胁他的权柄。孙文不行、黄兴不行、宋教仁不行，就连我们北洋……也不行！

这就是权力的诱惑啊!

明知腐蚀人心,却又难以抗拒!

片刻之后,待赵秉钧步入袁世凯的书房,却发现已有人先到一步,好像还是个素未谋面的陆军将官。

"生面孔?"

赵秉钧不免心中狐疑。

"这书房之内,原是不接待外客啊!"

他正在心里嘀咕着,却见那"生面孔"面朝袁世凯,双膝下跪,匍匐参拜,而胸前的勋章亦被震得叮当作响。

"卑职张作霖,给大总统请安!"

赵秉钧心中一阵膈应:这都什么时候了?大清都亡了,还来这个?

果然,袁世凯也如是评点:"快起来!快起来!这都民国了,可不兴这一套!"

"俺老张,就只认一个主子!在俺心里,大总统就是皇上!皇上就是大总统!大总统万岁!"

说着,那张作霖便将身子伏得愈发低了。

此刻,袁世凯抬头,见赵秉钧来了,便招呼就座:"智庵呢,快来!我给你引荐,这是奉天第二十七师中将师长——张作霖!"

又说:"雨亭啊,这是赵总理!"

这会儿,却见张作霖起身,也不敬军礼,面向赵秉钧,单膝下跪,抱拳施礼道:"卑职张作霖,给总理大人请安!"

赵秉钧苦笑着,只得将他搀起来:"雨亭请起!请坐!"

"智庵呢!雨亭是我特意叫来的。我找他问问奉天的情况。刚才,我看你还没到,就先叫他进来了!要不,你也一起听听?"

"不了!不了!大总统谈军务,卑职稍后再来便是!"

言毕,赵秉钧即要转身离去。

第三十一回

张作霖见状，也不知如何是好，便显得有些局促，只将一双丹凤眼瞄着桌案上的一对黄金座钟，瞅个不停。

此刻，袁世凯仍旧是一袭长袍马褂，手里摩挲着那根嵌有血红琥珀的银质手杖，嘴角却闪过一丝轻蔑的笑意。

"雨亭啊，你先住下！这几日就在京城里转转！我再叫你！"

"是！卑职遵命！"

张作霖忙起身，弓着腰，徐徐而退。

退往哪里呢？

八大胡同！

此前，他已着部下将那里的所有妓院全都包了下来，一是让自己人见见世面，也乐呵乐呵；二是约请京城里的头面人物，好多个社交去处；三嘛，就是示人以不争，是在变着法儿地告诉袁世凯：自己贪财好色，实在无甚出息，绝不会对您大总统有一星半点儿的威胁……

再说回赵秉钧。

见张作霖走了，他就只得回来，正欲开口奏事，却先被袁世凯打断。

只见袁世凯命人关门，又从抽屉里拿出一张绘制浩繁的表格，递与赵秉钧观瞻，说道："这是中央陆军编制列表！如今，外省陆军皆已陆续改制，'镇'改'师'，'协'变'旅'，'标'作'团'……我中央陆军可不能落后啊！"

赵秉钧遂展开一看，便是如下：

前清编制（官称）：镇（统制）、协（统领）、标（统带）、巡防营（管带）、队（队官），分别对应改为新订编制（官称）：师（师长）、旅（旅长）、团（团长）、营（营长）、连（连长）。

一、近畿陆军第一镇改为陆军第一师，师长何宗莲，分驻保定、察哈尔一带。

二、直隶陆军第二镇改为陆军第二师，师长王占元，分驻保定、迁安及卢龙一带。

三、近畿陆军第三镇改为陆军第三师，师长曹琨，驻南苑。

四、直隶陆军第四镇改为陆军第四师，师长杨善德，驻天津小站。

五、近畿陆军第五镇改为陆军第五师，师长靳云鹏，驻山东。

六、近畿陆军第六镇改为陆军第六师，师长李纯，驻南苑。

七、前清禁卫军编入中央，直属陆军部，改为陆军第十五师，及陆军第十六师，师长：姚宝来、王廷桢，仍归冯国璋节制。

……

赵秉钧正看得出神，但既知此事，便也认定是当然之议，也就不甚放在心上。再说，他这总理并不适宜过分插手军务。毕竟，大总统才是国家的"陆海军大元帅"——二者自有分工不同。

于是，赵秉钧又想打断袁世凯，趁机汇报"宋教仁遇刺"一事。

孰料，袁世凯见赵秉钧仪态不恭，竟多少有些动气，便说："智庵，我知道你要说什么！你是不是感觉自己跳进黄河也洗不清了？"

"不瞒大总统！确实如此！"

"遁初一事，我已知晓了！当务之急，是要严防变乱，要警惕孙文那厮趁机生事！手上不抓好军队怎么行？"

"是！大总统！刚才，是卑职失态！"

袁世凯也不再计较，只说："陆军改制一事，刻不容缓！要让咱北洋的队伍，从此遍布各省！要天下布武！"

说这几句话时，袁世凯的双眼瞪得活像只吃人的猛虎。

又说道："各省都督也要再变一下！至少师一级的统帅，我要全部见过，一一考察，方可放回去就任，就像……就像那张作霖！你看看南方那几个省，上海的陈其美，江西的李烈钧，安徽的柏文蔚，还有那广东的陈炯明……哪一个不是跟他孙文眉来眼去？他们的心里，可还有我这个中央？"

第三十一回

"是！是！大总统所虑极是！"

虽不是说自己，但赵秉钧此刻的心情却依旧忐忑，正是如坐针毡一般。

袁世凯往后一靠，粗重地喘了口气道："这两件事，你与芝泉商议一下，到时拿个方略！"

"是！"

赵秉钧唯唯点头。

若说，他与唐绍仪和陆征祥两任总理有什么分别，那便是他从不与袁世凯起争执。尽管身居高位，却仍旧像个"书办"似的埋头做事，不问其他。

这时，见公事已毕，赵秉钧本想尽速离去。

结果，袁世凯又叫住他："做完这两件事，许你休息一阵子！你也避避嫌，省得外头总觉得咱北洋的人贪恋权位似的！"

赵秉钧一愣。

这是要赶我走？

"智庵勿虑！到时候，你先去直隶做个都督，也好避避风头……"

"是！"

这声"是"，赵秉钧答得并不情愿，但他却尽量克制自己的语气，绝不轻易流露任何负面情绪。

接着，他又补充道："卑职也将责成上海与江苏两地，即刻破案！"

"嗯！对了，你命人将我桌上这对儿黄金座钟送给那张作霖！"

"啊？这可是西洋进贡来的宝贝，原是英国马戛尔尼伯爵孝敬咱乾隆皇上的，您就送他那……"

赵秉钧愣是将"土包子"仨字儿，咽了回去。

"一块金疙瘩罢了！你没瞅见那张作霖一直盯着这钟，盯了好一会儿呢！"

赵秉钧便止不住地笑着叹息道："看他白面无须、模样清秀，倒也是个无甚胸怀的……"

"不然！智庵呢，依我看，他是在故作韬晦之计……"

袁世凯以指叩桌，一字一顿。

……

再说回李虎臣这里。

他自紧盯那瘦削汉子以来，便一路穷追不舍，直跟到一处深不见底的走廊。那走廊潮湿阴暗，犹如一张深渊巨口，时刻准备着吞噬擅闯之人。

李虎臣心头一沉，却并未犹豫，反倒继续向前摸索。

只见此地人迹罕至，而灯火皆无。

待行至走廊深处，已是伸手不见五指。只有头顶上的天花板，偶有水珠滴落。那水珠猛然砸到地上，溅起一片回声，反倒映衬得此地愈发诡异寂静。

幽暗中，李虎臣不得不小心行进。

此刻，他的两只耳朵乃至全身汗毛陡然竖起，正敏锐地捕捉着一切可能的危险信号。

"嗒、嗒、嗒……"

一连串轻脆的脚步声，突然从他身后响起。

李虎臣一个转身，右手即摸向腰间飞刀。

此刻，他心里正有些懊悔：怎么就没带把手枪过来？

"嗒、嗒、嗒……"

只听那脚步声越来越近，李虎臣已手执飞刀，屏息蓄力，随时准备结果来人性命。

就在这飞刀临近脱手之际，李虎臣却猛地一个鹞子翻身，并不由得惊出一身冷汗。

"是我！"

一个熟悉且娇弱的女声，从幽暗中渺渺传来。

"是你？"

正是赵玉婷！

李虎臣便没好气地说："你怎么来了？"

第三十一回

赵玉婷："我……你怎么能抛下我一个人呢？"

这会儿，李虎臣可没心思跟她调情，只问道："宋先生呢？怎么样了？"

"已送去医院了。我本想着一起过去，但他们不让！"

正在这二人片刻言语之际，一道"鬼影"从他们身旁匆匆掠过。

待李虎臣追上前去，却早已不见踪影……

赵玉婷："糟了，都怪我！"

"不！他跑不了！我们去鹿鸣旅馆！"

……

至此，民国初年最大的一桩谜案——宋教仁遇刺，终究还是发生了，并在不经意间打开了"潘多拉的魔盒"。

围绕此案，彼时的一切政治势力，无论是袁世凯，还是孙中山，都将各率其众，在中华大地上做一番殊死斗争！

然而，这场卑劣的行刺，其幕后主使究竟是谁？凶手又将怎样落网？悲剧的结局，最终如何收场？

姑且，拭目以待……

宋教仁死了，但他依然活着，就像这漆黑的夜，总有大白于天下之时，而宋教仁之精神必将永垂千古！

第三十二回　明心迹生死赴戎机　巧设计撞破凶杀案

当孟庆霖从《申报》上看到"宋教仁先生遇刺身亡"的消息时，他和李若雪正在亚圣府的家里，为刚刚离世的太夫人服丧守灵。

前一日，昏迷已久的老祖母终于半睁着眼睛，流着泪望向满堂儿孙，含含糊糊地说了两句无人听懂的话，就兀自叹息着、叹息着……

最后，溘然长逝。

孟庆霖知道，她终究放不下这个家，更放不下后辈儿孙，这才殷殷嘱托。却奈何口不能言，便只剩一行热泪化作良久叹息。

李若雪不禁要问："老祖宗临终时，到底说了些什么呀？"

孟庆霖只好将她搂在怀里，坚定地答曰："说让我们好好过！"

如今，这至亲离世的悲痛尚未过去，却又惊闻敬爱师长宋教仁之噩耗，孟庆霖岂能不伤心欲绝？

曾几何时，他与宋教仁先生尚在武昌的红楼里对酒当歌，参酌古今；而自己的"字"——"泽霆"亦是宋先生亲自取的。

孟庆霖依稀记得：那日，宋教仁酒后蹙眉，正色对曰："雷霆雨露，润泽苍生！此……大丈夫之谓也！"

"人言，不行霹雳手段，怎显菩萨心肠？若无杀伐决断，岂能仁者爱人？小孟，你可懂了吗？"

……

彼之音容笑貌，尚在眼前；却是美酒易得，而知己难寻。

对孟庆霖来说，宋先生亦师亦友。虽无师徒之名，却实有提携教诲之恩。若

第三十二回

说辜鸿铭先生是自己的启蒙恩师，点化了一颗憧憬文明的心；那么，宋先生便是引路之人，规划了一条立宪救国之路。

正是"出师未捷身先死，长使英雄泪满襟"！

孟庆霖不禁后悔，悔就悔在自己当初怎么就没等等宋先生，怎么就不与其一道南下，而是先行去了天津玩耍，竟致错过了此生最后一次相聚……

原来，在袁世凯书房里的不期而遇，已是二人的最后一面。

遥记那日，袁世凯叮嘱自己"思危、思退、思变"，不要总想着出风头；却偏巧遇到宋先生前来辞行，说是要南下演说，筹备今年的大选。

孰料，大选既成，而斯人已逝。悲夫……

孟庆霖心中无限感慨：人与人的相逢，总是这样匪夷所思。只随缘起缘灭，而聚散两依依。有时竟毫无征兆，却让人无所适从。

孟庆霖想，这或许就是佛法上所说的"无常"吧！

"四弟，你也勿要过分伤心！如今之计，只有先尽至亲之孝，再行朋友之义。我想宋先生一事，既是举国震动，政府也必定不敢欺瞒，自会早日破案的！"

孟庆棠背着手，在灵堂里愁眉不展。憋了许久，却只有这句话说与孟庆霖，倒也是至理名言。

此刻，只见孟庆霖一袭孝衣，正和李若雪端跪一旁，默默地焚化纸钱，半天也答不上一句。

孟庆棠又说："前些日子，老吴迟给了银子。这事儿，我已经说过他了！哪有主子吩咐过的事情，他一个管家却拖着不办的？幸好，咱家虎臣无恙。不然，我又岂肯善罢甘休？"

"哥！你别说了！银子也好歹给了六成。其中，五百两被拿去买了座四合院。另一百两，外加我平时攒下的二百余两，若雪仍旧存在瑞蚨祥，好像是被叫作什么……股本？"

孟庆霖苦笑着，摇头叹息，仿佛对这一切早已不甚在意。

李若雪见丈夫不悦，便也不敢多言，只一门心思地陪他跪着。

须臾，老吴进来，先是叩拜祭奠，又向庆棠、庆霖二兄弟施礼，再呈报府里大大小小的事务，以及丧礼用度，人情往来，却对之前的"银两"一事只字不提。

孟庆霖也仿佛忘了这茬儿似的，稍稍直了下身子，拱手问候道："吴叔安泰！"

这便是规矩！

即便是老仆轻少主，不到万不得已，这少主也不可擅动火气。否则，便是"不尊老"。这实在是千年以来，府里颠扑不破的行为准则，无人可以逾越……

再说，孟庆霖心里知道：相比三哥而言，自己再受宠，也不过是府里小宗。小宗的姻亲出了人命官司，府里最多就是出些抚慰银子，从没有拿出一千两的巨款前往搭救，甚至毁家纾难的道理。

老吴之所以敢拖着不办，就连孟庆棠的话也不听，关键就在这里！

或许，在老吴看来：孟庆棠这就是在意气用事，是不为大局着想；而自己则是一心只为府里负责，只为府里的大宗负责。于情虽严，却于理无碍，更何况还给了六百两！

他甚至还私下抱怨说："乱世当中，我这已属十分难得了吧……"

此刻，孟庆霖正与老吴四目相对。而其父孟宪济则引着一队陆军官兵走进来。只见，他们个个精神抖擞，人人仪表不凡，正各自手捧花环、牺牲等祭物，雄纠纠地踏着府里中道前行。其中，又有一位器宇轩昂、双目炯炯的中年将官，体态微胖却步履矫健，一路与须发花白的孟宪济寒暄，一路悄然欣赏着府里景色。

须臾，已至堂前。

孟庆霖抬头一看：这人见过，不就是段祺瑞身边的心腹爱将靳云鹏嘛！

话说，这靳云鹏也是山东邹县人，少时家贫，其父早亡，故与寡母邱氏及弟弟靳云鹗等一众兄弟姐妹相依为命，靠母亲卖煎饼、做乳母过活，是地地道道的苦出身。

记得那一年，山东大旱。

靳云鹏一家饿得连口稀粥都喝不上，不得不沿街乞讨求生。而彼时十八岁，正值血气方刚的靳云鹏既过不惯这种生活，也不愿为家里增添负担，便毅然带着

第三十二回

弟弟靳云鹗，兼程北上，投军入伍，却不想从此交了好运，因缘际会地拜在了段祺瑞门下。自此，他从大头兵做起，一路坎坷，升迁至今。这会儿，已做了中央陆军第五师师长、代理山东都督，也可谓出人头地、光宗耀祖！

只不过，当年靳云鹏投军之时，孟庆霖还尚未出生。而当靳云鹏已然发迹，孟庆霖则刚把一只脚迈进军营，二人差了整整一个辈分。

更为重要的是，他们二人不在同一长官麾下。孟庆霖的上峰是王廷桢，再上峰是冯国璋，靳云鹏则是段祺瑞的心腹爱将。众所周知的是，冯国璋与段祺瑞，那明争暗斗也不是一天两天了。故他们虽同在北洋，却分属不同阵营，彼此间相互提防还来不及呢，更遑论同乡之谊？

孟庆霖心中犯疑："这靳都督来此何干？不会只是为了祭奠太夫人吧！"

却见，那靳云鹏焚香致祭，礼节甚恭；又向孟庆棠及家中亲眷——问候。

末了，才来到孟庆霖这里，说道："泽霆贤弟，节哀！"

孟庆霖回礼："敢劳都督大驾！庆霖惭愧！"

"哎！如今，你我兄弟同在北洋，又何分彼此呢？骤闻，先太夫人驾鹤西去，云鹏特代表省府致以祭奠，还望霆弟继往开来，不负圣贤谆谆教诲之恩，再为国家立下殊勋！"

"这……"

说实话，对于靳云鹏的这番嘱托，孟庆霖多少有些不知所措。因为，对方是一省都督，是本省内天字第一号人物，而自己只不过是个涉世未深的年轻人，如今也就做到个营一级管带——二人地位完全不对等啊！

按理说，他这番话应当说与三哥庆棠来听，更为妥帖。毕竟，三哥才是前清敕封的"五经博士"，身上带着爵位，又是家中主事，自然当仁不让。可他却抛下正主儿，单与我白话，这究竟何意？

孟庆霖虽一边应承，一边思索，却挡不住府里一片骚动。

见本省都督亲来致祭，却也不提前知会，孟庆棠只得吩咐老吴将原先备下的待客酒宴再作进一步升级，不可亏了礼数，云云。

然而，孟庆棠此刻的心里，却隐隐有一种不安……

晚间，酒宴过后，宾主尽归。

靳云鹏回到自己下榻的客房，忙命人将孟庆霖请来，又将众侍从屏退，说有要事相商。

只听那靳云鹏谦称言道："泽霆老弟！今值府上白事，但你却有一桩实在喜事！愚兄，还是要恭喜你呀！"

"啊？何喜之有？"

"呃……"靳云鹏稍有犹豫，似在思索，又似组织语言。

靳云鹏："是这样！如今，民国既立，大总统正一手改组军队，一手宣扬文教。这军队嘛，与你有关的也就是'营管带'改称'营长'，而前清禁卫军则整编为中央陆军第十五师、第十六师，仍归冯华甫节制！至于这文教嘛，大总统来电要我问问你意思：未来，你究竟作何想？是想回到北京，继续做个营长，还是……"

"还是什么？望大都督赐教！"

正当孟庆霖与靳云鹏说话之际，业已成长为孟庆棠与老吴双重心腹的小九，见官兵不在近前护卫，便趁着进茶的工夫，溜至窗前侧耳倾听。

只听靳云鹏问道："大总统要我问你，你是想回到北京，继续做个营长？还是就留在亚圣府里，承袭世职？今夜，你务必给我个说法！"

"啊？这……这又如何使得？"

孟庆霖虽不知这段祺瑞系的靳云鹏究竟打的什么主意，但对方如此提议却是万万不能接受的！这不就是等于夺了三哥之位，当下便要祸起萧墙嘛！

见孟庆霖诧异，靳云鹏又解释道："泽霆勿虑！我这趟来，本是回乡休养的。但你我是同乡嘛，又都在大总统跟前侍奉。尽管过去来往不多，但这份情谊却是真的！如今，既闻府上先太夫人离世，我便不能不亲自登门致祭，却又偏巧收到大总统的电文，要我顺道问问你的意思！这才有此一叙啊！"

"承都督美意！可是，府里尊卑已定，三哥又持家多年，并无过错，岂敢擅

649

第三十二回

改位次啊？"

"非也！如今，民国政府将改'翰林院五经博士'之封号为'奉祀官'，本就有择贤而立一说。那孟庆棠虽是前清敕封的官爵，却也不是'奉祀官'的当然人选。这一点，大总统自有决断，故有此一问！"

小九正扒窗听着，却闻外面有皮靴之声，知是官兵来了，便忙从侧门溜出院子，正慌不择路间，偏与老吴撞个满怀，连手上捧的茶盘都险些摔了！

老吴斥骂道："小兔崽子！你慌个什么！遇到鬼了！"

小九心中一急，索性与老吴耳语一番。

老吴一听，大惊失色，火速去寻孟庆棠，必须立刻拿个主意！

见了孟庆棠，老吴自是如实禀报。

孰料，孟庆棠并不意外，却反倒开解老吴说："今儿白天，我就瞧出来了！靳都督不与我亲近，只与四弟说话，且言谈举止间甚为谦逊，也就可见一斑啦！"

"老爷！这大宗、小宗天理有别，岂能妄言废立？这不是坏了规矩吗？再说，老爷您哪里做错了？"

孟庆棠虽心中不喜，却仍旧表现得没事人一样，跷着二郎腿，又拿挖耳勺掏着耳朵，说道："嗨！错就错在没人家亲呗！你光瞧着四弟是亚圣小宗，可你就不想想，人家跟大总统是什么关系……"

老吴不屑地"哼"了一声："这一切，都是老爷您给他挣来的！若不是看在您的面子上，当年的山东巡抚孙宝琦又岂会荐他去选陆军部？说到底，还不是承了咱府上的恩荫？这下倒好……"

许是忠心太过，又许是私心太重，老吴竟口不择言，谤起主子来了。这可不是他平日的作风，就连老吴自己都不禁为此感到懊悔。今晚，我这是怎么了？

事实上，老吴这话纯属中伤。当年，孟庆霖虽有引荐在先，却也是得遇金碧云之后，才从陆军部转至禁卫军；又是凭借自己的真本事，一连过三关，以总名次第二的成绩，录为文职"司书生"，这才走上从军之路！这一切，并非老吴说的那般简单。更何况，孟庆霖无论是单兵科目，还是指挥作战，皆是同期那拨人里出类拔萃的尖子。却偏偏不是仗了府里恩荫!

可见,人心不正,则事实往往歪曲。细思之,真不知这上下五千年中,又有多少仁人志士,曾被如此一言抹杀!

孟庆棠遂白了他一眼,也未多言,只摇头叹息道:"天要下雨,娘要嫁人!算了,明儿一早,你就替我收拾屋子,将正房腾出来,请四弟夫妇居住!我呀,就搬到他那屋,凑合凑合得了!"

"老爷!您真就打算从此归隐?那我们可怎么办呀?"

"不归隐,你倒是给我出个主意呀!难不成兄弟相争,去干那杀人劫货、丧家败业的勾当?如今,权把子在人家手上,我说了算吗?"

"老奴失言!老奴失言!"

"算了!给四弟又不是给外人,肉……还是烂在咱自家的锅里!你放心,四弟宽厚,不会为难你的!"

老吴默然,倒有些后悔自己平常不大尊重那位次房的主子。眼看着,"一朝天子一朝臣",却不知这"管家"一职即将交付何人?

翌日清晨,老吴格外殷勤地去向孟庆霖请安,却惊讶地发现:这屋子里早已是人去楼空,仿佛从未住过人一般!

正诧异间,只见桌案上留有一封孟庆霖的亲笔信,上书曰:"兄长敬启"。

须臾,孟庆棠以及孟宪济夫妇,乃至靳云鹏、老吴、小九等人皆已齐聚世恩堂。

孟庆棠迫不及待地拆开了弟弟的书信,却见那熟悉的瘦金体,铁划银钩,分明写着:

兄长如晤:

弟自投军以来,便将全副身家性命付与家邦;不求飞黄腾达,但求国泰民安,兵无用武之地,以慰平生!

然民国肇建,共和初生;却也是新旧消长,各地变乱迭起之际。且看去,

第三十二回

依旧是社稷不安,山河蒙尘。

斯时,弟又岂敢高卧于家中,而独享片刻欢娱?

今闻鄂豫之间,有名为"白狼"者聚众起事,攻府克县。凡下者,必纵兵掠之,人畜不留,殊为可恨!

故陆军部急召各现役军官,即刻归队,待命出征。弟亦不自免,连夜返京,却是身不由己。

弟此生遗憾有二:一为不能亲送吾祖灵柩奉安,二为不能承欢父母膝下。故孝道有亏,余生不复为人也……

盖忠孝不能两全。

弟此生,既已许国,再难许家!

唯有贡献毕生心力,伐不义、诛暴行,以护国护法,以安宪政;但求金瓯永固,山河无尘!

林文忠公有云:"苟利国家生死以,岂因祸福避趋之?"

弟此去,虽是祸福难料;却也知生亦何欢,而死亦何惧?

若能无愧于心,便也无须马革裹尸而还……

唯望吾兄代为膝前尽孝一二,便已铭感五内,自不待言。

弟庆霖
稽首再拜
民国二年二月

孟庆棠双手颤抖着念完这封信,心中已是五味杂陈。他知道,四弟这是不愿让自己为难,又不忍看到"兄弟阋于墙",而主动出走的。这些虽未在信中明言,却已是剖陈心迹,可昭日月!

他默默感慨:"庆霖终究是成长了,而自己却已愈发衰老了,再也护不住这只鲲鹏,只能任其翱翔……"

对于这位幼弟,他这个做哥哥的,从不怀疑其志向与能力。他只忧心庆霖过于执着家国，而拙于谋身，却不知"国报忠尽"的道理！

这一刻，他反倒希望庆霖留下来，将世职传承下去，总好过某一天悲讯传来……

孟庆霖的母亲李氏，倒也不懂得什么家国理想。对她来说，这是独生儿子的又一次狠心出走，其间的心痛自不必说了。这时，她所遗憾的只是不能再为儿子织一两件棉衣带走，以御"京城之寒"。

孟宪济却道："胡闹！胡闹！回京就回京，说什么死啊活啊的？不与我们辞行也就罢了，连都督大人这里，也不来知会一声，当真失礼！"

靳云鹏反倒笑笑说："昨晚，泽霆便与我说了！但见二老歇了，也就未敢惊扰！"

"都督恕罪，都怪在下教子不严！"

"非也！非也！老大人无须自责。我自幼长在本县乡间，最仰慕的就是咱县上的亚圣府。只知是千年门第，高不可攀。如今见之，果然名不虚传呢！"

说着，靳云鹏瞪着那双炯炯有神的眼睛，轻蔑地瞥了一眼老吴和小九，似在提醒他们昨晚之事，却又只是微微一笑，不愿点破……

花开两朵，各表一枝。

这一边，孟庆霖自带了李若雪和姜齐玉连夜返京，偏偏又遇到孟晚晴不依不饶，更须臾离不得嫂子，便只好四人一齐上路。而那一边，远在上海的李虎臣和赵玉婷却遇到了麻烦。

事情是这样的……

那天夜里，李虎臣和赵玉婷离开火车站深不见底的幽暗走廊，径往"鹿鸣旅馆"而去。

待行至旅馆那硕大的霓虹灯招牌下，赵玉婷却突然停住脚步，将随身的纸、笔、记者证等物件一并放进李虎臣的褡裢里面，又解开头绳，放下瀑布般的披肩长发，情不自禁地抛了个媚眼，逗得李虎臣浑身一激灵。

"你这是……"

653

第三十二回

赵玉婷却说:"分开行动呀!我找男的,你找女的。记住,一定要套出是何人指使!"

李虎臣连连摆手:"不……不……不行!我岂能让你孤身犯险?"

赵玉婷:"放心吧!就那货色……也不能把我怎么样!"

李虎臣却正色道:"那也不行!"

可是,未待二人争论出个结果,却见那瘦削汉子自远处来了,且身形愈见清晰。

只见他翻弄着手里的银票,脸上早就乐开了花。

"来不及了,快进去!他认得你!"

赵玉婷一把就将李虎臣推进旅馆,而自己则像换了个人似的,轻理云鬓,款动莲步,娇滴滴地呼唤道:"哟!好冤家!你怎么才来呀?"

"啊?"

那瘦削汉子一脸惊讶,心想:今晚还有这等好事?

这时,李虎臣正在旅馆前台与店老板说话:"老先生,这儿还有客房吗?"

只看这店老板,头上顶了个瓜皮帽,鼻梁上架了副老花眼镜,脸上沟壑纵横、皱纹遍布,正埋头打着算盘,也不看来人,没好气地应付道:"侬自噶上去窥窥!"

李虎臣本就无心住店,自然也不会因此动怒。

此刻,他正留心观察着店里的陈设摆放与往来人流,又顺从地径往楼上走去,却偏巧遇到几位争奇斗艳的浓香女子,笑语盈盈地走下楼来。

那些个女子,乍看上去勾魂摄魄,但若细加端详,便知尽是些庸脂俗粉、皮肉生意罢了。只是香气甚为浓烈,又兼柔声细气,体态风流,倒也颇惹路人流连。

对她们,李虎臣倒是不屑一顾,但她们对李虎臣却是兴趣倍增,久久凝望。只不过,这些女子的眼神却又不约而同地,盯着他那沉甸甸的随身褡裢,正窃窃私语,讪笑不停。

"这位小哥,怕不是本地人吧!"有一女子上前搭话。

李虎臣嘴上"嗯嗯啊啊"地胡乱应着,心里却只惦记赵玉婷;又眼神乱瞄,四下里搜寻那瘦削汉子相好的行踪。

"只记得那女人扭着个大屁股，却是不知名字……"

李虎臣心里正在苦恼，又闻身边女子言道："哎哟！你这是有相好了？对我们姐妹这么爱搭不理的？"

"就是呀！我们到底哪里不好啦？"

李虎臣答又不是，躲又不是；想出又出不去，却是不知为何。

他正纳闷儿，只听另一女子言道："小哥是哪里人呀？"

"会不会是云贵那边的？"

李虎臣更糊涂了：我这身上哪点儿像是云贵的？再说了，这云贵的又长啥样？

"好了！好了！这位客官只是来住店的！你们就放过他吧！"

"好像不是……"那几个浓香女子嘀咕着，悻悻而去。

李虎臣抬头一看，竟是那看似冷漠的店老板出手解围。

店老板作揖："不好意思呀！我这个店就在这个地方。侬要是想图个清静，就到别处去好了！"

"多谢老先生相助！敢问高姓？"

"吾姓王，叫王阿发！侬叫我阿发就行了！"

李虎臣眼珠一转："好啊！阿发叔，我就住这儿了！您带我上去选间房吧！"

说着，这一主一客直奔楼上而去，却正好避开那瘦削汉子拥着赵玉婷走进店来。

赵玉婷表面上眉开眼笑，实则满心嫌弃。此刻的她，只想尽快套出些有价值的情报，也好早点去寻李虎臣，省得爱郎多心。

但那瘦削汉子却扯开嗓门，大声嚷嚷道："阿发！再给我开个房！要快！"

许是年老耳背，王阿发并未听到楼下有人叫他，仍旧带着李虎臣逐一看房。

王阿发努力推荐道："客官请看，我们这里有三种客房。这第一种，使的是雕花床、绣金被，每晚只要一两银子，还包一日三餐，且南北干货、河鲜海鲜一应

第三十二回

俱全，更有二八小娘子席间陪唱，夜里侍寝……"

"啊？一两银子！这么贵！"

见李虎臣咋舌，王阿发倒也不急，又继续介绍道："这第二种，使的是木板床、棉花被，每晚要二钱银子，也包顿早点，却无小娘子作陪。若是夜里寂寞，客官可自去寻人进来，本店绝不干涉！"

李虎臣又好奇地问道："那第三种呢？"

王阿发有些不耐烦，心想这人连每晚二钱银子都不舍得给，也就没多少油水可捞，便草草答道："这第三种嘛，厨房剩下什么便与你吃些什么，夜里就在前台打个地铺，清早走人。随客官赏钱多少，本店概无异议！"

李虎臣心知这店老板是个势利眼，但若要打探消息，则务必先将其镇住。便故作犹豫一番，又好似痛下决心般说道："那……我就要第一种！不就是一两银子嘛！哪回生意赚不来呀？"

说着，李虎臣就从褡裢里掏出一两碎银子，拍到店老板手上。

那王阿发立刻喜笑颜开："好！好！我这就引你过去！"

此刻，楼下的瘦削汉子见许久无人照应，便自行拉着赵玉婷上楼，一路上"妹妹""心肝儿"地叫个不停。

赵玉婷勉强应着，却又问他姓名。他只说自己叫"武士英"，原是云南新军某营管带，现跟青帮一个姓"应"的老头子做生意。

这句话，就犹如一道晴天霹雳，霎时惊醒了赵玉婷！

青帮？姓应的？

赵玉婷立马回想起将近三年前，发生在南京郊外那座破旧四合院里的一幕：当年，还在扬州唱曲儿的她，头一次遇到孟庆霖，就阴差阳错地被范高头一伙所房。而匪徒当中的二掌柜，不也是姓应？他们那伙人，不就是青帮分子？

这里面，难道会有所关联？

赵玉婷心中不忿，她有种预感：若武士英当真是与这姓应的青帮头子搭伙，那么杀害宋教仁的主谋和真凶，大约也就近在眼前了……

然而，意外却从天而降！

"杀人了！杀人了！"

竟是那店老板王阿发惊恐地跑将过来，惊得楼上各房旅客无不探头张望。

继而，李虎臣也慌张地跟了过来，却慌不择路，偏与那武士英撞个满怀。

正是仇人相见、分外眼红！

武士英一看这小子竟追到此处，掏枪便射。赵玉婷见状，立马使出全身力气，将武士英一把撞开。

只听"嘭"的一声，子弹贴着李虎臣的脸颊擦过，好险！

这时，李虎臣一记侧踢，正中武士英裤裆，又一掌按住他持枪的右手，再顺势一招擒拿，干脆就将其掰到肘部脱臼，而那把手枪也顺势被抖落在地……

片刻之后，当李虎臣拖着伤痕累累的武士英来到那间出了人命的客房之时，武士英登时呆住了！

只见，那房中门窗紧闭，帘幕低垂。床下，则赫然倒着一具衣衫不整的女尸。女尸脖颈处现出红色的勒痕，死状恐怖。

正是武士英的相好！

武士英连滚带爬地摸将过去。他怎么也想不到，这女人前脚还对自己追打咒骂，后脚就死在了自己跟前。而他刚刚在外杀人，又匆匆返回，还自认为最危险的地方就是最安全的地方！

可待他稍加冷静，却又发现，这相好身上的首饰，竟全都不翼而飞了！包括自己刚送出去的那只纯银手镯。

"香香！我送你的手镯呢？手镯呢！"

武士英发疯似的在地上一阵摸索，却是徒劳。

赵玉婷见了，则频频与李虎臣交换眼神，又说道："那只手镯，一定对他意义非凡！"

李虎臣却"哼"了一声："多行不义必自毙！这全都是他自作孽，不可活！"

"别这样说！至少，那女人是无辜的！"

第三十二回

又问李虎臣:"欸?你有没有闻到一股奇怪的香味?"

"香味?经你一说,好像真的有一点!"

李虎臣又仔细地在房内嗅了一下,喃喃自语道:"这股香味,好像在哪里闻到过?"

许是一晚上连续撞见两起凶杀案,这人的脑子就多少有些蒙。尽管李虎臣仍在努力地思索着、回忆着,但就是想不起来。

虽然,他十分坚定自己的判断。

这时,店老板王阿发已带着一队租界巡捕返身赶来,刚好把李虎臣、赵玉婷,以及那个伤痕累累,自称"武士英"的嫌疑刺客堵在人命客房当中。

李虎臣回头一看。

只见这领头的巡捕三十来岁,生得人高马大,孔武有力,手里拎了根警棍,显得趾高气昂。只是脸上坑坑洼洼地长了许多麻子——用上海话说叫"麻皮",显得有碍观瞻,倒也因此格外醒目,不由得让人印象深刻。

"册那!好香啊!"

几乎是同时,麻子巡捕也闻到了这股味道。却又故意恐吓众人道:"把这些赤佬,通通带回去!"

王阿发忙解释道:"错啦!错啦!不是这几位!我们来看房之前,这女人就已经死啦!"

这倒不是缘于王阿发的正义感,而是他实在不想为自己的旅馆无端树敌。毕竟,人在江湖行走,谁又敢担保这些人的背后没有一两个大佬罩着?

李虎臣抱拳拱手:"敢问阁下高姓?"

"这是我们家老头子!"跟班小巡捕附和道。

"吾姓黄——黄金的黄!"

许是巡捕做得久了,三教九流无所不交,那麻子也算见惯了世面,故颇有些识人之能。此刻,他见李虎臣临危不惧,眉宇间似有英雄气,便知此人非同小可,不是个容易拿捏的,也就礼节性地拱拱手,自报家门。

李虎臣尊称一句："黄探长，你不觉得这屋子里的味道有些奇怪吗？"

经此一说，这队巡捕倒也纷纷凑起鼻子来闻，活像数只披着衣服的警犬。但他们闻了半天，也闻不出个所以然来，只好眼巴巴瞅着老大做事。

只见那黄巡捕走到女尸跟前，满脸嫌弃地命人试一下尸体余温，又破例亲自查看了死者伤势。稍加思忖，仍旧下令将在场所有人，包括那店老板王阿发以及二楼全体住客在内，一并带回去审问。

一时间，这小小的旅馆里面竟是鸡飞狗跳、号哭不止，至于大声喊冤者更是不计其数。

李虎臣和赵玉婷对视一眼，心知此刻多说无益，便也手牵着手，权且跟巡捕而去。

却说那姓黄的麻子巡捕，既然自称"老头子"，倒也真是个青帮中人，门下徒子徒孙没有二百，也有百二；而他又同时仗着洋人的庇护，干着巡捕的勾当，可谓身兼数职，脚踩黑白两道，在上海滩很是吃得开，已隐然有"地下称王"的意思。

对黄麻子来说，今晚倒也极不寻常。先是革命领袖宋教仁在火车站遇刺，后是"滚地龙"一带的鹿鸣旅馆发生凶杀案。这一连两起人命官司，确也如两座大山，压得他着实喘不上气。

若不能及时破案，自己这"神探包打听"的名号可就要折了！

到时，一旦失去洋人支持，我还在道上怎么混？

黄麻子坐在汽车里，越想越着急，最后也忍不住地唉声叹气。

"师父，您看这两个案子，咱们先办哪一个？"身旁的小跟班插话道。

"当然是宋先生的案子！册那！这还要问？"

黄麻子刚要发火，却又突然想到案发现场一处细节，当时没去细想。如今，稍加琢磨，倒也值得玩味。

黄麻子："欸？侬还记得那屋子里厢的味道伐？"

小跟班："记得啊！像是麝香……对！就是麝香！很浓烈的麝香！"

第三十二回

黄麻子一抬眼，又问："那女的屋子里厢，可搜到麝香了？"

"搜过了哇！衣物都在箱子里，之前没人动过，就是没搜到一丁点儿银子！当然，也没麝香！"

"册那！有意思！"

黄麻子一拍脑袋，若有所悟。

几乎是同时，坐在卡车里，与众住客一齐被押赴巡捕房的李虎臣反倒瞧不出一点儿着急。

他捂着赵玉婷冰冷的双手，沉思片刻，倒也灵光乍现，便对她小声说道："我进旅馆时，有几个粉头正从楼上下来，将我围在当中……结果，我刚才一慌，竟把这茬儿给忘了。现在想来，那屋子里头的味道竟和她们身上的几乎一模一样！"

"那味道？是麝香！流产用的麝香！"

赵玉婷想了一下，马上反应过来。又立刻追问道："她们有几个人？都长什么样子？"

这时的她，看上去多少有些惊讶，甚至是有些惊恐。

"嘘！小点声儿！你这是怎么了？"

李虎臣见卡车的敞篷车厢里挤满了人，便示意赵玉婷噤声。

赵玉婷却心急如焚："你快说啊！"

"五个人吧，如果没记错的话！都穿着红衣红裙，梳着云髻，点着朱唇，看不出是哪里人！"

赵玉婷双手合十，喃喃祷告："红衣红裙，五女齐出！上天保佑！你没事！"

又对李虎臣说："你知道吗？你差点就没命了！"

"啊？几个风尘粉头罢了！至于吗？"

"不！那根本不是普通的风尘女！若我所料不错的话，听你描述她们的衣着和打扮，还有那屋子里的麝香味道，再想到今晚的案子……我想她们就是传说中的'锦军'！"

"什么军？"

"锦军！就是女盗团！我也只是听过，却没见过！据传言，只要被她们盯上，无论男女，一准活不了！就连身上的财物，也要被尽数劫去！从前清到民国，她们流窜各省，害了许多性命，可就是没人能够抓到……"

"这……这么严重？"

李虎臣听了，既感到不可思议，却又暗自庆幸自己无意中躲过一劫。

然而，李虎臣终究还是高兴早了！

这是因为：更大的麻烦，即将接踵而至……

按理说，旅馆里的所有人，无论是被当作目击证人，还是被当作嫌疑分子，全都是被送上卡车集体押解的。

只有一个人除外，那就是武士英！

这又是何故呢？

因为，他有枪嘛！

再者，他有钱嘛！

案发现场附近，二楼的走廊上，巡捕拾获了他那把手枪，一问便知是武士英的，而他也不予否认。

再一搜身，好家伙！

整整一千两银票！

此情此景，再联想起今晚发生的诡异案情。饶是这巡捕再糊涂，也看得出来武士英绝非善茬儿，故另作一番计较。

黄麻子则亲自指定用自己的备用轿车，来专程押解他。

路上，武士英总算意识到自己是被人给算计了。不仅仅是被未知姓名的"赵玉婷"算计，更是被自己的"伙伴"兼"老板"算计。

不然，怎么这么巧？

自己前脚刚走，后脚相好"香香"就被人给干掉了？

按理说，"香香"也是个老江湖了，不大可能是因嫖资等事，跟人起争执。即便是有，也一定会等自己回来，再去寻仇。更何况，明天一早就能够赎身了，无

第三十二回

论如何她都犯不上！

　　这武士英虽是四肢发达，头脑简单，但总归不傻，更兼有许多黑道经验。此刻，他的心里早就渐渐理清了事情的来龙去脉。

　　只不过，他的时间或许已经不多了……

　　另一边，眼见得巡捕房咫尺在望，黄麻子这才松了口气，叫人停下车。又让小跟班去帮自己买一碗夜里的馄饨解解馋。

　　"唉！这一晚上，真是……"

　　黄麻子点了支烟，却只匆匆抽了两口，便因心情烦躁而丢弃了。

　　他一边吩咐手下将所有人带进巡捕房，一边倚着车门，大口大口地舀着馄饨。

　　就在这碗中热气升腾之际，备用轿车里的武士英猛地抬起头，仿佛感悟到什么似的，大叫一声："不好！"

　　说时迟，那时快！

　　数颗手雷，在空中抛闪出完美的弧线，稳稳地砸落在巡捕房门口。

　　只听轰的一声巨响，多股强大的气浪相继腾空而起，立刻就将巡捕的卡车、轿车一并掀翻，现场一片火光……

第三十三回　战"锦军"夜审武士英　猎"白狼"杀罚肃军纪

浓烟滚滚，地动山摇，炽热的烈焰撕裂了夜幕苍穹，强大的气浪卷起了漫天尘埃。

黄麻子被几个满身血污的巡捕从车底拽出来，踉踉跄跄地环顾四周，却见押解旅客的卡车业已被掀翻，地上死伤无数；而那个曾被他暗许为"似有英雄气"的"小赤佬"，尽管已是满头鲜血，却仍不气馁，反而拾起一把步枪，正一边躲避流弹，一边拉栓射击。

这下，不可一世的黄麻子竟在自家门前吃了好大一亏。无论是面子，还是里子都不可能再过得去。若不能就此扳回一局，那么，他的尸体一定会蓦然出现在苏州河头、黄浦江边，而这还要指望黑白两道的对手稍加怜悯，好留他一具全尸……

想到这里，黄麻子怒从心头起、恶向胆边生，一把就摘了警帽，狠狠地掷到地上，只抖搂出一缕烟尘，随风飘荡。

"册他娘！都给老子上！"

黄麻子掏出手枪，抖擞威风，带着仅存的四五个巡捕，一边各找掩体还击，一边押出武士英，边打边撤，向巡捕房内退去。

然而，令人诡异的是：对面枪响之处，却是只闻其声，未见其人。

可怜那黄麻子和李虎臣，茫然开火半天，却连自己的敌人是谁都还没搞清楚。

"晨曦！快醒醒！"

李虎臣一手持枪，一手使劲摇晃着赵玉婷，心里正七上八下。对他来说，生

第三十三回

死倒也不足惧,但他却忧心就此失去命中的红颜伴侣。

须臾,赵玉婷睁开双眼,剧烈咳嗽着。此刻,映入她眼帘的只有滚滚浓烟与冲天烈火,而身边早已是尸骸遍地,满目疮痍。

"虎子,是你吗?"

李虎臣笑了,脸上尽是灰尘与血污:"走!我们退到巡捕房去,好歹能挡个子弹!"

说着,便拉起赵玉婷,二人相互搀扶着,一路后撤,耳边尽是枪声回响。

孰料,地上突然伸出来一只脚,险些绊了他们一跤。赵玉婷低头一看,原来是那旅馆老板王阿发。

李虎臣本没在意,打算继续往前走,却被赵玉婷死死拽住:"等等!他还有气!一定要带上他,只有他能证你清白!"

于是,赵玉婷又去扶王阿发,而李虎臣只得持枪断后。三人且战且退,直退入巡捕房大门之内。

黄麻子一看李虎臣来了,倒也不忘调侃一句:"册那!够猛!这都炸不死你!"

李虎臣也不甘示弱:"彼此!彼此!"

待这两拨人会合后,他们也方从刚才的爆炸中彻底回过神儿来。

李虎臣不由得去问一句:"看清楚了吗?对面都是谁?"

黄麻子则不屑地说:"看清楚了!不过是几个女蟊贼罢了!"

李虎臣有些惊讶:"啥?就那几个女的,就把我们搞成这样?"

"所以说丢人啊!人家四面开火,游动射击,也算有点道行!不过可惜啊,她们遇上了我!我做瘪三的时候,她们还没破处呢!"

说着,黄麻子抬手一枪,竟然真的正中一人眉心。而那女的还未叫出声来,就当场毙命。

"去!把她拖过来!老子要看她长得水不水灵!"

当即,就有胆大的巡捕,两两跑将过去,在己方弹雨的掩护下,合力拖起一具女尸，不顾一切地往回跑，身边尽是擦肩而过的子弹。

此刻，外面的枪声更加密集了。

许是"锦军"要为同伴复仇，而执意消灭巡捕房里的所有人，早已不计代价！

反观巡捕房这边，李虎臣和黄麻子，还有四五个巡捕就是眼前的全部兵力。余者，要么早被炸死，要么躺在废墟里奄奄待毙，要么就是赵玉婷、王阿发这样的，也没有什么反抗能力。

然而，这还不是最要命的。

生死只在一瞬，他们手里的弹药，却已所剩无几。而除了黄麻子以外，其余巡捕又实在太过无用。惊恐之余，他们只知胡乱放枪，却一枪也打不着敌方。

危急关头，李虎臣端着步枪，头也不回地冲了出去。

只见他左躲右闪，往来腾挪，在爆炸形成的废墟里面，四处寻找掩体，伺机与敌近战。这才是他的看家本领！

见李虎臣这般拼命，赵玉婷却懊悔自己没能及时拦住他。

她下意识地也想冲出去，却被黄麻子一把拽住。

"看你打扮，识字吗？"

"我是《申报》记者！"

"那好，我来问，你来记！我们的时间可不多了！"

赵玉婷刚从李虎臣留下的褡裢里寻到自己的纸和笔，就听那边黄麻子已对武士英问上了话。

"姓名！"

武士英苦于自己肘部脱臼，当下仅剩撕心裂肺的疼痛，却无反戈一击的能力。然而，他心中偏又理清了事情的来龙去脉，正在着急；但见外面执意要取自己的性命，而女人"香香"也一并无辜惨死……

他自感再无牵绊，索性横竖横，豁出去了！又何需再作保密？

于是，他对黄麻子说："你也不要问了！或许下一刻，我就要死了！我这就把

665

第三十三回

我所知道的，全部说出来。我可不能死得不明不白！"

又面向赵玉婷说："姑娘，好手段！连我也没识破，你居然是个记者！我他妈还真以为你是个婊子！"

赵玉婷听了，不觉有些羞赧。

一旁的黄麻子见了，却将这一幕收进眼里，又在心中对赵玉婷从头到脚地细细品玩了一番，暗想：这小娘们倒是不错！等这事过去，我可得想个法子……

"我叫武士英，原名吴福铭，山西人，今年二十三岁！"

赵玉婷正飞速记着，心里着实有些意外这人才二十几岁，看上去倒更像是四十出头的中年汉子。

这时，外面仍旧是漫天弹雨。

眼见得己方巡捕陆续中枪，黄麻子不禁怒吼道："快说！做什么的？"

"我十七岁从军，便练得一手好枪法，故被老长官看中，带在身边做个护卫。后来，又升任营部管带，娶了一房婆姨……"

黄麻子："管带？不错呀！你放着小日子不过，来上海做什么？还有，你身上哪来这么多银两？"

"呵！你不问倒好了，你一问我可想杀人了！"

赵玉婷开解道："你别动怒！如今，我们可是一条绳上的！"

武士英却冷笑道："你让我亲一口，我就告诉你！"

赵玉婷又羞又气，心想真不该跟这人多言，反倒惹来一身臊。

黄麻子可没这般耐性，照着武士英的裤裆前面就是一枪。

武士英吓了一跳，冷汗瞬间浸湿后背。

他稍稍犹豫了一下，仍旧开口了："成亲后不久，我那老长官得急病死了，上面又派了位新长官。我好心好意地请他到家里喝酒，想借机搞好关系，却不料被他酒后夺占爱妻，还说我是有意献妻于他。一怒之下，我开了枪，反被他拿爱妻抵挡。于是，枪响过后，我连杀两人，遭到缉捕。从此，我揣着爱妻的银手镯，亡命天涯……"

赵玉婷听了，有些动容。

黄麻子听了，却仍旧不动声色，只诈他道："今晚宋教仁的案子，是你做下的吧！"

"宋教仁？什么宋教仁？"

"国民党党魁宋教仁！"

武士英喃喃自语道："这个名字，我倒听过……"

又惊呼："可我并不认识他呀！"

"不！你认识！"

说着，黄麻子就从怀里掏出一张宋教仁的照片，递到武士英面前，又拿手轻轻指着，问道："这下……总认识了吧！"

武士英仿佛恍然大悟一般："是他！欸？怎么会是他？这……我不知道啊！"

黄麻子："别装了！说吧！是谁指使你的？"

事情发展到这一步，无论那武士英是否知道自己杀的是宋教仁，他都再无辩解的余地，只能怔怔地望着黄麻子与赵玉婷。

这一瞬间，空气都似乎凝住了……

却说那李虎臣，见子弹打光了，便索性弃了步枪，又从腰间摸出随身的飞刀，潜伏于暗处，静待时机。

在他看来，这些个女子枪法极准，步履轻盈，全然没有在"鹿鸣旅馆"时的柔声细气，反倒形如鬼魅。其行动之迅猛，攻势之凌厉，就是一般男子也难以企及。

只见她们几人越战越勇，先前还只是"拿人钱财，替人消灾"。如今，已是复仇心切，志在必得！

其中一个为首的大声吩咐道："二妹、三妹，冲进去！把里面的男人通通宰了！老五掩护！"

老五只道一声："是！"

二妹却狞笑着说："他们杀了老四，一个也跑不了！"

第三十三回

三妹又从身上摸出一枚手雷，迅疾拉开保险，放在手上延迟数秒，方才丢出去。

手雷落地，门口的两个巡捕根本躲闪不及。随着一声巨响，他们竟被炸成数段，残肢断臂竞相飞出，只留下满地血污……

趁此间隙，李虎臣快步回身，转动手腕，手中的飞刀犹如离弦之箭，直挺挺地飞了出去，发出金属的锵鸣之音。

"啊！"

三妹一声娇呼，已被一刀封喉！

小半天激战，巡捕死伤大半，而五女中也死了两个。余下的老大与老五反倒不似先前那般疯狂。

只有二妹仍在苦战，却听那为首的一声呼哨，方才恨恨作罢。

于是，幸存的三人悄然消失在茫茫夜色之中。

"总有一天，会让你们血债血偿……"

为了查清她们的身份，李虎臣愣是一个人拖着这三妹的尸首返回巡捕房。而此刻的巡捕房内，武士英正在吐露一个惊天的秘密！

"到底是谁指使你的？说！"

"青帮大字辈应夔丞！"

"有何凭证？"

"一千两银票，你们不是搜去了吗？"

"银票又不会说话喽！"黄麻子怒了。

"这是事成之后的款子，事前还给了五百两，但早就被我花光了！来送钱的是他贴身小厮。"

黄麻子又逼问道："还有什么证据？"

却听旁边有人叫嚷："我知道！我知道！"

原来，是地上的王阿发醒了，又许是默默听了半天。此刻，倒也想插上一嘴。

众人望着他，似乎都在等他吐露出什么真相。

只听那王阿发徐徐道来："那天，我在旅馆里头遇到这个姓武的。他把枪一下就拍在柜台上，高喊作价五百两！老总，你们想想哦，一把破枪，哪里就值五百两？摆明了找事嘛！于是，客人要么不理他，要么趁机溜掉。他正要发怒，却被另一个人给拦住了……"

众人齐声问道："谁？"

"青帮，应夔丞啦！"

黄麻子疑惑地问："咦？你也认识应夔丞？"

王阿发则鼓足勇气说："我怎么不认识啦？好歹也是做生意的好不啦！青帮的兄弟，我也没少招待呀！"

"那人什么样子？"

王阿发比划着，惊异地回想道："长衫，手里头摇着把折扇！噢！还有……尖细嗓音，白净面孔！"

听到这里，赵玉婷握笔的手不禁颤抖了，眼中似含泪水，心想："就是他！他就是范高头一伙的二掌柜！早先只知姓应，却是不知名字。原来，他就是应夔丞！"

王阿发则继续讲述道："当即，那应夔丞就给了这姓武的五百两银票，又和他约作兄弟。这姓武的，还说要以死相报！"

黄麻子抬腿，踢踢武士英的下巴，问道："喂！他说的属实吗？"

武士英则无奈地叹息道："对！一字不差！可惜，我信错了人……"

"欸？他为什么要指使你杀宋教仁啊？有何冤仇？"

武士英冷冷一笑："我只做事，不问其他！难道你会问你的老板，为何杀人吗？只不过，他倒也说过，说是若杀了此人，便是为四万万同胞除一大害！如今，我只当他满嘴胡呲！"

"那今晚外面这些人呢？"

"宋教仁死了，这事闹大了哇！自然是来杀我灭口的哇！不然，谁还配得上这等阵仗？"

第三十三回

黄麻子似笑非笑："你倒挺有种啊！"

武士英反正豁出去了，语气也就更加不卑不亢："人死留名，豹死留皮！"

"可是，为什么不在给你送钱的时候……"

正在做笔录的赵玉婷情急一问。

"呵！我想，他是怕坏了自己名声！既要当婊子，又要立牌坊！这才雇了那些生面孔女的！我估摸着，她们算计我的归程，还以为我早就到了旅馆，却不料只遇到我那相好。可惜了……可惜了……"

武士英又望着赵玉婷说："这还要多谢你呀！若不是在旅馆门口遇到你……说不定，我早就死了，和自己女人一块儿！"

赵玉婷果断记下了这一关键线索。

恰好此时，李虎臣拖着"三妹"的尸首进来。

众人一看，那女的和先前拖进来的，模样、打扮皆相似，一水的红衣红裙，此刻全作披头散发状，好似厉鬼一般，让人不寒而栗。

黄麻子早就听说过"锦军"这号人物，但也没见过。他只知道，这都是些战乱孤儿，碰巧被一老骗子收留。那老骗子把她们养大，又强喂她们吃大烟，好让其染上毒瘾，才更得依赖自己活下去。其间，又特意传授她们偷盗技巧和杀人之术。还在其十五六岁的时候夺走初夜，再让她们不断地勾引男人，与之交合，并猎取财物，又迫使其大量服用麝香流产。最后，待男人被榨干了，则将男人全家灭口，再换下一个目标……

这便是江湖上流传的"锦军"传说。

"锦"者，织锦、花团锦簇之意也。

"锦军"就是女子之军，意即猎杀男人的女刺客！

后来，那老骗子坏事做绝，自己也惨死在倾注"半生心血"打造的锦军手上，尸体竟真的被卸成八块喂狗。而锦军的第一把交椅，也自然过渡到"大姐"头上。

只不过，随着年岁渐长，她们早已不复往昔容颜，故想要再去"狩猎"，倒也难上加难。但不知为何，服用麝香的传统却依旧顽强地保留下来。

如今，她们沦落到只能干些雇佣军的勾当，但因"成绩"斐然，倒也当真让人大开眼界！

"锦军！不过如此！"

黄麻子一脚就将那三妹的尸首踢翻过去，却碰巧露出其后背。

只见她腰窝处，纹着一个小字——"情"！手腕处，又戴着武士英亡妻的银手镯。

赵玉婷愣怔半晌，不知为何，竟壮着胆子，独自去取手镯。而后，又感于其中凝聚的真挚感情，故端在手上把玩片刻。好一会儿，才物归原主。

孰料，那武士英就像见了何等珍宝似的，竟将其叼在口中，眼泪汪汪地再三致谢，口中念念有词道："婆姨，你回来了！到底哪个女人都不如你呀！走哇，我们回家了……"

此刻，早已无人再去理会武士英，任由他疯疯癫癫好了。而他的命运却已然注定了，就在其举枪瞄准宋教仁的那一刻！

值得一提的是：众人见"三妹"腰窝处有字，便也好奇那先前死的"四妹"会不会也有字。于是，便突发奇想，也让巡捕掀开"四妹"衣衫。

果然！

同样的位置，同样的技法，也有一个小字，却是个"欲"字！

望着"情""欲"二字，众人若有所思……

后来，李虎臣是这样描述故事的其中一段尾声：

可怕的一夜终于过去了。

翌日清晨，陈其美的沪军，听闻是黄麻子的巡捕房捉拿了刺杀宋教仁的嫌犯，便马上有所行动。他们一边与外国驻沪领事磋商，争来司法裁判权，一边派出军队径直找黄麻子要人。

见驻军来了，领事又打了招呼，黄麻子不得不将武士英交出。可他又心有不甘，这事总不能草草算了！不然，死了这么多兄弟，自己以后还怎么混？

赵玉婷却赶来打圆场道："好办！我给你写篇报道，题目就叫'黄巡捕夜捉嫌

第三十三回

犯，包打听神探破案'！可好？"

"哎！"黄麻子脸上由阴转晴，马上喜笑颜开。却又纠正道："不要说黄巡捕，谁知道是哪个巡捕？要提我的真名！"

李虎臣半开玩笑地说："那您倒是告诉我们啊？"

只见那黄麻子昂首吟哦道："好说！鄙人……黄金荣！"

……

又过了两日，《申报》的头版头条赫然刊登着黄金荣的大头照，下面果然记述了"宋教仁遇刺"一案的详细经过和侦办过程。于是，几乎是一夜之间，大江南北的读者竞相领略到了"黄神探"的"英姿"，租界当局更是对其刮目相看，从此正式升他做"华人探长"。而他则更加肆无忌惮，在黑白两道间来回游走，左右逢源，并自号青帮"天"字辈，比"大"字辈还要再高上一笔，却不知自己也终将走上覆灭的道路……

"想不到，这黄金荣才是因祸得福，获益颇丰之人！可惜了我宋先生……"

清晨，一缕阳光照进赵玉婷的外滩小家里。

李虎臣起床盥洗，又坐在沙发上一边读着报纸，一边用着早点，心中感慨万千。

赵玉婷也将报纸拿来一看，不禁摇头道："这篇稿子，早已不是我当初的版本，我可从没想过这样不知廉耻地吹捧他！"

"那是何故？"

"八成是那黄金荣，对主编软硬兼施吧……"

"册那！"

李虎臣也学会了这句海派俚语，兀自发着牢骚。

可是，这发牢骚的也不只李虎臣一人，还有远在天津的孟庆霖。

话说，这孟庆霖又何以到了天津呢？

原来，自中央陆军整编以来，他这前清禁卫军的番号便不复存在了，而是被分作陆军第十五师和陆军第十六师两支部队，仍旧归时任直隶都督兼省民政长冯国璋节制。

孟庆霖所在营部，则被编入陆军第十六师，全称为"中央陆军第十六师直属警卫营"，进驻彼时的直隶省省会天津。

是日清晨，他与士兵一同出操作训。继而，又回营部办公，一如往常。

这时，业已升任警卫营参谋的张毅融推门而入，手里举着一封加急电报。孟庆霖接过一看，是妻弟李虎臣发来的，上面清楚地记着一行小字："今已查明，青帮应夔丞即为宋案主谋，然祸首未知。而应亦为范高头一伙，即当日绑你之人！"

这则电文用词虽简，然字字珠玑，殊为关键。

孟庆霖阅后，甚是吃惊！

他重新翻起桌上的《申报》，又细细地品读了一番那则名为《黄金荣夜捉嫌犯，包打听神探破案》的文章，抛开其中的吹捧文字不谈，里面倒也透露出不少的案件线索。比如：应夔丞买凶，武士英杀人；又如：武士英落网，道出二人密谋。还附带有最新号外：应夔丞被捕了，且即日开庭审判！

"原来是他！当真是多行不义必自毙！"

孟庆霖心中，仍旧愤恨不平，不知是为自己，还是为逝去的宋先生。

张毅融难得见孟庆霖这般动怒，就连其手中的报纸都被揉捏得皱成一团，不禁开口劝道："营长，秦东出院，已经归队了。你要不要见见？"

孟庆霖却仿佛从未听见一般，拍案而起道："三年前是我，三年后是宋先生。此人作恶多端，恨不能手刃之！"

张毅融："什么？"

孟庆霖方回过神来："你刚才说什么？"

"我说秦东，为你挡枪的秦东！出院归队了……"

"哦！快请！"

俄顷，秦东至。

只见他身着一件新制军装，面色倒也红润，却只愣怔敬个军礼，昂首言道："警卫营上等兵秦东，前来报到！"

第三十三回

孟庆霖颔首，招呼他就座，又询问其伤势复原情况。秦东虽一一作答，却也十分不善言辞，更时有傲慢凌上之气，似乎让人亲近不得。

对这一点，孟庆霖仿佛并未太在意。这倒不是因为秦东曾救过自己的性命，而是因为他这"生、冷、蹭、倔"的耿介脾性，世上已然罕见。

那些年，孟庆霖尚在家读书时，就听至山东开店做买卖的地道老陕提到过"关中冷娃"一说。想了想，大概便是秦东这般。

据称，这"关中冷娃"难以接近，更难以相处，是个怎么都捂不热的冷疙瘩。平日里，对同僚、对长官都是一副傲然姿态。可孟庆霖知道，只要将他们收服了，那到了关键时刻，多半是会为你拼上性命的！

秦东——这个潼关娃大抵如此，并已向自己证明过忠诚！

当下，孟庆霖就有惜才之意，转头对张毅融说："秦东养病期间，军衔应升未升。你现在打报告到师部，推荐秦东擢升上士，待遇与刘天瑞等同！"

"那职务呢？也是副排长？"

孟庆霖并未立刻作答，只是看着秦东，似乎在等他回应。

秦东先是震惊，后是震撼，继而动容，再就是难以抑制的心跳。

须臾，已是眼含热泪，支支吾吾，不知说些什么好。

他惊讶于自己居然连升三级，顷刻间就做到了最高级军士。

这对他一个乡下娃来说，当真不是易事！

因此，心中岂能不喜？又岂能不惊？

孟庆霖看在眼里，却旋即解释道："你以为我擢升你，是因为你救过我的命？非也！"

张毅融也纳闷，难道不是因为报恩吗？

孟庆霖继续说道："当年，大敌当前，你临危不惧，敢于顶着子弹冲上去。这份勇气与担当绝非常人可比！擢升你，既是奖励你，也是为全营树立一个榜样！军人，没有血性，没有勇气，那还做什么军人？"

秦东低语道："营长！"

"嗯？"

"额……额不想去连队了，额想跟着你！干啥都行！"

孟庆霖却反问道："做个副排长，再立几次功就可以升任准尉了，还不好吗？"

秦东垂下头，吞吞吐吐地应着："好！不过……额还是想跟着你！"

"就让他在你身边做个护卫吧，如何？"张毅融适时提议道。

"额愿意！"秦东立马答应。

孟庆霖只感叹说："太屈才了！"

"不！不屈才！营长给额脸面，额得兜着！嘿嘿！"

秦东那黝黑的脸上，顿时乐开了花。

孟庆霖悠然一笑，站起身来对这二人说道："走！去看看刘天瑞、胡杨他们在干嘛！"

张毅融有些支吾："那个……营长，别去了！他们俩告假了！"

孟庆霖轻蹙眉头："欸？河南前线兵力吃紧，陆军部三令五申：所有官兵一律取消休假，待命出征！他们哪来的假期？我怎么不知道？"

张毅融暗自低头："这个……"

孟庆霖厉声呵斥："你别护着他们！"

张毅融还在犹豫，秦东却是心直口快："额知道！他俩带人去了南市，逛窑子去了！"

"什么？"

孟庆霖大惊失色，张毅融却连连拉扯秦东衣袖，示意他勿要多嘴。

张毅融："这不是前段日子你不在嘛！这俩人仗着为你立过功，天瑞又是你同乡。这才有点……"

孟庆霖摇摇头，用手指点着桌案，意味深长地说道："有点儿匪夷所思啊……"

此刻，天津南市的一家妓院里。

第三十三回

刘天瑞和胡杨领头，正带着数名士兵在这脂粉堆里流连，个个拥香窃玉，好不风流快活。他们身上的军装早就脱得满屋都是，肩上的步枪也被胡乱地丢弃一旁。偌大的屋子里狼嚎阵阵，娇喘微微。门外侍奉的龟奴都好不眼馋，正侧耳倾听着，聊以慰藉。

须臾，只见一军官迎面走来，正是孟庆霖。

他身旁紧跟着腰别驳壳枪、肩扛红缨大刀的秦东，身后还有张毅融带着一整排士兵，正往这跑步行进。

那爬墙根儿的龟奴，见势不妙，一溜烟儿地跑了。

只见秦东一脚踹门……

里面正风流快活的士兵着实吓了一跳，虽极不情愿却也十分麻利地从窑姐那白花花的身子上爬下来，正要拿枪呵斥，却见是营长带人来了，全都红着脸，低着头。就连那身下之物，也都立马软了下来，好似霜打的茄子……

"哎哟！我说这位老总，兄弟们不过想放松放松……"

那妓院的老鸨明知前面是颗钉子，但为了化解危机，好长久地活下去，这会儿也不得不硬着头皮顶上来。

孟庆霖并不与她争论，只狠狠地白了她一眼。

张毅融则立马将她赶出去，倒也一并结算了银子。

这时，只有一个人仍旧自顾自地躺在床上，在一个浑身赤裸的窑姐怀里，舒心惬意地吞云吐雾，连眼皮都不抬一下，正是刘天瑞！

只见他吧唧着嘴，悠闲地享受着大烟带来的片刻虚幻，早已忘了自己身在何处。饶是张毅融好心叫他，却也丝毫不以为然。

"别吵我……我正娶媳妇呢！"

孟庆霖也不声张，只命人缴了烟枪，又让这些士兵穿好衣服，将刘天瑞抬回营部，他自有一番道理！

回营的路上，张毅融不免有些心惊肉跳。

毕竟这些兵出营快活，也是自己点头同意的。此刻，他小心翼翼地望向孟庆霖，心想这同期同学，早已不似往日光景，越来越像个统帅，而非自己的故人。

对这一点，他既饱含期待，却又深感悲凉且无奈……

几乎是同时，孟庆霖也仿佛听到了张毅融的心声，只小声说道："你就是爱纵容，看上去是爱护，实则是害了他们！还有，我这有封京城来信，一直压着，是团城之战后，我曾养伤的那家医院寄来的，说他们有个女护士和你相好。结果，你却在老家娶有妻室，又同时跟多个女的有来往，被人发觉了。现在，人家护士不依，又不肯做小，正各处闹呢！"

张毅融听了，心知这隐秘之事再难保密，便不觉羞红了脸。

孟庆霖叹了口气："唉！英雄难过美人关，我理解！现在，不管是不是抗命，我都准你回去一趟！尽快安抚好吧，不要再惹出祸事！"

张毅融听了，已是点头如捣蒜一般……

翌日正午，烈日当空。

孟庆霖的营部操场上，各连、排紧急集合，人人心怀忐忑，从军官到军士到士兵，无不在观望着他们的营长，即将作何抉择。

是袒护亲信？还是铁面如山？

这切实关系到他们未来的军旅生活。

彼时的刘天瑞早就清醒了，额头上尽是豆大的汗珠，心里也正在懊悔，真不该仗着营长宠信，就到处胡作非为。特别是抽大烟，这当真是杀头的罪过！

果然！

孟庆霖集合全营，说的头一件就是"禁烟"。而刘天瑞虽是亲信部下，又有同乡之谊，却恃宠而骄，犯了杀条。

孟庆霖慷慨陈词："当年，袁大总统小站练兵，曾三令五申禁烟。但有个士兵偏偏就犯了烟瘾，一个人偷偷躲起来抽，还傻傻地以为旁人不知。结果，东窗事发。袁大总统可是二话不说，当即手起刀落！知道吗？那颗人头，直到现在都化成白骨了，却依然悬在小站的军营里头！小站啊，可就在天津！那颗人头，正日夜盯着你们呢！想想吧，想想我泱泱中华是如何步步沦落的？全是他娘的鸦片！"

第三十三回

说着，他将收缴来的那根大烟枪，狠狠地砸到操场的硬木旗杆上，烟枪登时断作两截。

"抽吧！抽吧！我让你抽，抽出个国破家亡、山河破碎，抽出个妻离子散、暴尸街头！"

众士兵，尽皆低头。

随即，孟庆霖厉声下令："将刘天瑞收押！嗣后，交军法处裁判！"

众士兵一听，知道进了军法处八成就是个死，只不过早晚而已，便无不惊骇，心中亦稍有整肃。

说话间，刘天瑞这铁打的汉子，竟已哭得如同泪人一般。此刻，他当真想重新来过，可哪里还有机会？也不知，又是否真的还有转圜余地？

未待众人反应过来，两名士兵，已一左一右地架起他的胳膊，将他当众拖了出去……

见刘天瑞这头号亲信都如此下场，众士兵无不噤若寒蝉，特别是胡杨以及那些个嫖妓宿娼之兵，早就吓得两腿打战，冷汗直流！

"胡杨，亏你还是个硬汉！就这点儿出息！想女人了，你何不大大方方找一个，我又何尝阻挠过你们成家？非得去寻花问柳，你就得意了！管不住裤裆的男人，你还能指望他做什么？"

孟庆霖又下令："传令！胡杨等人降为二等兵，留部听用！"

众士兵诺诺。

眼见得，"劝一个""杀一个""罚一个"，先前又"奖了一个"，按理说事情也就过去了，但孟庆霖总觉得哪里不对，似乎还有什么不到位的地方。

他调整了一下呼吸，尽量让自己的情绪舒缓下来。

对此刻的孟庆霖来说，这些士兵光靠惩戒，无疑是不足以驯服的，但若想光靠恩情则更显鸡肋。既然立志带出一支铁打的队伍，那就非得整肃军纪、软硬兼施，晓以大义、动之以情，一手执大棒，一手执香饵，缺一不可！这倒不是他工于心计，而是不得不如此为之！

须知，一个人就有一个人的麻烦，十个人就有十个人的麻烦。那么，一百个人就远远不止一百个麻烦，更何况整整一个营四百多号人！这就已经是数不清的麻烦！遑论一个团、一个旅、一个师，乃至全国的武装力量！

若非军纪整肃，行吗？

常言道："韩信带兵，多多益善！"

但在孟庆霖看来，也就兵仙韩信艺高人胆大，能够达到这般境界，他自己这辈子是指望不上了。且不说带多少兵，就自始自终做到个军纪肃然、号令严整，也就足以超越当时绝大多数军队。而这竟然成为孟庆霖那辈人的毕生追求，却求之不得……

这时，许是烈日当空，台下站立已久的众士兵多少显出疲态。但见其有的军姿挺拔，有的低头不语，有的交头接耳，更有的东张西望。孟庆霖意识到自己这把火烧得还不够，而其中最大的缺憾，就是不能让这些人知道自己究竟为何而战。

孟庆霖知道，彼时士兵的心态，无非就是"当兵吃粮，吃粮当兵"，混个饭辙罢了，跟谁不是干？

想到这里，他不禁喊话道："你们中有的人，曾与我在北苑相逢。还有的人，更与我一同守卫团城！那时候，咱们这些人，脑袋随时不保；每一刻都是性命攸关，咱说什么了？不还是拼尽最后一丝力气，死死地拖住敌军，绝不让任何一个人从咱眼皮子底下溜过去。现在想想，那时候可真好啊！那时候，咱们是生死兄弟！可如今呢？是不是觉得不用打仗了，就要开始追求享受了？就要吃、喝、嫖、赌、抽，五毒俱全了？我告诉你们，为国戍边，保境安民，这是永远也做不完的事业！你既从军到此，便要全始全终！苟日新，日日新，又日新！无穷无尽！受不了管束的，趁早滚蛋！"

众士兵听得真切，也听得入心，刚才的交头接耳、东张西望倒也不复存在了。但也有头铁的竟敢直言顶撞，只听那人言道："营长！俺们都是些粗人！不像你，读过书、有文化！俺们只知道当一份差、领一份饷，没想这么多呀！"

"好！那我换个说法！我听说河南那边正在'闹白狼'，你们知道吧！"

第三十三回

"知道!"

"知道!就暴动呗!那家……杀得官军哇哇跑!"

敢情这营部里倒有个关外士兵,一句东北话竟把全场逗乐了!

孟庆霖也乐了,却听下面有个河南士兵正色答曰:"知道!就在俺们县!全县老幼都快死绝了,俺爹俺娘,还有俺妹子,全死了!俺一个弟弟只身流浪,一路讨饭地过来投奔俺……"

说着,他竟呜咽起来,引得众士兵无不感同身受。

那河南兵又言道:"那白狼说是只杀官绅,劫富济贫,可到头来谁还管呀?进城以后,他们见人就杀,见东西就抢,见女人就上,俺妹子……就是被他们……"

说到这里,他几乎站立不住,双腿一软,突然跪了下去,脸上已是涕泪横流。

身旁的士兵忙将他搀扶起来,又听孟庆霖在台上说道:"为国戍边,保境安民。这里的意思……如今,你们可明白了?若此刻大敌当前,身后又站着你爹、站着你娘、站着你妹子,还有你祖祖辈辈、千辛万苦攒下的家业,你们说……怎么办?"

"干他娘的!"

"对!干他娘的!往死里干!"

"往死里削他!"

"敌人想过去,除非俺们全死了!"

众士兵已是群情激奋,斗志昂扬。

孟庆霖点点头,随即宣布命令:"陆军部令:自即日起,第十六师抽调兵力,开赴河南前线,会同地方围剿白狼!很不幸,也很荣幸,我们营被冯长官亲点参战。他说未经血与火淬炼的部队,是无法担任警卫工作的!你们说……对吗?"

众士兵沉默,却又无不点头认可。

"将来,我们中很可能有人会死,你们怕不怕?"

只听那个河南兵声嘶力竭地怒吼道:"我要报仇……我要报仇!我不怕!"

众士兵一愣,也齐声吼道:"杀!杀!杀!"

顿时，杀声四起，响彻云霄！

孟庆霖却反而双手下按，示意噤声。

只听他悠然一句："凡恪守军纪者，今日每人赏银二两，以示嘉奖，费用从营每月的公费里出！凡南征立功者，无论官兵，我必亲自请功，绝不负你拳拳报国之心！"

众士兵先是一阵沉默，随即便有零星的鼓掌叫好声，继而是一片喝彩，最后竟是全营欢呼！

……

却说此刻的京城，在李若雪置下的那座小宅院里，孟晚晴正独自一人坐在秋千上读书，静听鸟鸣，静待花开。

这秋千还是依着晚晴的意思，由齐玉找人新近装上去的，为的就是多个休憩、安乐之处。秋千后面，又移植来一株桂花树。据说，还是从颐和园附近买来的四季桂，且品种殊异，不仅四时开花，香气也不比寻常丹桂、金桂减弱半分。

李若雪对其很是看重，说自己就是爱上了这冲天香阵。

为此，她不惜亲自挖土、栽种、浇水、施肥，犹如照顾自己的孩子一般。而这四季桂却也不负众望，长势喜人。

不久，便已落地生根。

如今，更是枝繁叶茂。

这几日，每当微风乍起，满院桂花飘香，让人不觉心醉。

方此时，夕阳西下。

一个高大颀长，但背影却略显落寞的男人久久徘徊在小院之外。他俊朗的脸庞上，两道疏阔的剑眉轻轻扬起；高挺的鼻梁下，紧闭的双唇微微下吊；依旧透着与生俱来的高贵与自信。

他远远地望着这一家，心中感慨万千，却迟迟不愿近前。

孰料，孟晚晴却忽然抬头，正好与其四目相对。

那一刻，夕阳、微风、花香、少女，还有这个男人，好似道出了万语千言，

第三十三回

却又未闻只言片语。

那男人轻蹙眉头,硬着头皮走上前,刚要开口,却听孟晚晴言道:"你是来找我哥哥的?"

"是!他在吗?"

"不在!去天津了,听说要打仗了!"

"去哪里打仗?"

孟晚晴一歪脑袋:"我也不知道!"

又说道:"我好像认得你!"

"这怎么可能?"

孟晚晴坐在秋千上,手扒着绳索,认真且执着地说:"我认得你的声音!那天,是在北海团城吧……可是,你究竟是我哥哥的朋友,还是我哥哥的仇人?"

那男人摇摇头:"我也不知道!"

须臾,他叹了口气,从怀中掏出那把柯尔特左轮手枪,隔着墙递给孟晚晴,对她说:"帮我还给他!我走了!"

晚晴刚要留他,却见那人走路生风,早已不见踪影。

李若雪和姜齐玉正在厨房里准备晚膳,只听外面有人说话,还以为是有客拜访,便出来查看。

然而,却见孟晚晴独自一人,正好奇地摆弄着那把左轮手枪。

姜齐玉忙上前夺过来,说道:"哎哟!我的小姑奶奶,你哪儿来的手枪呀?这可是闹着玩的?"

孟晚晴则嘴角带笑地说:"刚才,那人给我的,说是让我还给哥哥!"

李若雪拿来一看,竟是自己丈夫的那把手枪,但里面却是空的,没有一颗子弹。

此刻,她已明白究竟是何人来访。

待出门看时,哪里还有人影?

只有空荡荡的街道,与天边的一抹晚霞……

第三十四回　举洋债病榻巧献计　雷雨夜突袭唐州城

就在宋教仁案发生后不久，临时大总统袁世凯便又重新提起了本已搁置不议的"善后大借款"一事。

那么，何谓"善后大借款"呢？

说白了，就是向洋人借钱！

向英、法、德、日、俄五国银行团（汇丰银行、东方汇理银行、德华银行、横滨正金银行、华俄道胜银行）借钱！

要借多少呢？

整整二千五百万英镑！

折合库平银，约计一亿二千万两！

要这么多钱，拿来干吗？

当然是拿来坐稳总统宝座呀！

在袁世凯看来：这宋教仁一死，自己这边是无论如何也说不清了。不管这事是否与北洋有关，想那孙文都势必将这笔账算到自己头上！

无他，对权力的争夺，对国家前途愿景的不同设想与规划，早就趋近于白热化。

若宋教仁还活着，则南北之争尚能保留最后一片遮羞布，至少不会立刻付诸刀枪。可如今，宋教仁死了，又是被刺杀的。这层窗户纸，终究要被捅破了！

北洋与国民党，乃至袁世凯和孙中山，这两方注定是貌合神离，到头来终需一战！

因此，袁世凯才急于拿下这笔巨款，借以整合天下。他必须在最短的时间内

第三十四回

遣散掉余下的南方民军,并积极扩充北洋嫡系。同时,厉兵秣马,整军备战,时刻谋划着天下布武,统一全国!

只不过,这洋人的钱并不好借,对方开出的条件也着实令人难以接受——且不说要拿国家盐税、关税作抵押,更要七七八八地预先扣掉若干到期赔款。到头来,北洋政府拿到手的只有区区七百六十万英镑(约折合三千六百万两),却要在未来四十七年内,分期偿还共计六千七百八十九万英镑(约折合三亿二千万两)本息!

这就是丧权辱国了!

可是,民国肇建,百废待兴。若非如此,政府也实在拿不出钱来维系统治,更遑论与国民党一争天下!

当然,袁世凯也绝不会蠢到亲自去接这"烫手的山芋"。他只会让国务总理领衔,主导谈判进程;自己则作壁上观,以观成效。若当真被千夫所指,那自己最多也就落个"失察之罪"……

为此,他还特意去了趟杨士琦府,说是探病,实则征询意见。

"杏城啊,身子可还大安了?"

袁世凯捋着两撇胡子,手上拎了些人参、鹿茸,只穿着一身便装,又抛下随从,正昂首阔步地走进心腹杨士琦的卧房,显得十分亲切熟络。

"啊!大总统!您来也未提前知会卑职!实在是有失远迎……失礼了……"

此刻,杨士琦嘴唇发白,正拖着病体,执意要从床上挣扎着坐起来。

袁世凯则立马扶他躺下,又坐在床边,不惜亲手为他削个苹果,并说道:"是我不让他们通报的!我就是没事儿……顺道过来看看你!你养病这段日子,我可是朝思暮想呀!"

"承蒙大总统不弃!卑职贱命……如今,尚能维持……咳咳!"

杨士琦边说边咳,又是浑身虚软无力地倒了下去。

"哎呀!怎么病得这般沉重?"

袁世凯正在慨叹,却见杨士琦从床上甩甩手,示意管家、仆人、丫鬟等,一概出去。

"是!"

众人徐徐而退,房中只剩下袁世凯与杨士琦单独叙话。

杨士琦遂侧过身子,面向袁世凯痛陈道:"大总统!时局危矣!"

袁世凯身子一凛:"危在何处?"

"宋教仁之死,必将成为攻我之由!大总统不可不防啊!"

"唉!这都怪那洪述祖坏事,一心要搜集孙、黄、宋等人的黑料,却不料,偷鸡不成蚀把米,反被人给坑了!你瞅瞅他找的这人……应夔丞,简直成事不足,败事有余!"

杨士琦又问:"那'毁宋酬勋位'……"

袁世凯眼睛里闪过一道寒光。

他一边继续削着苹果,一边拿眼神瞟着杨士琦,却又慢悠悠地说道:"不错!智庵倒是默认了这一计策,我也是知道的……主要还是为了防止国民党组阁嘛!可若说,是智庵派人行刺,那倒也不至于吧。毕竟,国民党已然赢得大选,那死了一个'宋教仁',马上就能蹦出来'张教仁''王教仁',甚至是'李教仁'!人家照样当总理,国民党照样执政,智庵该下台还得下台!那还不如'宋教仁'呢,至少熟门熟路!"

听到这里,杨士琦却几乎是声嘶力竭地哭诉:"大总统!话虽如此,可难防天下人悠悠之口!这事儿,早就说不清了!更何况,还有人不停在挑……"

袁世凯也气呼呼将水果短刀一把扎进床头的几案上,又转头迎向杨士琦的灼灼目光,问道:"那你说怎么办嘛?"

"如今之计……卑职有句话,不知是否当讲?"

"都跟我半辈子了,还有什么当不当讲?你说就是!"

"弃车保帅!智庵……已断然留不住了!"

"什么?!"

尽管袁世凯早作此想,但此刻,却依旧故作一脸惊讶的样子。

第三十四回

只听那杨士琦侃侃言道："我与智庵共事多年，虽时有龃龉，但我们这颗心却始终是向着北洋、向着大总统您的。故长久以来斗而不破，也算是和衷共济一场。我就是心地再歹毒，也绝不至于在此危急存亡之秋，落井下石！刚才我所言者，实出于无奈，却也是保全我北洋的至善之策！即便是有一天，我亦到了智庵那般境地，我想我也会劝大总统您及时切割，切莫感情用事啊！"

袁世凯沉默了，他不禁回想起赵秉钧刚来投奔自己时的样子。

"大帅！卑职新乐县典史赵秉钧，特来军前报效！"

自那以后，赵秉钧便随侍左右，参赞军务，更一手组建了如今的巡警队伍，又从八国联军的手上收回天津。这些年来，他兢兢业业做事，只出主意、不添乱，既是我北洋智囊，却也是这"国家功臣"啊！

如今，又怎能为了区区一人之死，而轻言舍弃？

见袁世凯不语，杨士琦并未气馁，反而继续进言道："卑职虽卧病在床，但对外面的事情总还是略有耳闻的！卑职听说，那应夔丞虽在法庭上狡辩再三，但由于物证、人证齐全，倒也终究认罪了。而租界巡捕又偏在其家中搜出了国务院密码本，以及双方往来电文……智庵，这总理已然保不住了。就是这性命，恐怕也……"

袁世凯连忙打断他，只说道："之前，我也想过让智庵隐退，也与他谈过。以后的事嘛，你容我再想想，再想想……"

杨士琦摇头，不住地叹息。

"杏城何意？"

"不妨……就趁着智庵仍居其位，就让他为咱北洋再立上一功吧！"

"你不会是说……善后借款一事吧？"

杨士琦重重地点头。

这倒是与袁世凯的想法不谋而合。

须臾，杨士琦又深深地吸了口气，强打起精神说道："还有……还有，恕卑职直言，我北洋早已不似前清时那般齐心协力。如今，将帅们各自手握重兵，又陆续分驻各地。卑职恐其日渐坐大，不听中央调度，终成祸患。大总统，您在一日，他们绝不敢翻天！可若是……咳咳！"

袁世凯为杨士琦轻轻拍打着，心想这趟总算来着了，杏城的眼光不可谓不长远。纵观北洋文武，尽管将星璀璨，然智力与眼界堪与杨士琦比肩者，也就只有智庵赵秉钧一人了。只不过，智庵开府建衙，已然独树一帜，总不如杏城这般贴心。更何况，智庵似不太赞成总统集权，而杏城却强调一人权威，认为方今中国，远远达不到英美那般发达境地。若一味地放权任事，恐民不聊生，国将不国。用杨士琦自己的话来说，就是："民主，就是无主；共和，就是不和。惟望我大总统，为民做主！"

这时，又听杨士琦正在担忧将来之事，袁世凯也意味深长地点头同意道："还是得培养青年军官！我北洋，可不能后继无人呢！"

"正是此意！正是此意！"

"我已有意组建军官模范团，遴选我北洋，乃至全国之青年才俊，汇聚于此，集中受训，以培养忠爱之心！届时，我自任团长，再造一个'小站'。不出五年，辄天下之兵必尽数归我北洋调遣！"

"大总统深谋远虑，士琦敢不钦佩！只是，在此之前，却要先将智庵身边的一应交好军官调走，并着意笼络。否则，恐生肘腋之患！"

"嘶！"

袁世凯一惊，心想这杏城也未免太过谨慎，便问道："你是说……"

杨士琦又岂会轻易上钩？

他只举出一个可以拿捏的例子："比如说，孟庆霖！"

"小孟？可他只有一个营啊！又能做什么？再说，我已着陆军部下令，命他南下，协助段祺瑞围剿'白狼'去了！杏城宽心便是！"

"那便好！那便好！咳咳……"

杨士琦已咳得不成样子，再也说不上话。

袁世凯又安抚他两句，便起身离去。

第三十四回

只留下那削了一半，却始乱终弃的苹果，以及苹果旁深深扎进桌案里的短刀，兀自杵在原地……

一个月之后，袁世凯授意、赵秉钧主导的"善后大借款"一事，终于尘埃落定。北洋政府转瞬到手七百六十万英镑，中央财政顿时宽裕不少。袁世凯终于可以腾出手来，西边猎"白狼"，东边防孙文了！

只不过，事情办成了，国务总理赵秉钧却也引咎辞职了。给出的理由是：应对内政部秘书洪述祖的不当行为，负行政责任……

与此同时，孟庆霖正率全营官兵奔赴河南战场。

是夜，风雨交加，电闪雷鸣！

孟庆霖所部，一律步兵改骑兵，昼夜奔驰在去往鄂豫两省交界处的南阳盆地。

这里是中原通往荆楚的必经之路，盆地四周崇山耸立：秦岭山脉（伏牛山）、大巴山脉（武当山、荆山）、大别山脉（桐柏山）分别从正北、西南与东南三个方向将这里团团围住；却只在东北处开了个细长的口子，称作方城夏道。盆地内又有多条水系贯穿流过，哺育了两岸百姓。其中，最著名的当属汉水，自西北流向东南，浩浩汤汤汇入长江，并顺道将汉口、汉阳一分为二，间接成就了今日的武汉三镇。

盆地偏南，有城曰"襄阳"，拱卫荆楚。

盆地偏北，有城曰"南阳"，护持中原。

二者皆是水陆码头，一方都会，亦是兵家必争之地。而这篇故事就发生在南阳城外东南约五十公里的地方，今作"唐县"，古称"唐州"。

这天深夜，孟庆霖不惧风雨，终率全营四百余人赶至唐县郊外，隐蔽于密林深处。这座县城，前不久刚被白狼军攻陷，并成为其临时大本营所在。而孟庆霖接到的任务，就是充作全军前锋，沿途侦察敌情，并伺机与敌接战，以探虚实。

此刻，孟庆霖立在马上，一把掀开头上顶着的橡胶雨披，露出军帽正中的五色旗帽徽，又抹了下脸，对身旁亦如落汤鸡一般的张毅融说道："老张，前面就是唐县！县城不大，那条唐河也并未将城池完全围住。我倒是有个主意……"

张毅融生怕孟庆霖再闹出什么幺蛾子，赶紧劝阻道："营长！咱们的任务只是侦察，派小股士兵化装入城也就是了。我们……还是赶紧找个地方避雨吧！"

雨声盖过了二人说话，而孟庆霖也就只听到个"避雨"两字。

顿时，一脸不屑。

他拿出望远镜，再三观察前方敌情，却只见城楼上马灯高挂，而终究空无一人，便赌其戒心不足。

于是，颇有些兴奋地言道："避雨？不！我的计划是：夜袭！"

"啥？咱们才几百人，你就敢打县城？对方可是有上千之众，就算不全趴在城里，也会驻扎附近！要我说，咱们已经太靠前了！万一再被发现，不是惹来麻烦？"

孟庆霖听他这样说，反倒笑了，笑这老张怎生这般迂腐？

不冒险，那还叫打仗吗？

"今夜，风雨交加。敌人一定不会料到官军竟会趁夜突袭！在他们眼里，咱们可都是些只会窝里横的少爷秧子！"

说着，孟庆霖又抹了把脸上的雨水，条分缕析道："敌人最缺的就是枪支弹药，只是人数众多，但训练却明显不足！这一点从地方民团那里，就已得到证实！况且，这么大的雨，他们就是狗鼻子，也绝然闻不到一丁点气味儿！战机可是稍纵即逝啊！怎么样？干一场？"

孟庆霖已是跃跃欲试！

此刻，天空中忽然划过一道闪电，瞬间点亮了漆黑的夜空，也照亮了孟庆霖和他这支队伍。骑士胯下的战马也无不"唏咻"着喷吐怒气，好似感应到了战争的召唤！

紧接着，一声巨大且沉闷的雷鸣从远方渐次传来，至近处却又马上演变成霹雳一般的炸响！

只听"轰"的一声，万籁俱寂，天地为之清澈。而耳边只余风声、雨声，正一齐倾听着孟庆霖那无声的命令。

第三十四回

这时,他马鞭前指,全营进攻。

只见他一马当先地冲了出去,而营部四队骑兵亦纷纷策马紧随。

人皆闭口,马尽衔枚。

不张旗帜,不燃灯火。

只跟定了长官,自觉呈前后"品"字队形,直扑县城!

这次,孟庆霖之所以敢无所畏惧地向前冲锋,除了当夜恼人的天气助攻之外,更是出于对手下人战力与决心的充分信任。经过前段时间的整风肃纪与集中训练,孟庆霖所部已如浴火重生一般,即刻焕发了新的生机与活力。不仅令行禁止,军纪肃然,更在全师大比武中,力压其他二十来个营级单位,拔得头筹。其中,仅移动射击一项,就已是均分第一。至于刺杀、格斗、攀缘等技,更是不在话下。

同时,他这营作为警卫部队,虽仍是步兵建制,却兼作骑兵受训。故而,人人都是马术高手,个个身佩一长一短两支枪械:一把团龙马枪,一把驳壳手枪。外加一柄削铁如泥的近战马刀,锋刃处寒光乍现!

如今,这支装备精良、忠诚不贰的部队尽归自己调遣,孟庆霖信心陡增,立志要为南下的共和之军打出个威风!

反观白狼军。

夜幕之下,他们中的若干头目正各自带人聚在县衙里面,摇头晃脑地听着那出河南梆子《洛阳桥》。

只见那男旦登场,台步轻盈,回首抛袖,尽显媚态。脸上浓墨重彩,画着个"杏核眼""吊梢眉",外加"樱桃小口一点点",又边舞边唱。

继而,甩起脑后长长的辫子,犹如"风火轮"一般。

那招式动作行云流水,曲调唱腔委婉俏丽,可谓深得观众之心,而全场气氛也瞬间就被引爆了!

"中!"

"彩!"

"咦！真不孬！"

台下，已是赞叹再三，掌声雷动，又充斥着省内各地方言，就连端坐一县正堂的"白狼"都不禁颔首微笑，看得津津有味。

这一刻，对白狼来说，已是难得的舒心惬意了！

想当年，自己老实巴交地忙时种地，闲时帮工，在村里也偏爱扶老助幼。后来，终于娶妻生子，侍奉老娘。一家人过得虽苦，倒也和和美美。

孰料，一场大旱竟眨眼间摧毁了这一切！

那时节，地里头庄稼颗粒无收，农民纷纷贱卖土地，以换来粮食，只求一时苟活。

故而，地贱而粮贵！

白狼还算有眼光，一开始并未打算卖地。他总觉得这旱灾迟早会过去，而土地却是一家人的命根子！没钱去买地也就算了，但若说就此贱卖，可就当真对不起祖宗！

于是，为了混口饭吃，他不惜一天打两份短工，却奇迹般地只换来几文铜钱，连二两棒子面也买不来。

直到后来，刚降生的儿子死了，饿死的！

为了不让同村人惦记这孩子的娇嫩尸首，他们一家忍着悲痛，连夜把孩子烧了。

现在想想，这真是太过英明的决策！

因为，从那以后，他们一家就再也没能为自己留下个全尸……

又过了半年，白狼的老娘实在熬不住了，就央求着儿子赶紧把地卖掉，也好换些口粮，先救救急！

白狼无奈，只得把家里仅有的二亩河川地卖给了临村一户大财主，说好是三十斗又三升（约四百五十斤）麦子的价钱。但对方就是欺负白狼不认字，把"三十斗又三升"故意写作"叁拾升又叁斗"（约九十斤）；且就地画押，过时不候！

白狼本是个爽快人，心想对方这么大的家业也不至于就坑自己这点麦子吧，

第三十四回

便忍痛按了手印。

结果当然是显而易见的,白狼被坑惨了!

他径往县衙告官,可那知县一看契约,连问都不问,就命人一通乱棍将其打了出去。白狼心灰意冷,只得用小车推着一口袋麦子就往家赶,心想先挺过这关再说吧。

谁知,路上又遇着土匪打劫!

他全家唯一的口粮,就此被尽数劫了去!

当他两手空空地回到一贫如洗的家中,老娘半睁着双眼看了他一眼,就沉沉地叹了口气,昏死过去。

白狼也是个事母至孝之人。

他不忍心看着老娘就此饿死,便一咬牙、一跺脚,冲到自己房间,望着炕头上早就饿得奄奄一息,又浑身浮肿的媳妇,不由得眼露凶光。

他心想:媳妇饿得不产奶水,不仅把娃儿饿死了,她自己也快死了。与其看着她活受罪,不如就此了结她,也好让她去跟娃儿做个伴……

于是,他抄起灶台上的菜刀,战战兢兢地来到床边,对着自己媳妇低声哭诉道:"对不住了!下辈子,俺当牛做马报答你!"

话音刚落,媳妇竟睁开了眼睛,只惊恐地喊了一声:"你……"

就被白狼狠心地砍断了喉咙……

接着,他又拿出丰年里杀猪宰鸡的架势,一刀又一刀地砍在媳妇脖颈处,鲜血溅满了一身。最后,就连自己的眼睛都睁不开了,却依然不知里面流的,究竟是血还是泪……

终于,媳妇的残肢断臂,被他一股脑儿地扔进大锅;又生火添柴,拼命拉动风箱。结果,他却因过度疲惫而重重地栽倒地上,沉沉地睡了过去。

傍晚,当他闻着肉香,再次迷迷糊糊地起来,求生的本能催促他赶紧往锅里取肉;又大口大口地就往嘴里送,全然不顾就此被烫了一嘴燎泡。

这时,他猛得想起老娘,便麻利地割了片大腿肉送去,却发现自己老娘早已咽气了……

这一刻，他当真是追悔莫及！

当他满眼血泪、跌跌撞撞地踱步回屋，踩着那一脚血水泥泞，却只见媳妇的人头仍被丢弃在角落里，正睁大眼睛望着自己，眼神里满是怨恨与不甘……

此后，他彻底变了，变得异常嗜血且极度疯狂！

过去，他可是个远近闻名的老好人，是个连打架斗殴都不敢上前的孬包软货。可据说，自打杀了媳妇，又吃光了媳妇和老娘的遗体，他就时常在夜里眼冒绿光，再也不像个人……

最后，白狼终于成了眼前的"白狼"。

他不仅上山落草，更凭着一股极端的狠劲，干掉了原来的匪首，又接连收拾了包括抢他口粮在内的周边土匪，更杀光了方圆十里内的一切富户。

当然，这首当其冲的就是那个贱买他土地，又坑他粮米的临村财主。据说，那家人全被堵在一间破屋里，活活地给烧死了，就连襁褓中的婴儿也未能幸免……

那一年，是宣统三年。

此前，他记得自己并不叫"白狼"，而是有一个正常的名字，好像是叫"李明心"。

此后，他的人马越聚越多，"李明心"的名字则显然不够霸气。他听人说，要再造一个"清白世界，朗日乾坤"，便为自己取名"白朗"。但他身边的人以及他的敌人，全都对他十分畏惧，便纷纷呼之为"白狼"，他竟也乐得接受了！

此刻，白狼仍旧端坐于县衙正堂，与众兄弟一道品尝着难得的胜利果实，却听外面有人来报。

"禀大当家的！城外明哨的兄弟，好像……走失了！"

白狼并未答话，却听一旁的匪将质问道："什么？这大活人还能丢了？是不是躲到哪个窑子里，风流快活去了？"

"这……是负责巡逻的熊统领派人过来说的！小的也不知呀！"

第三十四回

刚才那匪将,又大手一挥言道:"不知……不知,你就去找啊!滚!滚!滚!"接着,又饶有兴致地听起戏文来。

传令兵不敢擅动,便壮着胆子抬头去看白狼。结果,却被他那一双绿幽幽的眼睛给着实吓了一跳,连忙诺诺而退。

白狼捋着所剩无几的胡须,暗自思索缘故,却见身旁的众匪将只顾享乐,而早已忘了自己正身处险境。

他轻轻地拍了拍手,台上的男旦立马闭口,乐队即时止声,众匪将也齐将目光投来,只待其一声令下!

"都去查看查看!"

众匪将齐声答曰:"是!"

却说此时,孟庆霖已带着全营官兵,进抵唐县城楼之下。

路上,他们曾十分麻利地砍翻了两个敌军明哨,却并未引起骚动。

几乎是同一瞬间,电光石火,间不容发,攻城开始!

只见他回头叫来一名骑士,对其谆谆嘱托道:"天瑞!是生是死,你就听天由命吧!"

"营长,你放心!我刘天瑞这条命,只会倒在进攻的路上!"

一道闪电划亮夜空,映照着刘天瑞和他身后十余名先登死士。其中,也包括那个曾哭诉自己全家惨死的河南士兵。他们个个表情肃然,人人神态凝重,决死之心溢于言表。这些人,大多是因屡犯军纪,而理应被送到军法处裁判量刑之人。但孟庆霖却依旧"徇私",顶着压力将他们暂且留下,为的就是锻造其决死意志!

也正因如此,全营上下并不质疑这支"先登决死排"的合理性。而孟庆霖的威信也并未因此蒙受一丁点儿损失,反倒被称赞"知人善任"。

只见刘天瑞等死士下马,溜到城墙边,摸出身上的倒钩绳索,一个高抛就将其固定在城头之上。

紧接着,众死士便如猿猴般攀缘而上。

城楼上，守城匪徒正在熟睡。

刘天瑞等人手一个，皆是一刀毙命；却又留下城内巡逻、打更之人，以免引起注意。

于是，城门被顺利打开。

就在孟庆霖策马挥鞭，率军入城之际，意外却陡然出现了……

一支百余人的不明巡逻队，正挥舞着大刀、长矛从城外西边向此冲杀过来！

孟庆霖忙命左队骑兵迎击，心想：这支巡逻队倒是出奇，竟比里面的更有些文章。

同时，他又令前队攻城、后队殿后，并派人回告段祺瑞，请大军即刻拔营，从容接应。

待处理完调度事宜，他自领右队，绕道敌军背后，对其前后夹击，并作梯次冲锋，却不许一人开枪，以免黑夜误伤，且务必节省子弹！

那巡逻队的战力自然不能与孟庆霖的两支骑兵相提并论，但其敏锐的嗅觉与自杀式冲锋的勇气，仍令人心有余悸。

可更令孟庆霖感到震惊的是：那支队伍的统领居然是他的故人！

谁呢？

熊子墨！

火把掩映之下，孟庆霖骑在马上一阵狐疑。

他正纳闷：这熊子墨不是早就死了吗？就在武昌起义当晚，已是两年前的事了！怎会凭空出现在此地？难不成是自己眼花认错了？

当然不是！

就在孟庆霖注意到熊子墨的同时，熊子墨自然也发现了孟庆霖，对方也在诧异：这不是孟庆霖吗？怎么两年不见，竟比过去更威风了？果然是个难缠的对手！也好！今天，我们新仇旧账一起算！

这真是仇人相见分外眼红，两拨人马顿时杀得个天翻地覆！

可土匪组成的步兵，又哪里是正规军骑兵的对手？

第三十四回

孟庆霖只发起两波冲锋,熊子墨的队伍就被彻底冲垮了,各自号叫着四散狂奔……

但这也打破了孟庆霖的计划,眼见得"突袭"变"强攻",白狼军已然全员集结,正向城外杀来!

他们可有上千人马,而孟庆霖却只有区区四百多骑兵。

怎么办?

是就此后撤,还是继续向前?

孟庆霖内心不由得犯起一丝犹豫:"这该死的熊子墨!可恶!"

这时,已攻入城内的死士和前队,正在城门处与白狼军交战。队官派胡杨返身禀报:"营长,撤不撤?"

孟庆霖怒目而视,耳边尽是喊杀之声。

又是一阵电闪雷鸣,在这倾盆大雨之中,孟庆霖毅然对胡杨下令:"你等诈败,诱敌出城!"

"是!"

胡杨重又杀回阵中……

孟庆霖继续传令:"左队、右队两翼埋伏,命张毅融领后队伏于密林深处,把口袋扎严实喽!"

"是!"

这厢,孟庆霖刚在城外扎下"口袋阵",就见己方前队已然"落败",正"四散奔逃"地往阵中赶来,又陆续地向两翼"逃去"。

城内,白狼厉声喝止追击,却拦不住杀红了眼的土匪。

因为,对土匪来说,今晚这支骑兵的装备和战马简直是要比女人还香的东西!若能尽数抢来,那以后的日子可就更舒坦啦!还怕什么官军围剿?兄弟们,也就不必躲躲藏藏的喽!

于是,众匪将竞相率众杀出城门。

结果,一头就扎进了孟庆霖的"口袋"。

只见孟庆霖挥舞马刀，奋力向前一指！

左队、右队骑兵立刻从两翼杀出，将几乎全体匪徒围在当心！

这会儿，可不用再怕误伤友军。

于是，枪声大作！

众匪徒纷纷中枪倒地，伤口处汩汩流淌的鲜血混入雨水，直将这城外染成了一片黑红。事实上，匪徒中间个别有枪的，也曾试图还击，却奈何这土枪不防水。此刻，反倒不如一根烧火棍好使。

白狼见状不妙，立刻点起亲信人马出城，准备与孟庆霖决一死战！

孟庆霖见敌军主力出动，却反而命令左队、右队迅速后撤，只四处游击，猎杀溃逃之敌而已。

他要自领前队，与这传说中的恐怖匪首做一番正式较量！

渐渐地，雷住雨收，东方将白。

孟庆霖在前队拱卫下，打马上前。身旁的秦东，则挥舞红缨大刀，紧紧跟随。

白狼亦率军出城列阵，正立于马上，目露凶光发问："你是哪个？"

这时，孟庆霖反倒不去搭理白狼，而是先跟秦东半开玩笑地说："人在马上，也舞大刀？"

"额用习惯咧！马刀太轻，没个力道！"

孟庆霖一听笑了，也来了句新学的陕西话："咦！美得很！"

二人仍在自顾自地谈笑，却把对面的白狼惹毛了。

自聚众起事以来，他自忖还从未受到过这般轻视！如今，又岂能善罢甘休？于是，二话不说，领着一众亲信策马驱前，又抬枪瞄准。

孟庆霖则马刀向后一甩，示意张毅融先领后队攻城。同时，他自己所在的前队也已举枪还击。

双方弹矢齐发、枪声大作，两边各有倒地之人，时而鲜血喷涌，时而凄惨哭号，空气中都弥漫着令人作呕的血腥味道。

孟庆霖虽表面故作轻松，实则内心里并不敢马虎。

第三十四回

他早就听说这土匪的特点是：要么枪械不行，要么枪法贼准。白狼的主力就明显属于后者，而听其枪声便不难发现：对方用的大概是"汉阳造"，或许是缴获来的地方官军所持制式武器，可不再是土枪土炮一类水准，并且，几乎弹无虚发，枪枪到肉！

孟庆霖望着身旁骑士陆续中枪坠马，心里十分痛惜，便索性弃了单发马枪，掏出更为轻便且能连发的手枪对射，并辅以马刀劈刺。

秦东则一力护持左右，挥舞着红缨大刀，左砍右杀，更不时放个冷枪，为孟庆霖挡住来自各方的攻击。

胡杨、刘天瑞则各归左、右队，各作前锋向导，引所部骑兵如流星一般冲入敌阵。又调转马头，反复冲杀，以扰乱敌阵，惊吓敌胆，并重挫其锐气！

眼见得匪徒心惊胆裂，已现颓势，白狼倒也颇能沉得住气。

只见他从弓囊里取出一支淬毒利箭，不动声色，正要搭弓，却被一人拦住："大当家的，当年我落难之际，蒙您老收留。如今，也当轮到我报恩了！对面那人，自小便故作良善，实则是个黑心恶人，也是我昔日宿敌！给我一个机会，我要报那一箭之仇！"

"熊子墨？好！你去！"

说着，就将毒箭递了过去。熊子墨飞马直扑孟庆霖，志在必得！

秦东见状，挥刀阻拦，却被那熊子墨突袭一枪命中左臂。而孟庆霖正与侧方之敌纠缠，偏巧又将后背暴露于人。

白狼看在眼里：那支毒箭即将贯穿这年轻小将的心窝，不禁面露得意。

白狼："俺要把他脑袋剁下来，做个酒壶！"

就在这千钧一发之刻，一声莫名的枪响传来，熊子墨应声坠马，而毒箭亦掉落无踪。

白狼一拍大腿："唉！"

孟庆霖则转身回顾，惊呼："好险！"

正要寻觅是何人相救，却又闻得一声炮响！

"轰隆！"

"不好！营长快回身！"

此刻，秦东强忍着伤痛，打马上前，又用大刀猛地一拍孟庆霖胯下战马，二人竞相引军后撤。

须臾，便有雨点般的炮弹，正拖着长长的火舌，尽数砸落在这小小的城外战场。

霎时，火光冲天。

好一个地动山摇，天旋地转！

待硝烟散尽，孟庆霖和秦东被张毅融等人从土堆里扒出来，活像刨出两个兵马俑，浑身尽是土色，但好在伤势不重。只可惜，他们二人的战马却未能逃过这一劫，双双中弹倒地，正相互悲鸣着，奄奄一息……

"他妈的，是谁开的炮？哪有近战之时，自己人从后面开炮的？"

目睹心爱的战马惨死于己方炮火之下，孟庆霖就好似疯了一般。

这一刻，他方才深刻体会到：为何那赵秉钧始终爱马如命？原来自己人会内讧，但自己的马却能始终如一，直至为主人献出生命！

众官兵皆低头不语，孟庆霖正感到意外，却马上被迎面一人当众扇了个大耳刮子："他妈的！开炮怎么了？你未作请示，就擅自攻打县城！如今，打你算轻的，回去也少不了治你抗命死罪！"

若放在过去，这话倒也如钢针一般，能戳到孟庆霖心里。

可这回，却是大不同了！

孟庆霖放眼望去：这县城早就被自己人率队攻克，而城内外的空地上，则尽是匪徒尸首。此战虽意外频发，倒也一股脑歼灭了白狼军近一半的有生力量，而己方骑兵却只有二十余人阵亡，十来人负伤，总归是场大胜！

唯一美中不足的是：未能寻到白狼和熊子墨的尸首。可见，这二人应该还活着，殊为遗憾。

孟庆霖夜袭得胜，却当众被打。

第三十四回

他那执拗的性子立马就上来了!

本想还手,但一看来人那近乎秃头一般的极短板寸,终究恨恨作罢。

孟庆霖不傻,他才不触这人霉头呢!

可是,这人是谁呢?竟有如此威势?

敢当着一众胜利之兵,径直殴打他们的亲近长官?还骂骂咧咧,扬言秋后算账,而他们的长官居然连屁都不敢放……

当然,换作是我,我也不敢。

这人正是陆军总长段祺瑞的头号亲信,亦是下届陆军次长的热门人选,三十四岁便授中将军衔,职任陆军部军马司司长,人称"北洋小诸葛"的"小徐"——徐树铮!

之所以称其为"小徐",并非专指年纪,而是与北洋元老、袁世凯的至交兼军师"老徐"——徐世昌,相对而论的。

这小徐才气纵横,自诩文韬武略,自幼便有"神童"之称。人言其七岁能诗,十三中秀才,十七补廪生。若非弃文从武,定也能中个进士,做个翰林。到头来,封妻荫子,光宗耀祖!

记得那一年,二十二岁的小徐只身一人投奔袁世凯,却不被重用。正郁闷间,反倒得遇其一生恩主——段祺瑞!段祺瑞一见这少年,虽破衣烂衫却器宇轩昂,眉宇间似有凌云之志,毫无寒酸之象,便知其绝非常人,必能富贵。又与之长谈,甚觉投机,遂延揽入幕。

后来,段祺瑞更是出资保送小徐,赴日本陆军士官学校深造。待其学成归国,则一力提拔,直到如今。

小徐虽桀骜不驯,豪气干云,曾放言:"购我头颅十万金,真能忌我亦知音",却唯独对段祺瑞一人俯首帖耳,忠诚不贰,更常年出谋划策,助段祺瑞从容站队,力主共和,又助其攻城拔寨,屡立战功。

当然,小徐的不世之功,此时还尚未来到。而六年后的那次出征,才是他一生的高光时刻!

到那时，他放眼瀚海沙漠，足踏草甸青青，心中陡生波澜，便提笔赋词一阕，乃是《念奴娇·笳》如下，且提前一睹为快：

喜然长啸，带边气，孤奏荒茫无拍。
坐起徘徊，声过处，愁数南冠晨夕。
夜月吹寒，疏风破晓，断梦休重觅。
雄鸡遥动，此时天下将白。

还想中夜哀歌，唾壶敲缺，剩怨填胸臆。
空外流音，才睡浓，胡遽乌乌惊逼。
商妇琵琶，阳陶觱篥，万感真横集。
雕戈推枕，问君今日何日？

试问如此小徐，彼时的孟庆霖抑或今日的你我，又岂敢与之争锋？

当然，小徐也就是嘴上不饶人，他对孟庆霖的剿匪战功和临机决断还是默认于心的。至于什么"上报陆军部""治个死罪"，也就是一说，纯属吓唬孟庆霖。毕竟这"不听指挥、擅自行动"的毛病可不能惯着！

当日清晨，云销雨霁，彩彻区明，众官兵引军入城。

一路上，幸存的百姓，无论贫富，皆跪道申冤，控诉白狼暴行。

有的哭诉说："俺家里媳妇藏了些私房钱，结果被他们搜了去，连人带钱一并抢走了。还说俺们通匪……他们不就是匪吗？俺通了哪个？可怜俺媳妇，到现在也没个说法，不知是死是活……"

有的指着自己的秃头，痛陈道："俺头上没毛，这也是挨枪子儿的罪过？他们说要'戳死俺个老秃头，除非俺把闺女许给他们……'"

更有个少年伏地痛哭："贼兵叩门，俺全家抵着门不让进。结果，全被乱枪给打死了！就活了俺一个，爹娘把俺藏在屋外的地窖里！老总，求求你，带俺走

第三十四回

吧！俺怕……"

孟庆霖抚着他稚嫩的脸颊，心中不忍，却也碍于军纪，无法立马应承下来。作为正规军，他这一介小小的营长，本就无权招兵。一应兵员补充，也只能来自师部乃至陆军部统一调拨。这一点倒是与前清时，他想方设法召回"北苑老兵"的情形完全不同。

那会儿，他"圣眷正隆"，又值江山鼎革之际，许多事情总能找到变通的解决方法。事后，冯国璋也支持自己。可这会儿，孟庆霖时刻被段祺瑞和徐树铮盯着，并无多少自主权。正所谓：人在江湖，身不由己……

当然，假若孟庆霖能未卜先知，恐怕他也一定会对后世的"拉壮丁"之举，感到极度愤慨且无奈！若到那时，他恐怕会言语辛辣地说："早说能'拉壮丁'啊，我何苦这么费劲？信不信我半个月给你凑出一个旅，一个月再变出一个师！到时，老百姓揭竿起义，拉来的壮丁集体哗变，大家伙跟着一起完蛋！"

那天，他们只在满目疮痍的县城里随意走了一遭，便有各种奇葩的冤情呈递上来，而孟庆霖也不由得佩服这白狼一伙的怪异脑回路！

无非就是抢钱、抢粮、抢女人罢了，又何苦再罗织些罪名给百姓？

显得自己特高明，特"大公无私"吗？

无耻兼无聊，诚可谓矣！

孟庆霖等人正在唏嘘，耳边却又闻得县衙里传来戏文清唱，依旧是那男旦女声。

只听那人用铿锵有力的洛阳口音，一字一句地唱道：

房中欢喜无限，总算是盼到了这一天！
心着急，恨天长，光阴太慢。
这一天，我就像过了一年……

却不知，"这一天"究竟是当地百姓殷切盼望的出头之日，还是白狼一伙逆风翻盘的全新开始，抑或是天下大乱的凶兆伏笔，又或许只是孟庆霖今生征程的惊鸿一瞥？

当然，"这一天"终究只是这一天，是民国二年（公元1913年）夏的普通一天……

第三十五回　轻生死醉心复国梦　起兵锋誓夺天保城

　　就在孟庆霖和徐树铮引军入城的同一天，方城夏道的平坦驿路上，十余骑便装侍卫正扈从着一位面相高冷、双目似电的青年打马掠过。

　　他们一行人神色冷峻，沿途城邑亦不多作停留，只是匆忙赶路，以免节外生枝。

　　要问这些人是谁呢？

　　倒也颇有些让人意外。

　　正是金碧云和他仅存的十六位勇士！

　　此番经过，实在是金碧云特意南下之举。记得那日黄昏，回到京城的金碧云曾特意去找孟庆霖，也期盼着与之纵酒高歌，一醉泯恩仇，却不料没见到小孟，反而偶遇其妹孟晚晴，又从晚晴那里听到"要打仗了"这话。

　　回来，金碧云就心神不定，倒也说不出个名堂，只是眼皮乱跳，甚至有些惶惶不安。

　　种种异样，似在提醒自己：要出事！

　　却又不像应在自己身上，那就大约应在第一次对外征战的孟庆霖身上。

　　"主子！您说那孟公子会被派往哪里呢？这几日，奴才也着人四处打听了，可就是问不出个所以然来！"

　　阿玉锡亦曾如此问道。

　　金碧云则略一蹙眉，即命人取来一张《大清坤舆全图》，在面前铺开，又条分缕析道："如今，他们民国肇建，又是老袁当家。照眼下的形势，北洋陆军倒也能压得住局面，而各地诸侯亦不敢轻举妄动……除非有大变故发生，再来一次南北内战！但这一点，至少暂时还不会发生。南方的革命党人也需要时日筹措军饷，排兵布阵！所以，目前最让老袁头疼的，也就只能是他老家河南的'狼灾'了……"

说着，金碧云即在地图上重重地点了一下"河南"。

阿玉锡却有些不以为然："狼灾？您是说……那个叫白狼的土匪？至于吗？地方守备还应付不了一群土匪？"

金碧云则十分不屑地说："地方守备？别闹了！老阿，你也跟我多少年了！若是地方上那群乌合之众顶用，咱的大清还至于被武昌一把火给烧没了吗？"

阿玉锡低头不语，却又见金碧云独自踱步，口中念念有词："小孟资质倒是不错，可就是太年轻了……如今，让这小子做个仪仗，打个阻击，对付一下叛军尚可。要说，让他随军出征，或是独自指挥作战，恐怕还为时尚早吧！他的对手，可是一群吃人的魔鬼呀，又在当地盘踞已久。正所谓：强龙不压地头蛇……"

在金碧云看来，自己打过的仗，要比孟庆霖吃过的饭都多。即便是战前尚未开打，他就能依据经验，大致判断出这仗该怎么打。最后，又能打成什么样子。就跟预见未来似的，且无不应验！

故而，金碧云每逢出征，必定胸有成竹，除了那次意外的团城遭遇战。那次，他无论如何也想象不到，也来不及去探听，守城之人居然换作了自己的好兄弟孟庆霖。而孟庆霖偏又打得如此顽强，甚至是不惜生命，只为再拖住自己一刻钟，这才贻误了最佳战机！

试想，若是那天没有孟庆霖，金碧云自恃有足够的时间调兵遣将，必能一举拿下袁世凯，从而击碎北洋的胆！到那时，再颁出皇太后懿旨、皇帝圣旨，逼迫冯国璋与段祺瑞就范，则天下鹿死谁手，尚未可知也！

"可惜，功亏一篑，我大清势成坐亡……"

因此，金碧云恨小孟，更恨自己！

这倒不是说大清就亡于小孟，而是他认为自己完全可以做得更好！因此，他实打实地厌恶自己，厌恶自己心底里尚存的那一丝悲悯，此乃为将者之大忌！

第三十五回

正所谓：慈不掌兵，义不掌财是也！

然而，那天又恰巧是孟庆霖救了自己，并且是在段祺瑞的枪口下，虎口拔牙一般地救了自己，也救了一众"遗老遗少""忠臣良将"的命！就冲这一点，他金碧云无论如何，也要全了这段兄弟情谊。这才有了此番南下之举！

"孟庆霖就是死，也只能死在我宪平的手上！"

身旁的阿玉锡听了，扑哧一笑，说道："主子，杀他？您舍得吗？"

"怎么不舍得？团城那笔账迟早要算！不过，在此之前，旁人要想打他的主意，得先过我这关！"

就这样，金碧云自领十六勇士一路追赶中央陆军的步伐，又不好靠得太近，以免惹来麻烦；也不想径直告诉孟庆霖，毕竟自己这面子上多少有些挂不住。

就在那个雷雨之夜，派出去刺探的人回来禀报说："孟营长率军夜袭！"

金碧云大呼"不好"，便不顾劝阻，执意前往搭救，却忽视了自己只有十六个人！

"十六个人又怎么了？照样把那群祸国殃民的土匪给收拾了！上马！"

众侍卫亦慷慨作答："是！"

令金碧云深感欣慰的是：这小孟的指挥，远比自己想象的要好上许多。纵然敌情多变，这小子却总能想到破解之法，直到熊子墨的那支毒箭袭来……

那一刻，金碧云远远凝望，抬手就是一枪。

熊子墨应声坠马，而毒箭亦掉落无踪。

孟庆霖这才捡回一条性命！

偏巧那时，徐树铮的援军也到了。见孟庆霖终究无碍，金碧云也就率队北返了，直到如今。

但这远非结束，却仅仅是一个新的开始。

因为接下来，金碧云即将远赴自己真正的目的地——兖州，山东兖州！

话说，这孟庆霖的老家邹县，当时不正归兖州府管辖吗？

难不成，这老金是去"睹物思人"的？

当然不是！

金碧云赴兖州，实则是去借兵的！

找谁借兵？

张勋！

这"张勋"，人称"辫帅"，其统率的武卫前军，众所周之，被称作"辫子军"。盖因其全军上下，皆留发辫，以示效忠清廷，不忘前朝之意。

这就等于是在民国的天下，公然打出"复清"的旗号，而袁世凯作为"一国之君"居然能不为所动，反倒调其所部进驻南北战略要地——山东兖州，作为北洋与民军之间的缓冲。

这就颇值得玩味了……

前回说到，民国以后北洋所掌控的中央陆军各部尽皆改制，"镇"改"师"，"协"变"旅"，"标"作"团"，番号亦统一为"中央陆军某师某旅某团……"，以此类推。但张勋和他的"辫子军"，偏偏就能"独善其身"。非但不用改制，番号还由原先的"定武军"改作"武卫前军"！

须知，"武卫"二字，那可是袁世凯自小站练兵时就打出来的部队番号。"武卫军"亦是前清的直隶总督荣禄耗尽半生心血，才编练出的五支半近代化陆军部队，分别称作"武卫前军""武卫后军""武卫左军""武卫右军""武卫中军"。其中"前军"总统，是在八国联军侵华战争中壮烈殉国的一代名将聂士成，而"右军"总统即为袁世凯。"右军"亦即"新建陆军"，也就是后来的"北洋六镇"，乃至于壮大为今日的中央陆军各部。

故而，"武卫"二字，在北洋众将佐心中，那分量确属不轻。如今，这两个字重现江湖，竟是由张勋所部独自继承之，则不啻为一份天大的恩荣，亦彰显了袁世凯着意笼络之心。

说起这张勋，倒也真是个"奇人"！

别看他表面上大大咧咧，好似胸无城府，实则心思极重，且心细如发，总能在不经意间就做出点令人惊诧的举动。而且每逢"站队"，所押必中，故能一路

第三十五回

青云直上，实力亦不断得到增强，全然不受这江山鼎革之影响。

事实上，张勋给时人的第一印象是"忠"……"愚忠"的"忠"，即无限忠于故主，全然不顾是非曲直，只看对方是否对自己有恩。实际上，这只是政客的惯用伎俩罢了。毕竟"嘴上都是主义，心里边儿全是算计"。若不树立一个"愚忠"形象，上面又怎么肯对自己放心重用呢？

记得前清那会儿，老上级袁世凯被摄政王载沣罢黜，又接连遭遇刺杀。张勋得知后，一封电报发出去，当即对袁世凯表示支持，却又说一半留一半，不把话说全——"吃宫保的饭，穿宫保的衣……"

张勋这一手，既让当时暂处下风的袁世凯略感欣慰，又为自己顺道树立了"耿介愚忠"的质朴形象，还不至于过度惹恼摄政王，顾全了彼此脸面。

这会儿到了民国，张勋故技重施。

先是在辛亥革命期间与民军血战，不敌，弃城而走。后又时常与人提起，自己也曾率军宿卫宫廷时的风光惬意，并每每对慈禧太后和光绪皇帝聊寄追思，以示自己不忘故主。

当然，如今他最大的杀招还是"辫子"。

这"辫子"虽是"遗民"的独特风俗，也曾有过"留头不留发，留发不留头"的"皇清祖训"。可到了清末新政、编练新军之时，"辫子"早就被军队抛弃了，就连当时的皇亲国戚也深感此物有碍新制、逆悖潮流，请旨"剪辫留发"。比如清末的禁卫军，官兵上下，自行留平头者居多，就像孟庆霖、张毅融二人一样。

张勋如此独树一帜，不能说完全没有忠君之意，但总体而言，则更像是一出"行为艺术"，是在告诉天下人，他老张受人恩果千年记，别看现在是民国了，他照样心念故主，靠谱得很！

只不过，他的这一通密集操作，表面看上去无懈可击，实则在不经意间就与袁世凯唱了反调，更是罔顾国家军制改革的大政方针。若不是看在二人相交多年，张勋手下又有十来个营的生力军，袁世凯早就痛下决心"削藩"了！

可袁世凯终究忍住了，不仅未对张勋施以惩处，反而将"武卫"二字颁赐给他，更调其所部进驻兖州，横在北洋嫡系与南方民军的交界之处，亦即未来的战争前线！

这既是一次重用，也似一句无声的警告，意在告诫张勋："若再一意孤行，南北两方可尽是你的敌人……"

金碧云的造访就是在此背景下发生的，而张勋的实际处境，金碧云既看在眼里，又悟在心里，更敏锐地察觉到了对方的艰难与尴尬以及北洋内部存在的一处细小裂缝。

对金碧云来说，这无疑是一次难得的机会，一次难得的且珍贵无比的复国机会！

对张勋来说，他也早就获知前清肃亲王之子、贝勒宪平正打算秘密来访。他正在思索如何应对，是虚与委蛇，随意打发两句，送走了事；还是密告老袁，请示机宜，明哲保身要紧？

苦思冥想之际，他急得满屋乱转，却拿不出个主意。

身边幕僚也在相互争辩，莫衷一是。

偏巧此时，他新纳的九姨太打后宅走来，娇滴滴地奉上一支又粗又长，且据说发酵已达十年之久的古巴雪茄，言道："我的爷，看把你给愁的。还是先抽支烟吧，也好解解乏！"

这本是新妇献媚之举，却不料惹来张勋一顿臭骂："去！去！去！关你娘们啥事？这些个大人都在，你出来算哪门子？"

众幕僚一听，心领神会，便无不告退。

九姨太一看，更得意了，索性倚在张勋怀里撒娇道："爷！大人们都走了，就让奴家陪您待一会儿吧！"

张勋见这美娇娘自有风情万种，也不由得喜笑颜开，顿时来了兴致，便与她耳鬓厮磨，成全好事。九姨太倒没忘了雪茄，一边任张勋摩挲，一边又去点烟。可无奈自己手法太差，也不太适应洋人的玩意儿，点了半天愣没点着，反倒惹来张勋不悦。

第三十五回

张勋不耐烦，又想到自己这处境看似风光无限，实则朝不保夕，便全然没了兴致，遂一把推开九姨太，又麻溜地穿好衣服，仍旧是前清时的打扮——一袭长袍马褂，脑后拖根辫子。

他将雪茄点燃，先是深吸一口，继而又端详起九姨太姣好的容颜，再将那呛人的烟雾喷吐到她脸上，只说道："想当初，你那弟弟把你卖进府来，你还不乐意！可现在，怎么又浪起来了？"

"哟！我这也算是因祸得福了！能跟着大帅，好歹过上几天安稳日子，如同主子似的，我也知足了！只不过，我那弟弟……吃喝嫖赌抽，样样俱全，竟把偌大的家业一朝败光了！最后，就连我这个亲姐都被他算计进去。帅爷，咱可不能轻饶了他……"

张勋点点头："呵！你这娘们倒真记仇！说不定，哪天也会打起我的主意来！"

"奴家岂敢？"

"哼！谅你也不敢！"

张勋一怒，手里捻着雪茄，照着九姨太的额头猛地就是一戳。

九姨太"啊"的一声，捂着头栽了下去，倒在地上不住呻吟。

再去看时，她的眉心已然落下一处拇指盖大小的烫伤。那伤口发红，红得就像暴风雨来临前的赤霞，妖娆却又分明不吉，仿佛是将原本洗练的天空莫名敲落下一处破损的空洞，整张脸立马就变得支离破碎起来。

看着九姨太一脸痛苦，张勋反倒开怀大笑了。他就是喜欢看人受辱时的样子。那样子越凄惨，他的内心也就越满足。

当然，自己买来的女人，就是看在钱的分儿上，也是要稍加呵护的。于是，他叫来副官，让其带人陪九姨太去看看郎中，略为诊治。

一位年轻副官从外面跑步进来，立正敬礼，连声答"是"，又向张勋通报："禀大帅！大清的平贝勒求见！"

张勋心想：来得这样快？

这时，九姨太捂着额头，正在副官和侍女的搀扶下一步一停地朝屋外挪去。

瞧她那痛苦劲儿，张勋却不由得嘴角一咧，计上心头。

当金碧云率阿玉锡等十六勇士，大步流星地迈入张勋豪宅之时，横在他们眼前的，居然是一口烧着滚油的大锅！

那锅的内径足有两臂之长，就是丢个人进去，怕也能装得下。

此刻，锅下正燃着木炭，已是烈火熊熊，耳边尽是"噼里啪啦"的爆燃之声。

锅里全是滚油，且烧得正旺，一股浓烈的油香扑面而来，又不停地向上蹿腾着气泡，渐次炸裂开来，溅起无数油花。偶有溅到人身上的，便立马听到一声凄厉的号叫。

见此情景，张勋的亲兵卫队都不禁有些毛骨悚然，心里大约正盘算着如何低头保命，可别让张大帅拿自己下了油锅！

金碧云等人也略有惊诧，但旋即镇定下来。

老金不由得心想：这张勋又在搞什么把戏？且待我去试他一试！

"少轩！别来无恙！"

金碧云进屋拱手，既不作揖，也不下拜，更不称对方官爵，只呼其表字，聊作见礼。

阿玉锡等勇士也依样如故，只抱拳拱手道："大帅纳福！"

张勋"哼"了一声，许是见来人礼数不恭，便动了肝火，大喝道："来人，将这些满蒙独立分子通通拿了，丢进油锅！"

"是！"

须臾，便有数十亲兵围拥上来，手里尽是快枪，那拉动枪栓的声音此起彼伏。

"谁敢？"

尽管枪械、大刀在进门时就被缴了，但阿玉锡胆气犹壮，依然厉声喝止，更与众勇士一起将金碧云护在当中，环顾敌兵，怒目而视。

"且慢！"

金碧云轻轻抬手，悠然一句。

第三十五回

张勋也略微点头，示意来人把话讲完。

"敢问少轩何意？怎么就要捉拿我等故人了？"

张勋不可一世地发问："何意？你还好意思问我何意？前儿个，我听说：你将五十箱军火从公主岭运往内蒙，可半道上却被吴俊升给'劫'了！有这事吗？你这又是何意呢？你他娘的，还敢假借日本人之手，尽当我北洋是些聋子、瞎子吗？"

金碧云昂首笑道："我当是什么呢？原来还是那五十箱军火闹的！想当年，咱们一起宿卫宫廷的时候，你就知道我这人！我才不屑跟洋人合作呢！更何况是他日本人！事出有因呀，少轩！"

"呵！管你什么原因，也休要再提往事！那会儿，你是大内侍卫，不过是王孙公子进来混个好看的履历罢了。我又是个什么东西呢？领兵守城门的！风餐雨宿，饥寒交迫。也从来没人管、没人疼的！咱俩……能一样吗？"

一听这话，金碧云先是气不打一处来，后又强行压制住内心的火气，继而追问道："当真就没人管吗？少轩，咱说话可要凭良心！"

张勋眨巴着眼睛，显然是回忆到了某些往事。

金碧云则进一步提醒道："咱们可都是沐恩深重之人呢！想当年，老佛爷的銮驾回京，见你和你的那些兵，身上穿得单薄，大冬天里往那雪地里一杵，冻得直打哆嗦，便特意从体己银子中拨出一万两，给你们重新置办了一千套冬装……这才多久前的事情啊，你就忘得一干二净啦？"

金碧云说得动情，张勋则听得心里一咯噔。

见此情状，亲兵卫队自然不敢进前，而阿玉锡等亦稍有松懈。

就在这时，金碧云猛地冲开人墙，径直朝那口油锅快步走去，只仰天长啸："难道我是为了个人的兴衰荣辱吗？既然你张少轩如此不念旧情，那我还有何好说的？我这就去面见老佛爷，告诉她当年瞎了眼，还拿你当个忠臣！只可惜我大清……这都是奴才无用啊！"

"哎！拦住他！快拦住他！"

事实上，张勋只想恫吓来人，并未真想取人性命。此刻，他的内心已然破防，生怕这平贝勒登时上了西天，自己也将因此开罪大清的一众"遗老遗少"，再凭空多出不少敌人……

刚才的亲兵立马掉转枪口，疯了似的追赶金碧云而去。而阿玉锡等人则反其道行之，也信步走向油锅，齐声高呼："奴才们，誓与主子同生死，绝不苟活！"

这场面立刻就乱了起来，一会儿是亲兵阻拦金碧云，一会儿是卫队制住阿玉锡；一会儿是张勋急得直跺脚，一会儿又是金碧云叫起撞天屈："哈哈！不就是一死吗？老子生是大清的人，死是大清的鬼！正不想在这民国的世道上苟活呢！少轩，我死不足惜，但愿你牢记自己是大清忠臣！"

又见亲兵死死地抱住自己，金碧云更加怒不可遏，便喝道："既有心烹我，又何必阻拦？如此前倨后恭，枉为一方节度！"

"行了！行了！你是爷，行了吧！快回来吧……唉！"

张勋一拍大腿，近乎哀求。

金碧云这才收敛情绪，返回正堂。

"我说贝勒爷，您找我到底有何事呀？按理说，这民国之后，您这皇亲国戚已然是法定的大勋位了，待遇只增不减，可贵府上却好像对此不以为然……您此番前来，该不会是要我老张跟着一道造反吧！"

金碧云一听就怒了，义正词严地驳斥道："造反？呵！是民国造我大清的反！如今，我不过是拥戴皇帝复位，拨正乾坤而已！"

继而，他又略微舒缓语气，对张勋言道："你放心，我这趟来，只是来救你命的！"

"您又说笑了！我有何险，何需救命？"

"确乎如此吗？"金碧云环视周遭，示意让众人退下。

张勋默认，众亲兵徐徐而退。阿玉锡等勇士亦纷纷站到屋外等候。

只听屋内，金碧云轻描淡写的几句话，就让张勋的内心陡生波澜，犹如翻江倒海一般。

第三十五回

金碧云："前有狼、后有虎，少轩危矣！"

张勋一笑："我也是虎！怕甚？"

金碧云摇摇头："岂不知，一山不容二虎……"

张勋不由得眉头紧蹙："这么说，北边儿的大虎迟早容不下我喽！"

金碧云颔首："恶虎扑食，又岂会因为你是同类而不与你相争？如今留着你，只不过是因为前方狼群未除，需要有个马前卒，充当炮灰而已！"

不知何时，张勋已然站起身来，但一听这话，又一屁股瘫坐在虎皮太师椅上，身上冷汗直冒。

见张勋听进去了，金碧云便适时打住，只问道："少轩，你这儿可有好茶吗？"

张勋一愣，这才反应过来自己光顾着恫吓来人，却忘了招待远客。于是，连忙吩咐上茶，又亲自关照饮食，要为金碧云等人接风洗尘。

金碧云却摆手推辞道："先不忙！少轩呢，你可要想清楚，自己还有何人可以倚靠？说到底，谁是你的朋友？谁又是你的敌人？"

张勋闭目思索，努力咂摸这几句话的滋味，却又反问金碧云："欸？依你看呢？"

"民军，自是吾辈之死敌！此国仇家恨，绝不敢忘！"

"那谁又是朋友呢？"

"袁世凯和他的北洋，终归是你一时之倚靠；而我大清，方是你永久的后盾啊！"

张勋一撇嘴："可大清早亡了呀！"

"不！我大清是没了江山，可我们还有人、还有枪、还有钱，还有这世道人心！"

一听"枪"和"钱"，张勋倒也乐了，竟表现得十分亲切随和："说吧，到底要我做什么？"

金碧云双手拍掌，阿玉锡等人便鱼贯而入，并取出那幅《大清坤舆全图》，在众人面前徐徐展开。

张勋走近前来，听金碧云指点演说道："若我所料不错，宋教仁一案所引发的连锁反应，绝不会到此为止！南方的民军必定拿此案来说事儿，趁机倒袁；而北边儿的老袁也断不是个好相与的！这两方已势同水火，迟早必有一战！最近，又听说他民国政府大肆举办洋债，说到底不就是为了筹措军饷，准备开打吗？如此看来，南北二次内战或在眼前，而其中的焦点大概就是这里！"

说着，众人便朝金碧云手指的方向看去，那里从右往左分明印着三个字——江宁府！

也就是今日的南京城！

金碧云又问张勋："欸？你这前线领兵的，该不会一点味儿都闻不出来吧！"

张勋不服气道："哪能呢？俺老张可是有名的狗鼻子！这么说吧，我这大几千号人，这些日子就没干别的，净他娘操练了！当初，我做两江总督的时候，碰巧遇上辛亥，被民军撵出了江宁，那叫一个丢人呢！这回，要是真能开打，我定要一雪前耻，血洗南京！说吧，你的计划是什么？"

金碧云大笑一声，却命人卷起地图，只说道："吃饭！"

张勋心领神会，也大手一挥，正要恭请众人入席，却又听外面副官传报："帅爷，您小舅子来了！"

张勋一愣："啊？哪个小舅子？"

他如此发问，倒也不奇怪。

毕竟，自己已有九房小妾，还准备再纳一房，凑个十全十美之数。

"就是九姨太的亲弟弟呀！"

"噢！是那个狗杂种！你去，去把老九叫来！"

"是！"

待额头上缠着纱布的九姨太重新步入正堂，却见她那亲弟弟已然侍立于张勋一侧，且脸上写满了疲惫与虚弱。许是昨晚又熬了一宿，或是赌钱，或是嫖娼，又或是抽大烟去了。

如今，这没心肝的弟弟再次找上门来，必定还是没钱了……

第三十五回

唉！真是恬不知耻！

这时，金碧云等人因不便参与张勋家事，便纷纷退至屋外，面对着那口滚油大锅，谈笑风生。

可没过多久，就听到一阵杀猪似的嚎叫，正由远及近传来。

紧接着，一队亲兵合力托举起那小舅子四肢，快步来到油锅跟前。然后，二话不说，"唰"的一下就把人丢了进去，只溅起大片油花……

再去看那夺门而出的九姨太，已是满脸惊恐，一路尖叫着跑了出去；而院中只剩下张勋那瘆人的狂笑，久久回荡……

金碧云看在眼里，牙关咬得咯咯作响，拳头攥得紧紧的，可又完全无力作声。他知道，张勋这是"醉翁之意不在酒"，是在炫耀武力，是在杀人立威！

可反过来说，张勋如此大费周张，不惜对小舅子痛下杀手，难道只是因为这年轻人行为放荡，不检点吗？

当然不是！

这说明，张勋对金碧云的提议十分感兴趣。只不过，未来在分"战利品"时，他老张要独分大份儿。否则，这小舅子便是尔等前车之鉴！

正当金碧云暗自思忖，寻求破局之计时，另一边，孟庆霖却是"春风得意马蹄疾，一日看尽长安花"，人生难得潇洒快意！

先是辛亥之际，孟庆霖坚守团城之功并未被人遗忘，而早先承诺给他的"五等文虎勋章"，如今业已批复下来，并由陆军部派员，在其驻地举行颁授仪式，以旌奖战功！

与此同时，孟庆霖所部官兵，人皆晋升一级，并分赐赏金若干。

再有，就是孟庆霖这营，又因近日收复唐县之功，被允以扩编。待返京之后，兵员齐备之时，再正式升格作"团"。未来的番号，将定为"中央陆军第十六师直属警卫团"。

只不过，授勋以后的日子，孟庆霖倒也顾不上筹划返京之事。因为，他正奉命追击白狼，而这又绝不是一件美差！

须知，那白狼行军是来无影、去无踪，形如鬼魅，很难猜得出这人下一步将进兵何处。这就是其中最难的地方，而要论两军近战，那孟庆霖毫不含糊，任他白狼再凶悍也绝不是中央陆军的对手！

可问题就在于，唐县一役之后，人家压根儿就不跟你决战！那是能跑就跑，能拖就拖，只在运动中寻求突破，趁机壮大声势。而一旦让其逮到机会，又必然是一城沦陷，最后只落得个一地鸡毛……

另外，白狼军的兵源也可谓形形色色，他们有些是山贼土匪，有些是流民乞丐，又有些是散兵游勇（如熊子墨），甚至还有被裁撤下来的南方民军一部。就是这样一群"乌合之众"，竟被白狼纠合起来，并凭借悍不畏死的过人胆识和出神入化的机动战术，愣是在北洋大军的围追堵截下，多少次劫后余生，侥幸突围。而其所过州县，则皆如无人之境，莫之能当！

但好景不长！

全权负责剿匪事宜的段祺瑞，毕竟是老江湖了。又有装备一流的中央陆军作主力，地方守备为辅助，并由其统一指挥，大有"四正六隅十面张网"之势，定要将这股流窜巨寇扼杀于河南一省之地！

可白狼也看出了段祺瑞的图谋，心知若是再不跳出河南，自己这一路上历尽千辛万苦才攒下的军械装备，以及纷至沓来的数千入伙人马，恐要一朝丧尽了！

这时，熊子墨这既读过书，又做过前清巡防营兵勇的"文化人"，便自告奋勇地向白狼献计。

"大当家的！咱们可千万不能停下！孟庆霖那只狗咬得太紧，甩又甩不掉，打又犯不上……要我说，咱们最好南下湖广，那位置我熟！实在不行，就一路往东，经安徽、进江苏，找南方民军会合。敌人的敌人，就是朋友！毕竟孙、黄二人，可是跟袁世凯尿不到一个壶里呀！"

不知从何时起，熊子墨说话已再无书生气，反倒是比土匪还像土匪。

当真是近朱者赤，近墨者黑！

白狼斜眼瞧着此人，又愁眉不展地望着中原这片广袤无垠的土地。

第三十五回

此刻，风吹麦浪一望无际，河南多地已从百年不遇的旱灾里渐次苏醒开来，人间重又现出生机与活力。

夕阳下，他手拄着滴血的马刀，一屁股瘫坐在这生他、养他的村舍田坎上，心里竟是说不出的喜悦与眷恋。这里有他老娘和妻子生活过的点滴痕迹，尽管已然模糊不清，却又分明长存在他的脑海和心头。虽然，他差点儿就忘了这一老一少两个女人究竟长什么样子，可她们的形象却依旧是那样清晰明艳。

只不过，每当黑夜降临，白狼的眼前总能浮现出老娘咽气时的无奈，以及妻子被自己残杀时的绝望、无助与怨恨……

她那双永远也闭不上的眼睛，就仿佛是自己一生也摆脱不掉的梦魇。任其白日里如何骁勇善战，可每到深夜，必定浑身发抖、冷汗涔涔！

就冲这一点，白狼也不止一次地想过离开河南。或许，只有离开这伤心之地，冤魂才不敢再来索命……

与此同时，他也敏锐地察觉到了当地百姓已不似从前那般支持自己，而自己的名声也是越传越臭。到如今，只听说谁家孩子哭闹，孩儿他娘必定绘声绘色地恫吓道："快别哭了！白狼要来了，看把你叼走吃了……"

这都是军纪败坏闹的！

记得上回，他率军攻克唐县。结果，手下人一进城就活像群发情的公牛，到处寻找或者说到处掠夺城里的妇人，也不管对方是十来岁的少女还是六七十的老妇，嫁或没嫁，有夫还是寡居，尽皆绑来，一逞淫欲。弄得偌大的县城里人人自危、家家闭户，城里百姓怨声载道，恨不得将这群禽兽生吞活剥、食肉寝皮！

为此，他也曾考虑过整肃军纪。毕竟，自己这支队伍已不再是一群啸聚山林的土匪，而是逐渐成长为专与官军战斗的农民军。他希望自己能够成为李自成，至少也得是张献忠，能将中原闹得天翻地覆，最后再"夺了鸟位"，成就一番宏图霸业！

可现实却异常残酷！

别说整肃军纪了，就连约束匪兵少掠几处城池，少抢几户百姓都做不到，遑论其他……

白狼虽没读过什么书，但带兵的直觉却异常精准。

他知道，手下人之所以难管，就在于他们都是看自己得势，而趁机入伙发财的。要想制住他们，就必须得打出一片天地，给他们以持久的希望，而不是像如今这样，东一枪、西一棒地只敢与官军周旋，却没有一处安身立命的所在！

既如此，与其坐以待毙，不若打出去，打出河南，打下自己的江山，咱也做回"皇上"！

于是，白狼轻声叹了口气，这出走的决心就算是定下了。

然而，他要去的既不是湖广，也不是江苏。

对他来说，这两地的风土人情与河南相比，那其间的差距可就太大了，他和他的亲信又岂能轻言适应？

这既不往南，也不往东。当然更不可能往北了，那不正好与段祺瑞的大军撞上了嘛！

如此一来，也就只剩下往西一条道了！

没错！

白狼就是要西进，而他的目标直指十三朝古都——长安！

只见他当着一众匪将的面，操着一口流利的中原方言，慷慨陈词道："走还是要走的！可俺既不往东，也不往南！咱要打就打出个人模狗样儿！要打就打他个出其不意！要打就打他个天翻地覆！要抢，就抢他奶奶最俊、最白、最浪的！我告诉你们，关中的娘们可是浪得很哪……"

众匪将一听"浪"，那眼睛全都睁得大大的，嘴角几乎都要流下口水来。

白狼见事成了，便道出了自己的真实意图："往西走！进长安！"

"啥？"

原本还满怀期待的众匪将，一听是要西进长安，那神情立刻就变了。饶是他们再无知，却也知道长安这千年古都岂是好相与的？且不说那里城高池深、易守难攻，就是这从河南西去的路上，又不知有多少雄关险塞、高山大河横亘其中！

第三十五回

别说是打过去，就算是放开道，任你一路走过去，最后还能活着回来，就已实属不易了！

白狼轻蔑地审视着自己这群手下，懒得跟他们解释。

偏在此时，思索良久的熊子墨轻蹙眉头，试探着说："大当家的，我倒觉得此计可行！这一路西去，看似凶险，实则只要沿着丹水河谷进军，闯过荆紫关这一道险关，再从南面翻越终南山也就到了！那时，咱们神兵天降，长安城指日可破啊……"

白狼微微颔首，但众匪将却还没回过味儿来，只是本能地感觉这姓熊的大概说得有理，便不再作声，也不愿费这个脑子，索性就等大当家的下令。

孰料，白狼不再明确表态，只对熊子墨说："行军的事儿，你先别管！从现在起，你自个儿往东去找民军，就说是俺的人，要跟他们搭伙。到那时，咱们两家一东一西，准保将这民国闹得天翻地覆！"

事实上，白狼接下来就是按照熊子墨的进兵方略西进的。只不过，自己内心的计策又岂能被这姓熊的一语道破？但要说因此杀了这人，倒也犯不上。他还要留着这个"文化人"，去给自己做回使者，也好联络孙、黄，两相呼应，一道"造反"……

再看此时的孟庆霖，他刚被段祺瑞和徐树铮从追击前线上轮换下来，正驻军潼关，雄踞豫、陕、晋三省交界之处，北面滔滔黄河，南依秦岭山脉，四周是黄土沟壑，又有十二座方台相连，号曰"十二连城"。

面对如此雄关险塞，孟庆霖等人伫立黄河岸边，久久沉吟，耳边不停地回响起那句古诗："山势雄三辅，关门扼九州"。

当真不是虚言！

他回顾身边的护卫秦东说："到你老家了！昨儿个，你也见了爹娘。怎么样，今儿再给爷吼段秦腔吧！就面对这滔滔黄河……"

秦东戎装归故里，正是雄姿英发之时，便毫不做作，侃侃而谈："么麻达（没问题）！额大社列（我爹说了），额们祖上就是镇守潼关滴军户！秦东就是潼关！

潼关就是秦东！额是军户，生下来就为了打仗！死也只能死到战场上！额……就给你吼个《王彦章打马上北坡》！吼他个忠肝义胆，宁死不降！"

"好！就吼他个忠肝义胆，宁死不降！"

孟庆霖从未笑得如此酣畅。

只见秦东一把摘下军帽，竟兴奋地将其掷进黄河，又昂首挺胸，中气十足地吼唱道：

> 彦章打马上北坡，新坟累累旧坟多。
> 新坟埋的汉光武，旧坟又埋汉萧何。
> 青龙背上埋韩信，五丈原前葬诸葛。
> 人生一世莫空过，纵然一死怕什么？

那唱腔抑扬顿挫，曲调古朴苍凉，一声声怒吼就宛若喷涌而出的火山，又好似惊涛骇浪的黄河，霎时间就直抵内心，唤醒了这两个北方汉子最原始的血性与最强烈的共鸣！

山河常在，而壮士不常在！

孟庆霖听着，久久不能自已，最后竟不觉掉下泪来。熟读经史的他，又岂能不知这"王彦章"是谁？也自然知晓那段残唐五代史。纵然戏文与史实存在一定出入，但主角"王彦章"确也是身陷重围，最终力战而死……

不知为何，孟庆霖竟感觉自己与那千百年前的"王彦章"存在着某种关联，又或许只是寻常的代入感，不足为虑。幸好，这时的他非但没有"身陷重围"，反倒是一路高歌猛进，正是人生得意之时，一切都好似不足为惧！

正在这主从二人，远眺黄河，凭吊古今之际，张毅融却骑了匹快马，一路疾驰，出潼关奔这里而来。

"团长！陆军部有令，让我们拔营东归，复归十六师建制，参与南下作战！"

孟庆霖心想：好家伙，这老张当真是玲珑剔透！眼下，还没正式升格呢，"团

第三十五回

长"二字就已然喊上了。

当然，他也正纳闷儿，如今再往前一步可就是陕西了，白狼主力近在咫尺，难不成就这样放弃了？岂不是功亏一篑！

于是，便反问道："啊？这白狼不剿了？"

张毅融翻身下马："没……没说不剿！说是由陆建章的第七师入陕，一举剿灭白狼！"

"啥？让那个屠夫……"

"团长，你别管了！连段长官和徐长官都要被调回京城！没了大部队，就咱这点人马……算了！"

"我是担心这陕西一地的老百姓……"孟庆霖叉着腰，神情不忿。

对于陆建章这人，他虽算不上熟悉，却也深知其"大名"。那就是个天上掉下来的"扫把星"啊！走一路，死一路！肥了自己，坑了百姓！若不是这人自幼跟随袁世凯，有"伴驾"之功，焉能留其活到今天？

如今，眼睛一眨，老母鸡变鸭！

眼见到手的功劳，反倒要被这个"陆瘟神"抢走，孟庆霖心里那叫一个不是滋味！

这时，张毅融轻拍孟庆霖的肩膀，恳切言道："团长……老孟，你听我一句！这事儿你先别管，全都是上面定的！反正，那徐树铮也正不爽呢！你就等着瞧好了……"

孟庆霖恨恨作罢，只得再一次回望黄河，却又无奈地返身东去。

东归路上，孟庆霖问："到底出了什么变故？怎么突然南下作战？又跟谁作战？"

张毅融心知孟庆霖的妻弟李虎臣正身陷其中，便顾左右而言他，迟迟不愿说出真相。

孟庆霖不耐烦道："快说！"

张毅融叹了口气："唉！瞒是瞒不住了！团长，是国民党！眼下，江西都督李烈钧已在湖口誓师,连带着江苏、上海、安徽、福建等省竞相宣布独立!又是新一轮内战……"

孟庆霖先是一惊,后又马上想起来自己家李虎臣还在民军阵营,便有些惊慌失措:"遭了!虎臣!我家虎臣还在!岂不是……"

见孟庆霖惊诧,张毅融亦重重地点了点头,并十分不情愿地言道:"有探报说,李虎臣确在民军里面,正奉命驻守南京。而咱们的战略目标……碰巧也是南京!"

"什么?!这……"

孟庆霖不敢再往下细想,眼见得祸起萧墙,而自己又必将与至亲兄弟李虎臣血战一场,骨肉相残。虽说是各为其主,但这样的人伦惨剧,他是无论如何也接受不了!

然而,更令人惊诧且更出孟庆霖意料的是,驰援南京战场的远远不止他这一路兵马,还有从兖州南下的张勋辫子军,而其前锋主将正是金碧云!

没缘法!

奈何这三兄弟竟会以此种诡谲的方式再聚一堂,却是教人唏嘘不已!

……

且说孟庆霖率部东归,行至半路就听闻湖口、南昌业已被北洋军收复,旋即江西取消独立,而都督李烈钧则撤军湖南。又听闻苏北重镇徐州,以及淮河沿线的淮阴、长江北岸的扬州亦先后被张勋、金碧云带人攻克,其兵锋直指镇江,正从东面进逼南京。

另一方面,冯国璋率第十五师和第十六师南下,绕道安徽,直取蚌埠、滁州,从西面和北面配合张勋部,完成了对南京的战略包围。

至此,南京已然是门户洞开,无险可守;且被左右夹击,岌岌可危。讨袁军总司令黄兴见守城无望,只得连夜出奔上海,以图东山再起!

同时,袁世凯严令张勋、冯国璋"从速、从快",并开出赏格——"先入南京者为都督",以激励斗志,早定江南!

第三十五回

又几日，孟庆霖部终于归建。

冯国璋大喜，遂命其部充作全师尖刀，直取南京城东至高点——紫金山天保城！

咦？为何不是直接攻打主城，而是先取城东呢？

这就要说到当时的城市防御体系了。

事实上，若要守住一座城，最好的办法就是坚决阻敌靠近，而不是待敌攻城，才作城防之战。那就失了先手，被动挨打了。故一直有"歼敌于野"之说。

即便是守城方因兵力捉襟见肘，难以野战，也要时刻"坚壁清野"，困敌于坚城之下，不让其就近获得补给，并充分发挥己方城池优势，以持久战、消耗战拖死敌军，击其自溃。

真要到了城市攻防战，乃至于巷战，那战争可就异常惨烈了！无论是对攻城方还是对守城方，都意味着必将付出巨大的牺牲及代价，还不一定能够取得令人满意的战绩。

正所谓：杀人一千，自损八百！攻心为上，攻城为下！

具体到南京，这里"东揽钟山紫气，北拥扬子银涛"，枕山带河，金城千里。

此形胜之地，最能王焉！

然而，南京最大的战略优势却依然是长江天堑。故一旦长江防线被人撕开一道口子，那也就基本无险可守了！甚至说，这里连战略回旋的余地都没有！

须知，南京城可是临江背山而置啊！

过了江就是城，连半盏茶的工夫都不用！

就算是弃城而逃，可出了城便有千重大山阻隔。这一点，虽对个把人无碍，但千军万马又岂能在急切间尽皆退避呢？

到头来，只能是死路一条！

所以，这临江背山之地，在战略上亦被称作"死地"，即别无退路之意。

因此，"守宁必守江"，而"守江必守淮"。

如此说来，在面对北方之敌时，这南京的第一道防线就是徐州（古黄河沿岸、淮河以北），而第二道则是淮阴（淮河防线），第三道便是扬州（长江北岸）！

一旦这三道防线被人突破，那就要进入最后的城市攻防战了。

所幸，太平天国的时候，太平军曾在城东紫金山，临近城门的位置，修筑了两座堡垒，一为"天保城"，一为"地保城"，分置于山上、山下，用以巩固城防，为这座千年古城再添了两道外围防线。

只可惜，到孟庆霖进兵之时，地保城业已不存。紫金山上的天保城独自矗立，正日夜守护着这方"江南佳丽地，金陵帝王州"！

天保城，即是当今"紫金山天文台"的位置，亦是南京城东至高点。在此居高临下，城内景象可一览无余。若能攻占此地，再凭城用炮，则南京主城指日可破！反过来说，就算攻进了主城，若不能同时占领天保城，则到手的鸭子也会飞了！

于是，这里便成为至为关键的锁钥之地，亦是南京之胆！

正应了那句"攻城为下，攻心为上"。若果能攻占天保城，则不啻于攻下南京！

当然，金碧云也作此想。他的首要战略目标亦是天保城！

这一点，倒与张勋不谋而合。只不过，张勋想得更为复杂：夺回南京不仅意味着军事上的首功，也不止于报辛亥时的弃城之恨、失地之仇，而是实打实的好处、板上钉钉的利益！

"先入南京者为都督"，这是袁世凯的承诺。

也就是说，谁先打进南京城，谁就是江苏都督！

江苏都督啊，这是多么诱人的肥缺儿……

张勋不由得想到自己将来：若能有朝一日再次雄踞东南，那时财货云集，足兵足饷，足可王焉！就是与北京分庭抗礼，也是胆气犹壮！

为此，他亲自督阵，急调金碧云率部突进，誓言不惜一切代价，定要抢在冯国璋前面，先行攻下天保城。

于是，天保城下，金碧云和孟庆霖，这两兄弟终于见面了。

第三十五回

可二人不见面还好，一见面心里都窝着火，气氛也就变得异常紧张起来。再加上此刻军心浮动，又兼立功心切，故二人所率之兵无不眼露凶光，彼此间满怀敌意，险些大打出手！

孟庆霖强行按住手下人，对金碧云说："三年前，隔壁明孝陵……多亏有你，老金！"

金碧云却对此不屑一顾："呵！早知如此，我当初就不应该救你！"

"随你怎么想，但这趟我必须第一个上去，因为我家虎臣还在上面！"

金碧云则夹枪带棒地讥讽道："那更好！他自甘堕落，吃里扒外，叛我大清之人，命中自当有此一劫！"

"你……"

说时迟，那时快！

孟庆霖和金碧云的两支人马已各自呈散兵线飞奔上山，正分别从北面和西面仰攻天保城。一时间，弹矢如雨，炮火连天，喊杀声、哀号声不绝于耳……

待硝烟散去，只看那漫山遍野尽是残肢断臂，而沟渠河谷间全然血水奔涌。这区区半个时辰的山路，每前进一步便有堆积如山的士兵尸体，不辨敌我，肆意横陈，死状恐怖……

当然，天保城上也没好到哪里去！

孤立无援的守军在两支北洋劲旅的夹攻下，几乎全军覆没。余者，要么垂头丧气，要么呆坐不语，要么拼死抵抗，誓做最后一战！

然而，其中似乎并未发现李虎臣的身影……

原来，见固守不敌，已做了城防某队队长的李虎臣早就率领属下民军，悄然从东门出城，并绕道金碧云部之后，准备从侧翼发动突袭，擒贼擒王！

此刻的李虎臣，并不知道前来攻城的竟是自己的姐夫以及金大哥。他只当这是自己的终局之战，故早已将生死置之度外，如同那些为革命慷慨就义的"邹容"和"陈天华"一样……

人生自古谁无死，留取丹心照汗青！

李虎臣只能拼了,纵然不敌,也不能对不起孙先生的殷殷嘱托。他发自内心地相信：只要坚持到底,这个国家和这里的人民一定会迎来胜利的曙光！

哪怕自己见不到了,可还有后继之人……

若说这世上还有什么可留恋的,那大约就是自己的父母家人,以及空守上海的她……

不知不觉间,她已然怀上了自己的骨肉。

每念及此处,李虎臣的心里就仿佛被什么东西给扎了一下似的,连眼角都不禁流下泪来。他好想知道,这未来的孩子究竟是男是女？若是男孩,就教他习武强身,长大后保家卫国。若是女孩……若是女孩,或许会像她娘一样美艳动人吧……

"队长,看！前方敌将！"有民军士兵匍匐进前,小声禀报。

这时,李虎臣也伏在草丛里,远远地观察一番,不禁重重点头,示意全员隐蔽,呈散兵线徐进向前,只待最后一击！

却说金碧云和孟庆霖两部,几乎是同时攻到了天保城下,并各自发射信号弹,作为成功信号,告知后方大军。

只不过,这两支人马各执一词,彼此不服,全都认为是自己第一个攻下此城,而对方是来抢功的！

一开始,他们还只是吵吵嚷嚷。待城内守军或死或降之后,他们的行动逐步升级,从口角争执演变为拳脚相加,又从拳脚相加上升为持枪对峙。

这局面,眼见得就不可收拾！

"胡闹！都把枪放下！要内讧吗？！"

孟庆霖快步走到队伍前面,厉声喝止。又见对方阿玉锡也在,便上前搭话道："老阿！咱们两家没什么不能说的,也教你的人把枪放下！军情紧急,这可不是胡闹的时候！"

"孟公子……哦,不,得叫您孟长官！我老阿别的不懂,可就放下枪一条,那是万难做到！要么,你就索性毙了我；要么,你带你的人下山,咱们啊……两

第三十五回

清了!"

孟庆霖正要发作,却远远地望到金碧云的身影。

他二话不说,举枪便射。金碧云见状,竟然躲也不躲,仍似闲庭信步。

这倒是奇了!

须臾,待那枪声响过,只见金碧云的身后突然倒下了一名意图偷袭的士兵⋯⋯

与此同时,李虎臣也已率人发动突袭。

数十名民军"唰"地从草丛中跃起,又从四面八方围拢过来,目标直指金碧云!

"上!"

见状不好,孟庆霖持枪,亲率秦东、胡杨、刘天瑞等人下山营救,却留张毅融殿后。而阿玉锡等侍卫更是心急如焚,哪里还顾得上再起争执,连忙返身救主。

这时,只见金碧云神情冷峻,略带不屑地"哼"了一声,围拢而来的民军便接连背部中枪。顷刻间,就已死伤大半。原来,此番攻城,并未四面围攻,仅是从北面和西面两个方向寻求突破。而自己一方又是仰攻,却能推进得如此迅速⋯⋯即便是因双方实力悬殊,倒也足以让金碧云这个百战之人心生疑虑!

在其看来,攻城无疑是打仗里面最难的,更何况是进攻山顶的军事堡垒。山高路险就不说了,就连那城墙都是巨石垒成的,其坚固程度完全不亚于南京主城。此番竟能顺利攻下,只能说明两个问题:其一,守军孤立无援,即便守城也只是做个样子,实则军心涣散;其二,守军必有图谋,不可不防⋯⋯

既然无法判断究竟属于哪一种情况,那就干脆做好两手准备。于是,金碧云早早地就在身旁不远处埋下伏兵,只待"猎物"上钩!

不出所料,李虎臣一下子就扎进了金碧云的伏击圈,死伤惨重。

到这会儿,他才发现敌军主将竟然是金碧云,而自己的姐夫也正带人从山上下来,一时间不辨敌友。

孟庆霖自然也看到了李虎臣!

眼见得老金无碍，而自己的妻弟却已身陷重围，孟庆霖竟有些不知所措。可危急的现实，又哪容得他再去细想？

"死就死吧！不能抛下虎臣！"

孟庆霖决心已定，便给身旁的秦东使个眼色。

只眨眼间，自己这队人马便立刻掉转枪口，出人意料地向金碧云的伏兵发起进攻，而后便是一阵枪声大作！

金碧云一看，这孟庆霖竟敢冒天下之大不韪，率先挑起内讧，便不再克制，立即传令阿玉锡带人包抄孟庆霖所部，自己则居中策应，正面迎战！

"杀！"

"冲啊！"

说话间，金碧云的"辫子军"和孟庆霖的"警卫团"，两支北洋劲旅相互拼杀，彻底反目，竟斗得个人仰马翻，血流成河……

李虎臣见状，知道姐夫这是为了救自己才不惜与"友军"血战，已犯下杀头的罪名，心中既感激又愧疚，只好愈挫愈奋、重整旗鼓，再次率残部向金碧云发起冲锋！

"进攻！"

李虎臣奋勇当先，弹药打光了便挺着刺刀冲上去，一如当年平定北苑兵变之时。只不过，那时的他与金碧云是同袍、是兄弟，是忠肝义胆，是志同道合！

今日再见，这二人已如寇仇一般，只有胜与负，只有生与死，一横一竖……

且看这三军混战，李虎臣和孟庆霖各率所部内外夹击金碧云。金碧云则兵分两路，一路正面迎战，自己坐镇指挥；一路侧后包抄，阿玉锡身先士卒！

正在这难解难分之际，山下南京城的位置已然炮声隆隆。

须臾，城内蹿起冲天烈焰，直将这千年古城瞬间拖入火海，方圆十里之内尽是烧灼声、爆炸声；又兼守军的喊杀声、民众的哀号声，乃至于小儿的啼哭声，此起彼伏，让人心惊胆战，如坠地狱……

至此，张勋和冯国璋已然亲自下场，一较高低！

第三十五回

为了"江苏都督"这个位置,他们两军既联合又对抗,既要借助对方的力量消耗守军战力,又要想方设法地阻拦对方提早入城。

这当真是件难办的差事,但好在天保城已然收入囊中。

此刻,总攻南京,已再无后顾之忧!

只听张勋在做最后的战前动员:"复我大清!给我杀!进城后,人人大掠三天!"

又见冯国璋集合全军,振臂高呼:"收复失地,统一中国!冲啊!"

北洋军业已大兵压境,而守军确也独木难支,诚为可悲!

终于,南京的东门——太平门陷于"贼"手,大军蜂拥入城……

见南京城破,孟庆霖便和金碧云商定停手,三人所部也逐渐脱离接触,不再战作一团。

此刻,他们尚不知晓究竟是哪一路兵马率先入城,也不知道谁才是未来的"江苏都督"。

但更为要紧的是,金碧云率领的这支辫子军,那军纪败坏的毛病,就仿佛犯病似的骤然显现。他们眼见得旁人入城抢劫,却没有自己的份儿,心态立刻就崩了!

就在孟庆霖带人掩护李虎臣残部回山之际,辫子军中竟有人对其举枪瞄准。他们正打算拿孟庆霖的脑袋,去向张勋邀功请赏!

谁教这人率先挑起内讧,而拖得自己错失了一次发财的机会呢?

该死!

"姐夫!小心!"

李虎臣本能回身,却马上察觉到异样,便立刻高声示警,可无奈自己早已打光了子弹,又兼距离太远,仓促间难以应对,只好将孟庆霖用力推到一旁。

秦东闻声,本能地抽出红缨大刀,一下就闪到李虎臣身前。

金碧云见状,厉声大喝:"谁敢?"

接着,他举起手枪,一枪一个,接连击毙身旁的数名辫子军。

辫子军怒了，他们本就不服这个新来的统领，更对其"王公贝勒"的身份大加怀疑，本也不愿深究。可没想到，这人吃里扒外，竟敢为了一个外人，而枪杀自己战友！

　　是可忍，孰不可忍？

　　"干什么？！"

　　辫子军纷纷掉转枪口，直直地瞄准金碧云。

　　阿玉锡等十六勇士立马将自己的主子护在当中，也凶恶地持枪对峙，怒喝道："全都放下枪！他妈的，造反了不成？"

　　"操他姥姥的！反就反！老子可不认什么民国、大清！老子只认现大洋！你他娘的敢挡老子发财，还他娘的敢杀自己人，真他娘的忍无可忍！"

　　"就是！杀了他！就说他勾结外人！"

　　"不！绑了他，让他老子娘出钱赎人！"

　　"对！"

　　"绑了他！"

　　众辫子军仗着人多势众，愣是将包括金碧云在内的十七人围得有如铁桶一般。

　　没说的，孟庆霖和李虎臣绝然不会袖手旁观！

　　正所谓：兄弟阋于墙，而外御其侮！

　　孟庆霖再度下令："将这群猪尾巴的械，给我缴了！"

　　"是！"

　　警卫团全员应诺，犹如那下山的猛虎一般，向辫子军发起了最后的冲锋……

第三十六回　苍天裂碧血染淞沪　大厦倾风云荡九州（上）

诗曰："埋骨何须桑梓地，人生无处不青山！"

记得，那是民国二十六年（公元 1937 年）夏。

那一年七月七日，北平爆发了震惊中外的"卢沟桥事变"。自那日起，日寇加紧侵华，中日全面开战！

然则，敌强我弱，两国实力悬殊。纵使我军将士抛头颅、洒热血，喋血孤城，却终难挽救危局。

旬日间，北平沦陷，天津沦陷……

华北告急，华中告急，中华民族告急！

千钧一发之际，最高统帅部难得明断一回，旋即下令开辟淞沪战场，不惜一切代价在上海及其周边地区，打一场主力歼灭战，力图将日寇的进兵方略，从"由北向南"吸引为"由东到西"，使敌陷入我广袤国土之中，从此再难脱困！

一时间，黑云压城，重兵对峙。

乱纷纷，山河破碎，社稷蒙尘……

"呜……呜……"

两声汽笛吹响，火车即将开动。

南京下关车站，早已是人潮汹涌，摩肩接踵，却又不见多少百姓往来交通，而是密密匝匝，挤满了头戴 M35 钢盔，左侧印有"青天白日"国徽，又一身德械装备的国军士兵。

这些士兵，有的高呼口号，一队又一队地从远方齐步走来；有的已然上车，此刻正端坐着，眼神空洞，仿佛念起了家中的父母、妻儿，不忍离去；有的各自操着方言土语，或是与战友东吹西侃，或是美滋滋地回忆起昨晚秦淮河上哪个妹子声音更软、身子更酥；还有的则干脆攀在车外，一边与前来送行的各界代表挥手致意，一边再猛地深吸一口家园故土的清冽空气……

此去，怕是再也回不来了！

这几乎就是他们的最后旅程，而前方正是被称作"血肉磨坊"的淞沪战场！

逢此诀别之际，时年四十三岁的孟庆霖亦是一身戎装打扮。

所不同的是，他的军服领章是金色打底，其上又缀有两颗金星。但令人意外的，却是他孤身前来，既无行李，也无同伴，更无随员，赤条条一个光棍汉似的，除了那把依旧佩戴在腰间的柯尔特左轮手枪。

尽管这些年来，孟庆霖早就收获过许多威力更大、射程更远、精度更高的配枪，诸如德国的鲁格、美国的勃朗宁等等。但他仍旧对这把二三十年前的老枪热情不减，甚至是情有独钟。可用他自己的话来说，却只是一句："用顺手罢了……"

何止是"用顺手"？

这把枪实在承载了他太多记忆，又留给他诸多遗憾……

这些年来，他也曾名誉傍身，也曾战功赫赫，也曾毁誉参半，也曾寂寥落寞。几经起落，却又是老当益壮，心志弥坚。

如今，终于起复！

孟庆霖自然清楚自己的任务，既已临危受命，又哪里还敢耽搁？因此，他完全听不进去家人、朋友的劝告，一意孤行似的奔赴淞沪战场。

至于那里的极度危险，他不可能不知道。可国仇家恨就在眼前，若是轻言退缩，到底枉为男儿！

于是，他匆忙躲避拥挤的人群，正独自一人，毅然决然地快步走来。周遭的士兵则迎着他的目光，纷纷驻足敬礼，让开道路。几乎是电光石火的瞬间，他一把就抓住火车外的扶手，并在车上两名士兵的帮助下，登上了这趟驶往血与火的

第三十六回

末班军列……

从此，一切就仿佛命中注定似的。

他注定回到军队，回到战场，回到最前线，回到最需要自己的地方！

尽管这些日子以来，他也曾犹豫过，也曾纠结过，甚至也曾想过放弃……

毕竟人到中年，有家有业，而自己又不被政府信任，亦曾被误解，甚至被视作"满清遗老""北洋余孽"，是"革命的对象""人民的公敌"！

又兼妻死子散，众叛亲离……

可他却始终忘不掉发生于数年前的惨案！

那是一段不能磨灭的记忆，更是毕生刻骨铭心的仇恨，无法饶恕，且久久挥之不去。每当夜深人静，孟庆霖记忆深处的国仇家恨便一齐涌来，他就一遍又一遍地在心中立下血誓："报仇……报仇！有生之年，绝不与倭寇并立于世间！有我无敌！有死无生！"

为此，他取出了毕生积蓄，又卖掉了全部产业，无论是自己和妻子拼尽半生，努力经营的，还是父祖相继遗留下来的。只当是毁家纾难，只求重返战场，哪怕去做一名老兵……也要扛起长枪，与日寇拼死一战！

就这样，他抛家舍业，义无反顾地去了，脸上却始终挂着那一抹难得的微笑，仿佛在时刻准备着，准备着拥抱自己的归宿与命运……

"真的非去不可吗？泽霆。"

说话的，正是孟庆霖的老友——牧师费吴生。

此刻，这二人正在车厢里对面而坐。

拜这该死的战争所赐：故人久别重逢，却来不及在大战前泛起多少喜悦。最多只有一句发自内心的诚挚关切，这就不容易了！

当然，费吴生此番是作为战地观察团成员，前往上海了解中日战局走向的，与孟庆霖这孤注一掷的"独狼"行动，却是不同。

面对问话，孟庆霖先是颔首沉默，后来又怔怔地望向窗外，最后则斩钉截铁地跟了一句："是的，非去不可！"

说话间，火车已轰然穿越峡谷，而窗外亦渐次明朗起来。

这一年，距他们相识已倏忽过去了二十七载。

在这二十七载的漫长岁月中，孟庆霖接连目睹了袁世凯称帝、护国战争、张勋复辟、护法战争等一系列历史事件。紧接着，又是直、皖、奉军阀混战，国民革命军东征北伐，以及日寇侵华，从东北蔓延到华北，再到淞沪，直到如今……

说到底，孟庆霖只是个红尘过客，根本无力改变什么，甚至就连自己的家人都保护不好。

这是他一生的遗憾……

回顾过往，孟庆霖深感命运无常。除了少年时的优游岁月，余下的大部分时光不是在挣扎，就是在挣扎的路上。如今熬下来，却什么都没留下，有的只是两鬓微霜与尽显沧桑的容颜。

唯一令人欣慰的是，他那硬朗的脸庞依旧如昨，而那对剑眉，也始终如长戟般，时刻守护着主人所珍视的一切。

随手的工夫，他从口袋里摸出一只金属打火机，不停地把玩着。

旋即，点亮了一束火光。

耳边，亦同时传来众士兵的《长城谣》合唱歌声：

　　万里长城万里长，

　　长城外面是故乡。

　　高粱肥，大豆香。

　　遍地黄金少灾殃。

　　……

到如今，家园故土安在？

孟庆霖不禁扪心自问。

他眼望着火光微弱，耳听着战歌激越，真个似弹指一挥间，就到了这血与火

第三十六回

的战场。

这里,狼烟四起,满目疮痍……

这里,尸横遍野,血肉横飞……

这儿的名字,叫作蕰藻浜——上海城北,一条横贯嘉定、宝山的通航河道。

记得那会儿,它还有个更为响亮的名字——尸山血海!

每当破晓时分,日寇必定在这里开启新一轮的立体攻势,并较之昨日更为猛烈:先是飞机俯冲轰炸,继而重炮火力覆盖,最后是坦克轰鸣,步兵冲锋……

必须承认的是,淞沪战场上的日军,不仅堪称日本的"陆军之花",即便放之世界,也算得上当时数一数二的虎狼之师,绝不可等闲视之。

那时的日军,无论是其兵员素质,还是其训练装备,都远胜中国多矣。这分明就是工业国与农业国之间的生死较量,是发达国对落后国的降维碾压……

反观孟庆霖这里。

尽管他这时所在的"税警总团"也是王牌中的王牌,德械师中的德械师,但与日军相较,仍有相当大的差距,特别是火力严重不足,更缺乏反坦克武器!

在此情势下,能够坚守三天三夜已属奇迹,而他竟然带人连续撑了七天,仍拒不后撤!

当最后时刻来临,弹尽粮绝的孟庆霖只得组织敢死队,迎着枪林弹雨,迎着飞机、坦克,奋不顾身,只为点燃生命中最灿烂的一瞬,只为爆发出内心最不屈的怒吼!

这一刻,战火之下,老兵重聚。

没有欢歌笑语,只有风尘仆仆、毅然决然!

"税警总团的兄弟们,你们每一个都是德械装备的精锐士兵,是这个国家最为中坚的抵抗力量!我们的身后就是上海,再身后就是南京!那里,有我们的父母兄弟,有我们的手足同胞!今日,人在阵地在!成功成仁,在此一战!"

孟庆霖讲完,军官敢死队的成员并未应声,甚至就连面部的表情也大多未曾抽动一下,只是将手中的银圆,一把又一把地,麻木且无情地撒向空中,犹如一

道道砸落的冰霜,并大声呼喝道:

"留着给俺娘!"

"兄弟们拿去花吧!老子这辈子用不上喽!"

"来生再见!"

……

这一幕似曾相识。

记得清末那会儿,他和金碧云、李虎臣合力平定北苑兵变之时,就曾遇到此番景象。

这或许说明,战士们早就将个人的生死荣辱置之度外了。此刻,一切的动员与训话都似乎显得没那么重要。从上到下,每个人心里想的都是尽己所能,在死前再多杀一个鬼子,哪怕再多杀一个!

于是,一声令下,便几乎是同归于尽!

冲锋号吹响,战士们自觉分成若干单列纵队,在孟庆霖的率领下,不顾生死地冲了出去。

这时,日寇也在坦克的掩护下发起最后的冲锋,嘴里发疯似的嚎叫着,脚下踩着数不尽的焦灼尸体,污血横流。

一番恶战,在所难免!

战士们拼尽浑身解数,或是放枪,或是突刺,或是大刀挥舞,向鬼子们的头上砍去。日寇坦克则横冲直撞,犹如一颗颗钉子似的揳入我阵,并集中火力向南岸的中国阵地发起猛烈炮轰……

"爆破手!上!其余人掩护,跟小鬼子拼了!一定要守住阵地!"

这是幸存者记住的,来自孟庆霖的最后一道命令……

激战尾声,前方的战士几乎全员阵亡。但临终前,他们仍不忘杀敌,有的引爆随身的手榴弹,与敌同归于尽;有的双目圆睁,拼尽最后的力气,再朝敌人开上一枪……

热血殷红,暴雨如注。

第三十六回

蕰藻浜尽成赤色，仿佛是上天垂下血泪，又好似巨人的哭泣……

终于，纵队的最后——那一个个身缚炸药包的战士，在前方众多战友的掩护下，一步又一步地逼近了日寇坦克。

紧接着，没有誓言豪壮，没有山呼口号，甚至这一切都不得不静悄悄进行，直到那一声声轰天巨响……

淞沪战场上，这样的故事，实则每天都在上演。

可令人遗憾的是，这绝非刻意煽情，而是实实在在，却又迫不得已的打法；是在万般无奈下的生死抉择，是那个时代救亡图存的几乎唯一路径！

没办法！

谁让当年的我们极度落后，又极度缺乏重型火力，而不得不以血肉之躯，抵挡日寇的二十万大军呢？

对孟庆霖那辈人来说，既上战场，便是有死无生，有进无退！

唯有陷阵之勇，死事之烈，可流芳古今。

对他们来说，即便阵地化作灰烬，但军心仍要坚若磐石！

一言以蔽之：我以我血荐轩辕！

好在孟庆霖他们并不孤独。

他们的身后除了自己的战士，更有来自天南海北的地方武装。这些人平日里成见极深，彼此不能相容，但为了抗日大业，竟全都暂且放下了往日恩仇，想尽一切办法，或是经由铁路，或是经由公路，或是两只脚丈量中国，不顾一切地从自己的家乡往上海行进，而无论这场战争是否与自己有关，也无论自己手上端的究竟是何等劣质武器……

对他们所有人来说，哪怕只有一挺"汉阳造"，甚至是只有一把大刀，一杆红缨枪，也要拼上这条性命，死也要死在冲锋的路上！

血战之前，他们或戏谑或激昂或憧憬的话语，言犹在耳：

"老子们要让龟儿子见识一哈，啥叫川军！"

"干死他妈的小意本儿！看明天咋削他！"

"终有一天，我们的国旗会飘扬在富士山顶！"

……

血战之后，暴雨三日不歇。

放眼望去，战场上已是污淖一片，满地尽皆残肢断臂；而两军的尸体又相互堆叠着，摞起来足有小山一般高。

"山下"，则有数不清的黑红透亮的斑斑血块。又见其中的若干弹坑，因不知是注入了雨水还是血水，里面早就是浑浊不堪，其色玄黄……

待一切尘埃落定，阴霾的天空也终于放晴，但潮湿的空气却仍在肆意流淌。此刻，这曾经的战场已是一片死寂。只剩下食腐的乌鸦和秃鹫往来盘旋，彼此喧嚣且热闹地嚎叫着，又不时落到散发着阵阵恶臭的尸山之上，呼朋引伴地俯身啄食……

回首这持续了二十五天的蕰藻浜血战，无论是中央嫡系还是地方武装，也无论官兵上下，尽皆抱定了必死之决心，拼尽了一切之努力。但蕰藻浜防线，终究还是失守了。

双拳难敌四手，仅凭血肉之躯确实敌不过飞机、坦克的立体攻势。可就这区区一道小河，硬是拖住了日寇近一个月之久，使其再难分兵，又不得不从本土源源不断地往上海增兵，到底实现了吸引日军主力，改变日本进军方略的目的。从此，日寇必将泥足深陷，先是淞沪战场，后是中国的广袤国土，最后是人民战争的汪洋大海，再难挣脱，直到最终覆灭。而那些胆敢叫嚣"三个月灭亡中国"的狂悖言论，早已是不攻自破，贻笑大方！

只是，最后关头除了自我牺牲而别无选择的勇士们，已如一道道青烟盘旋而上，直入苍穹，却再也见不到胜利的那一刻。其中，或许也包括了孟庆霖。

因为，他生不见人，死不见尸。

也许，他早就被埋没在那一摞摞尸山之下，根本无从查找。

也许，他终于一偿夙愿，成就了那句"只解沙场为国死，何须马革裹尸还"的豪壮誓言，而了无牵挂。

第三十六回

又也许，没有也许……

多年以后，我曾采访亲历淞沪会战的老兵。

老人家告诉我说："那会儿啊，一个师、一个师地往里填，最快几小时，最慢大半天，就全都打光了哇……人到了那个时候，无所谓生死。什么叫生？什么叫死？不晓得了，根本就不晓得了……"

唏嘘之余，我抚握着那枚北洋时代遗留下的"五等文虎勋章"，眼角有些湿润，可心中并不愿相信这就是故事的结局！

掩卷沉思，我又总觉得心口怅然若失，便重新整理起曾祖父早年时留下的若干随笔——那是属于孟庆霖一辈人的青年时光。那时候，理想与浪漫，快意与恩仇，生死荣辱，"乱离人"与"太平犬"纷至沓来。说到底，没人怀念那段时光，却又不得不说起那段时光。

至少，那的确是一段龙争虎斗、风起云涌的热血传奇！

这话，就要从民国二年（公元1913年）年底，孟庆霖与金碧云、李虎臣，三人齐心协力，共同在南京城外的天保山上击败辫子军开始说起了……

记得那时，张勋的辫子军主力抢在冯国璋前面，第一个打进了南京城。于是，张勋便顺理成章，如愿以偿地做了"江苏都督"！

从此，"坐断东南战未休"！

要说这"老张"，也当真是"言出必行"，却又"行"的不是准地方。进城之后，他果然命令全军士兵纵情大掠，三日不止，"要抢就抢他个痛快"！

转瞬之间，南京城内便几成炼狱一般，倾家荡产者数不胜数，流落街头者成群结队，而妇女惨遭凌辱者亦难以尽录。

放眼望去，早已是一片民意汹汹！

南京的老百姓无不恨透了这帮辫子军，恨不得"食其肉，寝其皮"，生吞活剥！

碍于这张勋的口碑官声实在太差，袁世凯便不得不调整策略，重又任命冯国璋继任"江苏都督"，而将张勋调至苏北重镇徐州，晋封为"长江巡阅使"。好让这俩人一南一北，既相互制衡，又相互帮衬，共同稳住刚打下来的原国民党地盘。

对张勋来说，这煮熟的鸭子都能飞了，的确是让人气不打一处来！可任凭他如何气不过，也不得不硬着头皮，勉强应下了这份"驻地"与"长江"八竿子都打不着的诡异差事。

"我说贝勒爷啊，你瞅瞅这算什么？敢问长江在哪儿啊？我他妈往后常驻徐州，却让我做什么'长江巡阅使'。这不摆明了耍我吗？"

赴任的路上，张勋骑着一匹高头大马，神情却颇有些沮丧，正慢悠悠地晃在队伍最前列。

身旁，是自己的贴身副官和亲兵卫队。

再往外，则是金碧云和他的十六位勇士。

这两拨人马，原本早就撕破脸皮。可为了在乱世中抱团取暖，竟莫名其妙地重又复合起来。

没法子！

谁让张勋眼下失势，若是再失去"忠于清廷"这道无形的人设，那日后可就更难东山再起了！

与此同时，金碧云虽说看不上张勋的人品，更加愤恨于他入城后的倒行逆施，可又有什么办法呢？自己手下无兵，仅凭身边这十来号人马显然是不足以复国的！

于是，金碧云曾不止一次地在心中惆怅："算了，目前还不能跟张勋分道扬镳。既然对方主动认错，我也就借坡下驴，全了彼此脸面。唉！只要大清能光复，要我怎么样都行！"

"贝勒爷？贝勒爷？我这儿跟你说话呢！"

显然，张勋的大嗓门打断了金碧云的内心独白。

金碧云回过神儿来，略一思索，便答曰："长江巡阅使，无非是顶帽子罢了！你老张管他是顶红帽子还是顶黑帽子，能戴不就行了？"

"可这帽子的大小、尺寸，它不合适呀！"

第三十六回

"不合适也不能丢了!这可是咱招兵买马的幌子!时逢乱世,只要手上有兵,你还怕不能东山再起?"

"这倒也是!"张勋的脸色明显好转。

金碧云轻蔑地瞅了一眼张勋,又说道:"巡阅使大人,往后你就要坐镇徐州了,却又能从四川管到上海,几乎囊括了整个南方!我只怕你手上的兵不够用呢!"

"话是这么说!可这些个省,谁又肯乖乖听咱的?"

金碧云却显得成竹在胸,脸上亦浮现出一丝不易察觉的微笑。只见他一边叱马前行,一边回头吆喝道:"谁不服,正好派兵征讨!打下来一尺是一尺,打下来一寸是一寸!"

但还有一句话,金碧云却始终藏在心底,未曾说出口,那便是:"斗吧!斗吧!你们斗得越凶,我大清越是复国有望!"

夕阳西下,北方的寒风料峭吹过。

张勋立在马上,默然地望着金碧云和其身后十六位勇士,望着他们生龙活虎且渐渐远去的英姿,心中不由得生出一份好感或者说是敬意,又莫名地多出几许惋惜。他也说不上为什么,可就是觉得眼前这位贝勒爷也算文韬武略、智勇双全。只可惜,他是个亲王家的庶出子,若能生在帝室,"我大清"或许别有一番景象吧!

换言之,张勋的心底多少萦绕了一些"忠心事主"的偶然情愫,只是难得一见罢了……

花开两朵,各表一枝。

再说此时的孟庆霖。

自张勋率队北上后,孟庆霖便随冯国璋大军入城,并奉命协防治安,不惜以最严厉的手段惩治一切煽风点火、杀人抢夺等严重犯罪。转过年来,时人曾做过一番统计,说是仅孟庆霖一个团就在入城后的第一个月抓捕了上百名现行罪犯,从偷盗、抢劫、杀人越货到囤积居奇、倒买倒卖,无所不有。其中,还不乏一些散兵游勇趁机生事。

这些人的下场,最终只能是脑袋搬家、人头落地!

于是,经过小半年的整饬,南京城内重又恢复了往日景象。不仅街道民居陆续得到修缮,市井勾栏也再次热闹起来。一时间,商旅不绝,百工兴旺,就连秦淮河畔也渐次重现了往日歌声。数十条花船密密匝匝地停泊在文德桥一带,竟把偌大的河道围堵得密不透风。

每当月上柳梢,船头上便时常立着一两位盛装打扮的妙龄歌女,正对着往来游人,撩拨琴弦,一展婀娜,让人乐而忘忧,颇有些"盛世无饥馑,何须耕织忙"的意味。

久而久之,就连远来者也无不夸口称赞曰:"果真是'江南佳丽地'。乱世之中,能有此番太平景象倒也难得喽!"

到了民国三年(公元1914年)年初,又一场轰动南京且万人空巷的喜事也精彩上演了——这便是袁世凯的家庭教师周砥,竟然在三十九岁的年纪嫁给了正值风光无限的江苏都督冯国璋!

当然,这一切都是拜袁世凯的着力说合所赐,自然是一场政治联姻,可其中也不乏一些男女相见时的情真意切。

比如,周砥就曾喜上眉梢地对闺蜜李若雪言道:"冯先生一表人才,老而不衰,吾喜也!"

同样,冯国璋北上京城见过周砥,回来也对已成长为自己心腹爱将的孟庆霖说道:"若论起(周砥)容貌来,自然比不得西施、王嫱,可人家的学问实在高上。我一介武夫,又年过半百,还有什么不满意的?唉!就是这胡子长得住否,实在是个问题……"

孟庆霖侍立于侧,只是会心一笑,不敢多言。但他心里清楚,在北洋的一众实权将领中,这冯国璋也算难得,一辈子仅有二妻二妾四个女人。其中,还包括即将过门的周砥。并且,除周砥外,余者又同冯国璋一样,皆是苦出身,与丈夫更是早年的贫贱之交,却是相伴一生,不离不弃。哪怕前些年原配夫人吴氏因病

第三十六回

亡故，冯也未再续弦，直到如今。

或许，有人会问："四个女人还不多？"

这就要放到当时的社会环境下加以考量，不可与今日相提并论，更无须苛求古人。那时，有些地方，就连一个小小的县长都恨不得纳上七八房姨太太，更何况冯国璋这样"坐断东南"，手握四师雄兵的"江南王"了！

到了成婚那天，爆竹声声，礼炮齐鸣。

作为新郎官，冯国璋身着陆军上将礼服，又将略显花白的髭须打理得一丝不苟，再披挂上硕大的一等大绶嘉禾勋章及一等文虎勋章，显得是那样雄姿英发、老当益壮。新娘子周砥则穿着绣八团五彩花袄，下配大红裙，梳着时装髻，顶戴簪饰，身披四丈来长的粉红绫纱，只比李若雪成婚时的略短些，亦显得千娇百媚、仪态万方。

作为典礼官，孟庆霖则从警卫团里甄选出整整一百名身姿挺拔的青年卫士，连同自己在内，一并充作仪仗。只见他们人人身着陆军礼服，头戴军礼帽，上掼白色帽缨，肩扛团龙步枪，腰挎西式军刀，足蹬牛皮战靴，显得神气十足，"一举足则万足齐发，一举枪则万枪同声，行如奔涛，立若直木"。一出兵营，便赢得了沿途百姓的齐声喝彩。

望着这一幕，孟庆霖深深地意识到，百姓如此欢欣鼓舞，似乎不仅仅出于看热闹的心态，更是有感于这半年来的治安整肃和工商兴旺。南京城，倒比前清时的江宁府还要更热闹、更繁盛些。于是这一路上，鲜花掌声不断，孟庆霖反而有种错觉，倒好似自己娶亲一般。

当然，还有一件更让他欢喜的事。

那便是自己的妻子李若雪和妹妹孟晚晴也在庞大的送亲队伍里面，陪着新娘周砥从北京一路赶到了南京，跨越千里，终和自己重逢。而此刻距上次分别，一眨眼，竟已过了大半年的光景！

可有一喜，必有一悲。

朝夕不离左右的大丫鬟姜齐玉却适逢母病，不得不独自回了邹县老家，不能相伴。但更让孟庆霖懊悔不迭的，却是齐玉的爹娘。他们见女儿始终是名丫鬟，且年岁日长，便寻思着趁早挑个女婿，也好让齐玉的后半生有个着落。

孟庆霖嘴上虽不说什么，还特意拍了封电报回去，嘱咐三哥孟庆棠再额外给齐玉父女二百两银子，以壮声色。但就连妹妹晚晴都瞧得出来，她这亲哥哥心里十分不悦，回到家也没笑模样了，还竟发些无名之火。

"心里不自在了吧！"

作为枕边人，李若雪自然体会得到丈夫的心绪起伏。她本想劝解两句，可孟庆霖又总是爱搭不理，没人猜得透他心里到底在想些什么。

又这样平静地过了三个月。

一天傍晚，李若雪亲自收拾了一桌好菜，等了半天，却只等来孟庆霖拖着一身疲惫地回到这南京聚宝门以东的临时居所。然后，就一言不发地将腰间皮带解下，又十分粗重地拍到桌上，只兀自呆坐着。

末了，却突然来了句："齐玉……给我……"

孟庆霖马上意识到自己失言，而齐玉早就不在了，便只得无奈地摇摇头，独自昏沉沉地烧水沐浴去了。

浴室里，水汽氤氲。

他泡在硕大的木桶里，闭目养神，心里着实有些懊悔刚才对妻子的冷落。

常言道："东隅已逝，桑榆非晚。"

更何况，齐玉才是"桑榆"，而若雪则是八抬大轿，抬进亚圣府的元配佳偶，更需珍惜才是。

可任凭他如何在内心开释，脑海中却总能浮现出齐玉的如花容颜以及过往相处的点点滴滴。齐玉，明明是天赐一般的女儿，自己却无福消受，更无缘留住，又能怪谁呢？

只怪自己曾立誓"不蓄姬妾"。

可这又错了吗？

或许，这就是命定的代价！

第三十六回

并且，这个代价，一开始就应知道，却是始终不愿面对。如今，只当是她去了，而誓言也已应验，又能如何？

想着想着，孟庆霖闭上眼睛，竟昏昏地睡着了。

过了半晌，他恍惚间闻到了一股飘自远方的沁人幽香。那香气的味道异常熟悉，感觉又十分柔和，闻起来便有令人心生喜悦的香甜。

孟庆霖依稀记得，这味道好似齐玉身上的体香。

他慢慢地半睁双眼，蒙眬间看到一位二十岁出头的窈窕少女，身着银缎背心，白绫细折裙，纤纤玉指，手捧灯台，袅袅婷婷，款款而来。这身形与打扮，像极了七年前初见那会儿，齐玉的模样……

孟庆霖只当自己做梦，或许是白天的训练太过疲惫，到了晚间就不由自主地胡思乱想起来。

"唉！"

又是喟然一声叹息，他便继续歪着头，半梦半醒地睡去了。

梦中，好似有数朵水花嬉戏似的拍打在自己脸上。

继而，又传来少女浅浅的笑声："爷，我还能再陪伴你些许时光呢……"

孟庆霖有些猝不及防，立时便醒了。

这熟悉的女声，除了齐玉，又还能是谁？可是，她不是在老家吗？不是即将许配给他人吗？怎么又回来了？

当他惊喜地睁开双眼，遍瞧四周，却见这浴室里仍旧是空无一人，除了他自己。

门外，则传来妻子和妹妹的小声说笑。

再也无心泡下去了。

孟庆霖不禁挥拳砸向水面，直溅起一大片水花……

他愤愤地擦了把脸，准备找件干净的衣服换上，却又在转身的一刹那，猛地遇着件颇为合体的袍子，从身后莫名地披了过来。

这份感觉是如此地亲切与熟悉。

孟庆霖回头一看，脸上不禁泛出得意的微笑，而那人也马上羞红了脸，低着头，半天也说不出一句话。

不巧的是，部下刘天瑞偏在此时火急火燎地过来敲院门，说有要事禀报。

外间的李若雪不敢耽误，即开院门请刘天瑞进屋稍待，她去叫丈夫出来，却刚好撞见这一幕——孟庆霖和"那人"眉目传情，几乎就要紧紧地贴合在一起。

"啊！"李若雪本能地一声娇呼，浴室里的二人忙各自转身。

"那人"不禁涨红了脸，似有些委屈地跑了出去。

原来，"那人"正是刚从老家赶回来的姜齐玉。面对爹娘的逼婚，她是一千个不愿意，一万个不答应，说自己从不为家里增添负担，每月还能寄钱回来，又何必再动离开的心思？

可爹娘仍旧为她的后半生操心。

齐玉说不过，便只好僵持着。

后来，她见老母的身体似无大碍，便留书辞行，孤身南下了。或许，齐玉心里的家，一早就落到了孟庆霖这里。这份念想，可能要追溯到若干年前，他们在亚圣府门前的初次相遇。

那日，漫天霜雪之下，少年孟庆霖不惜将自己的大氅解下来，只为披在一个被冻得缩手缩脚，却又素昧平生的小丫头——如今的姜齐玉身上。这看似偶然的温情举动，却在不经意间于二人的心头各自埋下了情愫的种子。再后来，孟庆霖自武昌学成归家，途中头部受伤，太夫人便将贴身的齐玉打发过来，专一照顾孙儿的饮食起居。自那时起，这二人便朝夕相伴，至今已历七载光阴……

对于齐玉的归来，李若雪自然是知道的。

但当她亲眼看到自己的丈夫与另一个女子亲热温存之际，心里也必然是委屈和不甘的。即便这个人本就存在，既不违礼法，又近似家人，她也总有万千说不出来的酸楚与心痛。

但李若雪仍旧克制住内心的汹涌澎湃，尽量舒缓语气并近乎淡然地说："咳……天瑞来了……"

第三十六回

说着,便低下头走了。又到内屋哄逗晚晴,借以化解心头的些许烦闷。

孟庆霖马上整理好衣衫,即出浴室见客。

"怎么样?让你探听京城的消息,可有动向?"孟庆霖一边拿毛巾擦头,一边向亲信部下发问。

当晚,刘天瑞只着一身便装,见孟庆霖来了即起身敬礼,又细细地禀报说:"派出去的人陆续回来了,卑职汇总起来,大约有三件事……"

刘天瑞故意停顿了一下,稍稍瞥了一眼四周。

"说吧!没事!"孟庆霖挥挥手,邀其就座,二人遂边吃边谈。

刘天瑞兀自闷了口酒,也不夹菜,即说道:"团长!这第一件事——赵秉钧死了!"

孟庆霖心里咯噔一下,就连端着酒杯的手都不禁有些颤抖,却又强令自己镇定下来,便问道:"人是几时殁的?又是怎样殁的?"

"二月初二子时!据说是中风病逝,可有的人却说他死前'七窍流血',倒像是……被毒死的!"

孟庆霖不由得眉头紧锁,手中的酒杯也攥得愈发紧了。

须臾,他将杯中酒倾在地上。无论如何,逝者为大,一切恩怨就此烟消云散。

刘天瑞见状,也即刻斟起一杯酒,起身倾洒。

孟庆霖:"死因,总会查清楚的!"又转身问刘天瑞:"另两件呢?"

"第二件事,刺杀宋教仁先生的主谋应夔丞,也死了!"

"哦?得手了?"孟庆霖顿时来了兴致。

刘天瑞却显得有些吞吞吐吐,似乎不知从何说起。

孟庆霖不悦:"查到什么就说什么!你跟我还矜持上了!"

"是!"

刘天瑞又空口吃了杯酒,辣得喘息小半天,才说道:"是,却也不是!"

"净扯淡!你搁我这儿打哑谜呢!"

"团长别急!派出去的胡杨回来说:当时,火车上又莫名杀出一人,没看清长相，却使了把电刀，出手极狠，一刀毙命！"

"那虎臣呢？他人怎么样？"

孟庆霖尽量压低声音，示意不要惊动了里屋三个女人。

刘天瑞领会，便也用极轻的声音，悄悄讲述了事情的来龙去脉："胡杨说，他们本已接近了应夔丞，却不承想，半路杀出个程咬金！未等他们动手，应夔丞已然一命呜呼了。于是，他们不得不杀了姓应的身边两名贴身保镖，夺路而出！好在有惊无险，无人认出！又说，虎臣径往上海去了……"

孟庆霖舒了口气，一是为宋先生大仇得报而感到痛快，二是为李虎臣、胡杨两人平安无事，特别是李虎臣。这趟，他原是不同意李虎臣亲往的，但又实在拗不过这妻弟的耿倔脾气，只得任其去了。

孟庆霖尚且记得李虎臣临行前的一番说辞："姐夫，这姓应的必须死！不单单是为他曾绑过你，更是为了死去的宋先生，亦是为了内战中死去的千千万万的革命同志！他不越狱还好，我倒没机会呢！如今，他既已出来了，便是天赐良机！姐夫，你要是怕担责任，我一个人去就是！"

那天，孟庆霖也索性横下一条心，思忖着："就搞一次暗杀又怎么了？这无能的君子，不做也罢！"

许他姓应的暗杀，就不许我们复仇了？

于是，孟庆霖便问李虎臣要何种武器，又要多少帮手？

李虎臣只"哼"了一声，轻蔑地一笑，说道："杀鸡焉用牛刀？姐夫，只将你那把削铁如泥的狻猊匕首借我便是！若是用枪，反倒便宜了那姓应的！到头来，还是用刀痛快！至于帮手嘛，有无皆可，人多了反倒坏事……"

孟庆霖点点头，当即从腰间取刀递去，又调耐力极佳、身手敏捷的胡杨全程辅助，以策万全。但这一切，却是瞒天瞒地，又始终瞒着李若雪和姜齐玉等人，暗地里私下进行的。对外，只说是李虎臣在兵营待得腻了，想去上海看看自己女人……

万幸，当真是密不透风，再无一人知晓此事！

第三十六回

刘天瑞继续禀报："这第三件事嘛！团长，倒与你有关！"

"嗯？"

"大公子克定派人传话，说是请你即刻进京，有要事相商，又不说究竟何事！"

孟庆霖听了，似乎并不感到意外，只对刘天瑞说："天瑞，你可知我为什么要教你着意搜集京城里的消息？"

"这……卑职倒没想过！按理说，张长官倒比卑职更合适。"

"老张要管军需后勤，军衔又不低，由他出面太扎眼了！秦东，需时刻留守都督府，不能擅离。因此，思来想去，只有你才是最合适的人选！说到底，咱们可不能做聋子、瞎子呀！难道你闻不出来，北边儿的味道已经不对了吗？"

至此，刘天瑞方有所醒悟，便感叹道："你不说倒不觉得。经你这么一说，好像还真是这么一回事！听在京城的同乡讲，自去岁平定内乱，袁大总统当选'正式大总统'以来，国民党的议员就被尽数驱逐了，就连国会也都被解散了。这是不是有些太过了哇？"

"这还不算！《临时约法》也被一并废了！虽说，我也看不上那个什么《约法》，里面尽是些束手束脚的玩意儿，一点儿也不合乎实际！可突然这么一废，我这心里倒也有些空落落的，不知何故……"

刘天瑞怔怔地听着，似懂非懂。

接下来，孟庆霖倒更像是自言自语："前些日子，冯长官进京述职，居然被要求下跪请安，且要三跪九叩！这他妈给老帅磕一个也就罢了，关键是见了袁克定，也得照样下跪，却是换成了二跪六叩！这哪里还像民国？倒真似个家天下了！"

"唉！"说着，孟庆霖便不由自主地长吁了口气。

刘天瑞嬉皮笑脸地调侃道："团长，你这读书人……居然也带粗了！"

孟庆霖便也笑了，只说道："真他娘不骂不快！咱们这些人既已选了共和之路，便已是造了大清的反，结结实实地做过一回贰臣。难道……如今又要再造民国的反，再做一次乱世贼子吗？到那时，我还有何面目复见孟家的列祖列宗？"

"团长，不必如此，也未见得就会怎样！更何况，即便当真成了袁家的天下，一来与咱们这些当差的无关，二来嘛……"

顷刻间，刘天瑞又变得支支吾吾起来。

孟庆霖不阴不阳地跟了一句："你是想说，若当真是袁家的天下，也只与我有利，而与我无害，对吗？"

刘天瑞也就不再隐晦，放声大笑道："对……可不就是嘛！"

孟庆霖却只叹息一声，回说："你啊！只知其一，不知其二！我这'义子'的名头，当年完全是事出有因。当然，这与两家的渊源也不无关系。唉……反正这里边儿啊，头绪多了！我一时半会儿，也跟你说不明白！总归一条，你记好喽：若在民国，咱们才是有利无害！若当真是袁家天下，特别是袁克定掌权，那咱们的苦日子才算真正开头呢！"

"我不明白！"

刘天瑞自是不明白，而同样不明白的还有里屋——此刻，正侧耳倾听的姜齐玉和孟晚晴。

只有李若雪，心下里好像懂了一些。

她也是自幼熟读经史典籍的才女，对于历史上的权力争夺、宫闱惨剧，本就了然于胸。别的不说，就说丈夫时常念叨的残唐五代史——"王彦章打马上北坡"一段，前前后后、里里外外所隐藏的"血案"，那还少吗？

遥记彼时，晋王李克用曾率麾下"十三太保"（亦即一位亲子与十二位义子），与梁王朱温经年血战，逐鹿中原。最后，"晋"终于胜"梁"，而新一任晋王也已换成了李克用亲子李存勖。后来，李存勖即位称帝，复改国号为"唐"，史称"后唐"。可那些与父子两代君王同生共死，为后唐立下赫赫战功的义子们，要么血洒疆场，要么功成受忌，几无一人寿终正寝。

这大约，便是丈夫的隐忧了……

如今，袁克定不早不晚，偏在"正式大总统"就任，而丈夫亦跟随冯国璋好不容易在南京站稳脚跟之际，急令其北上……其中，又是否隐藏着某种深意？

第三十六回

李若雪一时想不透，但心底里却不由得泛起一阵犹疑，总觉得这下要出事……

果不其然！

当真出事了！

却还不是自己丈夫，也不是立刻就发生在身边抑或中国，而是发生在遥远的欧洲——第一次世界大战爆发了！

这场大战实令国人为之一奇：原来战争可以将如此多的国家一股脑儿地卷进来，谁也别想置身事外！原来欧洲列强互掐起来，竟要比对付我们中国人的时候，还要再凶恶一万倍！

君不见索姆河一役，英法联军对阵德国，双方相持半年之久，其间大小战斗数以百计，连一种叫作"坦克"的铁家伙都被新近研制了出来，并首次开上前线。结果，战后统计，两军伤亡共计约一百三十万人。而这还仅仅是一个开始……

几乎是一夜之间，那道套在中国头顶上的无形枷锁竟好似自行断开了。而国人敏锐的触觉也不禁活泛起来，并纷纷意识到：这不正是一个千载难逢的大好时机？

以往无论是从政还是经商，总要时不时地看洋人脸色。如今，那些个洋人自顾尚且不暇，哪里还有心思再来插手中国事务，而这不刚好可以发展一波民族实业？

时机稍纵即逝，只争朝夕！

于是，弹指间，国内便已近沸腾了，各种公司企业如雨后春笋般冒了出来。其中，有踏勘矿山者——脚步未歇；有起建工程者——热火朝天；有兴办商肆者——鳞次栉比；更有厉行教育者——书声琅琅……

当年，仅在南京城里，各式私立的中小学堂便如过江之鲫一般；而在高等教育方面，则有在原"两江优级师范学堂"及原"三江师范学堂"基础上筹建的"南京高等师范学校"，亦即后来的"国立中央大学"。

反观孟庆霖，与外面的热火朝天不同，他这段时间，却好似闲云野鹤一般。

自那晚与刘天瑞长谈后，他再也不见任何同僚或是部下，只让本团人马依例操练，轮番值守罢了。对外，则宁可假称病假，也不去回应京城里袁克定的盛情相邀。

因为，孟庆霖猜度着：袁克定邀请的绝非自己这个人，也并非全部看在二人的"兄弟情分"之上，而是多半与自己家数十年来相传的"宝藏"息息相关。当年，爷爷孟昭铭正是因为这事儿而丢官弃爵，失了前程。后来，又是因为这事儿，自己被范高头一伙所掳，幸被金碧云带人相救，却也搭进去爷爷的性命！如今，这则听见摸不着的"宝藏"传闻，似乎又要在人间掀起一阵腥风血雨，而自己却几乎避无可避……

想到这里，孟庆霖不禁生出些厌世之感，心里终究不是滋味。他想起自己的父母，还有三哥庆棠，乃至家乡的点点滴滴……

他们是如此贴近，却又如此遥远……

"为何前些年，袁克定从没想过打听这些似是而非之事？那时，我人尚在京城，要问岂不是更方便？怎么突然就……这般殷勤起来？"

这时，孟庆霖的脑海中突然闪出一个念头——他需要钱，需要大量的钱，甚至连稍有线索的传闻都不肯放过！这或许说明，他找钱并非用于国是。否则，也无须费这般周章，索性派个人过来，一问便知！

反正，我啥也不知道啊！

之所以如此迁就和麻烦，只能是一个原因——他要我主动献金，无论是否有"宝藏"！

至于这背后又到底出于什么图谋，孟庆霖已懒得去猜了，也无须再猜："呵！司马昭之心……"

尽管孟庆霖早已看透了袁克定，可苦苦追寻的答案却并未给他自己带来多少释然，反倒是愈发让人有出世之心。

于是，孟庆霖选择自我放逐，并让自己拥有了一段难得的悠闲时光。那些日子里，他或是与若雪对弈——倒也琴瑟相合，或是教晚晴写诗——端的鸡飞狗跳，又或是叮嘱齐玉再做几样拿手的好菜——只顾消遣，看似潇洒，却也颇显颓唐，

第三十六回

多少令人不安。

终于，一天夜里。

在一番耳鬓厮磨后，李若雪便忍不住地去问："这几日，你玩也玩够了，闹也闹够了。每日泡在家里，书也不读，当值也不去。冯长官派人来了好些次，我只说你病了。可这'病'，又能撑得几时？这谎，又如何瞒得长久？你心里究竟是怎样打算的，好歹跟我讲讲……"

孟庆霖一边听着，一边轻轻撩动妻子的鬓发，神情不免有些恍惚。

末了，他只一把掀起床帘，唤道："齐玉，帮我预备梳洗，再备些换洗的衣物，我天亮启程！"

"啊？去哪儿？"

几乎是同时，屋内、屋外俱是异口同声。

"京城啊！这还用猜？人家大公子不知用了什么方法，竟请动了我的开蒙恩师辜先生。这下好了，老师要往国立北京大学任教，又亲自修书一封，要我同赴京城一见……"

李若雪："这……难不成……辜先生也会支持袁家人？"

显然，李若雪对此感到十分不可思议。

众所周知，辜鸿铭那是出了名的政治批评家。这些年被他抨击过的，几乎涵盖了清末民初政坛的全体当政者，从前清的摄政王载沣，到民国的总统、总理，再到地方将军督抚，甚至是衙门胥吏，无一幸免。这还不算他在做幕僚时期，对东主张之洞的多番顶撞。对此，少年时的孟庆霖那是亲眼所见，亲耳所闻，好几次都吓得魂不附体，均是被老师那声色俱厉的态度给恫吓住了。

可令人意外的是，辜鸿铭的耿介直言，虽不为时人所喜，却也无人不叹服于他的渊博学问，又深深忌惮其背后强大的政治势力。当然，这主要指的还是张之洞，及其一众盟友与追随者。其中，就曾包括袁世凯。

只不过，时也势也！

清末那会儿，辜鸿铭力主洋务，才会因此成为张之洞的座上宾，才会与袁世凯等人达成政治上的默契。如今到了民国，他却眼见得国家并未得救，而生民之苦也并不比前清时减轻几分，做事反倒愈发困难了。

诚可谓：多方掣肘，相互推诿，力不从心感油然而生。

于是，他不禁得出一个谬论：民主近乎无主，共和终究不和！

"还是缺个'皇帝'！只不过，这'皇帝'应是宪政体制下的新'皇帝'，而非过去的独裁之君，并且最好是请大清复位……"

孟庆霖自然知道老师的古怪想法。

毕竟，这些年来的书信往来并不曾断绝。但他却不能苟同。

孟庆霖："如今，形势晦暗不明，各方都在试探、揣摩大总统的心思。不知道，这大总统究竟是怎样想的，是希望做个终身总统，死后传及子孙；还是拥戴清帝复位，自己堂而皇之地在专制语境下集权；抑或是自我加冕，从而结束这纷乱的民国政局，再来开创一番王朝功业……"

"大家在揣摩总统，总统也必然在揣摩人心。"

李若雪的一句话，似乎点醒了孟庆霖。

"对啊！这时候，万不能人云亦云，一定要想办法让大总统知道下面的实情。至少，据我所知，冯长官就是头一个反对称帝的，也不赞成清帝复位。这不是让人自扇耳光嘛！就是这袁克定……我倒不知他这'司马昭之心'是否承了上面的意思。按理说，老人家不至于啊，这不是把自己架在火上烤嘛！"

"哦？人袁克定怎么了？难不成还杀人放火啦？还是强抢民女，逼良为娼啦？我倒觉得人家对你挺不错的，一而再、再而三地请你到京城一聚。你却不识好歹，只顾在家里与我们闲逛，倒还说人家的不是！"

说话间，齐玉已端来一盆热水，准备侍奉梳洗，嘴上却忍不住地数落起孟庆霖，也不避讳主仆界限，倒好似一个吃了醋的小娘子。

孟庆霖被齐玉这一番顶撞，猛然间竟半天无法折辩，愣在那里，仿佛"呆雁"一般。

李若雪转而言道："快洗漱吧！我去门口叫卫兵给你备马。你可要多带些人

第三十六回

去。还有，记得多拍些电报回来，好让我们放心！"

说着，李若雪披衣起身，又不免与姜齐玉四目相对，二人便不免相视一笑。

飘然间，李若雪又向屋外走去。

待一切准备停当，孟庆霖也用过早饭，却才反应过来齐玉之前的问话，即说道："鼓吹帝制，拉拢要员，或是收买，或是暗害，党同伐异、排斥异己……又说要成立什么'筹安会'，以便'筹一国之治安'。我看，却是他大公子一心想做太子！这林林总总加在一起，还算不上'胡闹'？"

姜齐玉："你这说什么呢？"

"袁克定啊！你刚才问我的！"

齐玉轻"呸"了一口，只说道："我才不管别人如何呢！我只管你！他要是收买你，你就认下好了。记得，回来才是好的，回来才有本钱与他争辩！"

"哎！"孟庆霖随口答应道，心中却好似有了无尽暖意。

转念一想，他又对齐玉说："回来，我自当给你个说法！"

齐玉一听，心头亦为之一颤，脸上就不觉泛起潮红，眼望着孟庆霖，只轻轻点了点头，却是相顾无言……

且说京城里——袁克定那厢。

自其父袁世凯就任"正式大总统"以来，他便恍如真个坐上了云端一般，每日里接见重臣，训政批示，就好似前清时的"东宫太子"。

只可惜，这"太子爷"命薄，偏在去年骑马时不慎摔断了腿！

之后，也不知请了多少郎中，甚至亲往德国开刀手术，却仍不见好。如今，这袁克定走起路来，竟须臾离不得拐杖，又一瘸一拐地，确乎有损其"太子"威仪。

可越是身体有残疾，这袁克定潜藏于内心深处的野心也就越发膨胀，行为也就越发离谱：不仅带人公开鼓吹帝制，更肆无忌惮地党同伐异、排斥异己，甚至是栽赃陷害，不惜制造血案，营造恐怖气氛，直将这民国世道搅闹得人人自危。

然而，令人意外的是，在热衷政治的同时，他也变得更加热衷于寻花问柳、枕月眠香，倒比那"皇二子"袁克文更显得风流不羁。

这日，他正高卧于自我独享的"携月阁"——一座京郊别馆之中。而令人匪夷所思的，竟是他正避开众人之面悄悄地吸食鸦片，且兀自浸淫在吞云吐雾的虚假快乐里面，借以舒缓腿伤之痛。

这是袁克定一个人的秘密！

他实在不想让外人知道，更不敢让自己的父亲知道。原来，自己也和二弟袁克文一样，早已是个十足的瘾君子。而唯一能令他感到欣慰的，却只是一个莫名的借口——为了疗伤！

"偶尔抽两口罢了，说戒也就戒了……"

当然，这只是袁克定的一厢情愿！

毒，只会越吸越重！

哪有"说戒就戒"的？

再说这"携月阁"。

这名字，出自东坡居士的一句诗"独携天上小团月，来试人间第二泉"。原本是图一个知己相交，出世离烦之意；却不知为何，最终南辕北辙，只成了袁克定一人独享的私家别墅与秘密据点，而其间流出的无数阴霾传说与晦暗故事，早就数不清了……

当然，这始终不妨碍"携月阁"自身所固有的优雅与浪漫。

这是一座同时集北方宫苑、江南园林，甚至是普鲁士风情，三者特征于一体的奇妙建筑，占地约小半亩，悄然隐身于京城西郊的香山脚下，背山面水，鸟语花香。每到秋季，别墅的四周必定落满红叶，远望之一片殷红，让人不觉喜爱。

只不过，倒也有高人指出：这地方空有富贵之姿，实非富贵之地。就说这门前的红叶，颜色也与别处不同，实在是太红过了些，早已不似江山锦绣，倒好似一汪鲜血……

这里，便是孟庆霖的暂时落脚之地，而他与袁克定也即将于此会面。在命运的安排下，新一轮共和与帝制的斗争又将开启……

第三十七回　苍天裂碧血染淞沪　大厦倾风云荡九州（下）

　　走进袁克定的会客室，映入孟庆霖眼帘的，却是八名身材姣好、样貌出挑的年轻舞伎。只见她们各自缀着靛青细纱长裙，内里束着米白丝绦抹胸，肤若凝脂、体态婀娜，眼波流转、勾魂摄魄；且待翩翩起舞，自有一番风姿绰约。

　　未几，又齐唱《诗经》佳句，轻和节拍，喷芳吐麝：

　　　　青青子衿，悠悠我心。
　　　　纵我不往，子宁不嗣音。
　　　　青青子佩，悠悠我思。
　　　　纵我不往，子宁不来。
　　　　……

　　继而唱道：

　　　　桃之夭夭，灼灼其华。
　　　　之子于归，宜其室家。
　　　　桃之夭夭，其叶蓁蓁。
　　　　之子于归，宜其家人。
　　　　……

　　孟庆霖听得出来，这是主人家在借舞伎之口抒发对自己的"思念之情"，却又不知为何，竟愈发听得昏了。正懵懂间，他恍惚闻到了一阵彻骨之香。那香气由远及近，且愈发浓烈，几乎让人难以自拔。

他兀自跌坐下去，却转而掉进了温柔乡。

"不对！这香气似曾相识，却又香得邪性，不是个好的……"

尽管口中呢喃，但孟庆霖终忍不住头晕，不禁沉沉地昏睡过去。

良久，似有一道闪电在他的脑海中炸裂。

接着，便有一个声音恍若从远古传来："贵妃帏中香！"

对，正是"贵妃帏中香"！

记得那年，孟庆霖从范高头匪帮那儿侥幸脱险回家。当时，李若雪为讨丈夫欢心，便亲翻古籍，寻到这香的配方；又交由姜齐玉亲手调制，方才使这千年缱绻重现人间。然而，此等闺房之乐，又如何被外人得知？难不成，这袁克定也好古香遗韵？

不可能，也从未听说……

想到这里，孟庆霖不禁冷汗涔涔，便猛然惊醒，遂意识到：身边之人或早有投靠袁克定者，而这香里面必有问题！

"霖弟，你终于醒啦！"一个熟悉且沙哑的声音贴近耳边。

孟庆霖睁眼去看，正是在侍女搀扶下，蹒跚而来的袁克定。

对于"霖弟"这一称呼，孟庆霖感到既熟悉又陌生。这世上除了袁克定之外，似乎也没人这样称呼自己。

"咳……咳……"

孟庆霖方醒，喉咙尚有些沙哑，不由得干咳两声。

"你我兄弟许久不见啦！没事儿，就找你来享几天清福！"

孟庆霖瞧得出来，这袁克定是在尽量克制自己，是在尽量表现得温文尔雅。但说到底，老猫枕着咸鱼睡觉，哪有不出事的？

孟庆霖："辜先生可在？"

袁克定："先生不在，只嘱托我好生照顾你！"

第三十七回

"快带我去见……"

说着，孟庆霖起身，却莫名发现自己手软脚软。若不是身旁尚有两名舞伎扶持着，便险些栽倒下去。

正诧异间，袁克定阴沉着脸，解释道："刚才，让你吸了些上好的云土，也是为兄一片美意。眼下，这药劲还没散呢！你且安坐，留下这两人服侍。至于正事嘛，不急，来日方长……"

"带我去见老头子！"

孟庆霖一听自己是被对方下了鸦片，便不由得怒从心头起，也不避讳上下尊卑，但又一时想不起来如何称呼袁世凯为好，便张口来了句"老头子"！

袁克定一听乐了，便顺口回道："这就是老头子的意思！"

说完，竟一瘸一拐地转身去了，只留下孟庆霖对着身旁两名舞伎，面面相觑……

再一次被困！

孟庆霖心中不免懊恼，而上次这般情景，还是发生在四年前的彰德府洹上村。

那一年，孟庆霖奉祖父之命于从军前拜望袁世凯，却恰逢乔装成侍女，伺机刺杀的赵晨曦。

结果，赵晨曦为免殃及无辜，不惜以身试险，结果中毒被擒；而自己又不得不使出浑身解数，并在金碧云的天降助攻之下，救出众人，侥幸全身而退。

也正是在那一年，孟庆霖不得不暂且屈居在袁氏门下，倒也无意中为自己弃笔从戎打下了最初的人脉根基。

想到这里，孟庆霖不禁唏嘘感慨，嗟叹造化弄人。

正在俯仰间，一名舞伎悄然问道："公子，可是有心事？"

孟庆霖不耐烦地瞥了她一眼，也未答话，心中料定：这必是袁克定的"美人计"无疑。

孰料，那舞伎竟从发梢处轻柔地取下一根银簪。继而，以迅雷之势，利落地插入了自己同伴的脖颈。

霎时，血光四溅。

饶是孟庆霖久经战阵，也被这突然的一幕惊得一愕，而神志也愈发清醒了。

可未待孟庆霖反应过来，那杀人者又迅疾拉起他的手，示意噤声，拽着他左拐右拐地混入一间暗室，并小声叮嘱道："我若带你出去，你可为我报仇？"

"就你这身手，还要我……报仇？"

孟庆霖正气不打一处来，言语间略带讥讽，仿佛在挑衅一头猛兽，而额头上，亦不免有豆大的汗珠沁出。

结果，对面这女子却稍显倨傲地说："你……就是孟团长吧！我认得你！我是罗议员的女儿，我叫罗敏文！"

孟庆霖不明就里："什么罗议员？不认得！"

罗敏文继续言道："不认得不要紧！我却知道你同这家人的关系！你知道吗？我爹爹可是被袁家太子折磨死的！这笔血账，迟早要还！"

"什么？我没听明白，袁家太子？你是说袁克定？但就凭你这身手，十个袁克定也不够砍的呀！"

孟庆霖这话，显然激怒了对方。

罗敏文立刻反驳道："谈何容易？况且，我要的也不仅仅是报父母之仇……我要的是完成爹爹的遗愿。唉！跟你说了，你也不懂。反正，我必须……万无一失！"

听到这里，孟庆霖不觉问道："你爹到底是如何被……"

"去年，内战刚过，袁世凯便命人修宪，规定大总统一任十年，且可连选连任，继任者由其推荐。如此下去，民国和清朝到底还有何分别？于是，我爹爹气不过，先是激烈反对，后被袁克定带人罗织罪名，下了大狱。三个月前，我还在英国念书，却收到国内唁电，说爹爹已经在狱中被……被人给折磨死了。呵！好一个民国，竟连议员都敢杀了！还有什么做不出来？今日，你既已落到袁克定手上，也早晚……"

言语间，罗敏文的眼睛里时而泛起泪光，时而闪现出阵阵寒意；声音却是依

第三十七回

然悦耳动听，好似黄鹂鸟在歌唱。

面对这番说辞，孟庆霖自是半信半疑，便顺势问道："你一个姑娘家，咋个出手这般凶狠？若没有十年八年的功夫，谁敢相信？"

罗敏文却突然"扑哧"一声，转怒为笑，不觉昂首，自信言道："这有何难？不过是牛刀小试……"

继而，她又瞥了一眼孟庆霖，说不上是矜持，抑或傲慢，又或是别的什么情愫，只说道："真是个地主家的傻儿子！"

"你才是……"

孟庆霖刚要顶回去，却想到对方仍在孝期，便强压怒火，转而言道："好吧！你要我做什么？"

这时，门外似有声响。

罗敏文便趴在孟庆霖耳边，轻声低语道："我要你出去，陪我找到那份宝藏……"

孟庆霖一脸错愕："什么宝藏？"

罗敏文则颇有些轻蔑地"哼"了一声，说道："继续装！"

孟庆霖心想：这妮子八成是从袁克定那儿听到了些什么，又或者就是袁克定派来的密探，正不知如何应对，却见门外冲进来五六名袁府护卫。

有一人言道："公子别慌……"

言未毕，却被一箭封喉。

霎时，血浆迸射，满屋血腥。

众人皆惊，回身去看：原来是罗敏文飞起银簪，其出手之迅疾，让人震惊。这身手，竟然出自一个看上去"娇花照月、弱柳扶风"的妙龄女子。

其余护卫当即拔枪，却又怕伤了孟庆霖，故而迟疑，甚至瞻前顾后。

或许，是被那阵掺了大烟的迷香弄晕了脑袋，孟庆霖虽已清醒，但其思路却仍不甚清晰，甚至分辨不出来自己究竟是跟谁一伙的，抑或是跟谁都不是一伙的。

不知从何时起，他的脑海中只浮现出袁克定那张愈显苍白的猥琐面容，便不由自主地同罗敏文站到一起，二人遂并肩逃离了这座香山别墅——携月阁。

回首望去，携月阁外鲜血横流，竟与这漫天红叶的背景出奇地相似；却又不知袁克定其人，究竟身在何处？

说来也巧！

此刻，山里的雾气逐渐弥漫开来，悄然隐去了孟庆霖与罗敏文的逃亡踪迹。

于是，在一片猎犬狂吠与喧嚣喊杀声中，这二人连逃出十余里地，终至一处溪水岸边停住脚步。

罗敏文一骨碌跌倒在岸边，一边大口喘着粗气，一边面带愁容地说："不行了！不行了！我实在是……跑不动了……"

孟庆霖："这才跑多久？刚才还说你功夫了得，这会儿就蔫了？"

罗敏文皱起眉头，不禁捂着肚子支吾道："还说风凉话！为了你，我一步都不敢停下，喝了许多凉风，跑到肚子痛……"

孟庆霖无奈，却也懒得管她，自去溪边盥洗。而后，便四仰八叉地躺在早已衰败的草甸之上，深深吸着气，若有所思的样子。

"不知家里是否安好？如今，我既已公然'逆鳞'，想必不会轻易善终。眼下，这局面如何收拾？旁边这妮子又到底是谁？自己身边究竟有没有投靠袁克定之人？是齐玉？是天瑞？总不会是若雪吧……"

正在孟庆霖疑窦丛生之时，原本南下上海的李虎臣，却再也按捺不住了。

事情是这样的。

那日，李虎臣与胡杨二人见应夔丞已死，便顺手杀掉其两名贴身保镖。继而，逃出生天，并各自隐迹归去。胡杨自回南京，向孟庆霖复命。可待其归队，孟庆霖却已然北上京城，去见袁克定了。李虎臣则一路南下，准备去上海看望赵晨曦，并打算一直留在那儿，等待孩子出生。

这原本是一件让人心生畅快之事，可行至山东地界，李虎臣却灵光一现：这天大的喜事务必先禀明父母，继而明媒正娶呀！

于是，他顺道拐了个弯儿，先回了鄄城老家。

第三十七回

结果，这一回家不要紧。

眼前的景象，深深震撼了也算饱经风霜的李虎臣。

田野间，往日的繁忙劳作景象皆已不见。取而代之的是：荒芜的沟壑与破败的村舍；农人衣不蔽体，形容萧瑟；逝者陈尸道旁，无人收殓。

李虎臣几乎不敢相信这就是生他、养他的故乡——他心中梦一样的地方。这原本祥和宁静的村庄，如何就成了眼前这般模样？

"二叔爷，二叔爷，是我呀！虎子！你不认得我啦？"

李虎臣在村口拽住一个眼神空洞的老乞丐，心情窘迫地想去了解这里到底发生了什么，以及自己的父母究竟现在何处。

"啊？我听不见喽……"

老人摆摆手，似乎并不记得眼前这个眉宇间自带英气的年轻人，只是含混着嗓子，自言自语地絮叨着："当兵的，就在村子里到处放枪……后来，又闹土匪，又闹保安团的……唉！俺妮子也跟着死了……还有俺那孙子……"

就这样不停地重复着……

突然间，老人泪眼潸然，一行行热泪夺眶而出，在寒风中肆意飘荡。

李虎臣知道，那位逝去的女子就是自己的远房表姐。去岁，嫁给了邻村一户石匠，且据说刚怀上三个月的身孕……

至此，李虎臣大概知道了事情的来龙去脉，也就是那句常说的"匪过如梳，兵过如篦"。大约就是去年的内战，率先打开了"潘多拉的魔盒"，各路武装纷至沓来，或是征粮，或是征兵，又或是纵兵抢掠，杀人如麻，将原本祥和宁静的村庄糟蹋得遍体鳞伤，更深深地破坏了这里曾经的乡绅治理结构，却又无法建立起新的稳定秩序。

再后来，内战结束了，北洋独霸天下。可乡村的破败，却再也无人问津。或者说，基层政府就连自己的县城都管不好了，哪里还有余力再去经营偏远的乡村？

饶是田野广袤，奈何凋敝如斯！

于是，土匪猖獗，更试图与各地方武装沆瀣一气，"共谋前程"。前不久，全国各地依着新颁布的《地方保卫团条例》，陆续成立了"保安团"，成为保甲制度在民国的延伸。可若细究其成员，却不难发现：这里面都是些什么人呢？曾经的地痞流氓、土匪强盗、恶棍无赖，摇身一变，竟都成了维护地方治安的保安团了？

当真是滑天下之大稽！

想到这里，李虎臣不禁攥紧铁拳，眼睛里仿佛喷出火来。他一拳就挥在"二叔爷"倚靠的大树上，直将上面的枯枝败叶抖搂得干净。随着枝叶簌簌凋零，一片又一片地无情砸落下来，树下的老人却突然像个孩童似的，手舞足蹈地"欢呼""雀跃"起来，任由其头上、身上沐浴在这暮秋光景之中……

自此，"二叔爷"远去了。

至少在他心里，自己早已经死了，与他的女儿和那未出世的外孙子一起……死了。

李虎臣茫然地望着这一切，身体里仿佛流淌着难以言说的酸楚与伤痛。

正当此时，一个略显稚嫩的声音从身后传来："虎子哥，是你吗？"

李虎臣转身一看，只见一个头戴破皮帽子的瘦弱小哥儿，却不认识。

"你是？"

"你不认得我！我却认得你！就你那张合影，我可是见过，上面还有若雪姐姐两口子，还有那两个大人物，叫什么来着？哦！对了，袁世凯和孙中山！"

"你到底是……"

那小哥儿脑袋一歪："我叫戚悦！"

"戚悦？"

李虎臣心想，这名字可是从未听过，又从哪儿冒出这么个愣头小伙儿？只不过，这人既能说出自己与姐姐、姐夫在京城时的合影，却是大抵不假。

毕竟，那张照片自冲洗出来，也就往家里寄过，专为缓解父母相思。依着二老个性，若非至友亲朋，绝不会轻易拿来示人。难不成，眼前这人跟自己有什么亲缘关系？却是一无所知！

第三十七回

正疑惑间，远处偏走来两个吊儿郎当、形容猥琐的保安团"士兵"。说他们是"士兵"，只因其胸缀制式标牌，身后又各自背着挺不知从哪儿淘换来的老旧长枪，多少有那么点儿部队的影子。之所以打引号，是因其浑身散发的气质，不土不洋、不伦不类，哪里有一丁点儿军人做派？且身上披着黑绸紧身棉袄、薄绸灯笼裤，头上无不歪戴着黑色大檐帽，却又近乎诙谐地各自蹬着双洒鞋，完全的地痞流氓打扮，老远就能瞧出来！

非但如此！

这二人一路走，一路上调戏过路的陌生女子，又一路上以盘道为名吃拿卡要，忙活得不亦乐乎……

待这二人终行至近处，却一眼就识出李虎臣面生，又见此人生得身形高大，练得虎背熊腰，颇有些不凡之气，便不觉生出些怨愤之心，想要借机挑事，挫挫这新人的气焰。

于是，匪兵甲端起长枪，开口言道："打哪儿来的？拿照身我看！"

李虎臣素来气盛，但这些年历尽磨难，却也因此消弭了些火爆戾气，便平淡地问了句："你们……是哪部分的？"

匪兵乙似乎很惊诧这人竟敢回嘴，便气呼呼地从耳间掏下一支烟，又急吼吼地擦着火柴点上，方吐了口烟圈，又喷了口烟沫，态度却仍很倨傲地说："濮县保安团一中队！怎么着？"

当然，李虎臣这也是明知故问。

这些年，他纵然已被时代磨平了些许棱角，却在内心深处仍旧保有那颗嫉恶如仇的赤子之心，完全见不得有人欺压良善、鱼肉乡里。于是，见到这两人，他自然打心眼儿里憎恨，想给对方些教训，好让他们领略到大总统护卫究竟有何种手段。

针尖对麦芒，双方就此对线！

一边是官营土匪、盘根错节；手中有枪、心中不慌。

一边是来头不小、身手了得；却是多年未归，又几乎赤手空拳。

眼见得即将火并，匪兵甲却突感心里不太有底，便恫吓说："小子！不管你是谁，今儿个你老老实实跟我们走一趟，保你无事！否则，可就要挨枪子儿啦！"

李虎臣"哼"了一声，暗自觉得好笑，便也胡扯一通："跟你们走一趟？行啊！把你们今天搜刮来的民财全都吐出来。然后，一个挨一个地抱着头，蹲下学狗叫！我呀……就陪你们玩玩！"

当然，李虎臣只是信口胡诌，全未当真。

岂料，眼前发生的一幕竟让他大跌眼镜！

那两个保安团走卒，居然真的将口袋里的一小撮散碎银子尽数倾泻出来。这还没完，又见二人几乎是同时扔掉了手中长枪。

紧接着，李虎臣的耳边便接连响起"哐啷"之声。

最后，他们果然双双抱头，半蹲着一边"汪汪"犬吠，一边近乎恐惧似的撒腿就跑。

李虎臣本来还笑，却又不禁疑惑地回望身后。

他似乎有一种不祥的预感！

谁知，身后并无旁人，只有那个名叫"戚悦"的小伙子仍在冲自己傻笑。

"好生奇怪了！我有那么吓人吗？这还没开打呢……"李虎臣颇有些丈二和尚摸不着头脑。

戚悦赶紧凑上前来，一边亲切地拉起李虎臣的胳膊，一边近乎俏皮地说道："虎子哥！走吧！我带你回家！"

"回家？你知道我家住哪儿？"

"当然！只不过不住乡下了，改搬到县城里啦！"

"什么？那我们家的田怎么办？岂不是全都撂荒了！"

"瞧你！是田重要，还是人重要？真是个死心眼儿的哥哥！"

李虎臣听着，起初并不觉得怎样，可若将今天的遭遇连贯起来，却又似乎非比寻常。于是，他眼睛骨碌一转，猛然意识到事情的真相可能远不止自己所见这般。

第三十七回

"将计就计！且随这人走一遭！"

李虎臣暗自打定主意，便也笑盈盈地随之上路。只是右手，却已悄然摸向了藏于左袖筒中的"猰㹶匕首"……

一路上，他与这个名叫"戚悦"的小伙子倒也聊得投机。只不过，戚悦总是好奇地打听些上海滩奇闻逸事，诸如孙大总统如何如何，宋教仁又是如何被刺，以及凶手的最终下场怎样，等等。那种感觉就好似自己的连番奇遇，早已被人所知一般。

于是乎，李虎臣一路上就听戚悦叽叽喳喳，好不耐烦。待到进城，他的眉头上都能挤个"河道纵横"出来。

终于，这二人来至一座深宅大院之前。

只见这门口左右两侧，各有哨兵持枪站岗，气势很是威严，绝不似寻常大户人家，反倒像个统兵衙门。李虎臣心感不妙，又觉察到四周似有游动暗哨，便不觉将袖筒中的猰㹶匕首，暗自攥得愈发紧了。

身旁的戚悦刚要开口，却见里面走出来一个人。

那人身形魁梧，面相凶恶，两鬓络腮胡，鹰鼻八字眉，断不是个好相与的。

李虎臣"啊"的一声，几乎脱口而出。

他感觉这人似曾相识。

"花豹子！"

李虎臣猛然醒悟，竟不觉喊了出来。

那人一听，便也好奇似的打量起李虎臣，并转身向这边走来。

门口的哨兵见着主人，立刻挺身注目，示意敬礼。

"李虎臣！哈哈！怎么……我换了这身行头，你就不敢认了？"

"不是！你不是土…"

那个"匪"字，李虎臣愣是没好意思说出口。

孰料，花豹子却道出了那个"匪"字，又一个人径自狂笑起来，反倒讥讽起李虎臣："还不许人改过自新，接受招安呢！如今，老子也是官军啦！行动上，既归张勋张大帅指挥；情面上，又有靳云鹏靳大帅照应。咱脚跨两省，再不窝在苏北山区啦！走吧，进府叙谈。我可是早把二老接过来喽……"

又一回头，似在关切，又似暗含威胁地说道："专为等你！"

李虎臣一愣，不觉回身与戚悦对望一眼，心下便已知大概：这小子，看来是花豹子的人！

唉！前路，当真不知吉凶……

进至内院，李虎臣方听得一声亲切的呼唤："儿啊！你可回来了！这些年你也不着家，这家里都成啥样了……"

这略带哭腔说话的，正是李虎臣与李若雪之母，且称之为"李母"。

李母泪眼婆娑地拉着儿子的手，一边哭泣，一边叙述，倒也将这些年家乡遭遇说了个大概，真个与李虎臣的所思所想相差无几。

李父，那年虽已老态龙钟，却也瞧得出来身体还算硬朗。此刻，只顾安慰妻子，又双眼不离儿子；却是言语含糊，不觉也跟着流起泪来。

李虎臣虽喜，却并未被这质朴的亲情冲昏头脑。他明白：此是非之地！如今，"人为刀俎，我为鱼肉"，岂是闲话家常之时？

当然，他也体察得到：花豹子并未难为过自己父母。于是，便也不禁稍感宽慰。

"怎么样？见着家里人，高兴了吧！我可是把二老当菩萨似的供着！一日三餐，早晚请安。就是我亲娘，我也没这样过呀！"

"我说……花……"李虎臣一时语塞，不知该喊什么好。

"团长！"身后的戚悦，言辞恳切地小声提示道。

"团……长？咱这多年不见，你干吗老惦记着我？到底何意？不过，就为你照顾爹娘之恩，我李虎臣倒也愿还你这个人情！"

"哈哈！不忙！不忙！我这也是凑巧！半年前，我带着众兄弟，归顺了驻军徐州的张大帅。结果，人张大帅见我实诚，大手一挥，就封了我做个'团长'！还让我进驻濮县！这他娘，不就是让咱过把'皇帝'瘾嘛！哈哈！我告诉你：如

769

第三十七回

今，兄弟手下上千号人，外加一个保安团。这阵仗，就连县长都得听咱的！就是……就是，除了他妈的三个月不发军饷……"

谈话间，花豹子倒也志得意满，只在最后流露出稍许不满。

"失敬！失敬！"

李虎臣拱手，心下却颇有些不屑，觉得这人狂什么？又暗自嗟叹：姐夫孟庆霖，自入清末禁卫军，吃了多少苦，受过多少罪，多少次遭人贬黜，又多少次死里逃生？这才辗转北洋，先后立下驻防、剿匪与破城之功，方才晋升"团长"！

你这一介土匪，也敢如此自号？

这"团长"，当真是不值钱了！

李虎臣正出神地想着，却又听花豹子言道："还记得那年在苏北，你打我的山头经过，我撂下过什么话吗？"

李虎臣摇晃着脑袋，仿佛背书似的："记得！'若你有朝一日落难了，我花豹子就在这儿等着你！你今年来行，明年来行，后年来也行！来了不满意要走，还行！自古英雄出少年，我准你来去自由！'……"

"你今年来行，明年来行，后年来也行！来了不满意要走，还行！自古英雄出少年，我准你来去自由！"

二人几乎异口同声。

说完，便双双大笑起来。

旋即，花豹子却突然收敛笑容，正色道："看来，我没瞧错人！你是个讲义气的！"

说完，又摘下军帽，使劲挠了挠脑袋，表情窘迫，似有片刻犹豫……

见已近正题，戚悦愈感心神不宁，便胡乱找个借口，强搀着李父、李母进了内堂，也不管老人是否愿意，暂且按下不表。

"那人是谁？"李虎臣抬头一问，自是打听"戚悦"来历。

"我的侍从！忠心耿耿！兄弟喜欢？"

"不！我看他这身形，倒像是个女的。只不过，就你这五大三粗的，哪有模样周正的女的愿跟你？再说，也没见过哪个人，肯让自己女人如此抛头露面的吧……"

花豹子一听，竟破天荒地有些难为情。

接着，便是一阵哈哈大笑，却似不愿多言。

李虎臣又问："你怎么知道我家？我可从未提及身世！"

"半年前，我率队接防，正巧遇到保安团下乡'剿匪'，也就是打家劫舍去了。我见他们闹得太凶，便找人上前制止。结果，索性干了一架。等到清点战场的时候，我无意中瞥见一张照片。我一看，这他妈不是兄弟你嘛！真是踏破铁鞋无觅处，得来全不费工夫。就这么着，我把你爹娘接了来，也好免了你的后顾之忧哇！再者，我让戚悦天天往村子上跑，就是专为了等你回来……"

李虎臣听了，心中自是感激，倒也怀疑起自己是否防备太过。这花豹子，似乎全无害人之心……

可事实当真如此吗？

此后，一连数日，李虎臣只与花豹子把酒言欢，每日酒肉管够。但每逢说到面见爹娘，或是再度南下，花豹子却总是推脱再三，死活不让。又说，让戚悦陪着，保准无事。还说，这一见儿子就哭哭啼啼的，对老人身子着实不好……

李虎臣的心中自是起疑，但未及行动，便马上被花豹子连带城内众军官捧入上席。继而，又是好一番吹捧，夸他能够追随孙先生，是前世修了天大的福报。如今，已修成个"托塔的天王"，抑或是"护教的伽蓝"，专一收降妖魔鬼怪，云云。接着，便是另一番好酒好肉伺候。席间，更有诸美作陪，让人乐而忘忧。

美酒佳肴，更兼秀色可餐，李虎臣自是受用，但心中大是不安。

终于，他忍不住问道："你……究竟何意？"

至此，李虎臣已暗含杀意。

花豹子一听，只得屏退众人，又赶走一应姬妾，叹了口气说道："这筵席，终该散了……"

"可不是嘛！"

第三十七回

"兄弟,我是真的拿你当兄弟!可惜,我也是有命在身呐!"

李虎臣一惊:"有命在身?能命令你的,难道是……"

花豹子默然点头。

"可是,我跟那张勋往日无冤,近日无仇啊!"

当然,李虎臣这话自然没把南京天保城那次,与辫子军的过节包含在内。毕竟,与下面的人起冲突,万不至于祸及家人。再说,就算遇人寻仇,谁又会将仇家的爹娘先行赡养起来,而专一等着仇家回来呢?

这成本也忒高了些!

此刻,只听花豹子沉重言道:"可是,你那姐夫……却是孟庆霖啊!"

"什么?这事儿还与姐夫有关?"

李虎臣有些蒙了,他知道:姐夫要么不闯祸,要么必是大祸!就像那年在安庆,姐夫非要在徐锡麟的行刑现场,当众挑衅监斩官。最后,还亏得是少年的自己顶着枪口,冒死将其救出来。那次,当真是死里逃生。到如今,都依稀感到芒刺在背,冷汗涔涔……

于是,说不上为什么,李虎臣这憨直大胆的,竟突然有些怕了,便支吾着问道:"姐夫……又能有什么事?"

话未说完,脸色却已近煞白。

"宝藏!那笔……足以复国的宝藏!"

言毕,花豹子即满饮一坛酒,也不用碗,直如牛饮一般。

末了,又将那酒坛子掷到地上,摔个粉碎,且沉重地喘着粗气,像是郁闷极了。

这时,李虎臣明白了,倒也因此舒展了。

原来,是张勋要得到那笔"听得见,却摸不着"的宝藏。李虎臣心下思之,意识到这背后必有"高人"指点。因为,就连自己都对姐夫家的"宝藏"一事知之甚少,且随着岁月流逝,老一辈的种种传说早已如烟波浮萍一般,尽是无本之木、无源之水,又上哪儿去寻觅踪迹?

"这都怪我！不该将你那合影，交与张大帅查看。当初，我只当是个西洋景儿，觉得上面有大人物，想博大帅一笑。可大帅一眼就认出了袁大总统和孙大炮，就问他身边的'高人'，前面这两个男的是谁。高人一看，却兀自笑了，指着说：这个眉清目秀的叫'孟庆霖'，又说那个虎背熊腰的叫'李虎臣'——就是兄弟你呀！"

至此，李虎臣竟出奇地长叹一声："完了！这回怕是走不脱了！你只告诉我，那'高人'是谁？又是谁，能对姐夫和我这般了若指掌？怎么就这么巧？"

"兄弟啊，说什么都晚了！你就不该回来！你不回来，谁也不知你去了哪里。你的爹娘，我自会一直奉养。到如今，你回来了，我就不得不奉命行事了！对……不……住！"

话音刚落，即有一队士兵拥上来，人人手持快枪，个个子弹上膛，无不将那黑洞洞的枪口正对着李虎臣。

此刻，饶是李虎臣有缚虎擒龙之术，却也只能枉自嗟叹。

正当一筹莫展之际，李虎臣隐约听到窗外似有一阵急促的跑步声。其间，又夹杂着人喊马嘶。但细听起来，那步伐却甚是整齐。

立时，便有哨兵回报说："报！团长！大帅回电，说是收悉我部电报，已派辫子军临近一部前来接收李虎臣一家。请协助移交！此令！"

哨兵大声宣布完张勋电令，即敬礼出去了。却不知为何，竟把花豹子给惹毛了。

"他妈的！不是说好只交李虎臣一人吗？怎么又成了他全家？这他妈的，还让我以后怎么做人？"

花豹子怒地一拍酒案，刚要出去理论，却又闻外面枪声大作。原来是自己的队伍，竟跟张勋的辫子军交上火了……

忒煞怪事！

这真是大水冲了龙王庙，自家人不认自家人！

于是，花豹子的队伍无不调转枪口，先去支应眼下危局。

第三十七回

此刻，无论是李虎臣还是花豹子，恐怕都没闹明白：这顷刻之间，怎么就敌友身份互转，且又自相火并起来？

直到望见戚悦的那一刻，他们才恍然大悟：原来，是辫子军打算强行带走李虎臣的爹娘，弄得李父踉踉跄跄跌倒，李母哭天抢地，连儿子的面都来不及再见上一回……

于是，戚悦竟莫名其妙地感到"于心不忍"，后来又演变成"抵死不从"，以至于新仇旧怨全都交织在一起。最后，竟擅自带着手枪班，跟来人扭打到了一起。却不料，有人枪支走火，这才引起"误会"，终究撕开了花豹子与张勋之间那层薄薄的主仆温情面纱。

也难怪！

这两支队伍，一支是收编土匪，一支是附逆兵痞，两下里都不是好鸟，本就尿不到一个壶里。说到底，互相利用罢了，且各自怀着猜忌之心。再者，张勋又欠了花豹子三个月的军饷。这事儿，一石激起千层浪。如今，正好趁着这个由头，干他娘的！大不了，接着进山当土匪！

再说这戚悦，别看年纪轻轻，倒也身轻如燕，使得一手好枪法，外加与花豹子的关系特殊，又兼心地良善，故能与众士兵打成一片。因此，在手枪班里，甚至是在花豹子团部，戚悦几乎说一不二！

这大概也能解释：为什么那两个保安团走卒，一见戚悦在旁，且只是双眉微蹙，就已被吓得魂不附体、屁滚尿流了。毕竟，保安团又是何等货色，也配李虎臣、戚悦——这一双龙凤人物亲自下场？

细看当下，好在戚悦率领手枪班挡住了辫子军的首轮进攻。这便为李虎臣和花豹子赢得了些许喘息之机。于是，这二人相继冲了出去，又各自寻了处掩体躲蔽。

刚刚落定，李虎臣就开骂了："我说花豹子，你他妈不是自号上千人吗？这对面才来了几个人，你他妈就支持不住啦？你他妈的到底行不行？"

花豹子，这时正龟缩在一处矮墙之下，正捋着那硬如钢针的连鬓络腮胡，思忖应对之策，心里本就是强压怒火。这下被李虎臣突然一顿数落，情绪瞬间就被点燃了，便不禁大吼道："你他妈才把上千人全挤在县城里呢！传令兵！传令兵！快去催增援，问何时到？老子今天，非要把这群'猪尾巴'全都剿了不可！"

"是！"

岂料，传令兵刚刚跃出掩体，即被一颗流弹击中，旋即阵亡。

"他妈的！快！换人再上！"

立刻，便有好几个传令兵接连跃出，却均被一一射杀。

最终，无人生还。

李虎臣："神枪手……小心……"

花豹子却大喝一声："兄弟们，跟他们拼了！"当即，便率先跃出，带人发起了一阵自杀式的死亡冲锋。

"杀！"

众人无不踊跃，却奈何双方实力悬殊，且对方人多势众。花豹子这边，不久便败下阵来。

看来，张勋是铁了心要消灭花豹子这支杂牌武装。这一切，也并非什么"擦枪走火"引起的误会。至于之前什么"提拔"啊、"笼络"啊，净是虚的。不过是当时，张勋立足未稳，亟需扩充力量的权宜之计罢了。如今，张勋业已在徐州扎根，又如何容得下非亲信之人领兵？还是独领编外一团之兵，还这般能打！

更何况，这花豹子自己也说了，行动上既归张勋指挥，情面上却又和督理山东军务的靳云鹏勾勾搭搭，不清不楚。

如此首鼠两端，岂能容你？

三个月欠饷，已是警告。却奈何花豹子悟性太差，参不透这层！

这才终引来杀身之祸！

对花豹子和李虎臣而言，为今之计，大约只剩下突围一法而已。可自己手里边早就没了本钱，又如何突得出去？

正在苦思冥想之际，只听不远处传来一队马蹄声，马鸣嘶嘶，蹄声清脆，且

第三十七回

渐行渐近。

远远望去，一支不足二十人的骑兵小队，人人披着带风毛的羔羊皮斗篷，呈锥字形，正朝这边奔袭而来，卷起身后一阵狂风。

又此时，偏逢天降大雪，雪花飘摇，雪雾弥漫。

顷刻间，天地一片银装素裹。

李虎臣抬头，望着飘然而至的雪花。恍惚间，他仿佛忘记了战场险恶，脑海中只浮现出少时与姐姐、姐夫在亚圣府一同赏雪时的情景。那时的自己，多么潇洒快活，多么无忧无虑，简直就像个世外仙人一般。

还有那一年，自己沿运河南下，一路上到处寻觅姐夫的踪迹，却偏在南京东郊的明孝陵，遇到了曾经的白马少年金碧云！

如今，似乎更应称呼他"宪平"，或者"平贝勒"为宜。纵然大清已亡三年，可这位前清王子却始终怀揣复国之心，时刻准备着谋求复辟之日，也可谓"矢志不渝"了。

只是，当年的第一次相遇，那场仗打得可真是酣畅淋漓！

李虎臣正在想入非非，却突然听到有人唤他名字："李虎臣！"

李虎臣一愣，这声音很是耳熟，是谁呢？

他不禁抬头一看，却见那支骑兵小队已然跃至跟前。

领头的一人，仍好似少年模样，俊朗的国字脸上，两道疏阔的剑眉轻轻扬起，高挺的鼻梁下，紧闭的双唇微微下吊，只好似多了几许沧桑，又仿佛平添了一丝壮志难酬的悲凉。

来者，正是金碧云！

只见金碧云，再次戴起那双狼皮手套——这是他训鹰时的装备。

李虎臣不禁仰望苍穹，果见一只翱翔于天宇的雄鹰，不时发出激越的嗥叫，又不停地拍打翅膀，盘旋直入九天之上。

"李虎臣！是战？是和？决断吧！"

金碧云寥寥数语，却不啻有万钧之重。任谁听了，气势上都要矮上三分，绝不敢轻启战端。

只有李虎臣怔怔地望着仿佛已是陌生人的金碧云。

未几，却依旧狂傲地回应道："上次，你我未决胜负。今日，你可要掂量清楚！"

金碧云一扬马鞭，说道："够胆气！老阿，将你的佩刀递与他。我与这小子，过几招便是！"

作为金碧云的贴身扈从，阿玉锡素来知道自己主子的秉性。平心而论，主子与孟庆霖和李虎臣是极为要好的安答，诚可谓情投意合！只可惜，如今天道变了，这世上早已是民国的天下。而主子却是世袭铁帽子王的嫡传后裔，又是钦封的贝勒，血管里流淌的是爱新觉罗一脉仅存的热血，八旗真正的柱石。无论何种情形，恐怕主子一家都不可能逃得脱这说不上是荣誉，抑或责任，甚至是负担的"复国大计"！

这就活像一个诅咒，直将肃亲王府满门拖入无底的深渊，几无一人可以幸免；而自己虽非家人，却也是铁杆儿亲信，且历来深受重用，怕也是从此难逃宿命了……

阿玉锡本想劝谏两句，却终究忍住了。他知道，箭在弦上，不得不发。李虎臣这次，怕是神仙也难救了……

于是，只得轻解佩刀，下马递与李虎臣。

李虎臣接过刀，顿了顿，问道："张勋背后的高人，就是老金吧！"

阿玉锡沉默，兀自去了。却又听金碧云下达最后通牒："跟我回去吧！至于二老，绝不会受牵连的。"

"那他呢？"李虎臣，不禁将刀尖挥向龟缩于掩体后的花豹子。

"呵！留不得！"

只听花豹子厉声骂道："你他奶奶的满清走狗，老子和老子这帮兄弟，做鬼也不会放过你！你他娘的……倒比张勋还狠！你就不怕散在别处的兄弟，到头来找你寻仇？"

第三十七回

骂着骂着,花豹子这边,竟三三两两地有人抽泣起来。更有甚者,竟号啕大哭不止。

李虎臣看不下去,便说道:"放过他们!我跟你走!无非是要通过我,找到我姐夫罢了!如今,你可不一定是我姐夫对手!"

金碧云:"是吗?他已被通缉了……你不知道吗?"

"啊?!"

尽管心中早有预感,但李虎臣当真没想到事情竟会发展得如此严重。

金碧云也只能喟然一叹:"凡是与孟庆霖有关人等,均要一一收押。总统府钧令如此,任何人不得违抗!否则,杀无赦!"

这就更让李虎臣出奇了,不禁问道:"欸?我说你不是最反袁世凯的吗?怎么又反过来做起袁家鹰犬了?"

金碧云沉默不语,却又好似怀揣万千悲愤一般。

"行吧!既如此,你我兄弟……恩断义绝!"

说着,李虎臣挥刀,直指金碧云而去。

金碧云下马,亦抽刀挡于胸前,准备决一死战。

于是,这两位昔日兄弟,竟不约而同地弃枪炮于不用,反而拾起这最原始的勇士血战方式。虽说刀剑无情,生死难知,却也因此给予了对方极大的尊重。至少,金碧云并未倚仗人多势众,而李虎臣也并未怯战求生。

就在双刀交会的一刹那,一声枪响传来……

李虎臣重重地扑倒了。

原来,竟是花豹子无端在背后放了冷枪。

之所以这样做,大约是逢此绝境,花豹子自保心切吧。当然,这无疑招来了戚悦等士兵极大的失望,也让金碧云等人大为惊愕,更让李家父母心如刀绞,不顾一切地狂奔过去,只为扶起倒在血泊中的儿子……

"儿啊!"

顿时,哭声悲戚,撕心裂肺。

戚悦闻之，亦忍不住用满是污淖却又大抵细腻光滑的双手，去抹掉脸颊上奔涌而出的一行行热泪。

花豹子得意地跃出掩体，一笑泯恩仇似的走至金碧云跟前，以为这就算反戈一击，临阵立功了。

是的！

在土匪的世界里，这无疑是一次正确的抉择。毕竟，谁强就听谁的！这世上本就是弱肉强食嘛！倒也无可厚非！

然而，花豹子不知道的是：他面对的是金碧云！无论斯人是何立场，他都是孟庆霖与李虎臣的安答兄弟。至少在人性上，金碧云不愿如土匪般"合纵连横"，互相利用。

于是，花豹子的结局已然注定……

秋风乍起，雪花飘落。

遍布硝烟的战场上，尽是花豹子所部留下的焦灼尸体，黑红的血浆从溃烂的伤口汩汩流出，汇入这白茫茫的人间大地，直将那厚厚的积雪融化，合成一幅惨烈的战后屠杀场景。过了许久，耳边仍依稀传来伤兵趴在雪堆里的沉闷呻吟。可到头来，却只换来辫子军无情的一刺……

"禀主子！匪部悉灭，李家二老也已着人送往他们亲家——邻县的亚圣府安置。这二老一路上哭天抢地的，说要儿子，任谁劝也不听。奴才只得将他们弄晕了，倒也不至于有甚大碍。眼下，只剩这个女的……"

身躯魁梧的阿玉锡像拎了只小鸡似的，拎着瘦弱纤细的戚悦。而戚悦却顾不得自己，只不住地回望身后，眼神始终离不开那一片尸横遍野。

末了，她只能痛彻心扉地大喊道："爹！爹！是女儿不好……我从不认你……爹，是女儿错了……"

说着，便泪如雨下。

阿玉锡示意金碧云斩草除根。

金碧云自然懂得其中关节，正要命人动手，却又听得身后传来一声艰难的呼

第三十七回

救:"不！不要……"

要说这人是谁？

戚悦又是否能够留住性命？

以及，金碧云终将如何决断？

这一系列疑问，姑且按下不表。却说远在南京城的孟家三个女人。

自孟庆霖走后，李若雪便总觉心惊肉跳。

这种心绪不宁的状态本就与自己平日里的悠闲淡雅很是不同。甚至说，这份焦虑更重于对孟庆霖出征作战的担忧。她深信自己与丈夫是心有灵犀的。尽管丈夫总说自己思虑过甚——"这世上哪有心有灵犀的两个人？净是胡扯！"

可她仍旧近乎偏执地确信，自己与丈夫之间一定存在着某种命运上的关联，抑或纠葛。否则，为何今生偏成了他的表妹？又偏与他做了夫妻？为何新婚之后，丈夫一旦出走，自己便莫名病倒了，还一病不起，直到丈夫再度归来……

若说以上只是凑巧，又或者只是心理作用，那毕竟也不是事情的全部。于是，李若雪几乎是发自内心地感受到：自己的表哥——深爱的丈夫，或许正深处危险的旋涡当中。

否则，这一连数日，为何半点音讯皆无？

想到这里，李若雪的身子不由得一颤，心里竟顿时凉了半截，忙转身问道："齐玉！爷走了几天了？"

正在卧房一角，静静绣着香囊的姜齐玉，不知是被这声呼唤所惊，还是联想到别的什么，竟被手中细长的绣花针狠狠扎了一下。

霎时，指尖上殷红的鲜血汩汩涌出，痛得这如花美眷不由得"哎哟"一声，便赶紧用嘴巴轻轻吸吮着，又匆忙放下活计，来至李若雪跟前。

姜齐玉："奶奶叫我！"

李若雪："爷走了有七八天了吧，也该拍个电报来了。怎么到现在也没半点消息？要不，你再去催催刘天瑞，看他还能再打听些什么回来？"

姜齐玉有些犯难。

毕竟这催问消息的差事，这些天她少说也做了十来回，几乎问无可问了。每当去军营处打听，她就只听到一句："团长在大公子那儿呢！没事儿！放心回去吧！"就被草草打发。

她本想再多打听些细节，便故意与刘天瑞等人东拉西扯。可一旦说到孟庆霖，对方就赶紧岔开话题，生怕无意中泄露什么似的。

刘天瑞等人的态度，着实让姜齐玉心里打鼓，可又实在寻不到更多破绽，便也只好耐着性子，权当她那四爷孟庆霖，一回到京城就只顾自个儿逍遥快活，竟致乐不思蜀了。但心中，却也一直存着个疑问：按理说，四爷可不是这般人呀……

"在想些什么？"

李若雪的一句话，恰好打断了姜齐玉的想入非非。

齐玉愣了一下，便强自镇定下来，回道："也没什么！奶奶不放心，我再去打听便是。"

正欲出门，却听外面脚步匆匆。

须臾，就是一阵激烈的叩门声。

"太太！快开门！是我！天瑞！"

姜齐玉轻启门扉。

只见刘天瑞衣衫不整，只背了把步枪，几乎是踉跄地跌进屋内，也不多言，只急切地说道："快走！我们快挡不住了！"

此情此景，不禁让李若雪的心，跳得愈发快了。

她猛然意识到，自己的不祥预感恐将成真。

姜齐玉扶着刘天瑞进屋，又递了杯清茶，便不依不饶地跟了一句："说清楚！究竟怎么了？"

刘天瑞一仰脖子，"咕噜咕噜"地将这杯茶水一饮而尽。而后，喘着粗气，望着李若雪，哽咽回道："前些天，我们一直瞒着你和太太，就是怕你们女人家担惊受怕。原本，冯都督也是想大事化小，小事化了的。可如今，京城里下令，命张

第三十七回

勋部派支精骑过来，说要捉拿团长全家老小。这头一个就是太太你呀！"

听到这里，李若雪反倒愈发镇定了。

先前的焦虑，大抵是因为不确定丈夫的实际处境。可如今，既已是最坏的结果，又还能再坏到哪里去？索性横下一条心，就是死，也要先弄清楚丈夫的下落。

李若雪："齐玉，带晚晴先走！我自留下！"

姜齐玉："不！要走一起走！"

刘天瑞："别说了！我们兄弟几个受恩深重，就是拼上这条性命，也不能让你们受半点委屈！"

几乎是同时，秦东、胡杨二人也全副武装地大踏步进来，架起李若雪和姜齐玉，不由分说地就往屋外走去。

"太太，恕卑职不恭咧！"

经过后院时，众军士见业已出落得亭亭玉立的孟晚晴正独自一人沐浴在冬日的朝阳下，扑着不知从哪儿飞来的蝴蝶，心中虽感惊奇，却也顾不得细思，只一把抱起来就继续匆忙赶路。

孰料！

一出后院，竟有漫天的蝴蝶各自翩翩起舞，纷纷在空中划出一道道近乎优美的弧线，好似将这萧瑟的冬日光景化作了春日暖阳一般。

众人无不惊愕："已近腊月了，哪来的……"

但更令人惊愕的，却是不远处，正有一人一马立于当道。

马鸣嘶嘶，喷吐怒气。

马上之人，神情笃定，似乎饶有兴趣地仰望着这一幕冬日奇迹，露出了难得的微笑。

"哇！好多蝴蝶！"

此刻，孟晚晴少女之心绽放，竟努力挣脱出来，朝着那一人一马的方向跑去。

"小心！"

无论是李若雪、姜齐玉，还是刘天瑞、秦东等人，无不大声疾呼，试图阻止。

但为时已晚！

孟晚晴的身边，立时涌现出无数脑后拖着辫子的马枪骑兵，且无不奋力拉动着枪栓。登时，就将这娇弱少女团团围住。

"不许动！"

众骑士厉声恐吓。

那时，年方十五的孟晚晴，自然被这一突发状况给吓坏了，险些哭出声来。可豆大的泪珠儿，愣是在眼眶里面溜溜打转，却始终不愿轻易落下。

"胡闹！都退下！"

那人缓缓下马，将偶然落到肩头，且久久不愿离去的蝴蝶，轻轻地交到孟晚晴手上，又难得温柔地说道："还记得吗？"

孟晚晴不悦，只略瞥了一眼来人："你又来做什么？那把左轮手枪，已还给我哥了！"

"那便好！我是来接你们的……你和你嫂子先到我那里住上几天。也好护你们周全！"

"晚晴回来！"

李若雪几乎是奋不顾身地跑了过去，并立刻用身子护住孟晚晴，似有些悲愤地说道："金大哥！眼下，无论是出自何等缘故，你与夫君也曾相交多年，彼此情谊深厚。今日，一切祸事，自有我这个做妻子的承担！求你放过她！"

自然，眼前之人仍是那不知揣了什么心思的金碧云。

他自拿了李虎臣之后，自鄂城一路南下，来到南京地面，就是为了制住孟庆霖的至亲，特别是李若雪和孟晚晴。因为，孟庆霖的父母身在亚圣府，实在是有些不太方便"捉拿"。

毕竟，这大总统刚坐稳宝座，又总想着再进一步，的确需要以孔孟两家为代表的士人阶层全力拥护。如今，若是只为了孟庆霖一人，就与这千年门户"分道扬镳"，甚至是"兵戎相见"，那就实在是有些舍本逐末，顾此失彼了。

当然，不能进府拿人，不代表就此放手，而是派重兵守住了通往亚圣府的各

第三十七回

条官道，乃至羊肠小路，就连整个县城都被牵连进去。寻常人等莫说出城了，就是进城也要颇费周折。这一切，为的就是以防孟庆霖潜回府里。

同时，身在亚圣府之外的李若雪和孟晚晴，自然也就成了逼迫孟庆霖现身的唯一突破口。在袁克定等人看来，相比作为亚圣奉祀官的孟庆棠，这孟庆霖终归是孟氏小宗。"我就不信他孟庆棠敢冒天下之大不韪，会拼上全家老少的性命，去保一个至今下落不明的'杀人嫌犯'……"

至于这金碧云究竟是如何想的，又怎会变得这般绝情？当时的李若雪自然是无法猜度的，她只知道：如今，这位昔日的"金大哥"，已不知何故，竟与丈夫反目成仇了！眼下能做的，也就只是尽可能拖延时间，想办法保住晚晴而已。

这时，刘天瑞、秦东、胡杨三人，连同数十名北苑老兵，见李若雪形势危急，又见是曾与自己为敌的辫子军来了，便无不咬牙切齿地与之武装对峙起来。

双方剑拔弩张，吵吵嚷嚷，只差一声有意或无意的枪响，便要立刻大开杀戒，将对方撕扯成碎片了……

就在这千钧一发之际，一个熟悉的声音传来："老金！我跟你回去便是！"

众人循声望去，正是孟庆霖！

原来自那日逃离携月阁后，孟庆霖与罗敏文并未躲躲藏藏，反倒是想方设法地弄清楚传说中的"宝藏"究竟是怎么一回事，也好彻底驱散笼罩在自己家族头顶上数十年的迷雾。

于是，他们先辗转去了一趟京师大学堂，找到了那个最有可能通晓事情真相之人，也就是孟庆霖的启蒙恩师辜鸿铭！

说到底，只有辜鸿铭才相对可靠。

尽管，自己就是被这位老师叫来京城的。可就连自己爷爷，生前都对辜的为人大加赞赏。因此，孟庆霖甘意再冒一次风险。并且，也只有这位辜先生，作为洋务时期的亲历者，才最有可能探知几十年前的隐秘往事。

于是，孟庆霖几乎就没有选择。

当然，碍于彼时身份特殊，孟庆霖实在不便露面。故借由更擅乔装改扮的罗敏文往来传话，这师徒二人终于约在京郊的一处教堂"见面"。这教堂里，刚好有两间相邻的忏悔室，中间只隔了一堵薄薄的木墙。这样的设计，为的就是方便信徒向牧师倾诉，却又可以同时兼顾信徒的隐私。

基于此种方式，孟庆霖终于"见"到了久违的老师；却是只闻其声，未见其容。或许，他们相隔的，早已不再是七八年的分别光景，也不再是那一堵有形的木板墙，而实在是二人心中理想与信念的背道而驰……

"先生，我七岁那年，你到府里将我接走，让我从此跟你学习，增长见识。如今思之，我竟不知对与不对了。或许，我留在故乡，才是最好的选择，也不必弄得自己如此狼狈。"

"我也想不到，一封书信竟会让你沦落到这步田地。说到底，我终是老了，竟然当真以为袁克定是想在中国施行'君主立宪'。原来，他只想要君主，却不再是我大清的皇上……"

孟庆霖听得真切，他这启蒙恩师，的确是老泪纵横了。

许多年前，墙外之人，还曾是个激越奋进的中年汉子，一身的傲骨。这才七八年不见，对面就已疲惫、衰弱得有些过分了。兴许，民国的天下确乎是让老先生失望了。立国方三年，政局就没有一天安稳过。其间，又经历了一次激烈的内战，而说好的宪法政治，到如今却连根毛也没见到。这一桩桩、一幕幕，能不让深受"大清皇恩"的遗老遗少们，痛哭流涕吗？

因此，二人的谈话并不愉快，也始终聊不到一起去。

对孟庆霖来说，无论如何也不可能再接受一个"皇上"，绝不可能再回到过去！且不管这个"皇上"是谁！

反正，又不是我！

但临近终了，辜鸿铭仍旧将自己多年来陆续寻访到的"宝藏"线索，尽可能全面地告知孟庆霖。兴许，在他的内心深处，从见到幼年孟庆霖伊始，就从未将这个聪慧孺子视作一个外人。

辜鸿铭，大约是这样讲述的：

第三十七回

半个多世纪以前，同治小皇帝登基，两宫皇太后"垂帘听政"。那时的中国，远比今日民国更加纷繁混乱。可谓：外有洋人战火威逼，内有太平天国起义，东、西捻军暴动。眼见偌大的中国，即将四分五裂，国将不国，形势已十分危急！

然而，那时的朝廷，及其数百年来所倚仗的八旗呢？

早已是病入膏肓，积重难返！

于是，四大汉臣相继登上历史舞台，即曾国藩、左宗棠、李鸿章、张之洞。曾国藩善谋划，左宗棠善征战，李鸿章善经营，张之洞善建设。

可谓：各有所长，各有千秋！

这四大汉臣，尽管也有内部争宠等诸多矛盾，但大抵上，是分属同一阵营的，都是坚定的洋务派！

为此，他们不仅在各自任上积极兴办实业，更在连年的炮火与杀戮中，分别锻造出了一支只听命于自己的军队，分别是湘军、楚军、淮军、江南自强军！

可无论是办洋务，还是建军队，说到底都需要用钱。特别是平定太平天国之后，曾国藩遭遇裁军、调职、失势等连番挫折。最后，竟致郁郁而终。这势必让余下三人更加心有余悸。

于是，左宗棠在西征收复新疆后，命人秘密留存了阿古柏叛军的部分资财，充作军备，以防沙俄干涉，再度兴兵。

李鸿章，则是每年截留一小部分北洋水师军费，私建了个小金库，好在淮军内部辗转周济。

只有自己的东主张之洞，大约是圣人之道读得久了，不愿背着朝廷做事；却也乐见其成，不惜抛开与李鸿章的成见，力邀北洋系的盛宣怀入股，共同兴办铁矿，助力汉阳铁厂经营，并顺道充实江南自强军的武备。

可以说，在大清的最后那些年，汉人督抚已隐然有了超越满蒙勋贵，真正主导这个国家未来走向的能力！这才有了在随后的八国联军侵华战争中，"东南互保"这一近似联省独立事件的发生。在某种程度上，袁世凯的崛起也是汉臣逐渐坐大的必然历史结果；而汉人督抚与满蒙勋贵达成的战略同盟，才是那些年大清老而不死的根本原因。

只不过,这一动态平衡随着慈禧太后的离世,而被以摄政王载沣为首的宗室少壮派倏忽打破了。说到底,载沣他们太急于抢班夺权了,也太急于求成……

至此,最后这层窗户纸终被捅破了!

孟庆霖恍然大悟:那个受命留存阿古柏资财的人,就是……我的爷爷?!

原来,传说中的"宝藏"竟然是真的!

辜鸿铭:"是!"

孟庆霖:"所以,当年朝廷才会在听到些许风声后,如此大动干戈!原来,这一切与那位叫作古再丽努尔的异国公主无甚关联。或者说,古再丽努尔就只是一个降罪于祖父的借口?"

辜鸿铭:"正是!"

孟庆霖:"我不明白!预留军费,以防沙俄干涉,这也是情理之中的事,也免去了多方掣肘,难道就不能堂堂正正的吗?"

辜鸿铭叹息良久,方才说道:"呵!官场是何等情状,如今的你应当比我更加清楚啊!我也是近些年……才逐渐明白孟老大人的心境。或许,对他们那辈人而言,与其献宝,供王公贵族们纸醉金迷,不若守口如瓶,为子孙后代留下一笔救命钱。于是,他才应下左大帅交付的使命,宁愿从此与心上人天人永隔,宁愿自己孤独终老,宁愿终身不被起用,也不愿将这笔足以拯国救民的'宝藏'轻易献出。否则,就是卖友求荣,就是出卖西征的全体将士,就是出卖四万万华夏同胞!说到底,他忠的是国,却从来不是大清;而我却是个忠于大清的,却也不得不钦佩他这份忠肝义胆……"

"哟!这好事儿轮不上!棘手的偏让人家来做!他左大帅自己倒是做得好大官呢!他是自己没儿子吗?干吗不让自家人出面,却偏偏去害了别个!"

忏悔室外,负责放风的罗敏文偶然听得两句,便暗自奚落起来。

辜鸿铭:"彼时,大军尚远在新疆呢,可上哪儿去找儿子?我说这个小妮子……欸?庆霖,你不是成婚了吗?怎么又……"

第三十七回

不知怎的，孟庆霖竟有些脸红心跳，忙支支吾吾地辩解道："先生，不是！不是你想的那样！唉！我一时也讲不清楚……"

对于孟庆霖的解释，辜鸿铭似乎并未给予更多回应。

良久，他方叹息一声，说道："我知道的就这些！至于，左大帅的那笔'宝藏'究竟在哪儿，我也实在不晓得呀！记得七八年前，我还专程去了一趟你府上，可到头来还是一无所获。令祖的门庭，实在是个铁门槛！我不仅什么都没问着，反倒被塞进来一个小童，就是你呀——庆霖！哈哈！"

说到这里，辜鸿铭竟莫名地拊掌大笑起来。

孟庆霖听得真切，对面是发自内心的欢愉。即便未见其人，却也可以真挚地感受到……

思绪重回现实，耳边却再也闻不到辜先生的爽朗笑声。目光所及之处，只有数名穷凶极恶的辫子军骑兵，正在金碧云的指挥下，荷枪实弹地朝自己打马走来。只眨眼间，孟庆霖就发现自己已被绑了个结实。其间，绝不留下一点让你挣扎或是反抗的余地。

几乎是同时，孟庆霖与金碧云，这一对故人，马上马下，互相对望了一眼，好似已道尽千言万语，却又全部咬紧牙关，半个字也未曾说出口。

旋即，金碧云拨转马头，当即率队北返。

扬鞭处，空余马蹄声回响。而孟庆霖亦被辫子军裹挟着，紧随而去。

李若雪望着丈夫远去的背影，一时竟说不上来是惊，是悲，还是痛。她既惊讶于丈夫好似从天而降，于危急中解救自己，却又不得不含悲忍痛地再一次望着他远去，而自己还要继续忍受这无边的相思与等待。

只不过，这样的苦日子应该不久了。说好的是捉拿一切与孟庆霖有关人等，我既是他妻，又岂能漏下？

想到这里，李若雪终究释然了。

可左等右等，辫子军已然全部撤回，再无一人上前为难自己。

正在纳闷，打远处却走来一个身形高挑、样貌清秀的妙龄女子，虽是穿着一身男装，可好歹瞒不过同是女儿身的李若雪。

"你是？"

"你是叫……李若雪？"

来人一脸的高傲，全不把面前这个温婉的女人放在眼里。

"欸？你谁呀？敢跟我们太太这样讲话！"一旁的刘天瑞看不下去，正要驱赶。

"大胆！你看，这是你们团长手书！李若雪，你自己拿去看吧！"

若雪接书，赶紧拆开一阅。齐玉和晚晴也无不凑前观瞧。

只见上面好似极为匆忙地撂下几行字，却又分明是孟庆霖所钟爱之瘦金体：

若雪卿卿如晤：

　　且自回府休养，代余致祭先祖父及先太夫人；并承欢父母膝下，暇时善自珍爱。

　　来人罗敏文，系危难所识，芳华郑显，可与之交厚。

　　余自北归，幸有惊无险。

　　万安，勿念！

庆霖手书
甲寅年十月

"阿弥陀佛！既说有惊无险，那就必定遇难成祥，化险为夷了！"李若雪心中正在高兴，却又发现手书中似有一处错讹。

"咦？这里怎么还会有个错字？平日里，相公可是心细如发之人，又岂会无端写错？即便是因时间紧迫，这'正'字又何必写作笔画更为繁复的'郑'字呢？岂非自找麻烦？"

想到这里，李若雪似心有所悟，便再未轻启朱唇。只唤来齐玉，与之悄悄叮咛两句。

第三十七回

当天夜里，李若雪自然安置前来送信的罗敏文住在家里，又甘愿伴其良久，听她叙述自逃离携月阁后，与丈夫孟庆霖的种种惊险往事。除去与辜先生相见的那段之外，罗敏文又补充道："我和孟郎一路上风餐露宿，时刻提心吊胆，生怕遇到袁克定的人。前些日子，我们好不容易到了直隶地面。可孟郎又不甘心就此背上滥杀无辜的罪名，便毫不犹豫地扭头回去了。还说什么……誓要寻求真相，一扫疑云，等等。"

"孟郎？！你叫我家四爷……什么？"

一旁的姜齐玉，从一个陌生女人口中听到这个稀奇而又暧昧的名字，反倒有些坐不住了。

李若雪也似有不悦，却仍旧面不改色，依然款款地浅笑着，仿佛早已将一切令人烦恼的情绪抛诸脑后。她知道，如今可不是计较的时候！

"孟郎见过他那位辜先生，就已侧面了解到自己的实际处境，也就顺带着打听了家里面的情况。这思来想去，唯一不让他放心的，也就只有远在南京的你们了！可若要保得你们平安，他就必须想个万全之策。正好，听说孟郎先祖父的遗物是由你保管的，可对吗？"

李若雪稍微犹豫了一下，随即淡然答道："原本是在我这儿的！可惜辛亥那年，我们去湖广购粮，顺道祭奠了那位遗骨坠江的末代公主，也就将爷爷留下的遗物一并沉下江去了。这件事，孟郎当真没与你提起过吗？"

当"孟郎"两个字经由李若雪的口中说出时，姜齐玉暗自笑了；而罗敏文却猛地涨红了脸，仿佛被人当众羞辱了一番似的，但一时又不知如何应对或是反击，只得暗自咽下一口气，再寻机会算账。

姜齐玉瞧得出来，自己家这位奶奶是在循着四爷孟庆霖的意思，故意误导来人。虽说那一年，她并不曾随同购粮，也没有去过湖广一带。可"郑显"一事，她却实打实地经历过，并为此担惊受怕了许多天，又岂能轻言忘记？

记得那年，年纪尚轻的孟庆霖新婚出走，正是那个名叫"郑显"的老仆暗自与歹人勾结，故意泄露了行踪，这才让范高头匪帮钻了空子。却也让孟庆霖阴差阳错地结识了那个满清宗室——金碧云！

说来也巧！

当年，救四爷是金碧云。

如今，来捉拿四爷的却还是他！

当真是因果循环！

只不过，这一切都明确地指向同一件事，也就是那笔"听得见，却摸不着"的宝藏……

今日，四爷手书中再度出现"郑显"二字，绝不可能是一时疏漏，而只能是在暗示我们这"罗敏文"似乎来者不善，需要多加提防。或许，四爷今日是故意被人押去，也就正好甩开这"烫手的山芋"，还能顺道解救我们，又不惹人怀疑。

这一切，看上去万般凑巧，却又全都恰似精心设计过的。

果然，我家四爷脑瓜子最灵……

姜齐玉仍在想入非非，却忽闻屋外有人四下里惊呼："快来人呀！晚晴小姐不见了……"

她心知不好，忙起身查看，却在一只脚刚要迈出门之际，乍听得屋内李若雪接连发出"咿呀"的痛苦呻吟声。

须臾，李若雪已是全身瘫软，冷汗涔涔。

姜齐玉和罗敏文见状，不禁吓坏了，又是急着去寻郎中，又是急着去找晚晴，又是急着唤人前来……好一番惊慌失措，手忙脚乱。

第三十八回　复帝制袁总统祭天　讨洪宪我血荐轩辕

正当众人顾此失彼之际，却说这孟晚晴早就趁卫兵换防之际，偷偷骑了刘天瑞刚买来的快马，一个人"嗖"地溜出了家门。

这真是有其兄必有其妹！

哥哥敢在新婚出走，妹妹就敢趁乱逃出家门。敢情这同胞兄妹俩，竟都想一出是一出，没一个教家里省心的！

但话说回来。

也是孟晚晴思兄心切，她生怕再也见不到自己哥哥，却又同时掺杂了一丝好奇或是别的什么情愫。至少，这大冬天里哪来的满院蝴蝶？她是一定要问清楚不可！

"我又不是小孩子了，别总管我……"

孟晚晴正独自一人骑在马上，心里老大叛逆，却又忽听得原本寂静的山谷小道上，突然传来几声老鸹的聒噪。

那声音极为阴森刺耳，不禁让人寒毛直竖。

她越是去听，越是乱想，且越是乱想，越是害怕。到后来，直感觉身边到处飘荡着赤发獠牙的青面夜叉，在直勾勾地盯着自己，便"哇"的一声大叫了出来："嫂子！"

马儿闻声，也是一惊，立刻双蹄腾空，嘶嘶悲鸣。

这就更让孟晚晴惊慌了！

她原本就骑术不精，只在寻常玩乐时跟着刘天瑞等人学过些许皮毛。如今危急时刻，小丫头压根儿就驾驭不了这野性未驯的小马驹，只本能地叫起"嫂子"，可"嫂子"又上哪儿去寻觅呢?

不知不觉间,刘天瑞的快马已载着这位原本"不出闺门的女孩"一连行了十数里,直来到长江岸边。

"什么人?"

一个浑厚的声音,自身后传来。

孟晚晴一激灵,便将将要从马上摔下来。

那"声音"一见不好,忙一个箭步上前,双膝跪地,愣是用双手接住了正在坠落的孟晚晴。

与此同时,数十支火把一道亮起。

那火光直冲天际,如同潮水似的纷纷围涌上来,正是金碧云所率骑兵。

借着火光,孟晚晴方才看清救下自己之人。

"咦?是你?"

这人,自是金碧云不假!

可他的脸上,却仍旧看不出丝毫表情。只冷冰冰地将孟晚晴撂下,又冲远方招呼道:"小孟!"

此刻,孟庆霖非但没有被铐上任何枷锁,反倒显得来去自如;又与阿玉锡等侍卫把酒言欢,全然不似一个戴罪之人,倒好像兄弟重逢,自有那说不完的五车话。

结果,猛听得妹妹竟能追到此地,反倒惊讶地呛了一口酒,连连咳嗽着,含糊说道:"我的天!这小妮子……"

这时,孟晚晴早就将刚才的惊慌失措,抛到九霄云外去了。

见哥哥无恙,她便嬉皮笑脸地撒起娇来。

"哥!我来啦!"

"你是怎样追来的?你嫂子呢?没人跟你一起?"

"出城,不就这一条道嘛!我都这么大了,哪里还要人跟着?"

孟晚晴自是娇俏可人,又笑语盈盈地说道:"哥!我就是想来看看你嘛!你想

第三十八回

啊,你这样狡猾的,都不怕跟这人走。那我又有什么可担心的呢?"

说着,她便从后轻轻缠住了孟庆霖的脖子,但眼神却悄悄地瞥向了走近的金碧云。偏又在对方即将发觉之际,慌张地把眼神挪开,仍旧一脸憨笑地去和自己哥哥叙话,全然没心没肺的模样。

与此相映成趣的是,阿玉锡等侍卫正在一边烤肉喝酒,一边齐声高唱着颂歌。那歌声乍听上去沉郁雄壮,好似万马悲鸣,又好似江河奔涌,仿佛正踏着远古的节奏,一边咆哮着、哽咽着,一边步履蹒跚地踽踽独行。

孟庆霖听得真切,那歌儿唱道:

巩金瓯,承天帱。
民物欣凫藻,喜同袍。
清时幸遭,真熙皞。
帝国苍穹保。
天高高,海滔滔。

孟庆霖不禁在心头长叹一声:"是《巩金瓯》——前清的国歌!可惜才颁布几天,就撞上武昌起义,也就成了这三百年王朝的临终挽歌。只不过,外人很少知道这曲调也曾是康熙、乾隆登基时的宫廷雅乐,也曾代表过王朝之极盛。如此看来,老金他们依然是心念故国,矢志不渝啊!只可惜,共和才是正道,你我终归殊途……"

起初,金碧云只是在侧耳倾听。而后,便不自觉地融入了这和声的队伍。最后,竟情不自禁地与众人相拥,仿佛也在哽咽着。

对他们来说,自己是失去故国的流浪者,是随时都有可能被当作不安定因素,必欲除之而后快的宗社党分子。别看如今与北洋政府再度合作,可任谁都知道,这无非又是一场肮脏的政治交易罢了!

彼此利用,且用完即弃……

这一幕，亦让涉世未深的孟晚晴莫名地感到好一阵酸楚和心痛。那是一种从未切身体验过的关于"失去"的感觉，分明遥不可及，却又鲜活生动，就仿佛落日的晚霞，抑或是晨间的朝露，转瞬间就消逝不见了，空余这万古的悠思，绵绵不尽……

孟晚晴："我想和你们一同上路！"

金碧云蓦然："这怎么行？"

又转身吆喝道："老阿！现在，就派人送她回去！"

"嗻！"

阿玉锡一边连声应允着，一边撩开架势，左右呼喝着准备上手。

孟晚晴："不！你管不了我！要管也得是我哥管我！对吧，哥！"

孟庆霖刚要开口，却偏逢孟晚晴跟了一句："你可要想清楚再说啊，哥！要是让嫂子和玉姐姐知道，你在外非但无事，反倒大鱼大肉的，害得她们白担心一场……等你再见到她们时，你这心里面能过意得去吗？还有那新来的，叫什么罗什么文的，你不就是想甩开人家嘛！当我看不出来似的……"

孟庆霖一听，忙应承道："去！一起去！不用说了！老金，带着……我说的！"

话音未毕，又绕到金碧云身后，悄悄递了一句："到了山东地面，就让老阿赶紧送她回家！"

金碧云听了，倒也会心一笑。

于是，众人连夜启程渡江，又有飞骑专程赶回南京报信，说孟晚晴安然无恙，云云。

渡船上，孟庆霖私下找到金碧云，对着江心泛出的点点星光，问道："那堆蝴蝶是你放的？"

金碧云迎着江风，微微颔首："一种银灰蝶罢了！阿玛的日本朋友弄来的，原也无甚稀奇。只是，与其养在王府里，看着它们独自凋零，不如全都放出来，还以自由，还可逗小妹一乐，岂不两全？只可惜，人家并不领情……"

孟庆霖若有所悟："未必！"

第三十八回

继而，金碧云又略显歉疚地说："这段时日，你受了不少委屈！不过放心，待到大清光复之日，我一定禀明圣上，不仅要对你大加封赏，更要为令祖老大人平反，方称你我多年相交之心！"

孟庆霖一听，身子不由得一凛，马上意识到自己似乎早已坠入金碧云的连环设计当中，且挣扎不得脱，心里立刻就凉了半截。愣了半晌，方有些迟疑地说道："自打辛亥年以来，我就再没想过做大清的官儿！老金，听我一句，回头吧！"

一听"回头"两字，金碧云不由得攥紧了拳头，但语气神态却仍旧中正平和："回头？你当我空费了这许多精力是为什么？我哪里还有回头的余地？对了，你那袁世凯不是想做皇帝吗？放心！我一定成全他……"

孟庆霖："你是嫌这内战打得还不够吗？你和老袁都是箭在弦上，不得不发是吧！他是螳螂捕蝉，你倒想黄雀在后，是这样吗？你就不怕我泄露出去，坏了你的好事？"

金碧云仰天长叹："你？不会的！这世上，若连你也不能相信，我又还能信谁呢？这些年，我们可是共过生死，同过患难的！但话说回来，我皇清宗室时刻思念复国，也并非新鲜事儿。要说，你去说好了……彼此都是明牌了，还怕个甚？到头来，只比谁的拳头更硬！"

说到这里，金碧云不禁"哼"了一声，仿佛立下判断："我大清与你民国，终有一战！我只希望，小孟你弃暗投明，最终选择站在我这边！我可不想视你为仇敌……"

孟庆霖沉默了。

他知道自己无论如何也改变不了金碧云。如今所能做的，只是借助北洋与前清之间势力的此消彼长，先为自己谋一个东山再起。否则，别说今生前途尽失，到头来，不被这两强相互挤压到祸及满门，就实属万幸了……

于是，他只轻描淡写地回了一句："那贵妃帏中香，是你故意留下的线索？"

金碧云点点头："那年，我们俩再加上李虎臣，在你府上喝酒，不正是燃着此香？你如何就忘了？如今，我特意放风出去，让袁克定身边之人误以为你是偏爱个中味道，不就是为了提醒你'一切有我'……"

"你这心计也太深了吧！那其中的大烟，也是你教人放的？"

显然，孟庆霖有些动怒。

金碧云一愣："大烟？"

孟庆霖："这世上，也终有你算不到之事！看来，你计议已定。说吧，打算怎么干？"

金碧云："一切有我！早先，我已替你探听清楚了，袁家只不过是要你服个软，交出宝藏线索。能不能官复原职，我不知道；但自由身，想必不难。毕竟，你又没亲手杀人。待恢复自由后，你再依计立功便是，连帮手我都替你找好了，你只需……"

孟庆霖心下稍安，又反问道："那……代价是什么？"

金碧云一字一顿道："重掌兵权，以为策应！"

"重掌兵权，以为策应？开什么玩笑？说到底，我手下就一个团——千把人，又能产出多大作用？再说，为何你从头到尾，自始至终，偏偏对那个传说中的'宝藏'视若无睹？老金啊，我是越来越看不懂你了。"

对此，孟庆霖有些不解。

金碧云："当年，左大帅西征，耗费帑银何止亿万？我大清，何曾计较过？待到大军凯旋，又有多少双眼睛盯着。即便令祖临危受命，隐匿了部分资财，可仓促之间，又能藏起来多少？长年劳师远征，人吃马嚼，又还能剩下多少？这一点，数年前和你相识，我就已想明白了。与其做蜗牛角上之争，不若隔岸观火，看旁人火中取栗。眼下，我大清最缺的可不是一两件珍宝，却是重聚人心啊……"

"那兵力怎么说？"

金碧云付之一笑："中央陆军一个团，好歹也抵得上杂牌一个师了！再说，眼下这场仗，拼的可不是兵力……"

"那拼什么？"

"拼人心！"

第三十八回

"人心？"

"对！"

这二人伫立船头，又是好一番商议。

空余数点繁星，几声波涛，掩盖了喧嚣……

却说京城之内，关于大总统要称帝的消息早已经传得满天飞。

若说别个都是风闻，当不得真。可民国三年（公元1914年）冬至日祭天，总归是千真万确的准消息！且大总统说了，将亲率文武百官赴天坛，献上猪、牛、羊三牲祭祀，以诚告上天。

"欸？您听说了吗？明日祭天，大总统要头戴天平冠，身着九龙衮服，步行前往天坛。路上黄土垫道，前呼后拥，完全照搬皇上老佛爷的架势。您瞅瞅，这不是要那什么嘛！"

京城的一处茶楼里，已有茶客三三两两地聚在一起，窃窃私语。不时流露出一丝惊奇，又一丝厌恶，却最终无可奈何的神色语气。

"祭天？这不是皇上才能干的事儿吗？这大总统要当皇上啦？"

"嗨！当皇上就当皇上嘛！干吗遮遮掩掩的，当咱爷们是傻子不是？"

"嘘！列位爷小点声儿！小店可禁不住您几位嚷嚷！"

"怕什么呀？这又不是什么新闻！要我说啊，当皇上就得打宣统退位那年开始当。那年当了，也就当了。到如今，你弄一民国，再弄一皇上，像什么话嘛！"

"可不是嘛！净让洋人看咱笑话！知道嘛，日本国又提出什么议案啦！要大总统接受，条件就是支持他当皇上……"

"嘘！别瞎说了！小心把你们全逮起来！这几天，风声可紧着呢！"

"列位爷知道吗？明儿个，负责祭天安保的是谁？"

"九门提督呗！还能是谁？"

众茶客异口同声。

"猜对一半！可据兄弟打听，明儿个九门提督也就是个领兵开道儿的。至于护驾，则另有其人！"

"谁啊？"

众茶客开始议论纷纷。

"这人啊，前两天还算阶下囚呢！眼面前儿，却又被委以重任啦！当真是匪夷所思，不知用了什么办法……"

"嗨！咱羡慕不来，当官儿的哪个是善茬儿？"

这时，茶楼的一处角落里，默然坐着个魁梧汉子，身边还跟了个隽秀小厮。二人各自品茶，并安静地听着众人评论，全程不发一言。

末了，只微微"哼"了一声，聊作回应。

须臾，汉子起身。

那小厮，也连忙甩下几角银钱，跟了出去。

"掌柜的，茶钱！"

"好嘞！"

茶楼外的小巷子。

那小厮又拽着汉子的手说："虎子哥！要不……明天还是我去吧！我枪法好！再说，你伤刚好。而且那枪还是我爹打的，就算我替我爹赎罪吧！"

汉子一回身，端的虎背熊腰，更兼一身英武之气，果然是枪伤初愈的李虎臣；而那隽秀小厮，自然是蒙李虎臣搭救，方能在金碧云的刀口下堪堪捡回一条性命的戚悦。

至于金碧云手下留情的原因嘛……确乎是要李虎臣付出一定代价。只不过这代价，李虎臣倒也乐意承受。

因为，他的任务是：刺杀袁世凯！

如今，面对戚悦的牵挂，李虎臣只好轻抚着她的脑袋，却又不知究竟该流露出何种情感，抑或心绪。对李虎臣而言，或许只有默默地陪伴并最终相忘于江湖，才是彼此最好的归宿。

于是，他只说了一句："自然我去！成则为国除奸，败则……"

戚悦："败了，就是死路一条！你是想用自己的死，去为你姐夫立功？"

第三十八回

李虎臣："呵！你又没见过我姐夫！管这么多？"

戚悦："就要管！刚才，你还没听明白吗？明日，安保已然换人了，不再是九门提督！这和之前设想的，可不一样！"

说着，戚悦已紧紧地抱住了李虎臣，生怕他从此消逝。

也难怪，经过此前一番生死际遇，以及这些日子以来的点滴相处，戚悦已心甘情愿地爱上了眼前这个颇有些"愣"的男人。

某种程度上，她自己也说不清楚这是为什么。

报恩吗？

也许吧。

又或许，就只是一种依恋。

毕竟，她已然父母双亡了。

说到底，李虎臣也曾犹豫过，也曾彷徨过。可自己，已然娶有妻室。纵然，这个"妻"并不为父母所承认，却也再难接纳旁人。更何况，明日的计划迫在眉睫，他也全然没这个心情……

事实上，这已是金碧云第二次找到李虎臣，并试图与之达成合作。尽管，头一次他失败了……

记得那时，李虎臣为救姜齐玉，竟在盛怒之下杀入步军统领衙门，并将包括盖半城在内的十二名恶人一一击杀，自己也险些落得个横尸街头的下场。幸好，孟庆霖手持金令箭，让九门提督不得不有所顾忌。这才将李虎臣暂时打入死牢。

后来，金碧云或是急于为大清除掉"眼中钉"，又或是"惜才"等别的什么缘故，竟通过赵晨曦探监的机会，向李虎臣允诺：将视其为"政治犯"，并在合适的时机予以特赦。但条件却是：出狱后，接近并伺机刺杀孙中山！

这才引出李虎臣结识同样身作楚囚的汪兆铭，并在出狱后因缘际会，反倒做了孙中山护卫的故事。

当然，李虎臣前番并未守约，却顺道拐走了自己的上线赵晨曦，二人甚至有了情爱的结晶，倒是后话。

如今，金碧云仍旧找到李虎臣，且暂未计较往事如何。为的，仍旧是他的一身武艺，以及他和孟庆霖的特殊关系。

毕竟，这年头早已是民国的天下了，要短时间内找到真正有本事"刺杀总统"的死士，的确十分困难。更何况，这"刺客"还与潜在受益人平添了一层亲缘关系，自然事半功倍。

就连李虎臣，也曾异常笃定地表示："只要能将兵权争过来，付出什么代价都在所不惜！记住，我们必须坚持到最后一刻！最后一刻，反戈一击！"

于是，他轻轻捏起戚悦的双手，又蓦然地松开了。

继而，头也不回地转身去了。

只留下戚悦一人，独自落寞地迎着寒风，无语凝噎。这些日子以来的点滴相处，使她确信，李虎臣是个至情至性之人。

只可惜，落花有意……

翌日清晨，天坛圜丘。

呼啸的北风，伴着连绵冬雨悄然而至。

原本晴朗的天空，仿佛因此被无端地涂上了一抹暗色。

太阳隐匿了光辉。

这世间，似也了无生趣。

祭天的队伍里，袁世凯沉闷地咳嗽几声，一把推开侍从，并拒绝在伞盖的荫蔽下行进。他必须让世人知道，自己这个总统并不在乎任何困难，更不畏惧什么"天命"！甚至，就连这次祭天，也是"醉翁之意不在酒"。

这不过是一次预演罢了。

谁拥护？

谁反对？

孰忠孰奸，一试便知……

于是，他依然头戴天平冠，身着九龙衮服，在文武百官的簇拥下，昂首且自信地徐徐步行前来。他相信，再让民国的政体无端搅闹下去，再这样吵来吵去，

第三十八回

内斗不止,那就不单单是"政令不出总统府"了!

恐怕,列强都要来瓜分我中国了!

之所以还没到那个份儿上,完全是因为欧洲正打成一团,根本无暇东顾。可是,这又让日本有机可乘了。

若再不一统事权,即位称帝,我泱泱中华可就要被那蕞尔倭奴欺负到亡国了……

这一路上,袁世凯思绪颇多。

方才,他刚想到一统事权,定鼎华夏。这会儿,就不免联想到自己正面临后继无人的窘迫局面,且身边的得力臂膀一个接一个地离去,或是退隐,或是辞世,或是变得阳奉阴违……

对此,袁世凯的心里多少有些伤悲。

此刻,冬雨越下越大,气温亦随之骤降,冻得人紧缩脖子,直打哆嗦。

袁世凯也不免被雨水打湿,显得有些狼狈。

但更令他狼狈且难堪的,却是内心深处的一声叹息:自己子女虽多,却实无一个可以托负这千钧重担的!克定志大才疏,而克文则是个花花公子。余者,要么年纪太小,要么完全无心于政治。于此而论,称帝当真是最佳选择吗?岂非为他人作嫁衣裳……

至于北洋元老,至交徐世昌已跟自己貌合神离,显然是不支持称帝的;王士珍半退隐了,在家只顾逍遥。

冯国璋则小心谨慎,别看面上连个屁都不敢放,但这老小子颇有主见,断不是个好相与的!若仍旧放任自流,恐生肘腋之患,必须派个心腹之人盯住他!

段祺瑞,也愈发让人捉摸不透,表面上唯唯诺诺,实则憋了一肚子坏水,还当我不知道?

还有那张勋,仍旧是个粗人性子。听说,他连日来招纳了许多前清遗老遗少……一开始,我还不信。如今,我且看他还能再翻出什么浪花儿来?

这些人当中,只可惜智庵去了,而杏城的身子又不好。否则,何必自己大费心力地谋划？

袁世凯想了想，眼下唯二能让自己稍感宽慰的：首先，就是列强不反对称帝，至少克定每天着人送来的报纸上是这样写的。其次，则是那两个最主要的政治对手——孙文和黎元洪，皆已收敛锋芒，暂时偃旗息鼓了。

孙文跑去了日本。据说，还建了个什么"中华革命党"，居然要全体党员宣誓向其个人效忠，当真匪夷所思！

至于黎元洪，到底是乖乖来了京城。虽说仍是个副总统，可也就是我的傀儡兼陪衬。如今，我将这黎副总统，安置在曾经囚禁过光绪皇帝的瀛台里面。每天好吃好喝地供着，可就是不放他出来，倒也有趣……

"大总统，吉时已到！"有司仪官进前奏报。

袁世凯略微点头，示意祭天大典开始。

一时间，钟鼓声大作。

同时，伴着凄厉的风声、雨声，众文武百官以及无数凑近看热闹的人，无论是发自本心，还是被强迫所至，纷纷静肃恭立。

袁世凯则操着他那口地道的河南乡音，亲自诵读起了祭天表文：

> 时维冬至，六气滋生，式遵彝典，慎修礼物。
> 敬以玉帛牺齐，粢盛庶品，备兹禋燎，祗荐洁诚。
> 尚飨。

随着最后一个"飨"字，拖着长长的尾音响彻圜丘，并在空旷的天坛发出阵阵回声，袁世凯抖了抖宽大的衣袖，从侍从端来的托盘上接连取下三尊鬯酒，并依次高高举过头顶，又循序缓缓倾洒而出。

继而，行三鞠躬礼。

文武百官亦随之行礼，山呼。

至此，司仪官高声唱赞道："礼成！"

第三十八回

孰料，袁世凯刚在侍从的搀扶下整理好仪容，围观的人群中即发出一阵骚动。继而，是混在其中的便衣纷纷上前拿人。

见情况危急，孟庆霖果然第一个冲到袁世凯跟前。几乎是同时，一颗愤怒的子弹，刚好不偏不倚地紧贴着孟庆霖的左臂划过，流下一道深深的血痕，一切就仿佛排练好了似的。

就当孟庆霖也做如是想时，却有便衣回报说："抓住了！"

袁世凯有些动怒，唇上花白的髭须气得乱抖，遂厉声质问道："不是说万众一心吗？又从哪里冒出来的刺客？小孟，你看看你办的好差事！"

待那刺客被押到跟前时，孟庆霖竟有些蒙了。

他不认得这人究竟是谁。

尽管，刚才的枪伤仍在隐隐作痛。但最痛的，却并非这滴血的皮肉，而是心乱如麻！

偏在此时，原本反缚着刺客双手的镣铐倏忽崩开了。

紧接着，便有一道寒光跃出，正冲自己而来。

孟庆霖本能地用手握住那道寒光，鲜血顺着指尖不住地往下滴落。僵持之际，他依稀看到，这寒光竟然来自那把狻猊匕首。但当他再次抬起头时，却又发现这寒光的尽头，依稀浮现出李虎臣、李若雪、姜齐玉，甚至是赵晨曦等人的往昔面庞。再往后，则是妹妹孟晚晴，以及被自己一把甩开的罗敏文……

他们或是心有不甘，或是心怀牵挂，或是心有所属，又或是心高气傲。仿佛近在咫尺，却又偏偏遥不可及。

最后，那寒光的尽头，只化作了自己曾经的好兄弟——金碧云！

金碧云，一改往日的孤傲，竟披头散发地向自己杀来，脸上尽是狰狞的恐怖，心底怀惴冲天的愤怒，脚下已然无边的血海，体内却仍在涌动复仇的热血……

为求自保！

孟庆霖只好拼尽全身力气，去抢夺那把本属于自己的狻猊匕首。可当他回身求援时，却发现身边之人一个接一个地离自己远去，有刘天瑞，有秦东，有胡杨，还有长久未现身的张毅融。

他们无不在向自己挥手,似在告别,却又似无动于衷……

终于,一个声音从孟庆霖的心头闪现,并阴阳怪气地讥讽道:"孟庆霖,你终于变得跟我一样。这就对了,这才叫识时务!哈哈!"

孟庆霖一边握住寒光,一边愤怒地反驳道:"胡说!我和你不一样!我有自己的苦衷!"

然而,那声音却再次狂笑起来,并质问道:"哪里有什么苦衷?你只不过是为了前程,贪图一时的荣华富贵而已!我看得透你的内心,就像年少那会儿我们刚见面时一样。你我才是一路人,都是十足的伪君子!在你心里,恐怕只有权势、地位、财富,还有女人,才是最让人在意的吧!什么兄弟,什么手足,什么情啊,什么爱啊,都是狗屁!你……天性凉薄……"

听到这些指责,抑或谩骂,孟庆霖有些不忿:"我是怎样的?你根本不知道!"

"哈哈哈哈!那你当初为什么要投靠袁家?当真,只是为了救人吗?如今,你再一次出卖兄弟,可又怎么解释呢?还有那个罗敏文,你心里果真一点欲念都没有吗?哈哈!利用完人家,就甩到一旁。难道你看不出来,那女人是真的喜欢你吗?整天一副道貌岸然、济世救民的样子,行的却是兵家诡道!还说不是伪君子?孟庆霖啊!我真是越来越喜欢你啦……"

"一派胡言!"

说着,孟庆霖集中全身力气,奋力夺下了那把狻猊匕首。而后,反手一击,直将寒光尽头的无数幻影尽数斩灭。

终于,那声音消逝了,并仿佛化作人形,遍体鳞伤地躺在尸山血海之中,奄奄一息。

孟庆霖强忍伤痛,俯身去看,却好似看到了数年不见的熊子墨。可眨眼之间,那熊子墨的身形,又猛然成了自己!

就这样,孟庆霖望着另一个自己,正不知所措间,耳边似有一个异常亲切且

第三十八回

熟悉的苍老声音，谆谆低语道："好孩子，我知道你的苦衷！殊途同归，你只不过是想赢得更稳当些，再少死几个人罢了！"

那苍老的声音，又悠然行在地上，说道："这是你的心魔！至于你究竟如何，只有你的内心才最清楚啊！记住：谋定之后，行且坚毅！凡事但求无愧于心！"

这句话无疑提醒了孟庆霖，他幡然醒悟道："爷爷，是你吗？"

可当他再去看时，身边却只有无尽的黑暗。哪里还有金碧云、李若雪等人，更遑论自己祖父；而另一个自己却也神奇地复原如初，化作一缕白光，直入心房。

孟庆霖一惊，眼前仍旧是冬雨中的天坛祭天广场，一切都还是熟悉的模样。只有腰间，不何从何时起，已然多了那把猰㺄匕首。

事实上，袁世凯此番祭天，过程倒也平顺，并未遇到特殊阻力，也更加没有刺客出现。

刚才的一切，或许只是孟庆霖，一个人的幻境……

祭天之后，袁世凯大喜，称赞孟庆霖将功补过。不仅献出了宝藏线索，更在此前及时"告密"，使得北洋军一举端掉阴谋复国的满清宗社党。如今，又出色地完成了大典安保任务。

可谓：连立三功！

袁世凯遂邀其加入袁克定执掌的"模范军官团第二期"受训，为期半年。嗣后，将正式晋升上校军衔。

当然，这也就是祭天大典得以顺利进行，而金碧云原本的计划却付诸东流的原因了。孟庆霖，当真"出卖"了自己的兄弟。在甫一见到袁世凯之时，就已将金碧云的计划和盘托出了。在他看来，老金的计划不可谓不周密，却要无端牵累李虎臣他们，且更加难以预料最终的结果走向。

于是，他自作主张，选择了"告密"这条路，就仿佛袁世凯在戊戌年一样。他坚信，只要谋划得当，他和金碧云必定殊途同归，必定会实践最初的设想！

只不过，自己却要因此背负一世的骂名……

可……那又如何？

果然，袁世凯对自己更加倚重，更加信任了，并委任自己全权负责大典安保事宜，反倒将本应负责此事的九门提督晾在一旁。

甚至，在晚间的小宴上，袁世凯都不禁夸赞道："小啊，能回来就好！往后，你要多帮衬着你大哥克定。我知道，你们都是极孝顺的……"

沈氏："对呀！哪天快把你媳妇接回来，你们也该早些要个孩子了！哈哈！"

袁克定："霖弟，此前都是做哥哥的不对！还望你海涵！"

说着，就自饮一杯酒，算作赔罪。

孟庆霖只腼腆一笑，也饮下一杯，却是半个字都没有。

袁克定与孟庆霖，这二人全程中，谁也不敢轻易提及"罗敏文"三个字，可二人却又同时心照不宣，彼此讳莫如深地笑了。

仿佛有那么一瞬间，孟庆霖想起已是高龄，却仍在田庄上操持的父母，又望着日益老态龙钟的袁世凯，心里就一遍又一遍地自我倾诉道："如今，我步您后尘，也算是因果循环。或许，我们都有那说不清的许多苦衷吧。可到头来，背叛就是背叛。我们都是罪人，不是吗？呵！"

……

后来，当北洋派重兵清剿宗社党时，或许是事先走漏风声，或许是金碧云命不该绝，又或许只是一次巧合，除了那几十号辫子军骑兵之外，可以说是一无所获。

但这一结果，仍够让张勋喝一壶的！若不是看在多年追随袁世凯的情分上，他这回非得掉脑袋不可……

只是，经此一役，张勋和金碧云也就彻底分道扬镳了。张勋仍旧倚仗人多势众，暂时盘踞在徐州，而金碧云却不能继续留在京城，只得率阿玉锡等十六勇士，远走旅顺，先回肃亲王府复命，并退而求其次，谋划第二次满蒙独立……

"孟庆霖，你我兄弟恩断义绝！下次相见，便是一决生死之时！驾！"

策马奔腾，金碧云不住地回望京城——这个生他养他的地方！

第三十八回

既眼含热泪,又似心有不甘。

只是环顾周遭,他发现自己几乎一无所有,而始终陪伴左右的,除了那十六勇士,大约也就只有翱翔于天宇的海东青了。

于是,他感到无比迷茫与自失,并很难再去相信谁了。

可即便如此,金碧云仍旧用饱含深情的语调,默默吟诵着那句:"筚路蓝缕,以启山林。孜孜不倦,复我家邦!"

须臾,众勇士也跟着低吟起来:"孜孜不倦,复我家邦!"

终于,金碧云仰天长啸:"天高高!海滔滔!"

众勇士亦随声和之:"天高高!海滔滔!帝国苍穹保!"

然而,正当鸦片一般的"复国热情"猛烈地冲击大脑之时,金碧云却突然掉转马头,来了句:"尔等先行,我自回京取样东西……"

言毕,已是一骑绝尘。

明知山有虎,偏向虎山行!

此去危险重重,金碧云深知之。

可片刻犹豫之后,他仍旧选择回去,却不是为了那虚幻的"复国梦",而只是为了一个人。

这个人之所以重要,一半是出于报复,另一半就有些说不清,道不明了……

谁呢?

就是那个处处闪动着少女纯真的孟晚晴!

这时,孟晚晴已随孟庆霖搬回了京城三不老胡同的小家。

兄妹二人,一道将家里重新修葺打扫了一番。可正当孟晚晴累得前仰后合,脸颊上都挂有一道烟尘之时,门外却不期传来一声鹰吟。

不知为何,她就仿佛着了魔似的出外查看。

隔着院墙,她分明看到骑在高头大马上的金碧云,竟独自一人沐浴在晚霞的绚烂余晖之中,全然不惧搜捕。

也不知,他究竟是怎样进城的。

或许，只有那胳膊上依稀涌动着的热血，似可稍作解释。

只见金碧云勒马转了一圈儿，高呼道："小妹，可愿跟大哥走吗？"

这句话听着简单，却让孟晚晴的内心仿佛被闪电给击中似的，身体再也不受控制，竟脱口而出："好……好啊！"

金碧云笑了，并亦真亦假地调侃道："出来！外面可有追兵呢！"

"来了！"

孟晚晴惊喜地，甚至就连一句"去哪儿"都顾不上问，忙上前开门。

可这门却因年久失修，上面的门锁已然遍布铁锈。她一介弱女子，根本不可能独自打开，自然也不敢让哥哥来开门。别的不说，只这家里的礼教，就足以吞噬自己。一个未出嫁的女儿，擅自出门已是于礼不合。

更何况，眼下几近"私奔"……

当"私奔"这一念头突然闪现时，孟晚晴伸向大门的手竟猛地缩了回来，眼眶里噙满了泪水。

"不！我不是这样的！不行！我不敢！"

门外，金碧云再一次喊话道："屋檐不高！不如，你从房上跃下来，我接住你！"

孟晚晴看了眼门锁，又望了望屋檐，心里既紧张又害怕。正当进退两难之际，偏逢孟庆霖听到动静，出来查看，并开口问道："晚晴，是你吗？外面怎么了？"

见哥哥马上就要出来，孟晚晴情急之下，竟然眼一闭、心一横，一下爬到嫂子亲手栽种的那株桂花树上，又从树上飞身一跃，张开双臂似在迎接自己的幸福，又似扑向未知的前途与命运，却全然不顾自己的安危与性命……

这一幕，就连金碧云这身经百战、杀人如麻的铁血汉子，都不禁看呆了。他不敢相信，这小姑娘竟然如此勇敢无畏；而自己，刚才不过是打算开个玩笑罢了。

精诚所至，金石为开！

金碧云，第一次感到心里似被融化。

第三十八回

"这两兄妹，当真是我命中克星……"

于是，他瞪大眼睛，打起十二分精神，奋力地张开双臂，去努力地承托住这翩然而至的真挚感情。

须臾，晚晴落在怀里，纯真而又腼腆地笑了。

金碧云也笑了。

他甚至觉得，落在晚晴脸颊上的烟尘都是那样娇俏可爱。那感觉才是真真切切地发自内心的喜悦，远胜过遥不可及的"复国迷梦"；而他已想不起自己多久没有这样诚挚的笑容了。

于是，他竟情不自禁地许诺道："从今往后，你就是我的俘虏了！驾！"

孟晚晴一声不吭，只用力抓紧了金碧云的臂膀，一心蜷缩在他的衣襟之下。

二人直奔城外，扬长而去，只留下身后孟庆霖的悲愤呼叫："晚晴！晚晴！老金，有本事你冲我来！冲我来！"

此刻，正有从四面八方会集而至的层层追兵，试图阻击，却又被孟庆霖愤力制止："不许开枪！不许开枪！我妹妹在！我妹妹还在！都住手！"

……

孟庆霖沮丧地回到家中，形单影只。

"这回，就只剩下我一个人了！唉！老金，我出卖你，你就趁机掳走我妹妹。这下，咱们算扯平了吗？"

可转念一想："走了也好！总好过跟着我在京城里提心吊胆的……"

傍晚，当孟庆霖幽灵似的，一个人在家里闲逛时，蓦然掀开了罩在钢琴上的深红色绒布，心里顿时有如翻江倒海一般。他开始思念若雪，思念齐玉，思念晚晴，也开始思念金碧云和李虎臣。

可是，为尽量保全妻子，他绝不可能轻易返回南京，也更加不愿意唤她们前来，来到这是非之地、欲望之海。在南京，至少还有自己的一帮兄弟部下，可以多少维护着。可一旦到了京城，万一哪天再次开罪袁家，可就当真退无可退了……

"世人，终会理解我吧。现在我要做的，只是与自己和解。然后，尽可能表现得更加忠于袁氏，借以换取更大的信任，直到他们倒行逆施，敢冒天下大不韪之时！那一天，终会到来……"

于是，纵然沈氏三番五次地想要敦请李若雪前来，却都被孟庆霖以各种借口推辞了。诸如：若雪需回故乡，侍奉两家父母，并替自己为先太夫人守孝，等等。即便这种说法漏洞百出，极易惹人怀疑；但孟庆霖权衡再三，仍旧觉得只要袁家不把刀架在脖子上，那就宁死也不能将若雪接来。否则，遗人把柄，后患无穷。

可孟庆霖千算万算，总有一条他没算到。那就是：李若雪和赵晨曦一样，实则都已怀有身孕。只不过，李若雪月份尚浅，身形上之前看不出来，又兼刚刚才有反应。故而，他这做丈夫的，此刻毫不知情。

于是，逃过一劫的李虎臣，悄然南下上海，又数次往来南京，自觉地担负起照料两个女人之责，却又在刻意对孟庆霖隐瞒真相。就连自己的儿子"李元佐"即将出生，而齐玉想要告诉孟庆霖时，也都被李虎臣以种种理由暂时压制下来。

事实上，李虎臣并不因孟庆霖保全了自己一条性命，就对这姐夫感激涕零。相反，他觉得自己这姐夫变了，变得愈发计较生死，且越来越像一名见利忘义的政客，而不再是一位革命者。于是，他对孟庆霖深深地失望了，并默默地与之决裂。

"是这个人！让我只能浑浑噩噩地过活，却再难寻觅到合适的时机，为内战中死去的千千万万革命同志复仇！"

一天晚上，李虎臣喝醉了，竟偎依在戚悦的怀里泣不成声。

对李虎臣而言，从小到大，他都只是孟庆霖身边的跟班，或者说是附庸。至少，旁人是这样看待的。而李虎臣自己也曾对此抱着无所谓的态度。

毕竟，姐夫是世家公子，而自己只是邻县乡绅的儿子，又有何种资格与其争锋呢？可事到如今，李虎臣再也不希望自己只是一介附庸，他希望自己可以真正地顶天立地，去呵护家人，去实践那好不容易才印在心里的共和之梦！

可面对一浪高过一浪的"称帝"舆论，李虎臣竟然发现自己无能为力了。难

第三十八回

道，去和那些所谓的社会名流、学界贤达争论吗？

若争论得过，那还是我李虎臣吗？

难不成，把他们全杀了？

有那工夫，我会考虑先把孟庆霖杀了！

若不是我姐……

于是，李虎臣心情烦透了。当他再去上海时，竟然匪夷所思，且不管不顾地带着父母双亡，又无依无靠并对自己十分依恋的戚悦一起去了，去投奔自己的女人赵晨曦，完全不顾李若雪她们的阻拦。

结果，是显而易见的。

非但外滩的小家不让进了，就连留在家里的一应物什也全被扔了出来。无奈之下，李虎臣寻思着要不要先去投奔那个旅店老板王阿发，或者去跟以往人称"黄麻子"，现在恢复本名"黄金荣"的法租界华人探长攀攀交情？要不，就远渡重洋，去美国投奔司徒美堂？

可李虎臣又实在舍不得赵晨曦，也不愿意半路打发走既愣且直，却又颇重感情的可怜的戚悦，便再次觍着脸，辗转回到家门口。

只不过，这时已是民国四年（公元1915年）初春，日本与北洋政府暗地里磋商秘密议案的事情，已经传得甚嚣尘上。赵晨曦不知从哪儿收到风，居然率先获知了这一议案的全文。而其名字则被称作《对华交涉训令提案》，但后世一般呼之为"二十一条"！

众所周知，"二十一条"若被政府接受，则不啻于让泱泱华夏，沦为三岛倭奴之完全殖民地，是实实在在地不费一兵一卒地就被人给亡了国。

所以，赵晨曦不惜挺着大肚子，也要加班加点地写评论，并与报社主编数度争得面红耳赤，就是为了尽快将这一真相大白于天下，倒也因此完全顾不上再去争风吃醋。

只是，李虎臣仍旧不被允许进门。

原因也很简单，用赵晨曦的话来说，就是："我这公寓太小，也就摆得下一张床。要么我走，你们睡；要么你走，我们睡！"

李虎臣素来讷于言辞。

要说吵架，哪里是赵晨曦的对手？

于是，三个人就这样僵持着。直到某天清晨，李虎臣从公寓的走廊上醒来，却蓦然发现手上多了张字条。

瞧那笔迹，自是戚悦无疑，上面写着：

虎子哥，谢谢你！

你和大嫂都是好人，我心里知道。原本，我是不该来的。但是，我也实在舍不得你。因为，我怕对我好的每个人，最终都离我而去。

这些日子，大嫂其实对我颇为关照，但我毕竟不属于这里。

我走了，有缘会再见的！

悦

乙卯年 春

"还愣着干什么？人家无家可归的，快去追吧……"

赵晨曦披了件睡裙，出来恹恹地说了一句，便回屋了。

然而，李虎臣的内心却好似打翻了五味瓶。他这才分明意识到：赵晨曦尚在孕期，自己就没心没肺地带了别的女人回来。如今，她居然不计前嫌地，仍要自己再去把人追回来。

说到底，这份心胸也实属女中俊杰了！

只可惜，自己这脑子实在是有些转不过来。若论智力，恐怕十个李虎臣也及不上一个赵晨曦，自然更加比不了孟庆霖。

可好在：傻人有傻福！

于是，李虎臣眨巴着眼睛，想出了一个看上去似乎更加妥当的方案。然而，事实上，他终将为此后悔半生……

第三十八回

李虎臣和赵晨曦，这一对欢喜冤家的故事，且待未来去表吧。

先说说孟庆霖眼下局面。

倏忽半年过去了，孟庆霖终在"模范军官团第二期"受训结束，正式晋升上校军衔，算是暂时通过了袁家的忠诚测试。当然，在这半年里，孟庆霖的确没少吃苦头；而这份苦头，倒不仅限于肉体上的痛苦，更多的则是一种尊严上的被凌辱、被践踏的切身感受。

因为，这"模范军官团"名义上是作为"表现优良之军官"集体受训，但实际上就是接受袁家的洗脑再教育，并且是打碎受训者一切自尊的奴化教育。

至于面见袁氏父子时，务必下跪行礼都是轻的。最严重的是，他们这些人被尽一切可能地灌输"忠于袁大总统就是忠于国家"的奴才思想。甚至，要不惜为"袁大总统"赴汤蹈火，以图报效。

其中滋味，反倒像极了前清那会儿。

同时，袁世凯也深知，这些从全国遴选上来的数百名北洋官兵之重要性。因此，他无论公事如何繁忙，必定每周骑马观操至少一次，并召集训话一次。每当模范团属员有所晋升，他或者袁克定一定会亲自召见，以示褒奖。并通过周遭，明示或暗示对方，应行三跪九叩大礼谢恩。

另外，根据统一要求：即便是琐碎到每日出操受训，那众人开口的第一句话，指定是："吃袁家的饭，穿袁家的衣，为袁家出力，为总统尽忠！"

除此之外，作为一个特殊分子，孟庆霖的"待遇"更加与众不同。他的首要任务，并非是在军事上努力有所精进，而是被要求一心伺候舒服他的"好大哥"袁克定！

否则，下场难测……

于是，依然是为求自保，并伺机反戈一击！

孟庆霖只得捏着鼻子，一门心思地去迎合，去揣摩，甚至是去巴结这未来的"太子爷"。即便心里已然厌恶至极，可脸上仍要表现出一副极尽恭顺，且极为忠诚的"义仆"形象。这对出身世家，自视甚高，且作为孟子后裔，从小就被教导

"威武不能屈"的孟庆霖来说，无异于杀人诛心！这份感受，他当真羞耻得想在心里杀死自己一万遍。若是地上裂个缝儿，他估计能立马钻进去……

记得有一次，袁克定和筹安会议事，商议组织社会各界请愿团的事宜，以便为"君主立宪"造势。其中，就包括臭名昭著的"妓女请愿团"。

结果，袁克定竟然当着众人之面，问随侍在侧的孟庆霖："欸？听说，你年少之时云游，曾在扬州地面上结识过几个粉头。这扬州的粉头，可是天下闻名呢！贤弟，要不由你去联络几个？"

孟庆霖听得出这话里有话，便只淡然回道："大哥！没有的事儿！"

"是吗？听说，不是还因争风吃醋的，被人给劫了吗？有这事儿吗？"

孟庆霖知道自己已然有冤无处诉了，便只好支吾着回道："误会罢了！小弟岂敢？"

孰料，袁克定更来劲了："岂敢？你那相好的粉头，不是还到家里来过？父亲，可是因此差点儿丧命啊！还有我五叔，也是因为那婊子才中毒的。这才几年啊！你如何就忘了？噢！对了，对了！你那相好的，不是又跟你表弟好上了吗？这真是他妈的……肥水不流外人田呢！哈哈！"

孟庆霖心里，早就被袁克定这一番无缘由的冷嘲热讽气得发抖；可表面文章却依然要做，故只得再三表示"忠心"："大哥！你是知道我的！无论从前发生过什么，我现在及将来，永远都是效忠总统的！"

结果，袁克定听也不听，看也不看，只随口一句："跪着！"

"跪下！"

"跪下！"

袁克定的贴身护卫，无论军衔高低，甚至是其中的普通士兵，都趁机吆喝，并恐吓起来。

与此同时，筹安会的各位大佬，也将"炽热且期盼"的灼灼目光投射过来。

孟庆霖知道，大庭广众之下，他必须给足袁克定面子。

否则，还是那句话——"下场难测"……

第三十八回

于是,孟庆霖闭上眼睛,慢慢地弯下了右腿,单膝跪了下去。

"另一只!"不知是谁起哄。

孟庆霖无奈,只好将左腿也跪了,并索性磕了个头,做戏做到位:"以致臣节,必无二致!皇天后土,实共鉴之!"

然而,孟庆霖抬头,却只见袁克定早已和旁人聊得起劲,仿佛从未训斥过自己,而自己也仿佛从未存在过一般。

这一刻,孟庆霖觉得自己里外不是人,白白让人看了笑话。甚至,是在自取其辱。有那么一瞬间,他竟然忘记起身,而心里想的,却只有四个字——同归于尽!

"哪怕身陷重围,我都从未轻言退缩,反倒要崩掉强敌一颗门牙!如今,却被一瘸子呼来喝去,浑似牛马一般。这日子,何时是个头……"

当时,孟庆霖的心里,绝望并沮丧极了。

他发誓,一定要一雪前耻!

"军人,迟早是要进攻的!迟早要夺回荣誉!袁克定,你可千万养好身子,等着我……"

如今,回顾这半年来的经历,孟庆霖感觉自己一次又一次地被人拉低了底线。他甚至觉得,自己都快把袁克定那瘸脚丫子舔干净了。可人家还是看自己不顺眼,到处找碴儿,无休无止……

若不是袁世凯还对自己多少有所期许,恐怕早就做了袁克定的刀下亡魂。因此,当受训期满,孟庆霖的心里甭提多高兴了。那感觉,就浑似"出狱"一般!但更令孟庆霖欢欣鼓舞,并感觉终有报偿的,却是自己重被任命为"中央陆军第十六师直属警卫团"团长,得以重返南京掌兵!

"从此,龙游大海,虎放南山,再也不受羁绊了……"

孟庆霖心里虽作此想,可脸上却不敢流露出丝毫喜悦;反倒在袁克定面前,表现得依依不舍;在袁世凯面前,表现得恭顺非常;在沈氏面前,表现得痛哭流涕;甚至在北洋一众元老面前,表现得自己确乎贪恋这京城的一草一木,花花世界。

为此，他还特意约请同僚，不惜钻了几趟八大胡同。有一次，他还特意点了两个名妓，共同"服侍"自己，且躲着不出来。在负责盯梢的特务看来，孟庆霖这人是不是憋疯了？竟然泡在妓馆里面三天三夜不出来，还一口气找两个？如此乐不思蜀，也不怕累坏了身子……

或许，只有同病相怜，并同样忍辱负重，同行韬晦之计的人，才能真正体察到孟庆霖的良苦用心。那个人名叫蔡锷，字松坡，曾在辛亥年间，率领军民起义，并宣告云南全省独立，成为民国的首任云南都督。

如今，蔡锷三十四岁，风华正茂，颇受袁世凯重用，却也因立场问题，一度深受猜忌。彼时，蔡锷早已是将军，而孟庆霖只是一介校官。二人军衔相差较多，资历也不对等，又因同在屋檐下，彼此提防尚且不及，故自然算不上熟识。

但在眼光更为老辣的蔡锷看来："这小孟，着实有点意思！就是火候有点过……"

当然，无论孟庆霖这戏是不是演得太过，但好在有惊无险，总算蒙混过关了。或许，是因其年纪尚轻、实力尚浅的缘故吧。袁克定，最终没再阻挠孟庆霖返回南京，但又给他下达了一项新的任务，那就是：暗地里监控愈发离心离德的冯国璋！

在袁氏父子看来：如今，冯国璋的翅膀硬了，野心大了，也愈发地难以驾驭了。正需要有个不大不小的人，从内部看着。

当然，外部也要有所提防。

其一，已命张勋部再度南下，从北威逼扬州，进而向南京施压。

其二，中央陆军第四师和第十师，已兼程从浙江北上，移防上海，开始从南边儿监视南京。

反观冯国璋，他充其量也就四师兵力，又要在全江苏省内分兵驻防。就算他握有第十五师和第十六师，这两支从清末禁卫军改编而来的精锐，拥有巨大的火力优势，又如何能抵御得住这腹背受敌的朝夕之祸呢？

第三十八回

除非，他不想活了……

可变数，仍旧出在孟庆霖身上！

自回到南京后，孟庆霖就只往家里回过一次，且只住了一个晚上。

翌日清晨，他就匆匆返回团部，从此吃住全在军营。在他看来，能再一次回到军队，再一次让自己拥有用武之地，已然是天底下最幸福的事情！

特别是，作为一名亲历者，他已然真切感受到袁氏父子的真实考量，并意识到"称帝一事，怕是在所难免"。

到时，势必天下骚动，人人自危！

甚至，将开启新一轮内战。

于是，就愈发地寝食不安。

因此，他必须抓紧这为数不多的准备时间，尽快与老部下重新磨合清楚，方能在最后时刻，如臂使指。不敢说，一定能实现"反戈一击"。至少，也应自保无虞。

事实上，孟庆霖这时已多少产生了些后世所谓之"军阀"思想，意识到手里最大的本钱，或许不再是自己的家世背景与才智学识，而是一个个肯为共同理想或者说共同利益，"抛头颅，洒热血"的鲜活生命，特别是那些重被征召而来的"北苑老兵"！

尽管，经过数年的战争洗礼，他们中的许多人业已牺牲，可仍旧留下了硕果仅存的七八十人。

这些人必须用好！

同时，应进一步笼络住业已成长为基层军官的秦东、刘天瑞、胡杨等人！

至于原先的同门师兄弟张毅融，自孟庆霖当初落难时起，就再没见过。一问，就说已被调往别处；却是不知究竟，直到冯国璋亲自揭开谜底。

民国四年（公元1915年）深秋的一日，冯国璋自京城觐见袁世凯归来，曾特意找孟庆霖核实一件事情，也是趁机试探这小子的真实想法。

那日，冯国璋未着军装，只一袭长袍马褂，在府邸书房接见了孟庆霖。按理说，孟庆霖既是冯国璋的老部下，又与其现任夫人周砥原本相识，这到家里拜会，自然少不了与周砥碰面，互致问候。

可令孟庆霖意外的是，他自始至终再未见过周砥，而冯国璋也全程对"周砥"其人闭口不谈，仿佛从未认识过此女。

孟庆霖本想追问一下，但一看冯国璋的脸色，索性不再言语。直到两年后，周砥突然亡故，孟庆霖这才依稀咂摸出点当时的滋味。大约也就是从那时起，冯国璋已准备和袁世凯分道扬镳了，而其中关键的一句话，却是由孟庆霖有意无意带出来的。

冯国璋："前些日子，我去看望大总统，说如今消息满天飞，总有妄言总统欲行帝制者。我问是不是真有此事，若不是，倒也应该登报澄清一下，以杜悠悠之口！你猜，大总统怎么说？"

孟庆霖低眉沉思："这……卑职如何得知？只不过，当初临返南京时，大公子克定倒是对咱们颇为关切！这几日，北边的张勋，和南边的朱瑞，似乎又都有所动作。在兵言兵，咱们是不是也该稍作提防……"

孟庆霖这话回得真切，就连老谋深算的冯国璋听了，也觉得确乎如此，便感叹道："大总统说，绝无称帝一事！又说，自己将届花甲，膝下儿女并无一个可堪大任者。即便勉强称帝，到头来也是后继无人，徒叹枉然。如今，听你这么一说……呵！他哪里还肯把咱们当作自己人呢？他的做功倒真不坏啊……"

孟庆霖不敢答话，只是默默听着。

"行啊，知道了！小孟啊，你的意思，我明白。这么着，往后你就先替我做回邮差，暂且问问山东靳云鹏的意思。之后，我再为你引荐几位别省的督军，你也认识一下。未来，若是有什么麻烦……到时，大家再一起商议个主意嘛！"

"是！"

孟庆霖整肃衣冠，敬了个礼，准备出去，却又被冯国璋叫住。

"对了！你原本的团部参谋官……那个姓张的小伙子，上次，我见这人还不错，也是个文武双全的，为人倒也踏实，就将他调到了第十五师。如今，他也升

第三十八回

了上校。往后，你们兄弟俩可就更和睦喽！"

说着，许久不见的张毅融竟鬼魅般地从书房的屏风后闪出，让孟庆霖着实吃了一惊。非但如此，孟庆霖又依稀听到书房外似有脚步声。待到张毅融一咳嗽，这该死的脚步声才渐渐地逐次远去了。

此刻，孟庆霖不禁惊出一身冷汗。

原来，自己早已在冯国璋的算计当中，甚至已被列入黑名单。若不是刚才举止得当，恐怕……

事已至此，孟庆霖倒也明白了冯国璋的意思。在其治下，江苏是铁定不支持称帝的！凡所部下，要么忠心归顺，要么血溅五步，任君挑选！

既然，这是无法逃避的站队时刻；并且，孟庆霖原本就跟袁克定不对付，自己也并非帝制党人。于是，顺水推舟，也就当即表明了态度："第十五师和第十六师，都是您带过来的老部队，也是咱禁卫军的老班底！既然辛亥那年，咱禁卫军业已选了'共和'，造了大清的反。如今，也就只好硬着头皮，继续认定'共和'二字，岂有反复无常的道理？此乃天道，亦顺民心……"

冯国璋默默点头，也悄悄地冲张毅融使了个眼色。

旋即，张毅融开口道："泽霆，你家那女密探已被我带人收拾了。今后，你不必再为此人烦恼！你我兄弟，可要抱成一团，共同为冯长官效命！"

"什么？你是说那个罗敏文？"

"还能是谁？"

此刻，孟庆霖倒像是哑巴吃黄连，有苦说不出。罗敏文，自是袁克定安置在身边的密探不假，可她却从未害过自己，且对自己处处照拂，终究不是恶人。于是，孟庆霖不禁关心起她的下落，便继续问道："敢问，是如何处置的？"

冯国璋罕见地怒目而视，终结了这番对话："小孟啊！这个你就不要操心啦！若是让那小妮子出去，可有你的好果子吃？为今之计，你们俩，要像其他主力团一样，尽快厉兵秣马，悄悄地预备下！记住，咱们不发第一枪……"

"是！"

孟庆霖和张毅融无不立正敬礼，恭肃作答。

那年秋天，孟庆霖一边低调地整军备战，一边细心地梳理起这些年来曾参与过的大小战斗：从三兄弟克复北苑兵变，到辛亥年大战熊子墨；从炮轰楚豫舰，到守卫武昌城；从团城遭遇战，到南下猎白狼；从暴雨夜突袭唐州城，到南京东勇夺天保城……

这一桩桩、一件件，无不浸透着自己的军旅血汗，却也因此不断壮大着实力，多少打出了些名堂。如今，至少在警卫团内，孟庆霖自信有绝对的力量震慑住一切潜在的反对声音，足以凝聚起全团上下的意志，只为了最后时刻的到来……

有时，孟庆霖会想："正统如前清者，又怎样呢？三百年的皇皇基业，还不是转瞬间，说完就完了。勇悍如北苑老兵，难缠如白狼……到头来，一个选择归顺；另一个，则兵败身死，甚至死无葬身之地！这天底下，本无新鲜事，不是东风压倒西风，就是西风压倒东风！袁家的天下，早已不是铁板一块，恐怕……也是早晚的事儿。而我与袁家，该报偿的这些年来也大抵报偿了，该计较的却从未计较过。若论'苦其心志，饿其体肤，空乏其身，行拂乱其所为……'我也是一样不落地全都占了。如今，既然已是共和，又何必再行复辟？做个大总统不也很好吗？天理人心皆在此处，冯国璋等北洋元老也大多怀揣此意，我更加不能逆潮流而动！与袁家的决裂，恐怕已是必然，而这一天，迟早要到来……"

终于，这一天真正来临了！

民国四年（公元 1915 年）年底，袁世凯终于按捺不住，公然称帝；并定国号"中华帝国"，改元"洪宪"，以明年（公元 1916 年）为洪宪元年。继而，大封群臣，却又近乎滑稽地只办了个十分低调且朴素的登基仪式。甚至，这"洪宪皇帝"只扶着龙椅站了一会儿，连坐都没敢坐。

至于群臣，则因一时仓促，居然未将朝贺的礼节排练清楚：有鞠躬的，有下跪的，有喊"万岁"的，有称"皇上"的，不一而足。

远在南京的孟庆霖，努力品咂着这"洪宪"年号，险些笑出声来，便对已届临盆的李若雪说道："知道其中深意吗？一边是朱洪武的'洪'；另一边，则是

第三十八回

'君主立宪'的'宪'。这'大皇帝'也算'初心不改'了。只可惜,费尽九州铁,终成一把错!"

李若雪艰难地笑了一下,只缓缓地说道:"我听人说,副总统黎元洪被封作亲王,孔家从世袭公爵成了郡王。至于咱们家,也从奉祀官成了公爵,而你也好歹落下个男爵头衔。我一介女流,不太懂什么共和、帝制的。我只是觉得,咱们旁支能有这般富贵也算不易了,是不是还有必要继续缠斗下去。相公,你心里如何想的,我自是知道……"

孟庆霖一边听着妻子唠叨,一边在齐玉的帮扶下披挂起来,嘴角仿佛意味深长地笑了一下。可当他挎好佩枪,戴正军帽,准备出门时,却又异常郑重地回了一句:"天下大势浩浩汤汤,顺之者昌,逆之者亡!"

此刻,门内尚是一家之小天地;而门外,却早已是风起云涌……

在西南,蔡锷将军已起事成功,并将麾下军队改组为"护国军";正在孙中山等革命元勋的支持下,从云南出征,兵分三路北伐。

在东南,冯国璋已联合靳云鹏、朱瑞等五位邻省督军,共同向袁世凯发布了"五将军密电",敦促其结束帝制,重现共和。

甚至在京城,原本因立场问题而被雪藏已久的北洋元老段祺瑞,也在袁世凯的再三催促下勉强出山,却是出工不出力。至于业已被软禁的黎元洪,虽然不必继续住在瀛台,却也异常罕见地甩掉了那副"恭顺"态度,对这虚妄的"亲王"封赏,坚辞不就。

另外,列强的态度也异乎寻常地统一了。

原本还各怀鬼胎的他们,这下遇到袁总统称帝,反倒破天荒地拧成一股绳,表示决不承认"中华帝国",也决不承认"洪宪"年号,明年只能是"民国五年"!

到这里,袁世凯方才回过神儿来。

原来,之前所谓的"列强支持",竟然只是袁克定一手炮制出来的假象,而那些天天送进来的报纸,"全他妈假的"!

情急之下，袁世凯气得喷出一口鲜血，喃喃骂道："欺父误国！欺父误国！"就倏忽昏死过去……

可叹这近代陆军奠基人，也算中华民国的实际缔造者之一，竟在暮年落得个众叛亲离的可耻下场，到底没能逃出家族"从政者，寿不过六十"的魔咒，究竟是咎由自取？抑或是天命不归？

却只留待后人评说，悲夫……

时维冬月，时机已到。

若孟庆霖再不有所行动，就只能被误解为袁氏余孽和帝制党人而遭到清算了。于是，在冯国璋的授意下，在两师官兵的注目下，他率先登台盟誓："国有大维，是曰'法纪'。法定共和，岂可擅更？今国乱岁凶，凡我共和官兵，皆应有立志护法之心！全师上下，凡心向共和者，左袒！"

接着，孟庆霖挽出左臂，又抽出那把狻猊匕首，深深地割破了左手手掌，任由鲜血流淌；并握拳举过头顶，用尽全身力气怒吼道："北伐！北伐！北伐！"

"北伐！"

"北伐！"

"杀！"

"杀！"

"杀！"

不仅警卫团亢奋起来，就连第十五师和第十六师，也全都亢奋起来，"终于能有所施展了"！

于是，众官兵无不袒露左臂，并一一割破手掌盟誓。

大军即行出征，先攻破辫子军！

正当孟庆霖率队渡江之时，刘天瑞附在耳边轻声提醒道："团长！过了江，可就再也没有回头余地了！胜了，就是共和！若败了，那就是叛国……"

结果，孟庆霖竟十分轻松地笑着说："走着！咱们早就没有回头路了！成功成仁，无非一战！"

第三十八回

几乎是同时,姜齐玉竟意外地跑将过来;且一路上踉踉跄跄,气喘吁吁。到跟前,才动情地述说着:"生了!生了!四爷,你有儿子了……"

闻听此言,身边的官佐、士兵无不高声称贺;而孟庆霖也不禁喜上眉梢,竟高兴地夺过刘天瑞的随身酒壶,不顾军纪一仰脖子干了小半壶酒,接着说道:"'昭宪庆繁祥',这孩子就取名'繁骏'!孟繁骏!愿他如骏马奔驰,驰骋在我中华大地……"

……

回顾这段清末民初的跌宕历史,帝制与共和,专制与宪政的斗争从未休止过;而其中最受伤的,却依然是你我这样的芸芸众生。

乱哄哄,你方唱罢我登场。

或许,只有那曾经的遍地狼烟;"宁为太平犬,莫作离乱人";乃至生、老、病、死、爱别离、怨憎会、求不得——众生皆苦;才是这一时期最恰当,也最令人痛心的历史注脚。

只不过,这样的苦难终将过去;而一切反动的也终将退场,我中华必然迎来新的曙光!

终有一日,日月永照,山河无尘……

逍遥氏叹曰:

喝火令·何以诉悲欢

马踏凌云渡,征人战正酣。
画楼莺舞醉人间。
帘外晚风轻送,
一曲绕重山。

锦绣山河卧，红尘化入烟。

转身花簇已消残。

梦也阑珊，

梦也晓窗寒，

梦也不知归处，

何以诉悲欢。

后记

掩卷沉思，不禁反问："何以至此？"

为何偏要跨界写一部长篇历史小说，既辛苦万分，又难以获得回报，究竟图个什么？

一开始，我的心里也有些懵懂。可随着创作深入，使命感竟变得愈发沉重起来。

记得，曾有朋友大略翻过稿子，盛赞道："真是服你！能将自己的爱好坚持这么久！"

我却苦笑道："爱好？"

"不然又是什么？"

我默然不语，却在心里悄悄回给自己："是使命！"

使命……

为天地立心，为生民立命，为往圣继绝学，为万世开太平！

可是，一部小说罢了，又何谈"立心""立命"，遑论"继绝学""开太平"？

原也是不足道的，然"管中窥豹，可见一斑"。

理学家张载曾言："天地之心惟是生物，天地之大德曰生也。"

"生生不息",即是天地之心。而我尝试在书中表达的亦是这番道理。

风雪飘摇之际,神州存亡之秋,承载着千年诗书礼乐的一家人,如何在时代的夹缝与命运的绝境中觅得一条生路,"生生不息"地活下去,并为民族的解放誓死抗争,为民众的生存奔走呼号,为崇高的理想奋斗终生,直至献出宝贵的生命!

这的确是值得大书特书的故事……

林文忠公有云:"苟利国家生死以,岂因祸福避趋之?"

又或曰:"生亦何欢,而死亦何惧?"

此生,既已许国,再难许家!

这一切,为的只是"山河永固,社稷无尘"。

"山河无尘",既是书中主人公不顾生死、毅然决然的信念与理想,亦是身处乱世中,亿兆百姓的真实心声与由衷诉求。

正如书中所言:

"量余戎马半生,廿载悠悠岁月,纵然已负良人,幸终不负山河……"

至此,孟庆霖的青年时代暂告一个段落,然其一生却尚未完结。他与金碧云、李虎臣、李若雪、姜齐玉等人的恩怨纠葛亦深陷命运的旋涡之中;但我却突发奇想,不惜与责任编辑火力全开,非要插入几则发生于当代的故事不可。

似与"我"有关,倒也无甚相关。

"我"非我。

故事里的事,说不是就不是,是也不是。

"老师,你这是夹带私货!"

"嗯哼……"

第一则故事:

记得那一年,我从繁华喧嚣的都市回到了阔别已久的故乡。

那晚,我独自一人行走在陌生且熟悉的街道上。

皓月当空，晚风拂面，身旁是匆匆而过的行人与一闪而逝的车辆。

这一刻，世界仿佛既喧嚣又宁静，既绚烂又疲惫；而时间，也仿佛停滞了一般。

寒风袭来，拂在脸上，清冷得恰似一层冰霜，直透心窝；而我却意识到，这风的名字或许叫作"孤独"。

随着那句"昔我往矣，杨柳依依"的唱词在手机中响起，我的思绪也从"孤独"走回现实。

"这么晚了，会是谁呢？"

只听电话那头传来一个银铃般清脆的女声，说道："喂！听说……你回来度假啦？这么巧，我也在！"

接着，便是一阵久违的欢笑。

来电的，正是我的小学同学、初中同学兼高中同学唐芷怡！

唐芷怡，自小高挑俊美，气质出众，却又偏偏不是个"冷美人"。平日里，因喜欢和同学们说说笑笑，十分亲切随和，故甚是讨人喜欢。

人送外号"糖糖"！

当年，糖糖可是校花级的"公众人物"，也不知曾惹得多少男生争风吃醋，为了她不惜大打出手。这也苦坏了曾一度做过糖糖同桌的我，那可当真受尽了白眼和敌视……

后来，听说糖糖依着家里的安排，一门心思地去走艺术特长生之路，并选择了自小学习的民族舞作为专业。最后，倒也顺利地考上了省内一所艺术类高校。毕业后，则直接进了邻省某市歌舞团，成为了一名专业舞蹈演员；而我，却去了南京上学，然后继续上学，继续上学……继续上学……直到前些年，才终于谋了份工作。

一晃，我们差不多有五六年没联系了。

怎么今儿个这么巧？一回来，就找上我！

正当我有些不知所措之际，糖糖却在电话那头说："还记得以前，我们几个一起放风筝吗?"

"记得啊!不过,那得是千禧年之前了吧。后来,亚圣庙广场改造,我们又都忙着升学考试,哪有空再去放风筝了?倒是有年元旦,你非拉着我参与什么夜爬护驾山的活动,就是为了去看一眼新世纪的第一缕朝阳。结果,那天可冷了,回来我就感冒了;而你到现在,都还没安慰我一下!"

糖糖:"哈哈!那天,幸好穿了你的外套。不过,就冲你这份儿仗义,姐姐请你吃饭!听说,你家祖宅边上,倒是开了不少新店呢。"

"是妹妹!我比你大一岁呢!我怎么感觉:为了这顿饭,我像是等了你足足十七年?"

……

第二天下午,我依约站在亚圣庙门前等着糖糖。

这时,只听远处传来一声:"孟令钧!"

正是糖糖的声音。

我回头一看,只见一辆白色宝马驶了进来。待车窗完全降下,一个扎着丸子头,戴着棕色墨镜,系着浅色提花丝巾,略施淡妆的隽秀女生,正欢快地冲我招手。

我蓦然发现:尽管多年不见,她却犹如冻龄一般,依旧年轻靓丽,难见岁月痕迹。

"等久了吧!"

"还好啦!不过,一看你这技术,就知道是个杀手……"

"从小到大,你什么时候说过我好?这车,不是为那啥,才新买的嘛!我只是需要时间磨合……磨合,懂吗?"

见她欲言又止,似有难言之隐,我也没往下追问。

"走吧,时间还早。咱们先到府、庙参观一下。我也想看看,里面究竟成了什么样子?"

糖糖却瞅了一眼售票处的公告说:"你看,上面写着:济宁户籍的市民免费参观耶！哈哈！这么巧，咱们俩竟然都不是本地人了，要买票了呢！"

我也乐了："对啊！在家乡，我们反倒成了外地人。可在外地，我们依然是外地人……"

幸好当天游客冷清，我和糖糖得以闲庭信步，一路上有说有笑。来到见山堂前，我环顾院子里的参天古树与高墙灰瓦，不禁遥想起百年前自己的家人尚且在此居住，其间又发生了许多故事，倒让人平白生出许多沧海桑田、物是人非之感，心中怅然。

正在发呆，糖糖却对我说："想什么呢？给我拍张照吧！"

于是，我端起手机，调整角度，拍下了糖糖甜美的一笑。

正要给她看时，她却一把将手机夺过来，对我说："不如，我们合个影吧！"

"咔嚓"一声，却只拍到我咧嘴傻笑。

待糖糖将刚才的照片传到自己手机上，又好像立马发给了什么人，却转而对我说："记得，你曾经讲过这里的故事。"

"一百年前，我的曾祖父成婚倒是在你眼下站的位置——见山堂！"

说着，我指了指糖糖脚下。

"哎呀！"糖糖有些惊讶。

"可惜，新婚后不久，曾祖父就离开了。那年，他才虚岁十六。"

"为什么要走呀？我记得你以前说过，他和妻子感情很好的啊……"

"亏你还记得！其实，这些也是我小时候听曾舅公说起的。对了，曾舅公的名字，叫作李虎臣！"

第二则故事：

"喂！你是回去上班了吗？"

清晨，一个电话打进来，传来熟悉的有如银铃般的女声。

自然是糖糖。

"还没有呢！明天回……"

糖糖:"那今天有空吗？你出来一下，我有话对你说！"

"嗯？好吧，我刚好也要找你。"

糖糖:"下午两点吧。老地方……不见不散！"

这个"老地方"，自然指的是年少的我们曾一起放飞纸鸢的亚圣庙广场。

说到底，我和糖糖是多年的老同学，即便许久未见，也并未因此稍有生分。相反，这些天的会面竟让我们莫名地暗生情愫。那是一种美妙的，心如鹿撞的感觉。彼此之间，仿佛就隔着层毛玻璃，明明知道对方在想什么，却又始终无法看得清。

"我明天，就要走了……"

糖糖:"我知道！"

"你！"

"你！"

我和糖糖几乎异口同声，却又各自沉默，怔怔地坐在她的车里发呆。

隔了好一会儿，她才自言自语道:"胆小鬼！"

不知是在说我，还是在说她自己。

我劝她说:"我们都长大了。所以，顾虑也就更多了！"

"就是！就是胆小鬼！"

见她如此，我的内心也变得异常拧巴。

究竟，该不该迈出那一步呢？

糖糖虽未结婚，却早已名花有主；而我们也不在同一个城市生活。仅凭这片刻相聚，又岂能轻言长久？我何必打扰她正常的人生轨迹？她理应得到更好的，至少在物质上得到极大满足，让自己过上优裕体面的生活，而不是跟我一起在外漂泊……

最终，糖糖还是付之一笑。

她主动打破沉默，说道:"你知道吗？我这份跳舞的工作，最大的好处就是不用坐班！"

"哦？这么爽？"

"那当然！只要排练的时候在就行了。然后，就是每年要赴各地演出，俗称'走穴'。"

"超羡慕！"

"下个月，我在洛阳有演出，你来吗？是一出汉代背景的舞剧，你应该感兴趣吧。"

"这个……我要看一下时间。"

糖糖却打开了手包，径直掏出一张戏票，递到我手上："池座第一排正中！最好的位置，留给你！"

我笑了："就给一张？"

糖糖罕见地收敛笑容，正色道："就一张！"

接着，她旋开了车里的收音机；而电台上，正好播放着当年的一首热歌——《一生等你》。

缠绵的曲调在小小的车厢里流淌，伴着如泣如诉的唱词，糖糖竟不觉有些恍惚，偏要我讲述一个关于勇气和奋不顾身的故事，作为这张戏票的对价。

我想了一下，便只得说起尘封已久的家族往事……

第三则故事：

深秋的洛阳，犹如一位恬静的少女——优雅，含蓄且内敛。

这时的她，不似暮春牡丹绽放时的倾国倾城，也不似盛夏万物生长时的喧嚣热烈，更不似寒冬银装素裹时的呵气成霜。

这时的她，任你来去自如，抑或流连忘返。

她只深情地与你对望，明眸善睐，笑靥如花……

记得那年，我在出差的返程路上，写下了"北苑兵变"的故事。当我独自一人坐在咸阳机场的候机大厅，凝望着窗外川流不息的人群，等待着飞往工作的航班，心中却只泛起八个字：

喧嚣落尽，终归沉寂。

我的心情亦随之莫名低落，仿佛对未来充满了怀疑，又仿佛忘了自己究竟置身何处。

百年匆匆，不过尘土。

即便是有如孟庆霖，虽屡经挫折，却愈挫愈勇，年少轻狂之时便已老成练达；偏又不落俗套，不失良知，身边亦常有佳人、好友相伴，却又如何？

命运，岂是他一手掌握的？

他也不过是寂寥过客，沧海一粟，恰如你我……

愿奴胁下生双翼，随花飞落天尽头。

天尽头，何处有香丘？

天尽头，何处有香丘？

我喃喃吟诵道，仿佛只有这个句子方可渲染余此刻之心情。

正当我暗自伤悲之时，一张戏票在不经意间滑落，掉在心里，泛起一阵涟漪。

我这才想起来糖糖对我的邀请，便再也难以抑制心里对她的思念。她那姣好的气质，隽秀的容颜与银铃般的笑声，都毫无悬念地占据了我的脑海与心灵。到如今，我们已相识十七个年头，彼此早就知晓对方心意，却总是阴差阳错，多少次失之交臂，徒叹奈何……

"既是洛阳的演出，倒也不远！"

我思虑再三，最终决定如期赴约。

于是，又是匆忙告假；又是退订航班；又是从寒风凛冽的西安，改坐高铁，穿越古时的崤函通道，沿途眺望高耸于黄河南岸的潼关古城，一路向东，直抵洛阳。

记得那晚，位于新城区的剧院里人头攒动，熙熙攘攘。我坐在池座第一排正中，抬眼便看到交响乐队吹拉弹唱，在进行最后的彩排。

"还是现场配乐版，规模不小嘛！"我心想不虚此行。

这时，乐队的试音却戛然而止，现场也立刻变得鸦雀无声。

待那帷幕徐徐拉开，台上瞬间灯火通明；而台下则悄然寂静，不多时又爆发出山呼海啸般的热烈掌声。

千呼万唤始出来……

只见一队妙龄舞者，伴着轻快的和声，怀抱盘鼓，轻舒广袖，踏歌而行，蹁跹而至。她们各个腰肢纤细，莲步凌波，舞姿翩然，罗袜生尘，俯仰之间尽显娇媚，举手投足绽放妖娆。

紧接着，她们将怀中的盘鼓错落地置于舞台之上；而自己则站上窄小的鼓面，尽情地辗转腾挪，旋转跳跃，并踏鼓而歌。

歌曰：

> 青青子衿，悠悠我心。
> 纵我不往，子宁不嗣音。
> 青青子佩，悠悠我思。
> 纵我不往，子宁不来。
> 挑兮达兮在城阙兮，一日不见如三月兮。
> 挑兮达兮在城阙兮，一日不见如三月兮……

歌声、鼓声、配乐声一齐涌来，观者无不如痴如醉。

她们仿佛是水的精灵，从梦境走入现实；又仿佛是从敦煌壁画里飞出的伎乐天女，此刻再度重临人间；而我却仿佛可以闻到其中氤氲千年的香气。

那香气，正萦绕于舞台之上，绵绵不绝。

她们的领舞，正是糖糖。

原本几乎素颜朝天的她，今晚也巧施粉妆，精心打扮，犹如一株含苞待放的花蕾，显得是那样娇艳欲滴。

　　这一瞬间，台上台下，她与我四目相对，却只莞尔一笑。

　　我不禁怦然心动，遂有感补填《清平乐》一阕，以铭记此刻：

　　　　落霞飞鸟，翩若惊鸿杳。
　　　　翘袖折腰流波俏，顾盼生辉年少。

　　　　一曲离绪难消，空余新月柳梢。
　　　　昔我采薇往矣，来思雨雪华韶。

　　美好的时光，总是短暂的。

　　演出之后，我避开汹涌的人潮，依约来到剧院小门等候糖糖下班。

　　然而，意外却就此发生了……

　　记得那晚夜色渐深，斜挂在柳梢枝头的新月已然不见踪影。

　　取而代之的，是寥寥数点繁星与夜空一片洗练。

　　终于，糖糖出现了。

　　她见面就略带嘲讽地说："老孟，你总算是奋不顾身地来了！"

　　"可不嘛！"我悠然一笑。

　　星光闪烁，夤夜伴佳人。

　　我与糖糖并肩走在剧院旁的一条小路上，四下里空无一人，万籁俱寂。我们彼此相顾无言，却又何需多言？

　　此刻，唯有道旁闪烁的路灯，与北国深秋的凉风，正与我们一路相伴。

　　孰料，好景不长！

　　一道刺眼的亮光从小路尽头突兀射来，接着便有三四个彪形大汉从那光中走出，手上各自拎着凶器，正向我和糖糖袭来。

情急之下，我们急忙折返，期待回到剧院躲避。

然而，剧院的小门早已上锁，而夜班门卫也只在大门执勤。

眼见得这几人越来越近，正掂着家伙，一副来者不善的样子。我们只好尝试向另一头逃跑，却在不远处又遇到一伙暴徒，衣着打扮一如前者，就连手上的家伙都如出一辙。

我马上意识到：这就是冲我来的！

只见迎面走来一人，西装革履，怀抱一大束红玫瑰，且在面相上瞧不出一丁点儿凶神恶煞，反倒是衣冠楚楚、道貌岸然。

"跟我回去吧，芷怡！"

糖糖："我们已经分手了！你总缠着我做什么？再说，我并没有告诉你我在这儿啊！你又是怎样找来的？"

"你的演出又不是秘密！芷怡，过去是我不对，我也已经跟那人分手了。你就……你就原谅我一次好吗？"

糖糖无奈，只得最后一次劝说："我们从一开始相亲就不合适！要不是我爸妈坚持，我也不会和你在一起。现在，已经不是你见异思迁的问题；而是，我们根本就不在同一个世界。我们的所思所想，全都不在一个频道。你明白吗？"

"那你也不能自甘堕落，跟这样的屌丝混在一起啊！"

"快让开！不然，我要报警了！"

"上……"那人轻声下令。

第四则故事：

痊愈之后。

我和糖糖登上北邙山头，又在下山时租了辆车，一路行驶，阅尽秋华，最后来到洛水岸边。

眼望四周漫山遍野的秋黄草甸，闻听脚下波翻浪涌的滔滔洛水。

我不禁感慨道："北邙山头少闲土，尽是洛阳人旧墓。"

糖糖听了，却讪笑道："被打傻了吧！这儿可不是邙山，哪儿来的'旧墓'呢？"

我却不紧不慢地解释道："邙山望不到洛水，洛水见不到邙山。明明咫尺之间，却似天人永隔。我多想让这俩人凑一对儿啊！就像我们，原本也是无缘在一起的。是吧，'洛神'！"

"原来，别有一番深意呀！不过，我可没答应要和你在一起……除非……"

"什么？"

"除非……你向我求婚！"

我愣住了。

"这……"

糖糖质问道："不愿意？"

"不是！我什么都没准备，身边也没个见证……"

"傻瓜！傻得可爱！"糖糖一把搂住了我的脖子。

愣怔片刻，我也终于抱紧糖糖，不再理会之前落下的淤伤，只在她耳边轻声诉说："你是我的'翩若惊鸿'。现在，就让邙山的千秋岁月与洛水的万古奔流作证：死生契阔，与子成说。我……孟令钧，此生独爱你一人！"

"没个正经！你说你爱谁？"

"唐芷怡！"

"没听清……"

我又在她耳边郑重起誓："我孟令钧……此生只爱唐芷怡！"

糖糖笑了，笑得是那样妩媚动人，又是那样倾国倾城，不禁问我："胳膊还疼吗？"

"没事，早就不疼了！"

那时，她的眼睛里依稀闪动着泪光，略有哽咽地对我说："你知道吗？我只想每日里锅碗瓢盆，相夫教子……"

"可你现在正当红呢！阻力会有许多吧！"

837

糖糖默然。

末了，她抵着我的额头，说道："可是……我等了你好多年！"

"是……十七年；而我……也在等你！小时候，我们俩谁都不敢迈出这一步！如今，峰回路转，我们总算在一起了！"

说着，我饱含深情，轻吻着糖糖的额头，又将她抱得更紧一些。

糖糖在怀里将我一顿猛捶，算是出了口恶气，又转而甜蜜地回忆道："还记得十七年前的那个凌晨，我们在山上看完新世纪的日出，你也是带着我一路狂奔。只不过啊，那时候你是骑车；而前些天呢，你是跑路……哈哈！永远都那么狼狈……"

"那天，我要赶去医院，去见曾舅公最后一面！"

糖糖依偎在我的肩头："是啊！当年，你也是脱下自己的衣服给我披上；而且，你原是打算先送我回家的。但我却坚持要和你一道去给老人送行！我也不知道为什么……"

"冥冥之中，自有天意！"

"老人是叫李……李什么来着？"

"李虎臣！"

糖糖回想起来："对，就是这个名字，挺特别的！对了，我还记得他喃喃说起自己似有悔恨，究竟是什么呢？直到临终，仍在反复提起……"

"悔恨？不会吧！老人家一生倔强，即便忏悔，却从不后悔！记得那年，他陪孟庆霖到了京城。不久，就发生了一件轰动全城的事情……"

第五则故事：

记得有一年夏天，我志愿前往冀蒙晋交界之地的山区支教，得以详细了解那里的风土人情，并顺便积累写作素材。

话说这三省交界之地，连同周边广袤千里的草原、荒漠、山地、丘陵等共同构成了过去所称之"察哈尔"。其间，又有一道万里长城将之东西贯穿，遂分为

"察南"与"察北"两部。

察南多山地，察北多荒漠；却俱是中原屏障，兵家必争之地！

这里承载了太多战争记忆，也遭受过太多战争创伤，从蒙、金野狐岭决战，成吉思汗曾于此一举击溃金国主力五十万大军；到大明开国，徐达克复元大都，驱逐蒙古出塞外；再到蒙古化身"北元"，"察哈尔"一词遂成为北元大汗的中央直属部落之名。

最后，则是民国那些年，徐树铮率军出征，由此直扑库伦，一度收复外蒙。还有"长城抗战"，"大刀向鬼子们的头上砍去"，奏响了那个时代的最强音……

这一路走来，"察哈尔"一词虽早已落入历史的故纸堆，却仍旧代表着，至少曾经代表过中华儿女的不屈意志与革命大无畏精神！

过去，这里的人民付出太多。

如今，这里的土地亟需滋养，这里的草原亟需呵护，而这里的孩子也理应得到更好的教育！

可是，我所能做的实在有限。我只是一个普通的志愿者，只能以自己的专长来启发孩子们对历史的兴趣，引导孩子们对历史进行探访。

并且，只有短短十五天……

那时的我，生怕自己也会沦为"个别之人"，借支教之名，行打卡之实。从而，满足内心"小布尔乔亚"的虚荣，彰显所谓"都市白领"的格调。于是乎，我借口人多房少，婉拒了乡里安排的招待所，一门心思地与孩子们同吃同住，权作一场修行、一次毅行……

直到那村口的大黄狗见了我，都分外亲热，哈着气涎水直流。

因为，我常拿自己吃剩的排骨，或是香肠分与它。

支教最后一天。

我讲解过《清帝逊位诏书》，正准备下课，心里思忖着"又要杀回那名利场中，置身于光怪陆离之下，去承受'蜗牛角上'之争、'石火光中'之斗"。

于是乎，我不禁放下手中的粉笔，凝望着孩子们稚嫩的脸庞，不无动情地说道:"这些天,看到你们时刻洋溢着朝气,老师当真是发自肺腑地开心!这说明我们的国家、我们的教育越来越好了。你们是新的一代,一定会拥有属于自己的明天;而我们所赖以生存的这片土地,也一定会彻底摆脱贫穷的帽子,插上腾飞的翅膀!"

"叮铃铃……"

下课铃响了。

孩子们马上嬉闹一团,在教室里无比欢腾;而此时,又有教务进来,对我说:"孟老师,有人找!"

我刚要问"是谁",却见一个丸子头"少女"蹦蹦跳跳地从教务身后闪现。她戴着棕色墨镜,系着提花丝巾,略施淡妆,粉面含春,正冲我招手。

可不正是糖糖!

"老孟,跑这儿躲清闲啦!"

许是半个月的苦修生活,也多少让人烦闷。

乍一见到糖糖,我亦难掩心中狂喜,索性将她一把抱起来,在教室里胡乱转圈。遂惊得糖糖花容失色,乐得全班同学欢呼跳跃,只剩那教务一脸尴尬,颇有些不知所措。

由于业已临近蒙古族的那达慕大会,当晚,学校便依惯例,组织住宿师生举行篝火晚会。

我和糖糖,还有我所带的这班孩子,全都在郊外的草甸上席地而坐;一边烤肉,一边听那马头琴悠扬;一边为小伙子两两摔跤喝好,一边为大姑娘载歌载舞击掌。

糖糖偎依在我肩头,问我为何偏偏选在此地。

我说:"一百年前,这里也曾是孟庆霖的战场!"

又问:"那为何一别数日,常不与我联系?"

我说:"我想为彼此,在婚前留下最后的单身时光。"

糖糖轻指我额头,似有万千娇嗔,却总归相视一笑,互诉衷肠。

旋即，她拉着我融入那欢乐的海洋，迎着篝火，与孩子们高歌《倒喇》，真个好似地久天长……

第六则，不是故事的故事：
当我写下这段文字的时候，糖糖……已离开了好久。

她说，她只是去那杳无人烟的地方，去独自走完余下的生命旅程。

只是无法继续陪我，诚为遗憾。

若有轮回……

若有轮回，她还会再次来到我的身边，一如年少初见之时。

到那时，我们再也不要苦守着彼此的成见与矜持，各自虚度了十七年的浮生光景，而是应像孟庆霖那辈人一样，早早地就在一起。

若能如此，那该多好……

正所谓：有花堪折直须折，莫待无花空折枝。

本书付梓之时，正值江南初春光景。

推门而出，但见姹紫嫣红，烟波缱绻，好一个人间四月天。

白居易诗云："江南好，风景旧曾谙。"

眼望着"日出江花红胜火，春来江水绿如蓝"，我的脑海中却不断翻涌起这八年以来的写作历程，从南京写到上海，伴随着几乎每一个周末与每一段旅程，从陆家嘴到周浦镇，从邹城到浦东，从杭州到洛阳，从西安到敦煌……

凡经之地，必留文字。

书中的诗词，亦是这些年来到访每一处名胜古迹后，怀古抒怀而作。

尽管写书步履维艰，倒也颇得友人扶助，总在不经意间就得到宝贵的启示。特别是东方出版社的众位编辑老师，既向我提供机遇，又给予我鼓励，更期盼着我能够一展所学，坚定地写好每一篇文字。

在此，一并致谢。

如今，《山河无尘》业已完成前两部《天命共和》与《风云碧血》，计50万字，分六章三十八回，以飨读者。

然而，略显遗憾的是，本书原稿是有诸多注释的，详细标注了每一位历史人物的生平，每一段引用的出处，每一处古迹的变迁，乃至每一个重要事件的始末，等等。但出版过程中，编辑老师考虑到小说体例问题，建议我将其逐一删去。事实上，我完全接受此项建议，也知道删掉注释有利于读者代入。只不过，我的初衷是力争还原时代细节，也的确下了极大的考据功夫。故而，本书故事虽是杜撰，然历史信息却绝非信口胡诌，实在有据可依。

嗟乎！

可惜之余，犹记当初立下写书志愿，我便打算先从故乡写起，却又不仅局限于故乡一隅，而是以故乡为起点，放眼全国，努力写出时代感、历史感、厚重感。又因我的学术研究领域即是"清末民初的行政法律制度"，故而本书的时空架设亦随之设定。

这才有了《山河无尘》，这部集战争、言情、历史、悬疑等多要素于一体，采用回忆录及多线叙事方式推进剧情的史诗正剧。

书中展现了清末民初的波谲云诡，叙写了风云儿女的乱世传奇，描绘了千年家族的兴衰荣辱，道出了"兴百姓苦、亡百姓苦"的旧时代真相，并热情讴歌了"抛却生死，一心只为家国大义勇于牺牲"的浪漫情怀与热血精神。

《山河无尘》，即抒发家国情怀之意，祈盼"山河永固，社稷无尘"。

这份情怀，既是书中主人公不顾生死、毅然决然的信念与理想，也是身处乱世中，亿兆百姓的真实心声与由衷诉求。

正如书中所言：

量余戎马半生，廿载悠悠岁月，纵然已负良人，幸终不负山河……

《山河无尘》仍将续写，恰如今日中国之伟大成就必将不断继往开来、再创辉煌一般，而我亦立志披荆斩棘，将这部书真正写好，争取对得起每一位读者。

掩卷沉思，仍是题首那句话："何以至此？"

为何偏要跨界写一部长篇历史小说，既辛苦万分，又难以获得回报，究竟图个什么？

图个心安理得，图个君子三立，立德、立功、立言！

简言之：使命……

为了这个使命，虽千万人，吾往矣！

李昊鲁

2023年4月于上海浦东